YXTA MAYA MURRAY es la autora de *La Reina Jade* y *La Conquista* (una selección especial de Barnes and Noble). En 1999 obtuvo el Whiting Writers' Award en la categoría de Ficción, premio que se concede en Estados Unidos a los escritores de novelas más prometedores. Además de escribir, enseña derecho en Loyola Law School, en Los Ángeles, ciudad en la que reside.

el
ORO del REY

el
ORO del REY

NOVELA

Yxta Maya Murray

TRADUCCIÓN DEL INGLÉS POR
MAGDALENA HOLGUÍN

 Una rama de HarperCollins*Publishers*

Este libro fue publicado originalmente en inglés en el año 2008 por HarperCollins
Publishers.

PRIMERA EDICIÓN RAYO, 2008

Rebus por Yxta Maya Murray
Mapa de Italia y caligrafía por John Del Gaizo
Diseño del libro por Joy O'Meara

Library of Congress ha catalogado la edición en inglés.

ISBN: 978-0-06-089110-7

08 09 10 11 12 DIX/RRD 10 9 8 7 6 5 4 3 2 1

A mi padre, Fred MacMurray,
y
a Edward St. John

Los aztecas le gritaron a Cortés con gran furia, preguntándole por qué quería destruir sus dioses… Algunas de las divinidades tenían la forma de temibles dragones… y otras mitad hombre, mitad perro, horrendamente feas.

Así, se abrió en secreto la puerta a la casa del tesoro de Montezuma, y Cortés fue el primero en entrar con algunos de sus capitanes. Cuando vieron la cantidad de objetos de oro —joyas, bandejas y lingotes— que había en aquella cámara, se sintieron transportados… Una serie de soldados se había llevado este tesoro, y otros habían pagado por él con su vida. Cortés proclamó entonces que un tercio de él debía serle devuelto, y que si no se lo entregaban les sería arrebatado. Cortés obtuvo parte de él por la fuerza. Pero dado que casi todos los capitanes y los propios funcionarios del Rey mantenían escondites secretos, la proclama fue prácticamente ignorada.

—BERNAL DÍAZ, *The Conquest of New Spain* (1570)

La alquimia… tiene como propósito la transmutación de los metales y otras operaciones importantes.

—SAMUEL JOHNSON, *A Dictionary of the English Language* (1755)

Ya no podía ver la cara de su amigo Siddhartha. En su lugar, veía otras caras, muchas caras, una larga serie de caras, un flujo continuo de caras —cientos, miles, que aparecían y desaparecían y, sin embargo, parecían estar todas allí al mismo tiempo; cambiaban y se renovaban y, no obstante, eran todas Siddhartha… Vio todas aquellas formas y caras en miles de relaciones unas con otras, ayudándose, amando, odiando y destruyéndose entre sí, y naciendo de nuevo.

—HERMANN HESSE, *Siddhartha* (1951)

LIBRO UNO

EL JUGUETE DE LA PERDICIÓN

I

Aquel domingo en la noche, por primera vez me di cuenta de que pasaba de ser una bibliófila desquiciada por las palabras a convertirme en una auténtica *biblioaventurera*, cuando un hombre de tez oscura y apariencia peligrosa me enseñó aquella parte del tesoro.

Era un mes de junio brillante y cálido en Long Beach, en 2001, el año de nuestro Señor Sir Arthur Conan Doyle, momentos antes de posar mis manos curiosas sobre este prodigio. A las siete de la noche, el cielo californiano estaba claro, de color zafiro y sin una nube; abajo, los bulevares brillantes de la ciudad estaban atestados de jugadores de fútbol de piernas delgadas y sílfides de playa. A pesar del ejemplo que daba aquel enjambre de sana humanidad, yo me había ocultado en mi deliciosa librería salpicada de tomos de aventura y fantasía llamada El León Rojo.

Yo, Lola Sánchez, soy baja de estatura, de cabello rojizo, aficionada a las bibliotecas y bendecida con extravagantes huesos mayas. Tengo los ojos oscuros y mansos como los de un buey, el busto pequeño, las piernas bellas y fuertes, y también concedería que me veía particularmente atractiva esa noche, pues llevaba un traje violeta cosido a mano, diseñado de acuerdo con la descripción de la túnica de la sacerdotisa de *Las nieblas de Avalon*. Después de verificar mi móvil para ver si tenía mensajes, desempolvé un poco la librería, admirando los destellos que lanzaba mi diminuto anillo de diamante de compromiso. Luego ahuequé los mullidos sillones de cuero color vino tinto que aguardaban a los fanáticos de Sherlock Holmes y a los devotos de Bram Stoker. Al lado de estos tronos había una pequeña mesa de madera de cerezo, sobre la cual había puesto una pesada licorera de cristal con jerez y una bandeja de tortas de gruyere hechas en casa. Kilimis de ricos colores, importados de las negras arenas de Arabia, destellaban sobre el piso de roble. Todo este lujo era el escenario para las verdaderas estrellas de la tienda que eran, desde luego, *los libros*. Mis espléndidas primeras ediciones en octavo y fabulosos y grotescos folletines baratos me contemplaban desde sus repisas, las cubiertas ilustradas con los retratos de aventureros de mandíbula cuadrada y "caballo oscuro" —Allan Quatermain, "Indy" Jones, Dirk Pitt, el Profesor Challenger, Gabriel Van Helsing.

Abastecía mi librería con colecciones tan anticuadas porque tengo una debilidad personal por este tipo de aventureros matones. Me intrigan los héroes de los folletines porque mi padre biológico fue uno de estos dinosaurios. No que yo lo hubiera *conocido* jamás. Tampoco creo que me hubiera agradado si lo hubiera conocido, pues al parecer era un tipo detestable, que poco se asemejaba a mi padre adoptivo, un amable neurasténico de quien soy devota como una esclava. No obstante, al igual que muchos otros de mi generación (cumplí treinta y tres años en 2001), nací de un padre que me abandonó. En lugar de tomar Xanax, me dedicaba sencillamente a leer *Las minas del rey Salomón* y *Mundos perdidos* en exceso, como una extraña versión más sencilla de Antígona.

Y, sin embargo, toda mi adolescencia de lectora fanática ¡no me había preparado para aquel trío de muchachos, semejantes a los X-Men, que golpearon súbitamente a mi puerta de cristal!

"¿Hola? ¿Srta. De la Rosa?"

Los tres extraños estaban justo debajo del cartel de El León Rojo. A través del cristal de la puerta pude ver que el primero era de cabellos rubios y tan grueso como un buey. El segundo era pelirrojo y tan delgado como un zorro. El tercero me miró con tanta intensidad que pareció borrar a los otros dos como un eclipse, y advertí también que sostenía un paquete pequeño, envuelto en seda, entre sus fuertes manos.

Este tercer hombre, vestido con el recato de un londinense, llevaba un elegante traje de tres piezas y tenía los ojos brillantes que transfiguran a las mujeres detrás de una máscara de seda. Su cara tenía los pómulos pronunciados y su piel era morena; su cabello era corto, negro y suave. Fruncía el ceño de una manera sardónica, que correspondía a la curva de su boca.

Él y sus amigos entraron.

"¿Puedo ayudarlos?" pregunté en inglés, como habitualmente hacía.

"Sí, creo que puede", respondió en español, con un acento que reconocí de inmediato como guatemalteco.

"Aquí vendemos libros de aventura y fantasía", dije automáticamente, cambiando de idioma. "Principalmente ediciones usadas. Esto es, usadas pero de la primera a la séptima edición, en condiciones *espectaculares*".

Levantó los ojos al cielo.

"No me interesa la ficción. El asunto que me trae a esta tienda esta noche es de una naturaleza… más práctica que la fantasía".

Un dedo frío pareció tocar mi corazón cuando lo dijo.

"Oh, *bonito* anillo". Miró el brillo del diamante que destellaba en mi mano. "Pero… ¡basta de amabilidades! Vayamos al asunto, ¿quiere?" Sostuvo el paquete en alto para que su envoltura blanca luciera bajo la luz de la lámpara, agitando un poco los papeles que tenía dentro, y esto atrajo mi atención. "Pues he hecho un largo viaje para verla".

"¿Desde dónde, señor…?"

"Mi nombre es Marco. Y he estado en todas partes… Praga… Zurich… recientemente en Florencia y Antigua".

"Sí, su acento es guatemalteco. Mi hermana es de allí, así que estoy familiarizada".

"Y su padre también, ¿no?"

Cerré las manos delante de mí.

"Discúlpeme, ¿conoce a mi familia?"

"*Todo el mundo* conoce a su familia", dijo suavemente mientras se paseaba por la tienda mirando los libros con mucho interés. "Es por eso que estoy aquí. Por casualidad ha llegado a mis manos un documento muy interesante, una especie de acertijo, podríamos decir. Realmente intrigante, pues puede involucrar dinero. Una gran cantidad de dinero, Srta. De la Rosa".

"En realidad, mi apellido es Sánchez. Me llamo Lola Sánchez".

"Ah, lo siento". Hizo un gesto con la mano en la que llevaba el paquete, de manera que esta se meció delante de mí como un anzuelo brillante o un encanto hipnótico. "Pero es pariente de Tomás de la Rosa, ¿no? El gran arqueólogo, ¿fallecido? Y más célebre aún, ¿el héroe de guerra? Si no pertenece a la familia De la Rosa, le ruego me disculpe, parece que cometí un error y, aun cuando siempre me agrada permanecer en la compañía de una mujer atractiva como usted, tengo un plazo que cumplir y debo marcharme".

"No, por favor exclamé, estúpidamente halagada.

"Mire, lo que tengo aquí es un manuscrito muy, *muy* antiguo. Es bastante importante para mí. Y escuché decir que la hija de De la Rosa…"

"El nombre de mi hermana es Yolanda de la Rosa".

"No, por favor, no mencione a esa repugnante mujer, ¿la del sombrero? ¿La rastreadora? Se me instruyó definitivamente que debía hallar a una dama más refinada llamada Lola. De quien se me dijo que había heredado el talento de su padre".

"¿Quién dijo eso?"

"Oh, un miembro deleznable del elemento criminal con quien me crucé en Antigua. Un comerciante de objetos robados. Un hombre de apellido Soto Relada, quien suministra... ¿Cómo los llaman? 'Objetos difíciles de obtener'. Fue él quien llamó mi atención a esta fascinante antigüedad. El Sr. Soto Relada solía trabajar también para su padre, por lo que entiendo. Dice que usted es la mejor después de Tomás".

"¿Soto Relada? Nunca he oído hablar de él. Trabajaba para De la Rosa, ¿haciendo qué?"

"Ayudándolo a... *descubrir* antigüedades. Ya sabe, ruinas excavadas, fragmentos de cerámica, pedazos de jade y de loza, esas cosas que hicieron tan famoso a su padre, junto con su 'trabajo político'. Oh, ciertamente admiro a Tomás de la Rosa, al igual que todos los guatemaltecos. Es una especie de figura nacional, excepto entre los militares, obviamente. Quienes lo *odian*. Pero sí, su padre era un genio, una persona a quien todos querían, ¿verdad? Aun cuando ahora, tristemente, *mortuus*, como dicen en latín. Fue sepultado en Europa, tengo entendido".

"¿En Europa?" ladeé la cabeza.

"Sí, en Italia. Me lo han dicho fuentes confiables".

"Tomás de la Rosa murió en Guatemala, en la selva".

Marco me contempló asombrado.

"¿Quién diablos le ha dicho eso?"

"Todos los saben", dije, ruborizada. "Quiero decir, no sabemos exactamente dónde fue sepultado. Lo buscamos hace dos años. En realidad mi familia lo buscó. Pero se nos dijo que los soldados lo habían matado".

"Fue una víctima de la guerra civil".

"Los fascistas lo asesinaron", dije cortante. "Es uno de los desaparecidos".

"*Fue* muy triste. Una pérdida semejante, un talento como el suyo. Aun cuando espero que a usted no le importe que diga que quizás sus habilidades no son irremplazables —como le mencioné, mi socio me dijo que esta señorita, Lola de la Rosa, era experta en descifrar códigos, que sabía leer en varios idiomas. Estoy buscando una joven que se interese en textos antiguos. En paleografía".

El paquete blanco brillaba en la sombría librería.

"Paleografía", dije.

Detrás de mí, el pelirrojo con cara de zorro y el rubio con contextura de buey, permanecían perfectamente impasibles, al lado de la puerta como dos enormes postes.

"Sí, la interpretación de documentos antiguos", prosiguió Marco. "En particular, documentos que otras personas tienen dificultad en descifrar. Usted es tan modesta. Dice que fue a buscar a su padre en nuestras selvas, pero lo que *realmente* encontró fue una reliquia, ¿verdad? ¿Aquel difundido escándalo de la Reina del Jade? El jade que resultó ser algo diferente... una mujer... una especie de momia, por lo que oí. Aun cuando usted tuvo algunos problemas o algo por el estilo. El loco coronel Víctor Moreno y su teniente... la persiguieron por los pantanos guatemaltecos. Querían vengarse por los crímenes de guerra de De la Rosa. ¿Sí? ¿Porque él mató a aquel chico en 1993? Y luego los soldados les dispararon a ustedes como dementes, por lo que oí. Pero ustedes consiguieron ejecutarlos, ¿de una manera algo violenta? El coronel fue golpeado hasta morir, ¿verdad? *Sí*, eso fue, el coronel Moreno fue destrozado, su pecho sumido, y le dejaron la cara negra, sangrante. Tuvo una hemorragia interna, oí. Dijeron que su hijo había enloquecido en los funerales... ¿Cómo se llamaba?" Marco frunció el ceño. "No puedo recordarlo. En cualquier caso, las historias de sus hazañas, tal como han llegado hasta mí, han sido bastante coloridas. Por lo que me han dicho, a pesar de todo ese drama, usted mantuvo la calma y encontró uno de los hallazgos arqueológicos más extraordinarios del siglo".

"Pues bien, hmmm..." dije, sonrojándome. "Mire, la verdad es..."

Tartamudeé y farfullé por un momento, pero la verdad *era* que este Marco narraba un recuento casi perfecto de mi reciente historia familiar. Es cierto que tuve una terrible aventura en la selva dos años atrás. E, infortunadamente, había sucedido casi como la había descrito:

En 1998, mi madre, la arqueóloga Juana Sánchez, desapareció en la selva en Guatemala, presuntamente para seguir la pista de una reliquia arqueológica conocida como la Reina del Jade, pero en realidad, con la intensión de buscar el cuerpo de mi padre biológico recientemente fallecido, el arqueólogo y rebelde marxista, Dr. Tomás de la Rosa. Además de haberse hecho famoso por sus descubrimientos arqueológicos, De la Rosa había actuado durante muchos años como insurgente político, luchando contra la dictadura en la guerra civil de Guatemala (1960–1996). El nadir de sus esfuerzos guerrilleros se había dado en los primeros años de la guerra, cuando ingresó a un campamento militar disfrazado de anciana, donde puso una bomba que mató a una persona llamada Serjei Moreno. Su víctima era el sobrino de uno de los principales arquitectos del régimen militar, un monstruo genocida, el coronel Víctor Moreno. A pesar de este crimen, y aun cuando mi madre había tenido durante mucho tiempo una relación amorosa con el curador del museo, Manuel Álvarez, cayó en brazos de De la Rosa en 1968, y de esa unión nací yo. Y aun cuando Tomás la abandonó, y Manuel la recibió de nuevo y me adoptó, ella nunca dejó de estar enamorada de aquel rompe corazones. Políglota, subversivo y un excelente científico, De la Rosa parecía un Che Guevara de Byron, con algo de Louis Leakey. Así, cuando escuchó en 1998 que las fuerzas militares habían matado a Tomás y luego lo habían enterrado en los pantanos de Guatemala, su perdurable obsesión con este hombre la llevó a embarcarse en aquella peligrosa búsqueda. Un devastador huracán llamado Mitch azotó a América Central, precisamente en los días en que ella partió a buscar la tumba de su antiguo amante —tumba que nunca encontró.

Peor algo terrible sucedió, se extravió en el diluvio. Poco después de enterarnos de su desaparición, mi hermana Yolanda (la otra hija legítima de De la Rosa), Manuel, mi actual prometido, Erik Gomara, y yo nos aventuramos en la selva para buscarla. Hallarla requería descifrar un intrincado texto maya que ella había estado utilizando como guía, pero antes de que finalmente la encontráramos, herida en la tumba de una reina maya, fuimos interceptados. El coronel Moreno y su secuaz, un matarife desquiciado llamado teniente Estrada, nos habían perseguido por la selva. Moreno le ordenó a Estrada que nos matara en venganza por la muerte de su sobrino Serjei. Este asesino, sin embargo, se había enloquecido tanto con el "entrenamiento" militar del coronel Moreno, que terminó matando a golpes a su mentor ante nuestros ojos, destrozando el cuerpo de aquel hombre con sus propias manos, tal como lo había relatado Marco. Más tarde, el teniente se ahogó en presencia nuestra. Como es de suponer, esa serie de catástrofes había afectado a mi familia: el rompimiento transitorio entre Manuel y Juana, la profunda pena de Yolanda (empeorada por haberse mudado a los suburbios de Long Beach) y las constantes pesadillas de Erik. Por mi parte, desarrollé una fascinación por mi padre muerto y desaparecido. Sin embargo, nunca le mencioné mi obsesión a nadie —especialmente a Manuel— y había decidido en silencio manejar esta neurosis acumulando costosos libros sobre aventureros locos, malos y peligrosos. Y es por eso que le dije a Marco:

"La verdad es que preferiría no hablar de todo esto, si no le importa".

"Pero usted *estuvo* allí", insistió. "Usted encontró a la Reina del Jade. Y ¿acaso no tuvo una pelea con el coronel Moreno? Quiero decir, el difunto coronel Moreno".

Yo ignoré la referencia con un gesto de la mano, dando por cerrado el tema.

"Descifré algunas cosas, pero mi prometido y mi madre fueron quienes realizaron la mayor parte del trabajo arqueológico".

"No obstante, usted *es* la persona a quien busco, ¿verdad?" Su sonrisa se hizo más cálida. "Qué suerte la mía que sea usted tan… encantadora".

"Y usted, ¿quién es exactamente?" pregunté.

"Un *playboy*, creo, es la forma como me definiría la mayoría de la gente. He vivido en Europa durante muchos años, y recientemente me he interesado por la política. Y ahora", levantó el paquete aun más alto, de manera que estaba por encima de mi vista, "al parecer, por la arqueología. Verá, esperaba que usted pudiera ayudarme a descifrar este enigma que le he traído, que quizás sea también un mapa. Si el documento que sostengo aquí es auténtico, entonces es *muy valioso*. Presuntamente, fue escrito por uno de los miembros de la familia Médici, un alquimista estrafalario y suicida llamado Antonio Beato Cagliostro Médici, quien viajó a México con Hernán Cortés en el siglo" XVI.

"Oh. ¡Sí! He leído acerca de él, el conquistador italiano, soldado de Cortés".

"Así es, el viejo Hernán, quien saqueó la ciudad azteca de Tenochtitlán con sus mercenarios… y luego destruyeron todo y se llevaron el dinero del emperador".

"Del emperador Montezuma".

"Sí, *él*. El gran rey, el gran fracasado, ¡quizás la figura más lastimosa de toda la historia latinoamericana! Estoy seguro de que ha escuchado la historia acerca de cómo Montezuma entregó todo su oro —montones y montones de oro— a Cortés, quien sostenía que era un dios o algo colosalmente idiota como eso".

"Esa es una versión bastante simplista, los europeos llevaron el sarampión y la sífilis, y tenían armas de acero enormes, afiladas y básicamente omnipotentes, que blandían como mosqueteros".

"Y bla bla bla bla bla *bla*. Sí, es cierto, pobres perdedores. ¡Pobres, pobres de *nosotros*! Destrozados por los blancos. Sin embargo, es una historia fascinante. Cómo un puñado de pequeños anglos de piernas arqueadas y con escorbuto derrocaron a uno de los reinos más grandes del mundo. Y, de nuevo, *tomaron todo aquel oro*, y nadie supo realmente qué sucedió con él".

"Una enorme parte del tesoro desapareció, de acuerdo con los relatos".

"Los relatos que nosotros hemos leído, pero ¿qué sucedería si hubiera otra historia, una historia secreta acerca de lo que realmente sucedió con el oro? ¿Qué sucedería… si pudiéramos descubrir… dónde… está?"

De nuevo, meció el paquete hacia adelante y hacia atrás.

"Puede que sólo se trate de resolver un pequeño acertijo, si estoy en lo cierto", prosiguió. "Pero un acertijo bastante *desagradable*, me temo. Posiblemente peligroso. En esta carta, Antonio de Médici sostiene que él robó el oro de Cortés, o de Montezuma, lo llevó a Italia y, probablemente después de gastar parte de él, ocultó el resto en una especie de trampa que había concebido para su sobrino, Cosimo I, Duque de Florencia. Cosimo era un fomentador de la guerra, constructor de imperios, destructor de Siena, abusador de los débiles y de los estúpidos, me imagino que conoce el tipo. Al parecer, no fue muy amable con Antonio, quien, creo, habría podido considerase un débil, o lo que nosotros llamaríamos, un inválido. Al parecer, Antonio sufría de una 'condición' ".

"Sí —la condición— la enfermedad de Antonio. Nadie sabe realmente qué era, aun cuando hay rumores…"

"De que era un hombre lobo, sí. Cualquier cosa que fuere, intentó curarla con pociones de alquimia. Era probablemente algún tipo de enfermedad mental, pero se rumoraban historias de que se convertía en un perro negro salvaje, si es posible que las crea".

"Ciertamente, puedo creerlas. Los florentinos del Renacimiento eran increíblemente supersticiosos".

"Sí. Bien. Cualquier cosa que fuese, hombre o superhombre, era *inteligente*. En estos papeles, Antonio sostiene que dibujó un mapa que conduce al sitio en Italia donde se encuentra el tesoro, mapa que me agradaría mucho estudiar… aunque no he podido encontrarlo. También hay pistas en esta carta sobre una especie de búsqueda del tesoro suicida, pero no puedo entenderlas. Me preguntaba si *usted* pudiera estudiarlas, claro está, después de autenticar primero la carta. Ve usted, hay tanto trabajo por hacer". Se volvió y llamó: "¿Crees que puedes ayudarnos, Blasej?"

"Si usted lo cree, señor", replicó el delgado pelirrojo en un español con sabor a checo, sin separarse de la puerta.

"Y tú, Domenico?"

"Él piensa lo mismo, señor", respondió el pelirrojo.

"Dios, él puede hablar por sí mismo, ¿verdad?"

"No sabría nada al respecto, Marco", replicó bruscamente el rubio.

"Mmmm. Sería terrible si ella no pudiera realizar esta tarea". De nuevo, oprimió levemente los papeles, produciendo un sonido delicioso.

Yo toqué mi anillo de compromiso con un poco de ansiedad, pero di un paso adelante, acercándome a él.

"Oh, aquí viene. Parece que desea intentarlo".

Marco retrocedió un paso mientras ponía el paquete detrás de él. Después retrocedió un paso más.

"Creo que tenemos su atención, chicos".

Yo estaba delante de él, intentando ver el anzuelo. Extendí el brazo alrededor de sus costillas y lo tomé, aun cuando él lo sostenía con fuerza, sonriendo.

"Déjeme ver", dije. "Vamos, *démelo*".

"La tengo", murmuró.

Al halar el paquete para tomarlo, rasgué levemente el sobre, arrugado y frágil como un capullo. Los papeles crujieron al tocarlos. Vi un brillo de papel dentro.

Inspirada por el brillo del texto que se encontraba dentro del sobre y por los relatos del extraño, comencé a abrirlo desesperadamente.

Adentro, oculto en capas de papel de seda color perla y envuelto entre dos cuadrados de cartón, encontré un pequeño envoltorio de papeles doblados. Una gruesa hoja nueva de papel color crema encerraba un atado de pálidos papeles de cebolla, que lucían muy antiguos y delicados. Los extendí.

Una breve nota había sido impresa en láser sobre el papel color crema. La tinta negra de los caracteres se hundía en la acolchada textura del papel. La carta estaba en español.

Los papeles translúcidos de cebolla llevaban un mensaje escrito a mano con una perfección en los rasgos semejante a la de un tallador de joyas, que indicaba su antigüedad. La carta tenía también al final un sello de cera dorado roto, que llevaba la marca heráldica de un lobo rampante.

La tinta de aquellas páginas que abrí, que había sido color ébano alguna vez, se había desvanecido a un gris paloma, y las letras estaban configuradas en la perdurable y bella itálica romana. La escritura era en italiano, pero yo hablo bien el italiano y tengo cierta facilidad para traducirlo.

Un ferviente entusiasmo me recorrió mientras contemplaba aquella joya, cuya caligrafía revelaba el cuidado que únicamente había visto en las manos de los maestros de caligrafía del Renacimiento.

Incluso bajo la mirada de aquellos extraños, me sentí atrapada por un presentimiento con sólo ver aquel texto antiguo y misterioso.

"Tenía la sensación de que encontraría esto interesante", dijo el hombre, riendo en voz baja mientras mis ojos recorrían frenéticamente la carta.

2

Señor Sam Soto Relada
Comerciante de Bienes Usados
Avenida 11 con Calle 11, Zona 1, Vía Corona
Ciudad de Guatemala, Guatemala,
502-2-82-20-099
Estimado señor o señora,

Espero que disfrute de esta *rareza epistolar* en excelente salud.

¿Encontró algún problema? ¿Alguna pregunta? ¿Se siente en general ofuscado o confundido? Siéntase en libertad de llamar en CUALQUIER MOMENTO.

¡Y recuerde que Soto Relada es la persona a quien puede recurrir para cualquier objeto "difícil de obtener"!

Atentamente,
Sam Soto Relada

[Traducido del italiano antiguo por Lola Sánchez, con una pizca de licencia poética.]

1 de junio, 1554
Venecia

Mi querido sobrino Cosimo, Duque de Florencia,

Escribo esta misiva en respuesta a tu solicitud de fondos, en vísperas de tu muy estúpida batalla contra Siena. Tu apetito por blandir lanzas me sorprende, pues esta es una guerra que, te lo he dicho, encuentro de mal gusto. O te lo habría dicho, si alguna vez te hubieras dignado a concederme una audiencia. ¿Cuándo nos vimos por última vez, antes de que nos exiliaras a mi esposa, Sofía la Dragona, y a mí? Creo que fue en la década de 1520, justo después de mi regreso de América, durante los pocos meses en los que aún se me permitió festejar en el palacio de nuestra familia. El comedor era tan bello, recuerdo, lleno de misterios y de indicios de tesoros, con sus frisos de jóvenes doradas, sus pasadizos secretos, su fresco El rapto de Proserpina, y aquella baratija que encargué, el maravilloso mapa de Italia de Pontormo. Durante aquellas veladas, después de cenar en tu desagradable compañía, se me permitía la indulgencia de retirarme a mi laboratorio para adelantar mis búsquedas experimentales de la Cura para la Condición, ¡cuántos pequeños placeres familiares me han sido negados desde que me convertí en paria!

Me impresiona que, después de tal maltrato, tengas las agallas de pedir mi ayuda financiera para la guerra.

Dado que tomo el destino de los Médici más en serio que tu imbecilidad, he decidido honrar tu solicitud. Nuestro Nombre lo exige. Después de todo, había mucha sabiduría en aquel antiguo refrán del poeta Plauto: Nomen atque Omen —nuestro nombre es nuestro augurio.

Por lo tanto, envío junto con esta carta seis cofres de plata, trescientos soldados y la promesa de mi propia espada.

Sí, Cosimo, yo mismo estaré en el campo de batalla de Siena en dos semanas; no te daré riquezas sin ver con mis propios ojos cómo se gasta.

Y, junto con mi plata, te concedo también dos favores más:

Mi primer favor es una profecía: Espero morir en esta guerra. Ahora que mi señora Sofía me ha sido arrebatada por la fiebre cerebral, me falta la voluntad de sobrevivir a una batalla, aun cuando pretendo llevarme muchas vidas enemigas antes de dejar este mundo.

En cuanto a mi segundo Sacrificio, te lego toda mi Fortuna. Ciertamente, recordarás mi aventura con Hernán Cortés, cuando yo era un mozalbete y huí a las Américas de los españoles en búsqueda del Oro de su Rey. Cuando regresé a Italia —con el cadáver de aquel fatigante esclavo al que maté de hambre— tú ya habías escuchado todos los Rumores acerca de mí: Que poseía el tesoro robado de Montezuma; que había cambiado. Pero todo eso fue sólo un preámbulo a la forma como tú imbécilmente pronunciaste equivocadamente mi nombre Secreto, y luego nos exiliaste a Sofía y a mí de la Ciudad.

"Algunos te llaman il Lupo, pero yo te veo como eres realmente. No ensombrezcas de nuevo mi puerta, Versipellis", recuerdo que farfullaste.

"¡Yo no soy un Versipellis, mi Señor!" te dije.

"¡No mientas!"

"Esos relatos son meras calumnias. ¡No soy un monstruo! ¡No tengo oro! ¡Soy sólo tu Esos tío pobre, desposeído, que depende de la Buena Voluntad de la Casa de mis padres, los Médici!" gemí, llorando, mientras tus guardias me arrastraban hacia afuera.

Pues bien, Cosimo, te alegrará saber que mentí.

Sí poseo, en efecto, un vasto tesoro, manchado de sangre y secreto, que negocié a cambio de mi alma en Tenochtitlán, y que he mantenido oculto del mundo durante todos estos años. Te lo lego. Te dejo mi fortuna con una condición, sin embargo. Debes primero resolver mi Enigma:

Incluidas en esta carta hay Dos Cifras que revelan los lugares donde están escondidas las cuatro pistas que he esparcido a través de tus cuatro ciudades estados rivales, y que te conducirán a la Fortuna. Una de estas Cifras es un acertijo, y la otra, como ves, es un mapa (o, al menos, lo verás

si puedes levantar la vista de tus fiestas y banquetes, y prestar una atención nominal a lo que te estoy diciendo).

¿Parece lo suficientemente sencillo? Dos cosas más:

Si tu cerebro resulta menos denso de lo que imagino y, en efecto, encuentras las pistas, debes saber que no están en orden, y que deben ser
combinadas por ti para deletrear una contraseña secreta que te permitirá
obtener el Tesoro. Más aun, desde luego, he hecho corresponder cada uno
de los escondites secretos de las pistas con las más extraordinarias Trampas Mortales, que seguramente habrán de matarte de formas tan inteli-
gentes como extremadamente dolorosas.

Hago todo esto con la enorme esperanza de que tu ambición me dará
amplia oportunidad de alcanzar mi venganza desde la tumba.

He aquí el Acertijo:

Para hallar mi fortuna

En cuatro ciudades buscarás.

De tu verdadera Valía las pruebas darán fe:

Morir pobre o sobrevivir a tu premio.

En la Primera Ciudad halla una tumba

Sobre la cual los gusanos se alimentan de un Idiota

En una mano sostiene el Juguete de la Perdición,

La otra se aferra a tu primera Pista.

En un santuario de la Segunda Ciudad

Una Loba dirá más que yo

Cuatro Dragones cuidan la siguiente Pista

Lee el Quinto Mateo, o muere.

La Tercera Ciudad es Invisible

Dentro de esta Roca, encuentra un Baño

Quema las Manzanas del Amor, mira el Ovillo

Y luego trata de Volar de mi Ira.

La cuarta alberga a un santo del Oriente,

UN DESDICHADO QUE RELINCHA Y CAMBIA DE FORMA.

ALGUNA VEZ SE LO LLAMÓ LA BESTIA DE NERÓN—

ESCUCHA SU PALABRA Y CONOCE AL HERALDO DE TU MUERTE.

Dije que te envío dos Cifras en esta carta. La segunda es un Mapa, que adjunto también. Ciertamente espero que puedas discernirlo, y comprender mi broma.

Adiós por ahora, sobrino

Pronto nos veremos en Siena.

Antonio Beato Cagliostro
Médici

3

El pelirrojo y el rubio permanecieron en silencio al lado de la puerta mientras Marco observaba la forma cómo estudiaba las fechas de aquella asombrosa carta, sus juegos de palabras, y la extraña página final con la firma.

"Esto es fantástico —si es auténtica", dije ahogadamente. "Necesitaré una muestra certificada de la caligrafía de Antonio para comparar la inclinación, la altura de las letras, el estilo retórico…"

Marco se inclinó sobre mi hombro; su mejilla tocó por un segundo la mía, aun cuando yo estaba demasiado absorta para preocuparme todavía por los detalles personales.

"Pero, ¿qué hay del acertijo? Todo ese asunto acerca de Lobas e Idiotas y Ciudades Invisibles?"

"No lo sé aún. Tendría que investigar, pero, oh. Podría comenzar *esta misma noche*".

"Entonces, en realidad no tiene ni idea".

"No, no, tengo *miles* de ideas. Por ejemplo, mire esto". Recorrí con el pulgar aquella maravillosa caligrafía. " *'No ensombrezcas de nuevo mi puerta*, Versipellis'. *Versipellis*. Eso fue lo que Cosimo, el Duque de Florencia, le dijo a Antonio. Esta es la primera confirmación escrita que haya visto jamás de que los Médici, en efecto, creían que Antonio era una criatura sobrenatural. *Versipellis* era la palabra italiana para hombre lobo. En latín significa 'el que cambia de piel' ".

Marco asintió.

"Eso tengo entendido".

Bip bip.

Ambos nos sobresaltamos al escuchar este sonido. Era mi móvil, que sonaba dentro de mi bolso. Levanté la mirada.

"Oh, cielos, lo olvidé". Súbitamente fruncí el ceño, tocándome la frente con la mano.

"¿Qué ocurre?"

"Oh, cielos. Antes de que me adentre más profundamente en esto, debo reorganizar algunos planes".

Le entregué la carta y corrí hacia la mesa de ventas para tomar el bolso. Una vez que tuve mi pequeño Nokia rojo en la mano, vi un mensaje de mi prometido, Erik. Al parecer, estaba ansioso por la elegante cena francesa que habíamos acordado en un restaurante aquella noche:

```
te deseo y te amo y tambien tengo mucha
hambre
```

Rápidamente, escribí:

```
tambien te deseo pero no puedo salir a
cenar nuevo cliente quiere que investigue
papeles de Medici sobre oro azteca
```

Envié aquel mensaje, y luego, como si lo hubiera olvidado, escribí también rápidamente un segundo mensaje:

```
dice tambien que tomas d1r fue sepultado en
italia apuesto que nunca oiste eso antes
```

Marco se puso visiblemente rígido mientras yo usaba el teclado. Pensé que lo había visto lanzar una mirada al pelirrojo y al rubio, quienes permanecían como centinelas al lado de la puerta.

"¿Quién llama?" preguntó.

"Mi prometido. Nos casaremos dentro de dos semanas, el 16 de junio. Pensábamos hacer algunos planes de último momento durante la cena esta noche".

"Oh, dos semanas, eso es muy pronto".

Asentí.

"Dígamelo a mí. Ni siquiera nos hemos puesto de acuerdo sobre la música".

Levanté el móvil para que pudiera verlo bien. Recuerden que estábamos en 2001, y yo sólo había tenido acceso a esta tecnología hacía sólo un mes.

"Pero, mire esto. Mensajes de texto. ¡Son asombrosos! Acabo de inscribirme al servicio. ¡Se pueden enviar mensajes desde el móvil!"

Levantando los ojos al cielo, Marco susurró:

"Usamos esa tecnología en Europa desde hace dos años. Dios, permíteme salir de estas aguas estancadas. Y, mire, no tengo tanto tiempo, Lola. Permítame ser claro: Lo que estoy haciendo ahora es una *entrevista*. El Sr. Soto Relada me dijo que usted sería de gran ayuda para descifrar las pistas, y si es así, entonces estoy dispuesto a incluirla en el proyecto. Quiero llevarla a Florencia para que pueda autenticar la carta. Iremos al Palacio Médici Riccardi. ¿Decía que necesita muestras de la escritura de Antonio? Allí tienen archivos que serán de gran utilidad, muestras antiguas

de su caligrafía. Y luego, tendremos también la ventaja de trabajar
con la Dra. Isabel Riccardi, la académica especialista en Antonio
de Médici".

"¡Oh, Dios mío!" Di un salto. "¡La Dra. Riccardi! He leído su
libro, *Antonio de Médici: Decorador y destructor*. Y me *fascina* Florencia,
creo. Quiero decir, me fascina leer sobre Florencia".

"Pero si prefiere charlar por correo en su diminuto teléfono,
entonces quizás deba marcharme o, discúlpeme que lo diga, quizás usted no sea tan experta como lo afirma Soto Relada".

"No, no, no. Escuche, espere. Sí sé algo acerca de él... déjeme pensar. Está bien, le diré acerca de Antonio de Médici".
Guardé el móvil en el bolsillo y entorné los ojos, recordando.
"Uno de los miembros menos importantes de la familia Médici.
Nacido en, qué, 1478. Desde muy joven se interesó en la ciencia,
realizó experimentos con personas, creo, personas vivas, en
Florencia. No como da Vinci con cadáveres. En realidad era un
monstruo, un vivisector. Fue entonces cuando comenzaron los
rumores de que era un hombre lobo. Después de esto, se aburrió
de hacer experimentos con su coterraneos y viajó al extranjero.
¿Viajó a África? ¿A Algeria? Se convirtió en una especie de conquistador, pero de inclinación científica. Veamos... alrededor de
1510, se encontraba en Tombuctú, asesinando musulmanes. Hizo
muchas investigaciones de alquimia, saqueando sus laboratorios.
Secuestró también al menos a un africano y lo convirtió en su
esclavo. No conozco el nombre del esclavo. Después de esto, y
quizás algo que no deba sorprendernos, Antonio se unió a Cortés. Navegó hacia América, asesinó a cientos de aztecas en Tenochtitlán, y *he* escuchado historias acerca de que robó el oro de
Montezuma. Sin embargo, después de regresar de México a Florencia, lo único que sé es que mató a aquel esclavo suyo —hay un
relato espantoso acerca de la forma como Antonio lo dejó morir

de hambre con una especie de máscara de oro que bloqueaba o encerraba su boca. Un asesinato de tortura. Como algo tomado de *El hombre de la máscara de hierro*".

"Sí".

"Pero aquel fue su último asesinato durante mucho tiempo, Después de regresar de México, él..."

"Cambió".

"Así es. Se convirtió, después de casarse con una mujer llamada... ¿la Dragona? Aquel era el apodo que le decían a Sofía de Médici. Ella lo alentó a convertirse en un patrón de las artes, y, como usted mismo dijo, en un alquimista. Aun cuando, en efecto, tuvo problemas: Cosimo envió al exilio a Antonio y a su esposa por razones desconocidas —exilio al que alude en la carta— y ambos pasaron el resto de su vida viajando por Siena, Venecia y otras partes de Italia. Desde ese entonces, Antonio llevó una vida desprovista de grandes acontecimientos, al menos si se compara con su vida anterior como asesino —esto es, hasta esta guerra, aquella a la que se refiere en la carta. Murió en 1554, en la batalla de los florentinos contra Siena. Desapareció durante la batalla, ¿verdad? ¿A causa de la niebla? Mató a cientos de sus propios hombres con algún tipo de arma de los alquimistas, una especie de explosivo —una enorme bomba".

Marco parpadeó durante varios instantes, asombrado. Luego dijo.

"Bien, tengo que reconocer que tuvo razón el Sr. Soto Relada al decir que usted era muy talentosa".

Fruncí el ceño, sonriendo.

"Lo siento, pero ¿de dónde me conoce el Sr. Soto Relada? ¿Y dijo usted que era un comerciante de objetos robados?"

"¿Ese viejo astuto? Sí, el negocio de Soto Relada consiste en apoderarse de toda clase de mercancías indebidas, incluyendo su dirección. Como dije, trabajó con su padre y tenía toneladas de información sobre Tomás y su familia. Me aseguró que valdría la pena".

"Valdría la pena". Reí, sin saber a ciencia cierta cuál era el significado de aquella expresión.

"Sí. Sólo estoy diciendo que me alegra haber seguido su consejo y haber tomado el tiempo de conversar con usted. Antes de… hacer cualquier otra cosa. ¿Cómo sabe tantos datos sobre Antonio… sin ninguna preparación?"

Señalé a mi alrededor con la mano.

"Leyendo, leyendo, sabe".

"Sí, lo sé. Sin embargo, en mi investigación, no he tenido ninguna suerte para encontrar el mapa que Antonio describe en la carta. Ningún mapa o atlas que se ajuste a la descripción de Antonio ha sido recobrado jamás. El Sr. Soto Relada dice que está perdido. Pero ya lo he decidido: ¡está usted contratada! He reservado un vuelo para todos nosotros a Italia esta misma noche. En British Airways. Vuelo 177 —en primera clase, desde luego".

"*¿Esta noche?*" Comencé a pasearme por la librería, intentando organizar mis pensamientos. "Eso suena algo apresurado".

"En realidad, debemos marcharnos ya. Suponiendo que usted tenga su pasaporte…"

"Lo tengo, está en la habitación de atrás, en mis archivos". Reí abruptamente ante su proposición lunática. "Pero no puedo hacerlo. Me caso en catorce días".

"Oh, regresaremos en uno o dos días. Podrá regresar a tiempo para la boda. A menos que no esté interesada".

Marco sostuvo las páginas translúcidas de cebolla en el aire. Destellaban a la luz de la lámpara, y de nuevo sentí el hechizo de aquella extraña, sofisticada página con la firma. Intenté pensar

lógicamente, a pesar del abrumador deseo que sentía de arrebatar
le aquellos papeles a Marco y dedicarme a resolver el acertijo de
Antonio hasta que se me cayera la cabeza o lo resolviera.

"Oh", suspiré. "Quizás *pudiera* ir, por poco tiempo. Dios, ¿qué
estoy *diciendo?*"

Mi Nokia sonó súbitamente de nuevo. Lo saqué del bolsillo y
encontré dos mensajes de Erik:

```
de que hablas loca el oro azteca despare-
cio hace tiempo

                    ...

acabo de preguntar le a tu hermana acerca
de que tdlr estuviera sepultado en italia
y ha enloquecido
```

Sin pensarlo, pero también en cierta forma como un chiste,
escribí:

```
lo siento voy a florencia con cliente
vuelo 177 british air para ir a encontrar
el oro de montezuma me hospedare en pala-
cio medici riccardi hombre apuesto tal
vez deberias venir tambien para asegu-
rarte que me porte bien

                    ...

no no te vas

                    ...

si me voy debes venir a menos que no te
importe que coma pasta con hombre alto
moreno apuesto

                    ...
```

```
grrrrr me estoy poniendo celoso necesito
hacerte el amor ya
                    ...
lo siento me marcho te vere cuando re-
grese
                    ...
espero que no debamos posponer boda
                    ...
estas loco nos vamos a casar
```

Mi última línea era una broma, puesto que estaba tan locamente enamorada de Erik Gomara que nunca pospondría nuestra
boda. Pero antes de que pudiera enviar el "chiste", Marco me interrumpió:

"¿Escribiendo otra vez sobre los planes para la cena?"

Negué con la cabeza.

"Lo siento, fue descortés de mi parte hacerlo esperar. Sólo le
estaba contando a Erik acerca de la carta".

Marco hizo una mueca.

"Desearía que no lo hubiera hecho".

"Oh, no tiene nada de qué preocuparse. Erik es muy discreto".

En realidad, esto no era verdad en absoluto.

"Y es muy bueno para descifrar códigos. De hecho, creo que
deberíamos incluirlo en este proyecto. Hizo un trabajo increíble
el año antepasado en la selva —ya hablamos de eso".

"Sí, hablamos de eso, ¿verdad? ¿De lo que ocurrió en la selva?"
Marco miró el móvil que tenía en la mano. "Realmente, es un
aparatito muy astuto, ahora que lo veo mejor. ¿Me permite?"

"Desde luego".

Marco tomó el Nokia y lo lanzó sobre su hombro.

"Blasej".

El pelirrojo lo atrapó limpiamente con su mano derecha. Lo puso en su bolsillo, sin mirarme siquiera.

"Mi móvil", dije.

"Oh, sólo lo está mirando".

"Lo necesito".

"No lo necesitará en Italia", me aseguró Marco. "Su línea no funcionará allá".

"¿Qué sucede?"

Antes de que opusiera más objeciones, sin embargo, Marco me hizo sobresaltar cuando se inclinó y aspirando profundamente olió mi cabello con su nariz delgada.

Retrocedí.

"¿Qué está haciendo?"

"¿Qué es ese aroma? ¿Perfume?" Olfateó de nuevo, por debajo de mi oreja. "Hmmmm, qué maravilla". Y luego, susurró: "Y yo que pensaba que los De la Rosa apestaban".

"¿Qué diablos acaba de decir?"

Me retiré rápidamente de su lado y me dirigí a la pared más alejada, al lado de la sección de historia de El León Rojo.

"Su perfume es maravilloso". Rió. "Usted también, a propósito. Realmente fue una gran sorpresa".

Vacilé por un instante. Era un *loco*.

"Creo que debe marcharse".

"¿*Marcharme*? ¿Por qué?"

"Escuché lo que dijo".

Marco bajó los párpados y sonrió.

"No quería ofender, pero… es sólo que los De la Rosa no tienen la mejor reputación, ¿verdad? Como lo hablamos anteriormente, estuvo aquel asunto *sucio* en el que usted se vio involucrada hace algunos años en la selva. El coronel Moreno y todo eso, ¿recuerda?"

"Como dije antes, prefiero no hablar del tema".

"¿Qué, del coronel Moreno? Sí, en efecto, *es* desagradable. Como lo es el hecho de que su padre hubiera bombardeado aquella base militar en —¿qué?— 1993. Y asesinado al sobrino de Moreno".

"¿Vino usted aquí esta noche a hablar acerca de los De la Rosa o de los Médici?"

"En realidad, están relacionados". Sonrió.

Lo miré atónita.

"¿Qué quiere decir? ¿Cómo?"

"Oh, no quiero adelantarme. Veamos, ¿dónde estábamos? De la Rosa asesinó a Serjei, y luego el coronel Moreno quería vengarse. Oh, lo sé, Moreno *estaba* loco. ¡Un Stalin centroamericano! Una vez terminada la guerra, quería crear una sociedad de militares aristócratas, y con este fin se convirtió en un fanático del honor del clan, de las represalias. Así que la persiguió a usted, la hija de De la Rosa. Agh, ¡los Morenos! No pueden sobreponerse a su pena. Son tan *emocionales*".

"¿Emocionales?"

Marco no parecía tan inofensivo ahora como un minuto antes. Ya no parecía un frívolo *playboy* en absoluto. Por el contrario, avanzaba sigilosamente hacia mí mientras hablaba.

"Sí, parece que no consiguen sobreponerse a su pena. Es por ello que el coronel Moreno no dejó de perseguir a De la Rosa después de la bomba y, de hecho, extendió una orden para que se le diera muerte a toda la familia De la Rosa. Lo cual explica por qué tuvo usted todos esos problemas en la selva mientras buscaba la tumba de su padre, ¿verdad? Pero usted los solucionó. Cuando llegó el ejército, usted se defendió a sí misma y a su familia matando al Coronel".

Negué con la cabeza.

"¿Es eso lo que dice la gente? Porque yo no maté a nadie. Moreno le ordenó a Estrada —uno de sus hombres, un teniente— que nos disparara; fue algo terrible".

"Sí, *debió* serlo. ¡Espantoso!"

"Pero Estrada perdió la cabeza cuando el Coronel le ordenó que hiciera eso. Mató entonces a Moreno. Nosotros sólo… miramos".

"Oh, ¿eso fue todo?" dijo Marco en un tono bajo, con suavidad. "Ustedes sólo miraron mientras un hombre era asesinado a golpes?"

Transcurrió un instante de silencio.

"Y sigue siendo verdad, ¿no es así?" prosiguió, "que los De la Rosa son la razón por la cual los Moreno han sufrido estas imperdonables pérdidas. Quiero decir, si Tomás hubiera sido, por ejemplo, estrangulado en su cuna y usted nunca hubiera nacido, entonces, hoy en día, los Moreno aún serían una enorme y *adorable* familia".

Yo tenía la espalda apoyada contra los estantes y el pulso me latía en el cuello. Marco se aproximó más a mí. Era un pie de estatura más alto que yo, y se acercó tanto que pude oler las especies en su piel. Pude ver también que sus ojos negros se llenaban súbitamente de lágrimas.

Mi corazón comenzó a latir irregularmente.

"¿Quién es usted?"

Una lágrima rodó por la mejilla de Marco. Había empalidecido.

"Oh, Dios". dije.

"Sí, supongo que he mostrado mis cartas, ¿verdad?" preguntó. "Es un rasgo de familia. Al parecer no puedo controlar mi pena".

"¿Quién es usted, el hijo del Coronel?"

"Soy el único hijo de Víctor, Lola".

Las lágrimas corrían por sus mejillas y, consternado, las secó de un golpe. El agua salada humedeció sus manos, que quedaron mojadas y brillantes. Asqueado, agitó las muñecas, pero en ese momento decidió poner sus manos sobre mi cara para ungirme con sus lágrimas.

"Aléjese, salga de mi librería", grité.

Tenía las manos sobre mi mandíbula y mi cuello, y acariciaba mi piel mientras me frotaba con las lágrimas.

"Oh, lo haré, pero con *usted*, desde luego. Pequeño gozque. Putita". Por el temblor de su boca, vi que se esforzaba por dominarse. "Debe alegrarse de que la esté invitando, Lola. Veo ahora que Soto Relada tenía razón acerca de su utilidad para ayudarme a encontrar el oro. Fue una buena actuación la suya exclamó con una vocecita chillona: "'*Versipellis es la palabra latina para quien cambia de piel*'. Si su ingenio hubiera sido una gota más denso, entonces… bien, habría tenido que dejarla en las mismas condiciones en las que usted dejó a mi padre".

Le arrebaté la carta de las manos, lo pateé y corrí alejándome de él y gritando:

"¡Socorro! Ayúdenme!"

Pero no soy una corredora ni una luchadora natural. Marco me asió brutalmente por la cintura. Caímos sobre la alfombra, tumbando la mesa de manera que la licorera de jerez vertió su líquido rojo como la sangre. Desesperada, conseguí ponerme en pie y alejarme, sosteniendo la carta en alto para proteger las páginas del vino.

Marco me asió por el cuello y haló duro.

"¡No!"

"Blasej", exclamó.

El pelirrojo avanzó y, en un momento, me tenía entre sus enormes brazos. El rubio se había excitado con la violencia y respiraba con fuerza mientras buscaba algo para golpear. Se acercó a los estantes y comenzó a tirar los libros, lanzando y rompiendo truculentamente tres preciosos octavos contra la pared.

"¡No dañes los libros, idiota!" dijo Marco entre dientes.

El rubio se detuvo, dejó caer los brazos y miró al pelirrojo.

"Cálmate", dijo Blasej.

El rubio asintió.

"Sí, lo siento, jefe".

"Dios. Anda a buscar su pasaporte en sus archivos, probablemente están en la habitación de atrás".

"Está bien".

"¡Levántala!"

El pelirrojo me izó y me arrastró hacia la calle. Era domingo, a la hora del crepúsculo.

Puesto que vender libros no es el negocio más lucrativo, El León Rojo estaba en una calle cerrada, con poco tráfico y donde pagaba muy poco alquiler, en una zona de "desarrollo" comercial. Aquella calle estaba, por lo tanto, vacía de cualquier posible buen samaritano cuando me lanzaron al asiento trasero de un Mercedes plateado de cuatro puertas.

"¡Auxilio! ¡Auxilio!"

Marco me tapó la boca y se sentó sobre mí mientras yo luchaba por liberarme.

"Maldición. Qué desastre". Sorprendentemente, se echó a reír.

"Lola. Lo-la. Mi querida Lola. Cálmese. Será mejor así. Mire, sé que me enojé, y en realidad no hemos comenzado con el pie derecho, y es cierto que quiero romperle el cuello y todo —y *puede que lo haga*— pero si me escucha, me rogará que la lleve conmigo en estas cortas vacaciones". Se volvió hacia Blasej. "¿O quizás deba drogarla?"

Comencé a gritar dentro del auto, y como todas las ventanas estaban cerradas, no consegui.

"Ah, ah, ¡auxilio!"

Los hombres se taparon las orejas, pero yo seguí gritando hasta que Marco cerró sus dedos sobre mi cuello.

"Gag… gaaaaa…" Hice que me soltara mordiendo su mano.

"¡Maldición!"

Me dio una tremenda bofetada. Y luego otra.

"Vamos. *Vamos*. ¡Muévanse!"

Hundí mi cara ardiente entre las manos. El auto salió a toda velocidad por las calles y me di cuenta de que había comenzado a oscurecer mientras avanzábamos a gran velocidad hacia el aeropuerto de Long Beach.

4

Las luces de las calles destellaban en el parabrisas mientras atravesábamos Long Beach. Llegamos al aeropuerto en veinte minutos. En el estacionamiento, una máquina automática escupió un boleto; Domenico condujo hasta el último piso del complejo, que estaba casi vacío.

"Suélteme". Todavía tenía la carta de Antonio de Médici apretada en la mano. "Déjeme salir de aquí".

Me volví y vi a un hombre que se alejaba de su auto estacionado. Mientras intentaba gritar, Marco me rodeó con su cuerpo. Casi como un amante, trenzó sus brazos fuertemente alrededor de mi cuello, susurrando con voz ronca:

"Lola, entenderá lo que estamos haciendo si sólo *escucha*".

"No hablo con asesinos locos".

"Loco. Eso es un poco extremo". Mordió levemente mi mejilla con la intención de calmarme. "No creo que esté loco a pesar de los dos últimos años".

"Ay, Dios mío".

"Sí, después de volar de Francia a Antigua para asistir al sepelio de mi padre, sólo... bebía. Flotaba alrededor de la piscina, tomando brandy, llorando por mi *papi*. Era un desgraciado, pero *lo echo de menos*. Yo lo quería". Hizo una larga pausa y después dijo con una voz más tranquila: "Todos lo amaban. Todos —los colegas de mi padre— me decían que no podía dejar de vengar su muerte. Se suponía que debía matarla a usted y a toda su familia, comprenda. Como en las tragedias griegas. Y, perfecto para mi entrenamiento, pues hace mucho tiempo el Coronel me enseñó a ser un excelente asesino".

"Apuesto que sí".

"Oh, nos divertimos mucho durante la guerra. Pero estaba tan deprimido que a la mitad del camino ya no me importaba un comino si todos ustedes se podrían o no. Su madre, Juana, su 'padre', Manuel... su hermana, la poco higiénica Yolanda, que ahora me dicen vive en los *suburbios*. Y el hombre de sus sueños, Erik. Quiero que sepa que intenté *escapar* a toda esta violencia. A los asesinatos. Viajé a Amsterdam, a París, bebí ajenjo. No que mantuviera exactamente las manos limpias en Europa, pero descubrí que no tenía el ingenio de mi padre para... hacerme cargo de los problemas. Ya no tenía estómago para hacerlo".

"Es fácil, hombre", dijo Blasej. "Ensaya con ella. Será un problema en el aeropuerto".

"No creo que ella realmente *quiera* sacarme de mi retiro". Marco acercó más su cara a la mía. "Cometí un error al mostrarle quién era. Me enojé".

"¡Me está secuestrando!"

"Lo que voy a hacer con usted aún está por verse, ¿verdad?"

Me pellizcó la nariz, intentando sonreír.

"Porque me siento muy optimista sobre su futuro. Ve, apuesto por usted, Lola. Creo que valdrá la pena. Y yo soy un jugador, ¿verdad Blasej?"

Blasej levantó los brazos.

"Usted siempre se toma la mesa en Carlo, hombre".

"Pues bien, estamos de regreso en Monte Carlo esta noche. Y creo que tengo una mano ganadora".

"Puede irse a la m..." murmuré.

"Oh, *cállese*", dijo molesto. "Y déjeme terminar antes de que pierda sus maneras de dama. Como le decía, estaba allí, en Antigua, ebrio, deprimido —considerando una bomba para usted o una pistola para mí. Era terrible, pero luego... algo ocurrió".

Marco golpeó su frente contra la mía de nuevo, esperando a que yo adivinara.

De mala gana, agité las páginas que tenía en la mano.

"Encontró la carta".

"Sí. Conocí al Sr. Soto Relada, y bien, ahí está, entre sus zarpas calientes. Pasé todo el último año y medio intentando adivinar la respuesta. Sí, hice algunos progresos, pero no lo suficiente. Y eso no basta porque *necesito* resolver el acertijo. Mi padre tenía una visión para el país, y si puedo descubrir el oro, entonces podré redimirme. Y podré terminar su trabajo".

"La visión de su padre", escupí. "Era un genocida. Durante la guerra..."

"Como usted podría hacerlo también", interrumpió.

"¿Hacer qué también?"

"Terminar el trabajo de *su* padre".

"¿Qué quiere decir con eso?"

"Le dije que Tomás de la Rosa había muerto en Italia, no en Guatemala".

"Lo cual no tiene sentido. Todos dijeron que fue sepultado en la selva".

"Desde luego que tiene sentido. Tomás de la Rosa fue siempre un desgraciado lleno de secretos. ¿El oro de Montezuma? ¿Qué mentira no diría por eso?"

"No comprendo".

"Murió investigando *esto*". Marco señaló la carta. "Soto Re-lada me dijo de dónde provenía, lo cual, desde luego, ¡la hizo más interesante para mí! Tengo los documentos que demuestran que él era su anterior propietario. Y he visto su tumba. Sé exacta-mente dónde murió y cómo. Es *muy* interesante. No es exac-tamente lo que se esperaría de un 'héroe' como lo era el viejo Tomás".

Lo miré en silencio, sin respirar.

Marco comenzó a acariciarme el cabello.

"Miren su cara". Inclinó mi barbilla para que Blasej pudiera verme. "Miren eso. Se los dije.

No puede resistirlo. Les dije que estaba loca. ¡Todos los De la Rosa lo están!" Levantó el flequillo de mi frente. "Sí, es por eso que pienso que podré renunciar a romperle el cuello y a despeinar su cabello, Lola. Porque vendrá, ¿verdad, cariño?"

Los dientes de Marco relucían cuando me sonrió, ahora sin-ceramente.

Se apartó de mí, desanudó sus brazos y tomó la carta de mis manos. Luego abrió la puerta.

Él y Blasej salieron del auto. Domenico estaba al lado del baúl con el equipaje. Comenzó a caminar rápidamente para salir del estacionamiento susurrando:

"Vamos a llegar tarde".

"Hombre", le decía Blasej a Marco. "Esto es una estupidez. Ella causará problemas".

"Blasej, no te precipites. Si no viene con nosotros, la visitare-mos a nuestro regreso".

"A menos que llame de inmediato a la policía, ¡idiota!" ex-clamé.

Marco continuó sonriendo y caminando hacia atrás, pues yo permanecía sentada en el asiento trasero del auto.

Sostenía la carta entre las yemas de los dedos, agitándola delante de mí. Podía ver el delicado papel, el fantástico acertijo.

"Vamos, tesoro", cantaba Marco. "Vamos, gatita. Anda. Llama a la policía".

Permanecí en el asiento rehusándome a moverme y diciéndome a mí misma: "No, no, no. Contrólate, Sánchez. Huye. Llama al 911. No hay nada aquí para ti. Lo único que tiene es un… mapa que lleva al oro de Montezuma y quizás al de tu padre".

Estaba en lo cierto acerca de mí. No pude resistirlo. Una dieta continua de las novelas de Alejandro Dumas y un ardiente complejo de Electra me habían trastornado el cerebro. ¿Hablaba de bombas y me había abofeteado? ¿Calificaba para una sólida dosis de Thorazina y probablemente dos sentencias de por vida en una prisión federal? No importaba.

Durante unos pocos minutos más permanecí en el asiento trasero del auto, maldiciendo en silencio, mientras veía como Marco agitaba la carta delante de mí. Bajé del auto y cerré la puerta de un golpe.

"Se los dije", lo escuché canturrerar.

Seguí a Marco Moreno y salimos del estacionamiento, con la garganta tan cerrada que creí ahogarme.

"Eso es, Lola…"

Dos horas más tarde, volaba sobre un mar oscuro como el vino hacia Florencia.

5

Hola! ¡Joven apuesto! Y usted debe ser Lola... ¿qué apellido? De la *Rosa*, ¿verdad?"

Más de cuarenta y ocho horas después de mi secuestro o crisis mental, una mujer de mediana edad y llena de energía nos saludó a Marco, a Domenico, a Blasej y a mí cuando irrumpimos en el soñado escenario del Palacio Médici Riccardi. Embutida entre los matones, con mi traje de sacerdotisa todo arrugado y mi cabello desordenado, no podía dejar de parpadear como una demente ante todo el arte que brillaba a nuestro alrededor.

Estábamos en Florencia, Italia. Era la primera vez que visitaba esta ciudad, y estaba descubriendo que Italia es tan bella que puede despertar los sentidos de una manera inusual e incluso aquellas facultades que han sido embotadas casi hasta la catatonia por el agotamiento, el terror, los problemas digestivos y la concentración hipnótica en los acertijos históricos.

En otras palabras, me fascinó de una manera irracional, dadas las circunstancias.

Soy una hedonista y no pude remediarlo. Me enamoré de Italia tan pronto finalizamos el vuelo que consistió en dos escalas muy demoradas (durante las cuales los matones de Marco vigilaban todos mis movimientos), y bajamos del avión en el aeropuerto Leonardo da Vinci en Roma. Embelesada con el arte, mareada por el temor, miraba embobada las diminutas callejuelas, las mortales vespas y las calles salpicadas de monumentos antiguos. Mientras contemplaba las maravillosas esculturas públicas romanas, mis "compañeros" me arrastraron al Coliseo para negociar con un pillo de pantalones anchos dos objetos pequeños envueltos en tela, que no vi, pero que sospeché podían ser pistolas. Luego visitamos tiendas de artículos para acampar donde, inexplicablemente, compraron poleas, hachas y navajas. Finalmente, viajamos a Toscana. Maravillada por la vista del milagroso Duomo rojo y de un batallón de vendedores que pregonaban sus *David* en miniatura, caminé a tropezones alrededor de aquel palacio florentino. El refugio del siglo quince de los Médici resplandese con desnudos en mármol y pinturas *trompe l'oeil* de sátiros y arpías. Lleno de andamios por toda su parte exterior, el palacio danzaba al ritmo de atractivos obreros al estilo de Atlas. Bajo sus vertiginosas alturas, nuestra anfitriona, una mandarina de caderas redondeadas y anteojos rojos, cuyos cabellos hacían juego con los anteojos, avanzó rápidamente por el vestíbulo junto a una mujer del norte de África, de cabello oscuro y de cerca de veinte años. Esta sílfide llevaba un traje negro cortado con sencillez estoica, y lucía una mirada resignada en su cara bonita y muy seria.

"Soy la Dra. Riccardi. ¡Sean muy bienvenidos!" exclamó la mujer mayor en inglés, asiéndome por los hombros con tal fuerza que mi cabeza tambaleó precariamente. "Marco dijo que vendrías con él, Lola, qué afortunada". Se asomó por encima de sus anteojos para contemplar su cara inmaculadamente afeitada, sus suaves cabellos y su traje de lana y casimir. "¿Cómo estás, querido?"

"Mucho mejor ahora que finalmente te veo de nuevo, Isabel". dijo sonriendo.

"Ay, qué malo eres. Luces tan espectacular como siempre, ¿verdad, Adriana?"

"Yo..."

"Esta es mi asistente", dijo la Dra. Riccardi, indicando con un gesto a la sílfide.

"Hola" dije.

"Y aquí están dos de tus *amigos* —los tipos grandes, fuertes y silenciosos".

Blasej y Domenico inmutables.

"Y, ¿eso es todo?" prosiguió, contándonos. "Yo esperaba un grupo más grande".

"Sólo nosotros", dijo Marco. "Qué, ¿pensaste que traería todo un equipo de expertos? Yo no soy uno de tus amigos Getty, Isabel".

"No, pero pensé... Adriana dijo algo acerca de una llamada telefónica de un joven bastante *locuaz*".

"Él... yo... nosotros..." intentó explicar Adriana.

"Sí, bien, debe haber sido alguno de esos espantosos telecomerciantes", prosiguió la Dra. Riccardi. "No importa. Porque aquí estás, en carne y hueso, querido Marco. Por favor, disculpen los andamios. Florencia está constantemente en reparación. Pero apenas se nota, ¿verdad? Mi querido Signor Moreno. Siempre tan concentrado, y todavía continúa hablando de esa carta... pasaste ocho meses aquí, enloqueciéndome con tus preguntas".

"Fuiste de gran ayuda en mis investigaciones, Isabel".

"Sí, *claro*, ¿es por eso que ahora has traído a esta adorable criatura hasta aquí contigo?" Se volvió hacia mí. "Entonces, Lola. Que nombre tan dulce, ¿verdad? Como Marco, ¿tú también has sido hechizada por esa carta? Seguramente te contó cómo fue escrita por Antonio de Médici y todas esas tonterías acerca del oro, el hombre lobo, Montezuma y no sé qué más. Hizo que lo ayudara a investigar todo eso el año pasado —en realidad te admiro por soportar a este hombre. Estoy segura de que te sedujo para que trabajaras día y noche, apuesto. Tiene esa habilidad, me temo..."

"En realidad, fue como un secuestro" susurré.

"¿Ummmm?" la doctora me miró sorprendida. "¡Oh, sí! Divertidísimo —es una *bestia*. Pero está bien; entre más mejor. El palacio pone a su disposición sus archivos, así que procedamos a instalarlos, vamos". La Dra. Riccardi se alejó con rapidez. "¡No se preocupen por su equipaje! Mi chica lo llevará al cuarto piso, donde está su habitación".

La joven asistente maldijo en varios idiomas al comenzar a cargar las maletas, mientras la Dra. Riccardi salía del vestíbulo hacia el sombrío espectáculo que es el palacio. Domenico y Blasej permanecieron atrás —Blasej para mantener a raya a Domenico, y Domenico para mirar a la chica en lugar de ayudarla— mientras Marco y yo nos apresuramos a recorrer una red de pasillos alfombrados de gris, cruzándonos con turistas alemanes y norteamericanos poco apropiadamente vestidos, y una serie de habitaciones con tapices.

La Dra. Riccardi me hizo una seña con la mano mientras deambulaba alrededor de bustos de mármol de italianos muertos.

"Me sentí muy intrigada cuando Marco dijo que te traería para ayudarlo con su carta. Para tener una 'segunda opinión', creo que dijo, aun cuando tú no tienes ningún entrenamiento formal en paleografía ni en identificación de caligrafía, por lo que sé".

"No, soy autodidacta", dije en español, italiano o urdu, no lo sé, pues me sentía totalmente confundida por el cambio de horario y la ansiedad.

"¡Oh! ¡Qué interesante! Aun cuando me agrada decir que nuestros archivos están a disposición de cualquier persona que

tenga un interés académico en ellos —somos muy democráti-
cos—, ya que como artefactos históricos nos pertenecen a todos,
¿verdad? Son propiedad del mundo entero, del futuro, ¿no?"

"Honestamente, Dra. Riccardi, creo que esta carta pudo haber sido robada".

"No le prestes atención, Isabel", dijo Marco. "Ella es una de
esas políticas radicales".

"Oh, sí. Bien. Es posible llevar el argumento demasiado lejos,
¿verdad? Una vez tuve un profesor de arqueología —de Zimba-
bwe, por extraño que parezca— que intentó huir con nuestra colección de escupideras de plata. Todo había sido certificado como
proveniente de los cofres de los Médici, sin sombra de duda. Sin
embargo, el profesor gritaba que la plata provenía de los arcones
del rey... rey... Dakarai, eso es... y que él se proponía regresar
aquel patrimonio a su país de origen". Avanzaba a toda velocidad
por otro pasillo. "Era de Oxford, también. Realmente lo sentí por
él, cuando finalmente me repuse del trauma. Después de todo,
hubo una serie de desgraciados ladrones en la familia Médici, que
sencillamente le robaron todo a los africanos".

"¿Qué le ocurrió?" preguntó Marco. "¿Al profesor?"

"Pues, fue a prisión, ¡desde luego!"

Yo trataba de mantener el ritmo de la doctora. "¿Dijo usted
que había estudiado la carta, doctora Riccardi?" pregunté.

"Sí, ¡*exhaustivamente*! Pero no quiero influenciar su análisis con
mis opiniones."

"Conozco su enorme preparación". A pesar de cierto sabor a
Patty Hearst en este despilfarro italiano, me sentía emocionada
de conocer a esta escritora. "Leí su libro, *Antonio de Médici: decorador y destructor*. Es muy bueno. Me agradó la forma como mezcló
la teoría y el escándalo".

Sonrió con evidente satisfacción.

"Oh, me agradas. En realidad, ¡el libro se escribió solo! Habrás notado que me centré en las últimas décadas de la vida de Antonio, que fueron tan atractivas, al menos desde el punto de vista de las artes decorativas, y que no reciben tanta atención de parte de sus otros biógrafos como su... carrera más temprana".

"Yo no llamaría al genocidio una carrera" dije frenéticamente.

"Sí, como conquistador, Antonio de Médici fue culpable de muchos crímenes vergonzosos. Mi verdadero interés por él, sin embargo, comienza a su regreso de América. Fue entonces cuando se convirtió en un benefactor de las artes. Fue el mecenas del pintor Pontormo y del orfebre Benvenuto Cellini, quien hizo para él esas espléndidas cajas fuertes que explotan. Pero aun cuando muchos de esos maravillosos objetos se han preservado, hay muy pocos documentos, pues Antonio quemó la mayor parte de sus papeles. Le aseguré a Marco que un registro personal de mediados del siglo quince sería invaluable —la mayor parte de la información que tenemos sobre él es de segunda mano. Así, cuando estés preparada, te llevaré a nuestros archivos y te enseñaré cartas de Antonio —aquellas que van hasta 1520, hasta ahí llega nuestra colección. Con esas muestras podrás comparar la escritura".

"Lola ya hizo un estudio de la caligrafía en el avión", dijo Marco.

"Es muy llamativa", dije, sin mencionar que el mencionado estudio tuvo lugar mientras veía a Blasej romper mi Nokia con sus manos y me explicaba cómo podía romperme la clavícula de la misma manera si me portaba mal. "En particular, la firma".

La Dra. Riccardi se detuvo delante de una escalera y me abrazó.

"Está bien. Ustedes dos están fatigados. Quizás debamos dejar que duerman un poco antes de comenzar a trabajar. O, podría decirle a Adriana que les llevara algo de comida en una bandeja".

Marco se volvió hacia mí, tocándome en el codo con tanta solicitud que recordé de una manera breve y dolorosa la imagen de Erik y retrocedí.

"¿Tienes hambre?" preguntó.

Negué con la cabeza; en el avión había bebido tanto alcohol que el azúcar en la sangre se me había disparado.

"No hay descanso para los estudiosos," le dijo Marco a su amiga.

"En cuanto más rápido terminemos con esto mejor", dije. "Me agradaría echar una mirada a esos archivos ahora, si es posible".

"Oh, queridos, *todo* es posible en Italia". La Dra. Riccardi se apresuró a subir los escalones alfombrados, y luego nos condujo por un corredor teñido de peltre hasta que llegamos a una enorme puerta de roble. Mientras permanecía en la entrada a la colección, un poderoso orgullo travieso iluminaba su expresión. "Como podrá verlo en un momento".

Y luego abrió la puerta.

Yo suspiré con deleite ante este Edén revelado. La biblioteca Médici Riccardi está cubierta de oro; sus brillantes paredes tachonadas de libros raros. Había leído que estos libros habían sido seleccionados de las colecciones de Lorenzo el Magnífico, quien había despachado al cazador de libros John Lacasis al Oriente, donde éste había adquirido textos de Platón, Lucano y Aristófanes que habían sido copiados a mano en árabe por encargo de Saladino. Este primer piso alardeaba de mesas de lectura incrustadas de madreperla, con sillas doradas ocupadas por unos pocos académicos. Entre los profesores estaba un hombre de aspecto noble leyendo uno de los volúmenes con una lupa grande, de bronce, que oscurecía su cara. Su rasgo más visible era su cabello negro azabache que caía hasta los hombros, y que indicaba que sangre otomana o incluso peruana enriquecía su contextura florentina. La biblioteca estaba en silencio, excepto por el sonido producido por el paso de las páginas. Una ventana en forma de abanico, pero inaccesible, dejaba entrar una suave luz sobre estos estudiosos.

La Dra Riccardi se dirigió hacia la ventana y se detuvo en una repisa llena de cajas de nácar atadas con seda marrón. Tomó dos de ellas.

Dentro de la primera había un par de cosas: un bello libro de cuero antiguo con rosas labradas, y también una baraja de cartas grandes con extraños signos dibujados a mano. La carta que estaba encima de las demás llevaba la insignia de un dragón rojo con ojos dorados.

"Es la caja equivocada", dijo la Dra. Riccardi, sacudiendo la cabeza.

"¿Qué es eso?"

"Son las pertenencias de su esposa. Las adquirimos en una subasta hace tres años, a muy buen precio. Un diario y cartas de ocultismo. A ella —a Sofía— le gustaba el espiritismo".

"Cartas de tarot", dije. "Parecen bastante raras. Pintadas a mano. Son fantásticas".

"Oh, ugh, estas no otra vez", murmuró Marco.

La doctora sonrió.

"Sí, muy bien, Lola. El gusto por el tarot fue heredado por Sofía de su madre, probablemente junto con una imaginación bastante vívida, revelada en este diario. Es de algún interés para los historiadores feministas, aun cuando, como puedes ver, Marco *no* pensó que estas cosas de señoras fuesen lo suficientemente importantes como para estudiarlas. Es un terrible machista". Continuó criticándolo alegremente mientras abría la otra caja. "*Esta*, por otra parte, sí captó su atención".

Levantó la tapa de la segunda caja, que contenía aproximadamente ocho hojas de pergamino sin doblar, las cuales llevaban todavía sus sellos rotos de cera dorada con forma de lobo.

"Las cartas de Antonio —el sello es el mismo". Levanté hacia la luz una misiva de Antonio dirigida a León X, nacido Giovanni de Médici, su primo segundo, el Papa. Después de examinarla por un segundo, dije:

"La carta es muy anterior a la de Marco, parece que fue escrita durante una de las invasiones a África".

"Sí". La Dra. Riccardi miró el texto a través de sus anteojos rojos. "Esta data de una década y media antes de su viaje a México para reunirse con Cortés. En su juventud, Antonio no se proponía convertirse en conquistador de América, sino que se ocupó más bien de… experimentos científicos…"

"Disecciones", dije. "De campesinos, personas inválidas, gente pobre y de retardados mentales".

"¡Sí! ¡Gracias por ser tan horriblemente precisa! De cualquier manera, trasladó luego sus operaciones al África, esto fue a comienzos de 1500. Allí, se ocupó un poco de la esclavitud, e investigó también las famosas prácticas de alquimia de los moros. Comenzó a buscar los secretos de la inmortalidad en los metales, como lo hizo alguna vez con el cuerpo humano. Empezó a intrigarle la idea de las Américas, pues los europeos esperaban —con razón, como resultó después— que estarían inundadas de metales preciosos. Por eso se lanzó a la aventura de México con Cortés, después de la cual regresó a su casa en Florencia, mató a uno de sus esclavos en algún tipo de frenesí, y se casó. Luego, durante su exilio, se dedicó a las artes decorativas y a la alquimia, etcétera, etcétera". Ajustó los anteojos, mirando con los ojos entrecerrados el documento que yo había sacado de los archivos. "Esta carta fue escrita durante su provocadora aventura en el África. Esa fue la fase en la que estaba loco como una cabra".

3 de diciembre, 1510
Tombuctú, África Oriental

A Giovanni, Santo Padre, y nuestro buen Primo en el Mundo,

Entiendo que estás dedicado actualmente a malgastar los cofres de la Iglesia en tu Libertinaje. Te escribo esta carta para ordenarte que suspendas estos gastos, pues necesitaré la financiación del Vaticano para llevar a cabo mis Expediciones entre los Moros, con el fin de continuar mis proyectos Filosóficos.

Aun cuando tú y mi Prometida, Sofía, han criticado a menudo mi gran Meta de cultivar una Sociedad más fuerte y selecta como la de un Mago Negro, sólo he sido un buen estudiante de Platón, cuyo objetivo era sacar al Mundo de la Era del Apetito hacia una era de la Razón. Primero vinieron los asesinatos necesarios y las autopsias que realicé de Criminales y Locos para sondear la estructura de sus ignorantes Cerebros. Luego, hace dos años, navegué hasta Bizancio para descubrir los secretos de alquimia de los Moros —Medicinas— que curarían al mundo entero de la Superstición y Barbarie. ¡Dos años! ¡Este Remedio me ha eludido durante mucho tiempo!

Sólo ahora, después de este tiempo, he encontrado la Solución a los Males de esta oscura tierra —sin embargo, creo que es una solución que no te agradará.

La semana pasada seguí a los Españoles a la Ciudad de Tombuctú, que había sido saqueada recientemente por los marroquíes. Cuando los Conquistadores se dirigieron a conquistar una Mezquita, llevé a seis de mis mercenarios florentinos conmigo a través de las ruinas, ma-

niobrando más allá de las almenas derruidas, las bibliotecas incendia-
das, los cadáveres, hasta que vimos signos de vida: una delgada pluma
del más extraño humo aguamarina salía de la chimenea de una pequeña casa.

Al irrumpir en aquella guarida, vimos a unos hombrecillos morenos
inclinados sobre alambiques de plata, trabajando con la ayuda de antorchas sobrenaturalmente brillantes. Por todas partes había arcas de
cuero rebosantes de polvos y marcadas con los signos de los Elementos
Filosóficos.

"Mi Sr. Antonio", susurró uno de mis generales. "¿Qué tipo de lugar
es este?"

"¡El laboratorio de un Alquimista!" grité, tal era mi entusiasmo.

Los hombres de tez oscura se volvieron y rugieron con furia cuando
nos vieron. Uno de los mayores avanzó, amenazándome con sus puños
huesudos; esto, a pesar de los esfuerzos de un mozo más joven, apuesto, de
interponerse entre nosotros y proteger a quien parecía ser su Padre.

"Están fabricando aquí la Medicina Universal", dije en la lengua de
Mali. "La Piedra Filosofal que puede curar cualquier enfermedad: la
Muerte, la Estupidez, la Religión. Debo tenerla —deben decirme sus
Secretos. De esta manera, llevaré la Luz a ese mundo Oscuro".

"Nunca le diremos la Receta de esa gran Poción", dijo el valiente
hechicero anciano.

"Lo que no me den, lo tomaré". Blandí mi espada delante de él.

"Oh, pero le daré algo. Le daré el premio que concedo a todos aquellos
que intentan conquistar nuestra Ciudad".

"¿Y qué es eso?"

"Su muerte".

De una bolsa atada a la cintura, sacó un puñado de Barro cho-
rreante, fétido y, sin embargo, incendiariamente coloreado de ámbar, que
lanzó sobre mi persona, antes de encenderlo con una de las antorchas que
ardían cerca de él.

No sé de qué infernal Droga estaba hecho aquel fango, pero comenzó

*a arder en un instante, y todo mi cuerpo se convirtió en una luz pura,
asesina. Más aun, aquella llama ardió más cuando mi general vertió su
frasco sobre mí, pues la Salvaje poción no se extinguía con el agua, sino
que se incensaba. Rasgué mis vestiduras, revolcándome en el suelo, mientras el hijo del Hechicero se apresuraba a esparcir sobre mí una gruesa
capa de sal. Fue sólo por la Caridad de aquel Moro que no sufrí la muerte
de un Mártir.*

*Juré, sin embargo, matarlos a todos. Tomando una de las antorchas,
la acerqué a una Gran Arco marcada con un símbolo semejante al del
demonio, y que reconocí como Mercurio:*

*Prendí fuego al Azogue. Un Humo azul y fétido explotó, y se-
senta almas cayeron muertas, estremeciéndose, con el semblante verde,
a causa de su propio Veneno infernal. Había cerca dos barriles adicionales, cada uno marcado con signos diferentes. Uno representaba
el sulfuro, con la forma de un signo que se asemeja a la marca de la
Mujer.*

*El otro indicaba la sal que el joven moro había usado para salvarme,
un círculo atravesado por una barra.*

*Abrí la caja señalada con el signo semejante al de la mujer, tocando
el Sulfuro con la antorcha. Una columna de fuego asesino estalló, como*

si hubiera invitado al Sol a descender de los cielos y realizar lo que pedía. Los Hechiceros ardieron como hombres de paja, y quienes escaparon de las llamas abrazaron las espadas de mis Mercenarios, con excepción del hijo del Hechicero, pálido como la ceniza, quien se dirigió llorando a nosotros en perfecto toscano.

"Estás manchado por el color de la cobardía, hijo mío", dije. "Estás llorando como una mujer".

"¿Qué han hecho?" gimió. "¿Cuál es la verdadera naturaleza del Hombre que puede cometer tales ofensas contra el cielo?"

"Un hombre sólo está hecho de razón".

"No, ustedes han demostrado hoy que la verdadera Alma de la humanidad es la de una bestia".

Las palabras del tímido Moro me golpearon como una vertiginosa Revelación, aun cuando ordené que le pusieran esposas de hierro grabadas con la divisa de los Médici.

"Quizás estemos ambos en lo cierto, que el hombre, para sobrevivir, se transmute con tal facilidad entre la Razón y la Mente de la Bestia que la diferencia sea imposible de detectar". Reí con deleite ante esta idea. "Me interesas, muchacho. ¿Cuál es tu nombre?"

"Opul de Tombuctú".

"Somos iguales", le dije, "ciertamente puedes ver eso".

"Usted es lo contrario de mí, Señor". Hizo un extraño signo con su mano izquierda. "Yo soy un pobre alquimista, pero usted —usted es lo contrario de mí. Usted es un animal. Usted es lo que los Italianos llaman il Lupo, el Lobo".

"Un Lobo", dije, lentamente. Estaba impresionado por el ingenio de su lenguaje. "Eres demasiado inteligente para morin".

"Practicó la brujería", advirtió mi general. "Está llamando a su Djinn, y maldiciéndolo a usted con brujería africana, Sr. Antonio. Debemos matarlo para deshacer el hechizo".

El esclavo se inclinó.

"Sólo hablé de lo que vi. Todos temen al Lobo, mi Señor. Como lo hago yo".

"Lo que dice es verdad", repliqué. "Como lo escribe Plauto, el embaucador, *nomen atque omen* —el verdadero nombre de cada hombre es también su augurio, su portento. Y este bellaco ha discernido el mío. Me he transformado en un Lobo, hoy".

"Dios se apiade de nosotros", susurró mi general, persignándose.

Pero yo no temía a los signos extraños ni a las plegarias de los Moros. He descubierto que mi nuevo esclavo habla varias lenguas, puede escribir pasablemente bien y, aun cuando jura que no conoce ni los secretos de la Piedra Filosofal ni de este fango de ámbar que quema, lo convenceré a través de todas las medidas que sean necesarias de que me entregue estas recetas.

No obstante, estas no son las únicas razones por las cuales lo mantengo con vida. En verdad, lo encuentro enormemente intrigante.

Pues es la primera persona que ha descubierto la verdad acerca de mí.

Nota mi nuevo sello, Primo: Soy un Lobo. Y con el fuego secreto de los hechiceros, lograré lo que no pude conseguir destrozando campesinos y delincuentes, a pesar de todas mis lecturas.

Verás, haré entrar al mundo en una Edad de la Razón.

Pero será hecho por mi Razón y no por la de ningún otro.

¿Comprendes? Deja de malgastar de inmediato lo que será mi dinero, el cual construirá las Grandes Escuelas que estableceré en todo el mundo, como Alejandro el Grande, como César.

Si no lo haces, Ten cuidado.

Antonio.

"Este no se asemeja a su documento", respondí a la intensa mirada de Marco, después de leer aquella descripción de un ego maníaco del "fango inflamable color de ámbar", que me recodaba a la nafta —la antigua arma incendiaria de los moros, utilizada célebremente por Alejandro el Grande contra los Hindúes, y que se inflama con el agua, pero se extingue con polvos.

Este reconocimiento sólo pasó por mi mente un instante: me centraba menos en el contenido de la carta que en su propia apariencia. He estudiado los misterios de la caligrafía —no sólo practicándola yo misma, sino leyendo todo lo que hallaba al respecto, desde los manuales del FBI sobre la ciencia de la identificación forense de la escritura, hasta tomos del siglo dieciséis sobre una grafología ocultista. Podía ver de inmediato que el ductus, o ángulo de la pluma, de la caligrafía de este documento era diferente del de la carta de Marco.

"Bien, quiere decir que las cartas no se leen igual". Marco golpeó el aire impaciente con sus manos grandes de pianista. "El tono de ellas, quiero decir, el estilo literario".

La Dra. Riccardi ajustó sus anteojos y nos miró.

"Es cierto que si tu carta fue escrita por Antonio después de su regreso con la flota de Cortés, no se *leería* como esta, escrita de manera tan salvaje. A finales de su vida, su carácter maduró debido a una enfermedad a la que se refería como *la Condición*. También, se suavizó gracias a la influencia benéfica de su esposa".

"Sofía", dijimos Marco y yo al unísono.

"Sí. ¿Pero Lola estaba hablando, creo, de la caligrafía?"

El profesor de aspecto noble estaba sentado de espaldas a nosotros mientras leía, gruñendo, como si quisiera transmitir su desagrado por el volumen de nuestra conversación.

"Marco", susurré. "Saca tu carta, debo mirarla con más atención".

Sacó las páginas del sobre; los papeles transparentes brillaban como perlas.

"El papel de la carta de Marco es extraño, ahora que lo pienso. Por lo que recuerdo, el papel cebolla no era muy usado en el Renacimiento, ¿verdad?"

La Dra. Riccardi asintió con la cabeza.

"No, no lo era. Y habría sido extraño que Antonio lo eligiera para escribir. Los Médici escribían en pergamino, como muestran las otras cartas. Esto no es papel cebolla, sino más bien una fibra de cáñamo que ha sido raspada tan finamente que se torna transparente. Se hizo popular únicamente en el siglo XVII, y sólo entre los cortesanos advenedizos que, absurdamente, lo consideraban lascivo, por asemejarse a la tela de la lencería".

"Pero el verdadero problema radica en la caligrafía", dije. "En la carta de Marco, la letra es ligeramente más apretada, en los rasgos ascendentes, están las guirnaldas. La diferencia es sutil".

La Dra. Riccardi asintió de nuevo.

"En realidad, es evidente para mi vista".

"Lola, no tome una decisión apresurada, tómese su *tiempo*", me ordenó Marco en voz baja.

Al lado de la carta de Antonio al Papa, puse la carta que Marco le había comprado al Sr. Soto Relada, que cito de nuevo para mayor claridad:

Mi querido sobrino Cosimo, Duque de Florencia,

Escribo esta misiva en respuesta a tu solicitud de fondos, en vísperas de tu muy estúpida batalla contra Siena. Tu apetito por blandir lanzas me sorprende, pues esta es una guerra que, te lo he dicho, encuentro de mal gusto. O te lo habría dicho, si alguna vez te hubieras dignado a concederme una audiencia. ¿Cuándo nos vimos por última vez, antes de que nos exiliaras a mi esposa, Sofía la Dragona, y a mí? Creo que fue en la década de 1520, justo después de mi regreso de América, durante los pocos meses en los que aún se me permitió festejar en el palacio de nuestra familia. El comedor era tan bello, recuerdo, lleno de misterios y de indicios de tesoros, con sus frisos de jóvenes doradas, sus pasadizos secretos, su fresco El rapto de Proserpina, y aquella baratija que encargué, el maravilloso mapa de Italia de Pontormo...

Recorrí con los dedos aquellas maravillosas palabras escritas en tinta, que eran como esculturas en miniatura de seda negra.

"También podría ser un autor diferente; mire la inclinación de las letras. Las de su carta se inclinan más hacia la izquierda, pareciera como si el escritor hubiera cambiado de mano de una década a la siguiente. Y las letras, serifas, alturas —no coinciden".

La Dra. Riccardi estuvo de acuerdo conmigo.

"Aquí, las barras de la *T* también son diferentes, y las *Aes* están terriblemente mal".

Marco no estaba preparado para esta respuesta. "El sello *es* idéntico. ¿Qué más necesitan? ¡Ese es un signo clásico de autenticidad! Es posible que la segunda carta haya sido escrita por un secretario".

Tanto la Dra. Riccardi como yo lo negamos con vehemencia.

"Los sellos sí corresponden", acepté. "Pero los Médici estaban enloquecidos con la Nueva Enseñanza, el humanismo, e intentaban seguir el ejemplo de Cicerón y su correspondencia manuscrita. Una nota personal, y una importante, para Antonio de Médici, escrita en letra itálica, sólo habría sido escrita por su autor, a menos que Antonio estuviera *muriendo*, probablemente".

"Durante el siglo XVI", agregó la Dra. Riccardi, "el estilo de escribir, el contenido de la carta y el toque personal en la correspondencia, eran considerados como una marca del hombre mismo".

Extendí la carta bajo la luz mientras las manos de Marco se cerraban en un puño, su boca palidecía y me lanzaba una mirada de advertencia. Pero aun así, pronuncié mi veredicto.

"Me ha traído aquí para *nada*". Bruscamente empujé las páginas del documento hacia él. "La carta es una falsificación, Marco".

6

Marco me puso de nuevo su carta entre mis manos.

"Mírela de nuevo", exigió.

"Ya la miré. Le dije lo que pensaba".

"¡Lo que piensa está equivocado!"

Metí las páginas de nuevo en el sobre y lo puse en el bolsillo de su chaqueta.

"Tengo razón. Son diferentes —no fueron escritas por el mismo hombre".

"Está siendo descuidada. Estoy seguro que puede hacerlo *mejor*. El trabajo descuidado siempre me hace perder los estribos".

"La carta es basura, Marco".

"No, no, no", dijo sonriente la Dra. Riccardi. "No quiero discusiones entre amantes académicos".

"*No* somos amantes".

"Esas son los peores. Vamos, niños, dejen de atacarse". Continuamos discutiendo mientras la doctora nos envolvió en sus brazos, sorprendentemente fuertes, apretando nuestros hombros y tranquilizándonos. "Estoy *segura* de que aún podemos hacer que tu viaje valga la pena. La tarde no está irremediablemente perdida, ¡queridos! He planeado una maravillosa cena para todos nosotros".

Nos hizo salir a la fuerza de la biblioteca, recordándonos que, aun cuando el Palacio Médici Riccardi funciona como un museo, sigue albergando una cocina cuyo chef puede recrear los *tortellini en brodo* y el *fritto di calamari* que deleitaban al propio Cosimo I. También, algunas de sus grandiosas habitaciones y comedores permanecen en suntuoso orden para los académicos, diplomáticos y vendedores de libros que tienen la "suerte" de pasar allí una o dos noches.

Adriana apareció como por instinto o por orden telepática en los pasillos donde la luz comenzaba a palidecer y se le dijo en un tono amable que "llevara a estas agradables personas a su habitación. Tienen una especie de desacuerdo, así que haz algo para que se sientan mejor".

Después de comunicar un mensaje terriblemente codificado a su patrona con los ojos, las garras poderosas de la asistente nos llevaron escaleras arriba a un apartamento diseñado para los placeres carnales de la exigente duquesa de Florencia. Adriana inclinó la cabeza, examinado como una experta mi traje arrugado por el viaje.

"Marco, esto... señor y señora, debo advertirles que, mientras estén en el palacio, se espera que recuerden los modales que les hayan enseñado los cavernícolas que los criaron... y que por favor se vistan de manera apropiada para la cena. Requerimos que el señor lleve esmoquin y la señora elija un atuendo... más apropiado".

"Lo único que tengo es este traje", me quejé, señalando mi túnica de sacerdotisa, que ahora me hacía lucir como una extra étnica de *Conan el bárbaro*.

"Cuando el señor hizo sus reservaciones y explicó que la señora era de Long... Long... *Beach*, ¿verdad?, de inmediato tomamos medidas para solucionar cualquier dilema sartorial que la señora pudiera tener. Mire, por favor, en la alacena, y verá que la hemos provisto de atuendos más que apropiados".

"Sí, y gracias, Adriana", dijo Marco, recuperando la compostura lo suficiente como para sonreír.

Luego, Adriana desapareció por los pasillos del palacio.

"¿Por qué están sus cosas aquí?" dije furiosa cuando vi que Adriana había depositado las valijas de Marco en la alacena de mi suite. "¿Por qué cree que dormiremos en la misma habitación?"

Marco sacó la carta sellada del bolsillo, con la cara congestionada por la ira:

"Hizo usted un trabajo descuidado allá abajo. ¡Esta carta es auténtica! ¡Lo sé! No estoy bromeando, por Dios".

"¿Dormiremos—en—la—misma—habitación?" repetí, aun más fuerte. "¿Con una cama?"

Miró a su alrededor por primera vez, tenía las venas salidas en las sienes.

"Fue la única manera de conseguir alojamiento".

Lo contemplé fijamente, tratando de desechar los pensamientos que en ese momento tenía sobre él pero por fortuna pareció sentir repulsión cuando comprendió mi temor.

"¿Qué? ¿Violarla? *No*, no está en las cartas, no, no forma parte del plan".

Agitó la mano, como si me encontrara ridícula.

"Esto es demasiado sucio para mi gusto".

"Me alegra escucharlo".

"Soy un caballero, a veces".

"Pensé que los caballeros no abofeteaban a las mujeres ni las amenazaban".

"¿Quién le dijo esa mentira? Los caballeros hacen toda clase de bestialidades. Pero yo no hago *eso*". Marco me miró con sus ojos ardientes. Al ver mi cabello como un matorral y darse cuenta de que estaba a punto de gritar, evidentemente decidió que esta conversación sólo se pondría peor.

"Está bien. Mire. No quiero llevarla a la histeria; no es un estado mental muy productivo".

"Es posible que yo lo encuentre muy productivo".

"Lo dudo. Además, la histeria no parece ir con su personalidad. Es demasiado inteligente".

"Sólo *márchese*. Hice lo que usted quería. Esa carta es un fraude. Sólo espero que usted no lo sea. Dijo que sabía algo acerca de Tomás, acerca de dónde estaba sepultado. Entonces, dígamelo ahora porque me marcho".

"En realidad, no, no lo hará. Porque entonces sólo se meterá en una fea pelea con Domenico, quien la golpeará, ¿está lo suficientemente claro?" dijo Marco fatigado.

"Usted *es* repulsivo", dije enojada.

Parpadeó, luciendo súbitamente desanimado.

"Sí. Es un rasgo de familia y, si no tiene cuidado, lo sacará a relucir".

"Pobre de usted. *Yo* sólo heredé las caderas grandes, ¡y un ardiente disgusto *por ser retenida como rehén!*"

Sus rasgos inesperadamente formaron una sonrisa.

"¿Hay algo divertido?" pregunté.

"Oh, Santo Cielo. En realidad, sí. Mírese como zapatea. Grr, grr, grr. Es como un diminuto Genghis Kahn".

"Me alegra que se divierta tanto".

"Está bien. Tranquilicémonos. Báñese, chica mala. Vamos, vamos. Escuchó las órdenes de Adriana acerca de la cena".

"No tengo apetito".

"No me *importa* porque, escúcheme, hay algo que quiero que vea en el primer piso, en el comedor. Creo que lo encontrará interesante. Se relaciona con la carta".

Vacilé un segundo, pero no pude evitar preguntar:

"¿En el comedor? ¿Qué hay allí?"

Sus ojos oscuros me contemplaron fijamente, y extendió la mano para tomarme la barbilla.

"Sí. Así está mejor, gata curiosa. Esta es la fanática que me prometió Soto Relada. No se preocupe. Se lo enseñaré cuando baje, no la defraudaré. Pero no me defraude usted a *mí*".

Tuvo el cuidado de dejar la carta sobre la cama, luego tomó una de sus valijas y salió de la habitación.

Yo registré todo el lugar para ver si había alguna forma de salir por una de las ventanas; o quizás podía correr escaleras abajo e intentar que los ogros no me vieran escapar. Sin embargo, cuando abrí la puerta, vi que Domenico llenaba el pasillo como una represa. Esto me mantuvo atrapada en los confines de la suite palaciega, con sus ventanas enrejadas, adornos de mármol, una gran cama de roble con tapices verdes y dorados y dos teléfonos, uno al lado de la cama y el otro cerca de la bañera.

De inmediato llamé a mi prometido, Erik, dos veces, pero no obtuve respuesta. Mientras estaba sentada en la cama escuchando el incesante *ring, ring, ring*, nerviosamente jugaba con el cobertor de seda y su bordado, luego con el brillante sobre que Marco había dejado allí.

Lo miré. Era una falsificación, como había dicho anteriormente. Los diferentes estilos de escritura lo probaban. *No había ningún oro de los aztecas*. El que yo continuara considerando la posibilidad demostraba que mi inteligencia había sido erosionada por haber cedido excesivamente a las lecturas de Conan Doyle y de Julio Verne. E incluso si la carta estaba bellamente ejecutada, y tenía sello del lobo, los rasgos ciertamente no significaban nada, se sabe que los falsificadores en ocasiones hacen trabajos exquisitos.

Debía llamar a mis padres o a Yolanda, pensé. Debía llamar a la embajada de los Estados Unidos.

Pero soy *perversa*. Tomé la carta. Deslicé las brillantes hojas de papel cebolla o de cáñamo entre los dedos, ladeando el sobre. En ese momento salió la pequeña tarjeta.

Señor Sam Soto Relada

Comerciante de Bienes Usados

Avenida 11 con Calle 11, Zona 1, Vía Corona

Ciudad de Guatemala, Guatemala,

502-2-82-20-099

Estimado señor o señora,

Espero que disfrute de esta rareza epistolar en excelente salud.

¿Encontro algún problema? ¿Alguna pregunta? ¿Se siente en general ofuscado o confundido? Siéntase en libertad de llamar en CUALQUIER MOMENTO. ¡Y recuerde que Soto Relada es la persona a quien puede recurrir para cualquier objeto "difícil de obtener"!

Atentamente,

Sam Soto Relada

¿Qué era lo que había dicho Marco acerca de él?

Ese viejo embaucador se ocupa de obtener toda clase de mercancías ilícitas. Trabajó para tu padre, y tiene cantidad de información sobre Tomás.

La curiosidad me torturaba mientras me paseaba por la habitación, haciendo girar la tarjeta entre mis nudillos. Entré al baño, llené de agua la bañera y leí la nota una y otra vez.

Me sumergi en el baño caliente, lleno de espuma, con el teléfono en la mano.

Marqué.

"Soto Relada", respondió una voz apurada, semejante a la de un gorrión. "¿Quién es, por favor? Estoy bastante ocupado".

"Sr. Soto Relada…es Lola Sánchez".

"¿Es otra vez la policía? Esto es *acoso*".

"¿Qué? No. Es Lola… de la Rosa… "

"¿Qué? ¿De la Rosa? ¿Escuché bien? Ay, sí, lo siento, desde luego. La hijita de Tomás".

"Sí, así es. Esa soy yo. Supongo".

"Oh, querida. ¡Hola, querida niña! Bien. Es un honor qué…"

"Señor, ¿ha perdido usted el aliento? ¿Se encuentra bien?"

"Sólo corriendo un poco. Nada de qué preocuparse. Haciendo mis ejercicios. *Aguarde.* Usted está en Italia, ¿verdad? Esto no es pago revertido, ¿está pagando esta llamada?"

"No… pero tampoco usted".

"Bien. ¡Entonces! ¿Cómo van las cosas? ¿Ha tenido algún problema con los arreglos del viaje o con trágicos psicópatas?"

"Querrá decir Marco Moreno".

"¿No es encantador? ¿Se llevan bien ustedes dos?"

"*¿Por* qué le dijo usted que yo lo ayudaría con ese asunto de Antonio de Médici?"

"¿Qué, no lo ha adivinado?"

"No veo cómo… "

"Para salvarle la *vida*, tontita. ¡Estaba dispuesto a convertirla en trocitos de pollo!"

"Quiere decir, matarme".

"¡Estaría tan muerta ahora como el rey Tutankamón si yo no le hubiera dicho que consultara su cerebro en lugar de aplastarlo, querida! Oh, los Morenos son famosos por esto, por masacrar a la gente. ¿No lo sabía? Después de la muerte del Coronel, el pequeño Marco corrió hacia mi casa completamente ebrio, gritando acerca de cómo quería incinerar los huesos de su padre, bombardear la casa de su familia y otras cosas desagradables. Yo había escuchado que usted era muy buena en eso de leer documentos antiguos —entonces pensé, bien, dos pájaros de un tiro— o como dice el refrán. No podía permitir que la hija de Tomás fuera asesinada y terminara como un pastel de coco, especialmente si era capaz de encontrar el tesoro de Montezuma. Pensé que sería fantástico que no la matara y, al mismo tiempo, ¡podría ayudarme también a ganar algún dinero! Encontrando ese oro, no sé qué, el escondite azteca".

"Marco dijo que usted conocía a Tomás".

"Que 'conocía' a Tomás… *Diablos*, sí. Un hombre terrible. Buen cliente, pero un ser humano horrible. Sin embargo, hay que reconocerlo, todo un genio. Un absoluto genio. Dominaba siete idiomas, hacía actos de desaparición, sabía de disfraces, de organización política, de arqueología y de mujeres. Y también un completo estúpido. Mire cómo trató a su madre, la bella Juana, a quien abandonó a los enclenques brazos de ese Manuel, ese curador bajito y calvo".

"Mi padre".

"Y no podemos olvidar tampoco la forma como trató a la hija de su… tu hermana".

"Yolanda".

"Sí, así es. Yolanda. Yolanda de la Rosa. Oh, se portó muy mal con ella, su hermana. ¿Verdad? Siempre probando su valor, por decirlo así. ¿No dejó una vez a Yolanda en medio de la selva cuando tenía doce años y le dijo que encontrara sola el camino a casa? Y siempre estaba desapareciendo, ella escuchaba noticias de su muerte y luego él aparecía de nuevo unos pocos meses más tarde. Pobre chiquilla. No es de sorprender que sea tan extraña. Siempre lleva ese horrendo sombrero negro,

¿verdad? Como solía hacerlo su padre. Creo que está mal de la cabeza".

Toda esta historia de la familia, bastante extraña, era, de hecho, verdad, pero como yo tenía un guardia de dos toneladas cuidando la puerta y un posible maníaco que regresaría en cualquier momento a la habitación, no parecía apropiado entrar en una larga discusión sobre las muchas locuras del clan De la Rosa.

"Sí, sí, pero espere, Sr. Soto Relada, por favor, deje de hablar por un segundo. Yo tengo montones de preguntas para usted. Primero, acerca de la carta —resultó ser una falsificación".

Una pausa, un jadeo.

"¿Verdad?"

"Me preguntaba si usted tendría alguna información adicional".

"Que extraño".

"Información sobre…"

"¿Información? *No.* Pero sí puedo decirle que hubo una época en la que su padre estaba muy interesado en ella".

"Marco dice que la carta era antes propiedad de Tomás".

"Sí, ¡me la compró hace catorce años! El viejo Tomás pasó mucho tiempo intentando descifrarla, y estuvo cerca de hacerlo, pero entonces, sabe, enloqueció y murió. Y entonces yo… liberé la carta, por decirlo así, de su testamento, y la vendí —de nuevo— a nuestro amigo, Moreno. Tengo un modelo de negocios poco ortodoxo, que me causa muchísimos problemas. En el momento, de hecho, intento evitar una cita con… ¿cómo lo llaman ustedes los *Yanquis*? ¿La poli?"

Estaba tan enojada que me aferré al teléfono boquiabierta.

"Pero ¿para qué detenernos en detalles desagradables? Sobre el otro tema, mucho menos incriminador para mí, Tomás era así —tenía una parte demente—, usted debe haber escuchado acerca

de ello. Un hombre algo melancólico. Dado a *cambios de ánimo.*
Como su hija, Yolanda. Y la guerra, sus experiencias en ella, no
ayudaron mucho a su mal humor. Entonces, no me sorprendió
escuchar que pudo haber muerto en Italia —era típico de él salir
corriendo y no decírselo a nadie... aguarde, ¿escuchó algo? Una
sirena, ¿algo así?"

"¿Qué? No".

"¿Está segura? ¿Alguien está hiperventilando en un megáfono?"

"¿Dice usted que murió aquí, en Italia. ¿Cómo?"

"Entonces, dice que no lo sabe. Pues bien, yo no se lo diré.
Mire, siento mucho que su familia haya sufrido tanto, pero en
realidad debería agradecerme, pues estaría nadando con los peces
si yo no la hubiera recomendado al Sr. Marco. Y, en cuanto a
la carta, estoy seguro de que no es una falsificación. Su padre no
se habría interesado por ella si lo fuera. Si usted es una De la
Rosa, entonces... *la descifrará.* Los De la Rosa siempre lo hacen.
Eso la mantendrá a salvo del Sr. Marco. Lo que yo haría si fuese
usted, es adivinar este asunto de la búsqueda del tesoro con sus
frases en latín y sus astutos preámbulos, y de seguro, él seguirá
siendo su amigo. Luego, después de que encuentren lo que buscan, quiero decir, el *oro,* encuentre una manera ingeniosa de darle
un veneno especialmente doloroso. Y recuerde que yo debo recibir mi porcentaje".

"Sr. Soto Relada".

"Sí, mire, debo irme. Ve, yo *sí* la escucho. Oh, maldición. Ay,
Dios mío, es una sirena. Veo las luces rojas intermitentes, debo
apresurarme. Adiós, Lola".

"Señor".

"¡Mucho gusto!"

Y con estas palabras, colgó el teléfono.

7

alí de la bañera, marqué de nuevo sin ningún resultado, e
intenté comprender aquella asombrosa conversación mientras me secaba con una toalla. Me había secado las piernas
cuando recordé que no tenía nada más que el arrugado traje
de sacerdotisa que parecía una toalla facial para cubrir mi confusión. Adriana, sin embargo, había mencionado algo antes acerca
de suministrarme un atuendo para la cena. Fui hasta el armario
que estaba en la suite, un mueble del siglo XVI delicadamente
grabado, y lo abri. Dentro resplandecía una selección de trajes de
seda, adornados con pequeño bordados semejantes a telarañas,
abalorios de cristal y encajes venecianos.

"Oh, Dios mío!" exclamé, porque no estoy hecha de madera.

Me había deslizado a medias en un traje de seda cortado al
sesgo, con un escote a la Marlene Dietrich, cuando escuché que
tocaban brevemente a la puerta, y luego el sonido de la cerradura.

Marco Moreno irrumpió de nuevo en la habitación, con un
magnífico esmoquin. Tosió incómodo y se volvió cuando vio que
me sonrojé.

"Oh —tarda usted mucho en prepararse. Lo siento".

"¿Cómo entró aquí?" me vestí apresuradamente.

Sostuvo una llave en el aire.

"Como dijo antes, es mi habitación también. ¡Bien, bien! Antes estaba hecha un desastre, pero ahora luce mucho mejor. ¿Lo ha pasado bien?"

No estaba dispuesta a contarle acerca de mi conversación con Soto Relada, así que sólo le pregunté:

"¿Qué cree?"

"Un poco, en realidad, sí".

"Se equivoca". Volví la cabeza, brevemente. Afuera, en el pasillo, podía escuchar ahora el sonido de una puerta que se abría, y también pasos. La risa baja de una mujer. Adriana.

"Pero ¿ha estado mirando la carta otra vez, verdad?"

Marco observó las páginas dispersas sobre el cobertor. "¿Alguna idea?"

"Muchas".

"Apuesto que sí". Tomó los papeles de cáñamo, agitándolos delante de mí. "Entonces, le daré otra oportunidad: usted dijo que estos papeles eran falsos, pero ¿ha considero el hecho de que, en ocasiones, la caligrafía de la gente sólo *cambia*? Usted comparó esta carta con una que la Dra. Riccardi le mostró —aquella que escribió Antonio al Papa León X, ¿verdad? Que fue escrita —¿qué?— a comienzos de 1500, cuando Antonio acababa de viajar de Florencia a Tombuctú. Por aquella época, era un joven lunático que torturaba musulmanes, esclavizándolos, pero todo aquello terminó cuando se casó, partió de Florencia y escribió *mi* carta".

"La carta de Tomás", corregí.

Marco sonrió irónicamente.

"En cierto sentido, ¡*fue* escrita por otra persona! Antonio tenía entonces más de cuarenta años más, era un anciano enfermo, cansado y melancólico cuando escribió la carta que tengo aquí. Alguna vez leí que la firma de Shakespeare lucía diferente, sólo un poco, pero evidentemente, cada vez que escribía. ¡Las diferencias de caligrafía podrían ser aun más grandes en este caso! Y olvida que Antonio sufría una enfermedad".

Asentí de mala gana.

"Esta carta fue escrita cuando estaba muriendo a causa de la Condición."

"Exactamente, sufría de la Condición. Nadie sabe con precisión qué enfermedad era, pero ¿no podría haber sido alguna especie de daño en el sistema nervioso, algún tipo de parálisis o incluso un daño en la mano que habría podido alterar la altura de las letras, la manera de enlazarlas o la presión de la pluma?"

Consideré lo anterior por un momento, antes de admitir que aquello que sugería era posible.

"Usted sabe acerca de esto más de lo que yo pensé".

"Se ha convertido en un punto de gran interés para mí".

"*¿Por qué?*"

"Parece que he encontrado mi vocación".

"¿Qué, la historia?"

Vaciló, contemplando la carta.

"La política. Es un legado".

"No entiendo".

"No importa". Se acercó más a mí. "Lo que importa ahora mismo es *esto*. Y he visto cómo trabaja su cerebro. Prácticamente *devoró* esta carta cuando se la enseñé por primera vez. Pensé que tendría que darle un calmante por lo emocionada que estaba. Y, en el aeropuerto de Long Beach, a pesar de todas sus amenazas acerca de llamar a la policía, me persiguió por toda la terminal como un sabueso demente. Pero lo entiendo perfectamente. Yo siento lo mismo. Hay una *promesa* en estos escritos, ¿no cree? Una promesa de algo maravilloso".

Se aproximó de nuevo, y yo retrocedí, de manera que caminábamos en un círculo, como lo hacen los luchadores antes de una pelea. Pronto, me encontré de espaldas contra la puerta principal, y sonrió con sus blancos dientes.

"Querida Lola, sé que sólo quiere descubrir la verdad. Aquí hay secretos. Puedo *olerlos*, ¿usted no? Hay algo en el primer piso —en el comedor, como le dije antes. No puedo saber exactamente qué es, pero hay algo en este palacio que me ha estado intrigando durante un año".

"¿Qué?"

Ahora estaba muy cerca y tenía los ojos brillantes. Recordé los antiguos relatos bíblicos acerca de Lucifer y su belleza, la forma como sedujo a Eva como una serpiente. Marco podía pasar con extraordinaria facilidad de ser un acosador a ser un excelente seductor.

Posó suavemente su mano en la mía, tocando mi anillo de compromiso con las yemas de los dedos.

"No me toque así", dije asustada.

Afuera, podía escuchar de nuevo el sonido de aquella risa —en realidad, más semejante a un chillido— que resonaba en los muros del palacio.

Marco extendió mis dedos para que abriera la palma de la mano, y puso en ella las páginas color de ópalo.

Mis dedos se cerraron sobre la carta.

"Vamos, mírela", me dijo canturreando. "Estúdiela realmente. Después de todo, ¿no quiere demostrar que es mejor que él? ¿Quiero decir, que Tomás? Soto Relada me dijo que pasó años intentando descifrar este acertijo. Esto debe despertar su interés —el fracaso de Tomás. Y la idea de que usted pueda tener el talento necesario para descifrar un código que él no pudo adivinar".

No respondí a esto. "En Long Beach, usted me *golpeó*, Marco. Usted amenazó a mi familia. Ahora ha puesto a un gorila al lado de mi puerta".

"Sí".

"No trabajo bien cuando creo que la gente me hará daño si no los complazco".

Mantuvo sus ojos intensamente fijos en los míos.

"En realidad, cada vez estoy más convencido que usted me complacerá, Lola".

"Si trata de hacerme sentir mejor, ¿sabe qué? No lo logra".

"Bien", dijo suavemente, "es verdad. Confieso que no estaba muy seguro sobre qué debía hacer con usted cuando la trajera acá. Me imagino que arrastrarla por el cabello por Italia y obligarla a descifrar este acertijo para mí no iba a funcionar. Y no era probable que terminara bien. Pero, al parecer, es posible que usted sea lo suficientemente inteligente como para trabajar conmigo en este asunto, y no porque yo la fuerce. Lo cual requeriría, desde luego, que yo fuera lo suficientemente *estúpido* como para olvidar quién es usted".

Se llevó la mano a los labios brevemente, y pareció súbitamente menos blindado, más frágil, antes de que extendiera los brazos y riera amargamente.

"Pero es posible que pudiera olvidarlo. Después de todo, soy un hombre en duelo, con una terrible, terrible pena, y no veo las cosas con claridad".

Entonces me contempló durante mucho rato. O yo a él. En aquel momento, no parecía peligroso. Estaba extrañamente, casi íntimamente triste, incluso seductor —a la manera del síndrome de Estocolmo.

"Sí, después de todo, ¿por qué no? ¿Por qué pelear? Usted podría demostrarme cómo es ahora, si quisiera", murmuró, y yo podía sentir su cálido aliento sobre mis mejillas. Tomó mi cara entre sus manos, apartando mi cabello hacia atrás. "Pequeña belleza. Pequeña demente. No somos tan diferentes, ¿verdad? Pero quiero que *trabaje conmigo*. ¡Sé que es capaz de hacer mucho más que ese espectáculo de principiante que realizó en la biblioteca! La *reto*. Muéstreme que no todos los De la Rosa son basura. Esto podría significar mucho para su familia. Quizás le dé una oportunidad".

"Oh —usted— *grrrrr*!" Sosteniendo con fuerza la carta, aparté furiosa mi cara de sus manos. Marco me sujetaba todavía por el brazo cuando salí intempestivamente por la puerta principal de la suite y encontré la fuente de las risas en el pasillo.

"O, tal vez *no*", dijo Marco, por sobre el ruido.

En el pasillo cubierto con tapetes persas, Adriana, antes displicente, estaba ruborizada y doblada de la risa. Frente a ella se encontraba un hombre alto y robusto, en un arrugado traje azul oscuro, con los bolsillos llenos y un cabello rebelde negro con algunas canas.

"Realmente tendrás que educar a estos italianos, Adriana, porque el hombre de la aduana me dijo, 'Usted es qué, ¿Latino? ¿Eso es qué? Como in… ¿indio? ¿Como el Jefe Toro Sentado o algo así? ¿Gente con plumas de águila que baila desnuda? Yo pensé que usted era chino, joven, por sus *ojos*'. Yo dije, 'No, soy indio —un indio maya— y mis antepasados sí llevaban plumas, de hecho, especialmente cuando realizaban esos sacrificios humanos increíblemente dolorosos, particularmente con los conquistadores italianos de grandes traseros, porque el hecho de que fueran afeminados les agradaba a los dioses de la cosecha. A decir verdad, muy semejantes a usted —pero no pensó que fuera muy gracioso porque dijo que me enviaría a la prisión del aeropuerto".

"Lo sé, lo sé, son unos idiotas", dijo Adriana, extendiendo la mano para quitar una mota de su solapa, antes de verme y recobrar la compostura.

"¿Quién es?" preguntó Marco detrás de mí.

Adriana se arregló el cabello.

"Oh, sí. Este adorable hombre dice que es su... ¿*prometido?*" dijo, levantando la mirada. "Signorina De la Rosa?"

El huésped se volvió. La mirada oscura y agotada del hombre se dirigió primero hacia Marco lanzándole pequeños dardos envenenados cuando vio su mano en mi brazo. Luego me miró con su divertida cara, apuesta y demacrada.

"Hola" dijo, agitando la cabeza y abriendo los brazos. "¡Sorpresa, querida! ¿Qué diablos haces aquí? ¡Te amo! Supongo que no esperabas realmente que viniera cuando me invitaste en aquel mensaje de texto. Pues bien, ¡ha! ¡Aquí estoy!"

Corrí hacia Erik y casi lo aplasto entre mis brazos.

8

"Cuándo llegaste?" Abrace fuertemente a Erik alrededor de su enorme cintura; sus manos se sentían muy frías mientras me acariciaba el cabello.

"Llegué a Roma hace aproximadamente dos horas. Después de que me enviaste el mensaje acerca de este 'cliente', los aztecas y Tomás, no pude comunicarme contigo en tu móvil. Así que llamé a tus padres y a Yolanda, pero nadie sabía qué ocurría. Luego llamé a este sitio, al palacio que mencionabas en el mensaje. ¡Adriana me dijo que habías reservado una habitación aquí! ¡Entonces corrí al aeropuerto! ¡Y luego me paseé por todas partes! Estaba tratando de adivinar qué demonios estaba ocurriendo. ¡Tu vuelo acababa de salir! ¡Habías partido! ¡Teníamos reservaciones para cenar! ¡Íbamos a comer langosta y a elegir la música para la cena del día antes de la boda! Y luego, estaba un poco *enojado* y sentí como que *flotaba* hacia el mostrador de los boletos. Dije que *mi prometida estaba en Italia* —y me pusieron en la lista de espera y— ¡bam *bam!*" Agitó las manos alrededor de las orejas. "¡Lo hice! ¡Volé hasta acá como un demente! Todo muy espontáneo, sabes, y esperaba que fuese romántico y no como una persecusión".

Me eché a reír.

"¿Estás ebrio?"

Tenía un flequillo negro parado en la cabeza, y las puntas de su barba incipiente asomaban en su quijada.

"No, no mucho. Ya no. Pero sabes, viajar en turismo es un infierno; tienen whisky libre de impuestos y bebí casi media botella mientras comía... estos..." De las profundidades de los bolsillos de su chaqueta comenzó a sacar las golosinas que había comprado durante el viaje: pequeñas latas de nueces gourmet, bolas de Baci, pequeños quesitos parmesanos, una novela completamente nueva en rústica, y un frasco en miniatura de *L'Air du Temps* para mí. Incluso mientras caían al suelo unos pocos chocolates Baci, sin embargo, su mirada se dirigió a Marco, quien aún permanecía detrás de mí en el pasillo. "Pero con todo no bebí lo suficiente como para sobrevivir a la aterradora película de Christian Slater que pasaban una y otra vez, y bla, bla, y yadda, yadda, yadda, y, lo que realmente quisiera saber es, *¿qué demonios hace este tipo en tu habitación?"*

Si Erik Gomara, Ph.D., tuvo un ataque de celos al ver a Marco Moreno, era el primero que yo pudiera recordar en nuestra relación de dos años. De fuerte contextura, ojos chocolate oscuro, grandes orejas rosadas, y una contextura física como la de un Diego Rivera alto, Erik habitualmente estaba demasiado ocupado leyendo, enseñando, escribiendo, comiendo o seduciéndome como para preocuparse por rivales románticos. Tampoco habría podido hacerlo, porque era fabuloso. Erik era profesor de arqueología en UCLA, junto con mi madre, Juana, y dos años atrás nos habíamos reunido para buscarla en Guatemala. Él había nacido allí antes de emigrar a los Estados Unidos y sus famosas universidades, y luego bombardear a las decanas de humanidades y a las estudiantes de UCLA con su atractivo sexual. Cuando lo conocí por primera vez, era famoso por seducir a las estudiantes de segundo año universitario y por sus excavaciones en los cementerios maya, que le habían hecho ganar varias medallas, pero bastó con menear las caderas Sánchez —y la experiencia en la que casi morimos en la selva guatemalteca— para que me convirtiera en la única beneficiaria de su encanto extremo. Erik había luchado con el coronel Moreno durante nuestra aventura en la selva, y también había visto cómo el teniente Estrada lo había golpeado hasta convertirlo en una pulpa sangrienta. Esta tragedia nos había unido y lo había plagado a él de pesadillas horribles. Sin embargo, habíamos logrado reponernos y teníamos una vida muy feliz, dividiendo nuestro tiempo entre su apartamento en Los Ángeles y la casa de mi familia en Long Beach. Más aun, nuestro romance llegaría a su punto culminante muy pronto en una boda sin igual, que se prolongaría por una semana, y que había sido organizada por mi padre Manuel, con orquestas de mariachis, cacatúas vivas, bolos y una demostración de rastreo de Yolanda, quien había accedido, por estar ebria, a llevar a los invitados de la boda a una búsqueda de basura por los suburbios de Long Beach. Por lo tanto, es comprensible que se mostrara agitado al ver a Marco sujetandome por el brazo en un lujoso penthouse, apenas doce días antes de que intercambiáramos nuestros votos.

"¿Por qué está ese hombre en tu habitación?" repitió.

"Oh, se están quedando juntos", dijo Adriana, mientras pateaba los caramelos que se habían caído dentro de una bella caneca de hierro forjado. "Compartiendo una suite, sabes. Muy económico".

"No, no es así", protesté con vehemencia. "Esto fue un error".

"¿Un error?" preguntó Erik.

"¿Por qué invade nuestra fiesta este chimpancé, Adriana?" preguntó con suavidad Marco.

"Dijo que deseaba sorprender a su prometida", replicó Adriana.

La cara de Erik se ruborizó y luego empalideció.

"¿Y quién es usted, amigo?"

Yo tenía aún la carta en la mano, y la agité.

"Cariño, déjame explicarte. Hay esta carta…"

"Por Dios, Adriana, sólo saca a esta persona de aquí".

"No puedo hacerlo, Marco. Me temo que la Dra. Riccardi le dio la bienvenida. Pensó que su presencia podría ser divertida".

"Erik, entró a la tienda hablando del oro y de la tumba de Tomás y de col…" comencé a decir.

"Sí, entendí esa parte. Se lo dije a tu hermana, y se quedó muy confundida al respecto. Me sorprende que no esté aquí también. Todos en tu casa quieren saber qué está pasando. Te estás perdiendo de la medida del traje de boda, de las despedidas, de la persona encargada de la cena, de la música…"

"Básicamente me secuestró, Erik. Al menos al principio".

"¿Te secuestró?"

"Sí, al parecer así se le llama cuando hombres apuestos te obligan a vestirte con uno de *mis* trajes rojos y te llevan a suites que cuestan mil euros la noche", dijo Adriana secamente. "Señor".

"Qué forma tan maravillosa de decirlo", dijo Marco.

"En serio, escucha…" dije frustrada.

"En realidad, ¿por qué llevas ese traje?" preguntó Erik.

Todos hablaban a la vez.

"Puedes interrogarla cuando regresen a California". dijo Marco sacando una caja de cigarrillos del bolsillo de su esmoquin y encendiendo uno con un giro de sus elegantes manos. "¿Por qué no buscas un tazón de salsa y metes la cabeza en él, mi buen muchacho? Cómete un chocolate. Aun cuando eres maravillosamente divertido con tus galletitas de queso y el aroma de tus axilas, nosotros estamos muy, pero muy ocupados y no podemos ser molestados".

"¿Quiere callarse?" le dije a Marco irritada.

"Lo estoy persuadiendo de que se marche amablemente, como puedes ver", Marco exhaló el humo por la nariz antes de mirar a Domenico, quien permanecía en el pasillo como un guardia. "Podría ser más brusco si quieres, cariño".

Erik se encaró con Marco, de manera muy masculina, pasándose los dedos por el cabello antes de tocarlo en el hombro con fuerza, como golpeándolo.

"No creo que nos hayan presentado apropiadamente. ¿Cuál es su nombre?"

"Marco Moreno". dijo Marco sonriendo. "Puedo asegurarle que nunca lo olvidará".

"Por favor, paren" dije. "Está bien, ¡Dejen de actuar como machos ahora mismo!"

"¿Marco *Moreno*?" Erik continuaba golpeando a Marco en el hombro.

"¿Le recuerda algo? ¿Moreno?" dijo Marco.

"Dejen de golpearse, señores", ordenó Adriana. "Es muy entretenido, pero nadie ha peleado en el palacio desde 1523, creo. Demasiadas antigüedades. Y, además, es malo para la digestión. ¿Les agradaría más bien hacer una gira por el palacio?"

"No, Erik debe ver *esto*". De nuevo, intenté enseñarle las páginas que tenía en la mano, agitándolas bajo sus narices. "Mira, en caso de que veas algo que yo no vi".

Pero Erik rozó bruscamente la solapa de Marco, quien se vio obligado a retroceder.

"Oye. Este es un esmoquin *verdaderamente* elegante. ¿Se arruga con facilidad?" dijo Marco.

"Cariño", dije. "Déjalo".

"Caballeros", advirtió Adriana.

La cara de Marco brilló de regocijo.

"Ja, ja, ja. Para nada. Le daré el nombre de mi sastre, pues pronto necesitará que lo cosan".

"Mire, todos ustedes, *cállense*", exclamó Adriana, de manera que todos nos sobresaltamos y nos tranquilizamos.

"Yo también, ¿querida?" preguntó Marco.

"Especialmente usted, señor", dijo Adriana sonriendo antes de empujarlo por el pasillo, el humo del cigarrillo seguía a Marco como gases del diablo. Hizo que Erik y yo también los siguiéramos. "Yo administro esta casa, lo ve. Mi trabajo consiste en asegurarme de que la doctora esté contenta. Cuando no está contenta, grita. Yo odio eso. Y si se matan los unos a los otros antes de la cena y, por lo tanto, no pueden llegar a tiempo para los aperitivos, ¿qué sucederá? Estará descontenta. gritará. Así que, por favor...muévanse".

Esto nos sorprendió tanto a Erik y a mí, que automáticamente seguimos sus órdenes. Marco flotó escaleras abajo, y nosotros lo seguimos pasando junto a algunos desnudos de mármol del palacio, paisajes del Renacimiento y una habitación espectacularmente decorada en un pasillo lateral.

"Miren, ¡*esto* les interesará!" dijo Adriana. "Tenemos una capilla muy bella, con un mural precioso. Miren, miren, miren. Presten atención. Tiene una pintura que les fascinará. No, no, deje de murmurar, *señor*, ¡aquí arriba! ¿Reconocen esto?"

"¿Qué?"

"¿Qué?"

"¿Qué?"

Nos había llevado a una pequeña habitación que resplandecía con un panorama pintado en verde y dorado, donde aparecían unos nobles rodeados de esclavos, perros, brillantes colinas y árboles. Adriana se paseaba por todas partes, llamando nuestra atención para distraernos de la pelea, señalando este mural de jóvenes apuestos que cabalgaban en musculosos caballos en la procesión de un rey.

"Le daré puntos a quien me diga el nombre del fresco". Adriana agitó las manos en el aire. "Quienes no puedan hacerlo serán designados de inmediato como bufones. Vamos, vamos".

"Esto es *absurdo*," dijo Marco.

"*Bu—fón*", respondió Adriana.

"Es el mural Gozzoli", dijo Erik instintivamente, con el flequillo agitado como trigo sobre su cabeza. "Um... Venoso Gozzoli. Esta es la *Procesión de los Reyes Magos*. La procesión guiada por la estrella del Norte. Gozzoli utilizó a miembros de la familia Médici como modelo".

"Sí, excelente. Especialmente para un viejo chimpancé, ¿verdad, señor?"

"Aah".

"¿En qué año fue pintado, señor?"

Junto con un miasma de humo de cigarrillo, dijo Marco:

"En 1459".

"Bu-fón, respuesta incompleta".

"Oh —diablos— la última parte fue pintada..."

"Las más recientes publicaciones académicas argumentan que en 1497". Erik casi grita, incapaz de refrenarse. "El último año de..."

"La vida de Gozzoli", exclamó Marco.

"¿Y el retrato de *quién* dicen los académicos que fue pintado aquel mismo año?" Arqueó las cejas, arrugando apenas su piel perfecta.

"Oh, *es cierto*. He leído acerca de esto". Esa fui yo. Avancé hasta una representación en particular de uno de los magos que se encontraba sobre un caballo blanco; era un hombre apuesto de tez oscura y porte severo, que llevaba un abrigo verde y dorado y una roca puntiaguda de oro. El artista se había esforzado por representarlo como un príncipe moro, atractivo y bronceado. "Este es nuestro *hombre*".

"Ese es Antonio de Médici", dijo Marco. "Cuando era un joven de diecinueve años, aquí, en Florencia. Posó para Gozzoli como el rey mago de Babilonia, Baltazar. Es uno de los tres magos que visitaron al niño Jesús".

"Es correcto, señor", dijo ella, uniendo sus manos. "Ya ha encontrado la pista. Aquí está su Signor Antonio, a fines de 1400, *mucho* antes de su rehabilitación. ¡Mírenlo! Asesino de prisioneros y de pacientes de asilos a tan temprana edad, pasando luego a asesinar a los otomanos en África en 1500, luego a los aztecas en

América en 1520. Gozzoli dijo que pintarlo a él era como pintar al demonio. Sin embargo, fue un buen modelo para pintar a Baltazar. Algunos dicen que la madre de Antonio era siciliana, por eso tenía ese temperamento. Saben, la gente tiene sus teorías, pero me alegro que los historiadores culpen a los sicilianos y no a los algerianos como yo."

Adriana sonrió y, por un momento, llegó incluso a agradarme.

"¡Ahora!" exclamó alegremente. "Ya dejaron de gritarse unos a otros. Esto siempre funciona. No puedo decirles cuántas veces he tenido a intelectuales que entran aquí enojados y gritándose, peleándose por la proveniencia de un fragmento de una vasija o una pieza de plata abollada. Y luego los traigo aquí, les hago el examen y, cielos, su enojo desaparece. ¿Frescos como peces ahora? ¡Qué bueno para mí! Entonces, ahora que los tenemos a todos bajo control, es hora de cenar. Puse un puesto adicional para el Dr. Gomara, y retiré los cuchillos de la carne. No, no tienen que agradecérmelo. Vamos, entonces, en marcha".

Se nos ordenó regresar a las zonas públicas del palacio, que estaban escasamente pobladas de guardias vestidos a la manera antigua.

"Compórtense ahora, se los advierto. Está bien, ¡super! Los veré en un momento". Adriana nos hizo una reverencia antes de desaparecer.

Nuestro trío permaneció en la entrada del opulento y dorado comedor privado del palacio, donde la Dra. Riccardi, asombrada, intentaba conversar con los monosilábicos Blasej y Domenico. Cuando entré al salón, me esforcé por esbozar una sonrisa que no mostrara mi pánico —esto es, hasta que mis ojos se dirigieron hacia arriba, a las pinturas que adornaban el salón, sus dorados, los frescos del cielo raso.

Y fue entonces cuando el día comenzó a tomar un giro inesperado de nuevo. En el momento en el que entré en aquel lugar fantástico lleno de arte que había sido alguna vez el comedor de los Médici, experimenté un *clic* mental, una especie de extraño *déjà vu*: sabía que había visto esta habitación antes. O que alguien me había hablado de ella antes.

Al deslizarme sobre los tapetes y la brillante madera, tuve la extraña sensación de que alguien —no Marco— me había susurrado algo acerca de este lugar que estaba lleno de... ¿qué? *Pistas y misterios.*

Pero ¿qué quería decir eso?

Tomé a Erik de la mano y me apresuré a entrar al comedor para averiguarlo.

9

Mi mirada voló por sobre las figuras de la Dra. Riccardi, Domenico y Blasej, que aguardaban impacientes, recorriendo todo aquel extraordinario salón. Las paredes estaban adornadas con frisos dorados de rostros de damas y, más allá de ellos, brillaba un fresco en el cielo raso que mostraba la perturbadora escena de una mujer que estaba siendo raptada por una figura que se asemejaba a la de un rey. En lo alto de la pared occidental se destacaba un enorme retrato de Cosimo I realizado por Vasari. A su lado destellaba un mapa bellamente preciso de Italia, de lujosa caligrafía, que parecía bastante antiguo.

"¿Dónde he visto yo esto antes? O ¿cuándo he estado aquí antes?" pregunté, mientras Erik continuaba interrogándome con los ojos, mientras intentaba aplacar sus cabellos enredados por el viaje, preparándose para una cena evidentemente elegante.

"Te lo dije, ¿verdad?" replicó Marco. "El comedor".

"Sí, pero ¿dónde lo he visto?"

"¿Qué es eso?" La Dra. Riccardi levantó los ojos de los monolíticos Domenico y Blasej hacia el brillante techo.

Señalando las páginas que yo aún sostenía en la mano, Marco dijo:

"No lo ha visto, ha *leído* acerca de él— *él* lo describió con gran precisión, está en la carta de Antonio a Cosimo. Antonio comienza a relatar su vida aquí en el palacio, los días antes de que Cosimo lo exiliara de la ciudad. Escribió acerca de las cenas que transcurrían acá: *¿Cuándo nos vimos por última vez antes de que nos exiliaras a mi esposa, Sofía la Dragona, y a mí? Creo que fue en la década de 1520, justo después de mi regreso de América, durante los pocos meses en los que aún se me permitió festejar en el palacio de nuestra familia. El comedor era tan bello, recuerdo, lleno de misterios y de indicios de tesoros...*"

"Sí —eso es— 'misterios e indicios de tesoro'" dije.

" 'Con sus frisos de jóvenes doradas' ", prosiguió Marco, " 'sus pasadizos secretos, su fresco El rapto de Proserpina, y aquella baratija que encargué, el maravilloso mapa de Italia de Pontormo' ".

"Lola", dijo Erik. "No entiendo nada".

"Antonio nos da una pista que tiene que ver con este salón en la carta —es sutil, pero ahí esta", insistió Marco. "La pregunta es, ¿por qué?"

"Oh, ¿siguen hablando todavía de *eso*?" dijo la Dra. Riccardi. "Vamos, Marco, habla *tú* con tus amigos. Yo lo encuentro demasiado difícil".

"Sólo los traje para que los miraras, Isabel". Marco se aproximó a ella y a sus secuaces, que lucían enormes y musculosos, completamente fuera de lugar en el delicado salón. "Pensé que los encontraría revitalizadores".

"Eres una *bestia*".

"¿Quiénes son esos tipos?" Erik se tocó el estómago. "Dios, todos hacen muchísimo ejercicio".

"Cariño".

"Y ¿qué fue lo que dijiste acerca de haber sido secuestrada? ¿Acaso una banda de rábidos bailarines de Chippendale irrumpió en una librería de libros usados y secuestró a su dueña para llevarla... a cenar?"

"Erik, hay muchas cosas que debo decirte. Acerca de él, quién es".

"Marco Moreno".

"*Bebamos un poco de vino*", le sugería Marco en ese momento a la doctora.

"Pero antes de hacerlo, y de que enloquezcas" puse la misiva de Antonio en las manos de Erik "por favor, sólo mira esta carta. Espero que puedas ayudarme con ella".

Tomó las páginas de cáñamo, inflando las mejillas.

"Sólo porque soy una persona tan flexible, me olvidaré de todo esto, del vuelo inesperado a Italia y de ese traje rojo."

"Únicamente por un momento".

"Hmmm, está bien. ¿Qué tenemos aquí? Parece... antigua". Erik contempló con enojo el escrito, luego arqueó las cejas. "¿Qué? ¿Qué *es* esto?"

"Es una carta escrita por Antonio de Médici" dije.

"¿De quién hablábamos hace un momento? ¿El asesino? ¿El que viajó con Cortés?"

"Sí".

"Oh, el *oro* del que hablabas en el mensaje".

"Hay un acertijo, y Antonio dice que existe un mapa del tesoro".

"Del oro de los aztecas, el oro de *Montezuma*", exclamó Erik.

"Así es".

Hojeó ligeramente los papeles.

"No veo ningún mapa aquí".

"Léela, léela".

"Siéntense, por favor", dijo la Dra. Riccardi en español, mientras permanecía al lado de la enorme mesa de nogal, puesta con manteles de seda y cubiertos de plata. Consiguió pícaramente conducirme a una silla entre Erik y Marco, con Domenico y Blasej al frente de nosotros.

Tomando su lugar en la cabecera de la mesa, susurró:

"¿Cómo es esto de que usted es el prometido de la Srta. De la Rosa, Dr. Gomara? ¿Es *cierto*? ¿Estoy en medio de un escándalo? Por favor, cuéntenos".

"Desde luego que no", dijo Erik con una voz sonora y confiada mientras levantaba la vista de la carta.

"Pero ¿usted no viajó hasta acá en el *instante* que escuchó que la bella Srta. De la Rosa había llegado a Italia con otro hombre?" preguntó.

"Básicamente, sí".

La Dra. Riccardi se encogió de hombros y abrió la boca con deleite ante esta idea.

"¿Se porta usted siempre como un caballero andante?"

"En realidad, *no*".

"¡Qué interesante! Ooohh. Ni siquiera tiene que decirlo. Está escrito en toda su apariencia. Era todo un Don Juan, ¿verdad? ¿Antes de que su prometida lo *domara*?"

"En realidad, yo la perseguí como un animal persigue a su presa".

"¡Excelente!"

"Sólo digamos que el amor nos cambia y nos hace mejores", sugirió Erik, levantando los ojos al cielo.

La Dra. Riccardi lo miró.

"Oh, Dios, ¿quién le dijo eso? ¡Qué cantidad de tonterías! Y, en esa nota..." Levantó la barbilla hacia la puerta. "*¡Adriana! ¡Adriana!*"

¡Ahora Erik comenzó a estudiar la epístola.

"*¡Adriana!*" gritó de nuevo la doctora. "Dr. Gomara, ¿lo tienen a usted también ocupado con esa vieja carta falsificada?"

"Supongo que sí. Bello papel".

Dirigió sus anteojos rojos hacia Marco.

"Querido, *tienes* que renunciar a esa locura. Está contaminando a la gente. Mira, *dos* nuevos conversos a tu teoría de la conspiración en menos de un día".

"No le dije que le diera la carta", dijo Marco con voz débil.

Yo lo ignoré.

"Pero, Dra. Riccardi, reconozco esta habitación. Antonio —o quien quiera que sea el autor de la carta de Marco— escribió acerca de ella. Cuando describe las cenas que servían acá, antes de que fuera obligado a abandonar la ciudad…"

En cerca de siete minutos, Erik había absorbido rápidamente el contenido de la carta con su típica velocidad de Evelyn Wood, coincidiendo en que "Antonio" se había esforzado por escribir acerca de la decoración del salón.

"Mi italiano no es muy bueno, pero creo que acabo de darme cuenta de qué hablas; aquí está":

> ¿Cuándo nos vimos por última vez, antes de que nos exiliaras a mi esposa, Sofía la Dragona, y a mí? Creo que fue en la década de 1520, justo después de mi regreso de América, durante los pocos meses en los que aún se me permitió festejar en el palacio de nuestra familia. El comedor era tan bello, recuerdo, lleno de misterios y de indicios de tesoros, con sus frisos de jóvenes doradas, sus pasadizos secretos, su fresco El rapto de Proserpina, y aquella baratija que encargué, el maravilloso mapa de Italia de Pontormo' ".

Levantando la vista de la carta, comparó el texto con el propio salón.

"Habla de un '*comedor con sus frisos de jóvenes doradas, sus pasadizos secretos*'. Y en las paredes están estos bellos frisos dorados. Verificado." Luego, levantó la cara hacia el cielo raso pintado. "Y, verificado, el fresco. Luego: *'y aquella baratija que encargué, el maravilloso mapa de Italia de Pontormo"*. Se volvió hacia la pared oriental, admirando la hoja de oro que adornaba el mapa. "Verificado. Todo está aquí".

La Dra. Riccardi agitó la mano, ignorándonos.

"Al menos, bebamos algo si hemos de ocuparnos de nuevo de esta falsificación. Hola, ¿*Adriana?*"

La asistente de la Dra. Riccardi entró, llevando una licorera de vino tinto y una bandeja con aperitivos.

"¿Me ha estado llamando, Doctora? No puedo escucharla a través de esas pesadas puertas".

"No culpe a la buena arquitectura renacentista por su mala conducta. ¿*Amuse bouche?*"

"Pero, es cierto".

"No esos horribles hígados, por favor".

"Le fascinarán".

Adriana llenó nuestras copas antes de desaparecer por la puerta trasera. La Dra. Riccardi arrugó la boca antes de dedicarnos de nuevo su atención.

"Salud, entonces", dijo. "Por Antonio".

"Por Antonio", coincidió Marco, chocando su copa con la de la doctora.

"*Per Antonio*", dijo, vacilante, Domenico. Miró a Blasej, quien se encogió de hombros y bebió.

La copa de Erik permanecía intacta mientras leía la carta otra vez.

"Está bien, tengo la idea básica. Antonio sostiene que cuando estuvo en México con Cortés, robó el oro de Montezuma. ¡Muy bien! También es claro que odiaba a Cosimo, Duque de Florencia, porque lo exilió por alguna razón. Por ser un 'Versipellis'. ¿Qué es eso, quien cambia de piel? Um... ¿un 'hombre lobo'?"

"Exactamente", dije.

"Pero se está vengando, pues ha escondido el oro aquí en Italia, con todas estas pistas sobre su ubicación. Y también ha hecho un mapa".

Erik se reclinó en la silla y se echó a reír, con fuerza.

"Entonces..." Su cara brillante tenía una expresión alegre, aun cuando levemente preocupada. "Esto podría ser —pudiera ser increíblemente".

"¡Lo sé!"

"Pero aquí no hay ningún mapa".

"Ninguno que hayamos podido encontrar, no".

Erik y yo giramos nuestras cabezas, estudiando el salón. Los frescos dorados de las caras de las jóvenes miraban a la distancia, y mis ojos se pasearon sobre la cara, bien alimentada, de Cosimo. Contemplé el mapa de Italia, espléndidamente enmarcado. Era del tamaño de un libro, exquisito. El cartógrafo había dibujado la larga bota del país con gruesos trazos de pluma. Las cordilleras y los lagos estaban ilustrados con laca escarlata, hoja de oro rojiza y añil. Una caligrafía carolingia, realizada con maestría, designaba las ciudades antiguas de Romagna, Pons Aufidia, Scylazo, Amalfi...

"Como se lo he explicado a Marco un millón de veces, esa carta *no* tiene la caligrafía de Antonio *il Lupo*", dijo la Dra. Riccardi.

"Antonio el Lobo", dijo Erik, bebiendo su Chianti. "*Lupo* significa 'lobo', verdad? La gente lo llamaba así porque pensaban que era un hombre lobo —el asunto del Versipellis".

La Dra. Riccardi le sirvió más vino.

"Sí, Antonio tenía algún tipo de problema médico repulsivo —*la Condición*— y, su temprana carrera en Florencia, combi-

nada con su hábito de asesinar gente, inspiró el mito local de que había sido *hechizado*. El relato se transformó en una *épica* completa después de la expedición con Cortés, cuando la gente comenzó a decir que Antonio y un esclavo suyo africano ¡habían sido maldecidos por Montezuma en México!"

"¿El esclavo acerca del cual leímos en su carta al Papa León X?" pregunté.

"Eso creemos. Se dice que Montezuma transformó a Antonio en un hombre lobo, y al esclavo en un vampiro. Pero lo que sucedió *realmente* es que Antonio era sólo un monstruo, literalmente. Después de regresar de América, torturó de manera famosa a su esclavo en un calabozo veneciano, utilizando una máscara de oro que le cubría la boca y la nariz, y que dejaba únicamente diminutas ranuras para los ojos. La llamaban la máscara de Tántalo, ya saben, Tántalo fue castigado por los dioses, que no le permitían beber o comer, pero pasaban comida ante sus ojos. En la prisión, la máscara desempeñaba la misma función: el esclavo podía ver las viandas presentadas ante sus ojos, pero nunca podía probarlas".

Erik sacudió la cabeza.

"¡Pobre desdichado!"

"*Pobre idiota*", corrigió la Dra. Riccardi. "Así es como Antonio lo llamaba, al esclavo. '¡El Pobre Idiota!' O, solamente 'el Idiota' ".

Marco se puso rígido cuando escuchó esto. "¿Pobre Idiota? No recuerdo ese apodo, y he estudiado esta carta durante más de un año. ¿Cómo habría podido darme cuenta?"

"¿No? Oh, pensé que se lo había dicho —está todo en los diarios de Sofía. *En cualquier caso*, el rumor era que Antonio había puesto al esclavo en prisión porque había intentado robarle. Había tratado de robar su oro, precisamente —esa es la historia que nuestros falsificadores están capitalizando. Según la leyenda, Antonio sacó en secreto grandes cantidades de oro de la selva, que quería usar para financiar una revolución en Toscana, para desarrollar una especie de clase de, ¿cómo los llamaba?"

"Aristócratas guerreros". Marco pronunció estas palabras con tal agudeza, que me recordó de nuevo los sueños de su padre de establecer una dictadura militar, y me estremecí. "Antonio realizó los experimentos humanos en Florencia y luchó contra los moros para obtener sus secretos de alquimia porque deseaba elevar a su gente a un plano superior —crear una *sociedad más fuerte y más selecta*. ¿No era eso lo que se proponía?"

"Sí, bien, felizmente renunció a su bestial utopía. Después de la muerte del esclavo, Antonio pasó la proverbial página. Regresó bastante pacíficamente a Florencia, e incluso parece que hizo penitencia, sepultando al esclavo en una tumba al lado de la cripta de los Médici, detrás de una lápida marcada con una luna creciente —el símbolo del Islam y del vampiro y el hombre lobo en las narraciones populares, desde luego. Una grandiosa capilla fue construida años después alrededor de la tumba —la Cappella dei Principi en la Basílica de San Lorenzo. La gente dice que ha sido acosada por un vampiro africano desde entonces. Y sí han ocurrido uno o dos incidentes impresionantes en la capilla". La Dra. Riccardi ahora hablaba en voz baja, burlándose, para sugerir terror: "Que involucraban ladrones de tumbas que morían de maneras horribles cuando trataban de romper el ataúd del esclavo. Era como si la sangre hubiera sido extraída de sus cuerpos".

Erik me miró a mí y luego al apuesto Marco, antes de agotar el vino de su copa.

"He leído esos relatos. Hay una vieja conseja acerca de un vampiro que vuela por la capilla en la forma horrible del esclavo de Antonio. Busca venganza por su asesinato. Pero ahora presuntamente tiene los ojos blancos, los dientes chorreando sangre, y ofrece a sus víctimas joyas y objetos preciosos. Quien los acepta, muere, quedando sólo un cadáver que parece una pulpa de fruta".

"Mala suerte hablar de eso", murmuró Domenico, moviéndose en su silla y susurrando por aquel desagradable tema.

Blasej le hizo un suave gesto para que se relajara.

"Está bien, Dom. Come tu cena".

"Cielos, tu prometido parece saber mucho acerca de esta historia", dijo con entusiasmo la doctora por encima de sus voces. "Srta. De la Rosa —o ¿pronto será la Sra. de Gomara?"

"*Nomen atque omen*", recitó Marco, malvadamente.

Lo contemplé intensamente, impresionada súbitamente por aquella cita.

Erik se inclinó hacia él.

"¿Quién es usted, a propósito?"

Marco se ajustó las mancornas de su camisa.

"¿Aún no ha hecho la conexión? ¿No le dice nada mi apellido? ¿No lo ha escuchado antes —digamos, hace dos años?"

"¿El año pasado?"

"Es el hijo del Coronel, Erik, eso es lo que trataba de decirte..." Yo hubiera terminado esta frase, pero mis palabras se desvanecieron mientras mi respiración se hizo rápida y profunda. "¿Qué dijo?"

"Estaba hablando con su amigo acerca de mi apellido".

"No, Marco, la frase en *latín*". Sentí una sensación burbujeante en la mente. "Dígala otra vez".

Marco encendió otro cigarrillo y lanzó una mirada a sus matones.

"*Nomen atque omen*, era uno de los refranes predilectos de Antonio".

"Erik, léeme otra vez esa parte de la carta donde aparece esa frase en latín".

Erik frunció el ceño.

"¿Dijiste algo acerca de un… coronel?"

"Oh, ¿acaba de captarlo?" preguntó Marco.

Erik levantó una mano.

"Jesús, en realidad todavía no sé qué es lo que sucede aquí. ¿Están todos ustedes *ebrios*?"

"¡Aún no!" dijo la Dra. Riccardi. "Aun cuando mi joven ayudante podría ayudarnos con eso".

"Erik, léela, por favor".

"Está bien: '*Dado que tomo el destino de los Médici más en serio que tu imbecilidad, he decidido honrar tu solicitud. Nuestro Nombre lo exige. Después de todo, hay mucha sabiduría en aquel antiguo refrán del poeta Plauto: Nomen atque Omen —nuestro nombre es nuestro augurio*' ".

"El nombre de un hombre es su augurio". Permanecí inmóvil, mientras las ideas volaban por mi mente. "El nombre de un hombre," repetí lentamente. "Su *nombre*…"

Súbitamente, recordé el perturbador comentario del Sr. Soto Relada acerca de la carta, de la conversación que habíamos tenido antes: *Y, si usted es una De la Rosa, entonces… bien, lo adivinará. Los De la Rosa siempre lo hacen.*

Levanté la vista de nuevo hacia el mapa que estaba en la pared. Estaba lleno de brillantes colores, intricado como un mosaico. "Ese es el mapa de Pontormo, ¿verdad?"

"¡Adriana!"

"Dra. Riccardi, ¿es ese el mapa de Pontormo acerca del cual Antonio —el falsificador— escribe? ¿El original?"

"¿Qué, el mapa? Sí. ¡Adriana!"

Podía sentir que Marco me observaba mientras tomaba la carta de la mano de Erik y la estudiaba.

"Examiné el mapa hace un año", dijo. "Pero no pude encontrar nada especial en él".

Adriana acababa de entrar de nuevo al salón.

"El próximo plato estará aquí de inmediato, Doctora. Mi receta de pato en salsa de vino y cerezas amargas".

"Necesitamos más vino y más *amuse*, querida".

"Ya han tenido suficiente".

"¡No seas altanera!" la Dra. Riccardi hizo un gesto de molestia.

"Bah, deje *usted* de ser una pesada". Adriana agitó la mano sobre su cabeza antes de salir de la habitación.

La doctora se inclinó hacia nosotros, como para hacernos una confidencia:

"Es una emigrante. Debo ser dura con ella, saben… nació en Algeria. Pero es tan inteligente. Habla seis idiomas. Tiene una gran facilidad para los estudios. Estoy pagando su educación, ¡no que sea agradecida! Me devoraría si se lo permito. Pequeña bestia salvaje", dijo pensativamente.

Abrí la carta y leí el pasaje que tanto Marco como Erik habían citado antes:

¿Cuándo nos vimos por última vez, antes de que nos exiliaras a mi esposa, Sofía la Dragona, y a mí? Creo que fue en la década de 1520, justo después de mi regreso de América, durante los pocos meses en los que aún se me permitió festejar en en el palacio de nuestra familia. El comedor era tan bello, recuerdo, lleno de misterios y de indicios de tesoros, con sus frisos de jóvenes doradas, sus pasadizos secretos, su fresco El rapto de Proserpina, y aquella baratija que encargué, el maravilloso mapa de Italia de Pontormo.

"Eso es lo que dice —y, luego, hay algo más". Comencé a pasar las páginas, con cuidado, hasta que encontré la sección final:

> Incluidas en esta carta hay Dos Cifras que revelan los lugares donde están escondidas las Cuatro Pistas que he esparcido a través de tus cuatro ciudades estado rivales, y que te conducirán a la Fortuna. Una de estas Cifras es un acertijo y la otra, como ves, es un mapa (o al menos lo verás si puedes levantar la vista de tus fiestas y banquetes, y prestar una atención nominal a lo que te estoy diciendo).

"Oh, Dios", dije.

"Esto es una locura —es con estas imaginaciones activas con las que juegan los falsificadores", dijo la Dra. Riccardi.

"¿Cuánto tiempo lleva ese mapa aquí, Doctora?" preguntó Erik.

"Desde 1528, aproximadamente. El marco se cambió en 1912".

"Entonces habría podido estar aquí durante las cenas que él describe", dije.

Marco se aproximó rápidamente al mapa, haciendo un gesto a Blasej y a Domenico para que permanecieran en sus sillas.

"¿Podría haber códigos escritos aquí?" Entrecerró los ojos para mirar el mapa, su marco, el vidrio protector. "¿Algo que no vi?"

"Erik, la línea que menciona a Pontormo. Es extraña, ¿verdad? Festejamos 'en el comedor y aquella baratija que encargué, el maravilloso mapa de Italia de Pontormo'. Eso es. Eso fue lo que me dejó pensando, cuando comenzamos a hablar acerca de…" dije casi sin aliento.

"Sí, correcto, tu nombre, su nombre". Erik releía la carta sobre mi hombro.

"Y luego, mira hacia el final: 'Una de estas Cifras es un acertijo, y la otra, como ves, es un mapa (o, al menos, lo verás si puedes levantar la vista de tus fiestas y banquetes, y prestar una atención nominal a lo que te estoy diciendo)'. Si prestas atención nominal a lo que te estoy diciendo".

"Nominal —del latín— nomen".

"Nomen —nomen atque omen. La máxima latina: El nombre de un hombre es su augurio. Antonio escribe este refrán en la carta — está pensando en los nombres y en nombrar".

Marco levantó la mano sobre su cabeza, tocando el marco dorado del mapa con las yemas de los dedos.

"No, no, no, no se puede tocar", ordenó la Dra. Riccardi.

"He repasado esto mil veces", dijo Marco. "Pero lo que nunca he podido comprender es ¿por qué el nombre de un hombre ha de ser su augurio?"

"Y ¿cuál nombre?" preguntó Erik. "Él se llama a sí mismo el Lobo, y al esclavo lo llama…"

"Su nombre", dije súbitamente. "Su nombre".

Levanté de la mesa lentamente la última página translúcida de la carta, con su extraña, amplia, enroscada firma:

Las cejas de Erik treparon por su frente mientras miraba a la pared.

"Está bien, aún estoy tratando de alcanzarlos, pero...eso es *interesante.*"

"*Erik*".

"¿Crees..."

"Tal vez. ¿Puedes..."

"*Sí*".

"*Levántame*".

Ambos nos pusimos de pie y prácticamente corrimos hacia la pared. Erik desplazó a Marco de un golpe en la cadera antes de ponerse en cuclillas como un luchador, quitándose la chaqueta y extendiendo los brazos para que yo pudiera trepar sobre él.

"Un, dos, tres, ¡*arriba!*" Me izó sobre sus hombros.

"Oh, Jesucristo y María en los cielos", exclamó enojada la Dra. Riccardi, "van a quebrar algo, terribles idiotas".

Yo extendí los brazos y puse la hoja que contenía la firma sobre el mapa. Se ajustaba perfectamente a sus dimensiones.

"Es como una transparencia", exclamé. "Y la firma delinea algo —una ruta, o algún tipo de diagrama".

"Absurdo", tronó la Dra. Riccardi; luego mirando el mapa de lado, estuvo menos segura. "¿Qué quiere decir, diagrama?"

"No puedo —*ver* lo que marca a través del vidrio".

"Blasej, ¿cómo están las cosas allá afuera?" susurró Marco.

"Sólo un par de viejos recogiendo sus pensiones. Uno o dos fulanos en la biblioteca".

"Bien. Ayúdame con esto —también, dame una navaja".

Se vio un destello a la luz de la lámpara, cuando la navaja fue lanzada por el aire. Blasej se inclinó hacia donde estábamos Erik y yo.

"¿Ayudarte con qué?" preguntó la Dra. Riccardi, mientras Erik me ponía otra vez en el suelo. "¿Para qué necesitas una navaja?"

Los dos brutos habían arrancado el mapa de la pared antes de virarlo para dejar al descubierto la tela y el papel que lo cubría por detrás. Marco clavó la navaja para rasgar el marco, produciendo un fuerte chasquido.

"Incluso si estuviesen en lo cierto, ¡lo cual es imposible! Esto sería un asunto para *expertos*", chilló la Dra. Riccardi. "Santo cielo, cretino, *¡quítale las manos de encima, Adriana!*"

Marco sacó el mapa de su marco, pero con gran cuidado y delicadeza.

"Domenico, haz un espacio en la mesa".

La cara sonrojada de Erik se contorsionó.

"La dama dijo que no hiciera eso".

Marco ni siquiera lo miró. Yo aún sostenía la página de la firma de la carta, cuando comenzó a invadirme un terrible presentimiento.

"Sí, Marco, detente", conseguí decir.

Me miró sobre el hombro. "No me haga reír".

Llevó el mapa hasta la mesa del comedor, poniéndolo cuidadosamente sobre ella. Tocó brevemente la vitela, la hoja de oro rojiza, como si admirara el trabajo de su autor. "Y, Dra. Riccardi, no puede decirme que no siente curiosidad" dijo Marco.

"Esta no es la manera como hacemos las cosas aquí —como matones— tú más que nadie deberías saberlo, Marco, eres un hombre de buen gusto, fino".

"Cualidades a las que he estado recurriendo heroicamente para soportar el sonido constante de su conversación, Doctora.

Sus voces desaparecieron en mis oídos, mientras mi concentración se centraba con tal intensidad que mi visión parecía reflejada en un espejo convexo.

El mapa destellaba sobre la mesa, sus irresistibles cifras medio visibles en oro, añil, y carmesí, aguardando a ser modificadas por mí.

Me acerque febrilmente.

La página de cáñamo brillaba como un fragmento de luz en mi mano. La oprimí contra el mapa, ajustando el texto color ópalo a los lineamientos para los que había sido diseñado.

Esto fue lo que vimos:

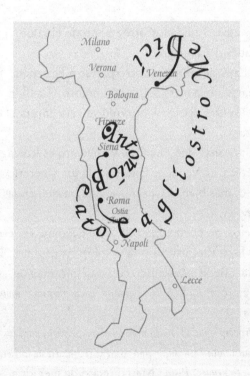

on las cuatro ciudades", grité por todo el salón. "Las cuatro ciudades del acertijo".

"La *A* de Antonio corresponde a Florencia". Erik contemplaba fijamente la mesa sobre mi hombro. "La *B* de…"

"¡Beato!" la Dra. Riccardi oprimió su cara contra el otro lado de mi cabeza.

"Señala a Siena", dije. "La *C* de Cagliostro es Roma, y… aquí, la *M* de Médicis es Venecia. Esto nos da un itinerario. Nos está diciendo —o, más bien, a Cosimo— que busque en las ciudades en este orden".

"Oh, cielos, no puedo creerlo —*pero* déjenme ver ese acertijo otra vez", la Dra. Riccardi suspiraba sobre las páginas. "Debo decirlo, la carta *sí* tiene más sentido con esta información. ¿Qué dice la segunda estrofa, *En la primera ciudad, encuentra una tumba, sobre la cual, un Idiota…?*"

"*En la Primera Ciudad, halla una Tumba / Sobre la cual los gusanos se alimentan de un Idiota / En una mano sostiene el Juguete de la Perdición / La otra se aferra a tu primera Pista*", Marco recitó de memoria.

"Sí. ¿No ven por qué necesitamos traer a mis expertos? Esto es de suma importancia. *Debo* hacer autenticar esa carta. La Primera Ciudad debe ser *A*, esto es, *Florencia*. Hay aquella cripta de la que les estaba hablando antes, la Cappella dei Principi en la Basílica de San Lorenzo, donde Antonio sepultó a su esclavo —el Idiota".

"Desearía que me hubiera dicho *antes* que era así como Antonio lo llamaba, Isabel", dijo Marco. "Todo este año he estado cavando alrededor de la facultad de medicina de la universidad, tratando de encontrar cualquier registro de las sepulturas de aquellos imbéciles que utilizó el joven Antonio para sus experimentos humanos. No ha sido el trabajo más sencillo".

"Eran los idiotas equivocados", dijo ella.

"¿Por qué yo no lo sabía? Pensé que había estudiado todos los registros importantes".

La doctora me guiñó el ojo.

"Quizás te faltó algo".

"¿Sabe lo que puede significar esto?" pregunté en el momento en que Adriana entraba diciendo, "Me olvidé preguntar si a nuestros huéspedes les gusta el pato poco cocido o… ¡*Santo Dios!*"

Una mirada de éxtasis académico pasó por la cara de Erik.

"¿Qué podría significar? Podríamos encontrar el oro de Montezuma, los ídolos aztecas, los calendarios, los libros dorados perdidos de los druidas".

La Dra. Riccardi tenía las mejillas ruborizadas.

"Cellini, en su autobiografía, escribió acerca de los rumores según los cuales Antonio había traído de regreso un tesoro tan grande, que casi hace naufragar su barco".

"María Magdalena, les dije que se comportaran, ¿qué sucedió con el Pontormo?" exclamó Adriana.

Marco sonrió mientras se inclinaba sobre la mesa, donde yo había puesto la página con la firma de Antonio sobre el mapa de Pontormo. Con un giro de sus largos dedos de ladrón, hizo desaparecer el papel, y luego deslizó el resto de las hojas para apartarlas del alcance de la Dra. Riccardi, quien exclamó:

"Oye, espera. Regrésame eso".

"Marco, ¿qué sucede?" preguntó Adriana.

"Han enloquecido", gritó la Dra. Riccardi, al mismo tiempo que casi todos comenzamos a hablar en un italiano maníaco. "¡Signor, usted debe saber que la carta debe permanecer aquí!"

"Lo siento", dijo Marco. "Es hora de que mis amigos y yo nos despidamos".

"Me temo que eso no es posible". La voz de la Dra. Riccardi chilló hasta convertirse en un impresionante alarido mientras le arrebataba la carta.

"Debe dejarme estudiarla —si sólo supiera qué valiosa podría ser".

"No, suéltala".

"Vas a rasgarla".

"Dale a la doctora lo que ella quiere", ordenó Adriana con una voz muy seria.

La Dra. Riccardi tenía sus manos sobre los hombros de Marco y lo halaba con una fuerza sorprendente. Marco consiguió zafarse, pero ella se aferró a él como una lapa, con sus cabellos rojos moviéndose sobre sus hombros.

"¡Suéltala, Moreno!" gritó Adriana.

"¿Qué diablos está haciendo, hombre?" tronó Erik.

"¡Domenico!" escupió Marco.

El rubio saltó de inmediato al lado de la doctora, la levantó para que soltara a su patrón, y la lanzó al suelo, mientras Marco decía:

"Realmente no habríamos tenido que llegar a esto, vieja ave chillona. Pero si continúa chillando de esa manera, es posible que tenga que partirle el pico. Y Adriana —diablos— deje de corretear por todos lados".

Adriana no vaciló. Saltó hacia adelante y comenzó a enterrar como una experta sus largos dedos afilados en el tórax de Domenico, en un despliegue asombroso de fuerza.

"Dra. Riccardi, Dra. Riccardi".

"Mi niña", gritó la mujer mayor. "¡Sal de aquí!"

A mi lado, escuché murmurar a Erik, "Moreno", al tiempo que veía a Marco retroceder ante las mujeres y abrir su chaqueta para revelar una pistola de acero en el bolsillo interior.

Instantáneamente, todos nos quedamos inmóviles y atónitos.

No apuntó a nadie, y sólo dijo suavemente:

"En serio, dejen de armar tal alboroto, dejen de gritar. No queremos que esos guardias ancianos arrastren sus caminadores hasta acá, ¿verdad? Podemos todavía salir de aquí en forma relativamente civilizada".

"¡Mierda! ¡Maldición!" balbuceaba Domenico.

"Excepto por el pobre Dom, supongo".

Blasej corrió y le dio una bofetada a Adriana antes de examinar la garganta de Domenico.

"Moreno, hombre, deja de balbucear y dásela".

Marco hizo una mueca y se rió brevemente. Yo apenas pude entender sus siguientes palabras, susurradas en una combinación de español y checo:

"No creo que seas una buena influencia para mí, Blasej. ¿Sabes qué? Creo que eres un desgraciado".

"Vamos, ¡*maldito* hablador!"

Erik se había puesto rígido al reconocerlo. Permaneció a mi lado, con los ojos enormes y la cara brillante por el sudor.

"Marco Moreno. Ese es su nombre. Lola, no está relacionado con aquel, no es pariente de aquel otro hombre..."

"Sí, es el hijo de Moreno".

"El Coronel que intentó matarnos, aquel a quien Estrada destrozó en la selva".

"Marco", dije enojada, *"guarde esa pistola"*.

"Hola, ¿podría estar aquí...?"

Un extraño acababa de irrumpir en nuestro círculo de discusión. Todos estábamos ruborizados por la ira. Yo me acordé a medias del académico de aspecto noble que había estado leyendo en la biblioteca, y que en aquel preciso momento había entrado al comedor, como si viniera de otra dimensión. Su corte de pelo estilo paje se agitaba alrededor de sus orejas; sus brillantes anteojos estaban ladeados sobre la nariz. Había entrado en puntillas, entrecerrando los ojos y murmurando para sí mismo, con aquella enorme lupa de bronce en la mano.

Con un aire de suprema abstracción, el académico irrumpió entre nosotros, con su traje pasado de moda y sus brillantes zapatos, caminando a pasos pequeños, mientras rodeaba el perímetro del salón. Contempló las obras de arte que había en las paredes a través de su lupa de mango de bronce, mientras conversaba en italiano:

"Digo, me dijeron que podía encontrar una copia de Bocaccio en el ateneo, pero este no parece ser el sitio adecuado. *¿Es este el ateneo?* ¿O giré a la izquierda cuando hubiera debido hacerlo a la derecha —o a la derecha cuando hubiera debido girar a la izquierda?" Observó nuestra pequeña fiesta por primera vez. "Oh, saludos, ¿estoy interrumpiendo algo? Debo haber entrado al salón equivocado". Levantó la lupa, así que su cara se hinchó, revelando su estupefacción. "Cielos, eso no será una... pistola... lo que sostiene en la mano, ¿verdad? ¡Oh!"

Esta distracción no fue desperdiciada. Adriana levantó a la doctora del suelo. Las dos mujeres corrieron hacia una sección de los frisos dorados al frente del espacio vacío donde había estado el mapa, oprimiendo tres lugares diferentes, ocultos entre los bellos rostros dorados de las damas que nos miraban desde el friso.

Se abrió una pequeña puerta en la pared y desaparecieron por la oscura abertura. La puerta se cerró rápidamente tras ellas.

Marco maldijo violentamente, mientras Erik me tomaba de la mano y preguntaba con voz ronca:

"¿Cómo te encontró?"

"No lo sé. Sólo apareció en la tienda".

"*¿Por qué?*"

"Cree que yo puedo ayudarlo".

"Pues, ¡acabas de hacerlo!"

Blasej pateó la pared.

"*¿A dónde fueron?*"

"Perras", gruñó Marco. "Permanecí aquí un mes, y la vieja nunca dijo una palabra acerca de puertas secretas".

El académico, en su pánico, se había detenido frente a Marco, agitando histéricamente la lupa en el aire. Súbitamente, se aferró con ambas manos y con gran fuerza a la mano con la que Marco sostenía la pistola.

"Oh, cielos, en realidad no va a usar esta horrenda cosa contra mí, ¿verdad? Sólo soy un especialista en mayólica del siglo XV, mal remunerado. En realidad, soy la persona más inocua que usted pudiera llegar a conocer, se lo aseguro". La lupa de bronce chocó contra la pistola mientras él dominaba a Marco.

"Cállese". Blasej apartó bruscamente al académico de su jefe, quien dijo con ironía, "Pensé que vigilabas la parte exterior".

"Lo tengo controlado, sólo déjeme acabar con él".

"¿Acabarme? ¿Qué quiere decir con eso?" chilló el académico, quien no aguardó una respuesta a esta pregunta, sino que se rodeó a sí mismo con sus brazos y salió corriendo por la puerta trasera del comedor.

Domenico, aún con una mano sobre el cuello, gruñó:

"Iré a buscarlo."

"Y ¿qué hay de estos otros dos?" preguntó Blasej bruscamente.

"Erik sabe más que yo, Marco", intercedí. "Es mejor para descifrar códigos que yo".

"Lo siento, ¿qué va a hacer, *dispararme con una lupa?*" rugió Erik.

La cara de Marco palideció cuando bajó la mirada y vio que
ahora sostenía una lupa de bronce en lugar de la pistola —un
truco barato de magia del académico, que apenas podía comprender con mis facultades cada vez más menguadas.

"¿Cómo demonios hizo eso?" Lanzó la lupa, de manera que
se rompió en mil pedazos contra el piso; luego hizo un gesto a
Domenico, quien estaba de regreso en la puerta.

"Dame tu arma".

Domenico le lanzó un arma y salió corriendo. Marco apuntó
la pistola a la cara de Erik, quien permanecía con los labios apretados. Yo caí al suelo, implorando:

"No, no, a él no".

"¡Cállese, por amor de Dios!"

"*Deje ir a Lola*". Erik permanecía de pie, transpirando profusamente, su voz era practicamente inaudible. "No la necesita.
Yo lo ayudaré. No nos necesita a los dos". Sus ojos miraban fijamente, en extraña contradicción con el resto de su cuerpo, que
comenzó a temblar dentro del traje azul oscuro, como si tuviera
un ataque.

Marco le lanzó una mirada, y luego me miró a mí.

"Demasiadas variables" dijo Blasej.

Marco levantó un dedo, justo cuando Domenico apareció de
nuevo, respirando pesadamente.

"¿Regresó acá?" preguntó.

"¿Qué?"

"Ese tipo. No puedo encontrarlo en ninguna parte. Sólo hay
dos habitaciones allá atrás".

"Olvídate de él", dijo Marco. "Nos marchamos. Y Blasej, sácalo. Lo llevamos, de lo contrario, ella no servirá de nada".

"Está bien. ¿Dónde vamos ahora?" preguntó Blasej y escupió.

Pero yo ya sabía la respuesta a aquella pregunta. Corrí hacia Erik y me aferré a él.

"Sí, guarda esa cosa. Vamos al lugar donde Antonio sepultó a su Idiota, el esclavo. La Cappella dei Principi en la Basílica de San Lorenzo. Vamos a la cripta" dije.

Unas manos fuertes nos sujetaron. Erik y yo fuimos obligados a salir del comedor, subir al segundo piso, y aguardar mientras nuestros captores daban un corto recorrido para tomar algunas valijas y provisiones. Después de esto, vino una marcha larga y silenciosa bajo la tormenta de oro que decoraba los pasillos del palacio, bajo la mirada apenas consciente de los guardias de seguridad que, o bien estaban tan habituados a las escenas dramáticas de la Dra. Riccardi, o eran tan sordos que no se habían alarmado por nuestros gritos. A medida que avanzábamos por los pasillos y salíamos al recibo, mecánicamente asentían para saludarnos, pues éramos los estimados huéspedes de la doctora y, por lo tanto, estábamos más allá de toda sospecha.

II

Avanzamos de prisa por las oscuras calles de la ciudad, caminando sobre el empedrado de la Vía Camillo Cavour, hacia el norte, hasta la Piazza San Lorenzo, con sus quioscos abiertos hasta tarde en la noche y sus exhibiciones de figurines de Pisa. Marco y los otros dos hombres, con morrales a sus espaldas, caminaban detrás de nosotros, y yo no podía apartar de mi mente la imagen de aquel arma apuntada a la espalda de Erik a través del bolsillo de Marco. Por su parte, Erik caminaba a mi lado, sin mirarme, luchando por permanecer tranquilo mientras cruzábamos un enorme medio arco hacia nuestro destino. Erik ya no estaba asustado como antes. Ya no temblaba. Pero no lucía bien —ni siquiera se asemejaba al mismo hombre simpático que había irrumpido en el palacio algunas horas antes, hablando del whisky y de las listas de espera de los vuelos. Tenía la frente llena de sudor, estaba pálido, y su boca se movía sin emitir sonido alguno. También parecía tan decidido que hubiera jurado que había comenzado a tramar algo.

"Esta es, esta es la capilla", dijo con una voz estridente cuando llegamos a una encrucijada a quince minutos del palacio.

"Bien, Erik". Marco levantó la vista. "Conoce usted bien su arquitectura italiana, al menos".

Sobre nosotros se erguía una iglesia de cuatro pisos, construida de piedra color mostaza, con su rotonda terminada en un domo de tejas rojas. Rodeada de una cerca de hierros que terminaban en punta, su lado izquierdo estaba oscurecido por altos andamios de metal, semejantes a los que habíamos visto antes en el palacio. Ventanas arqueadas, desprovistas de rejas decoraban el tercer piso. Marco, Blasej y Domenico rápidamente decidieron que estas ventanas indefensas serían la mejor ruta hacia la cripta, aun cuando yo aún no podía decidir cómo llegaríamos hasta ellas, incluso mientras nos hacían avanzar y nos decían que nos moviéramos deprisa. Aguardaron a que los turistas desaparecieran calle abajo antes de empujarnos a Erik y a mí hacia el lado izquierdo de la entrada, desde donde se veían los andamios que rodeaban la iglesia: construidos de barras de metal plateadas y plataformas de madera, los andamios tenían en la parte inferior una cubierta de aluminio verde aserrado para impedir que quienes quisieran causar problemas treparan por esta estructura.

Miré hacia arriba: el cielo estaba de un negro brillante y claro, con sólo algunas nubes. La noche albergaba una enorme luna, casi llena, y tan blanca como colmillos. En presencia de aquella embrujadora *luna* y de esta antigua, hechizada sepultura, no tuve problema en imaginar un *nosferatu* de capa en las sombras. Los relatos narrados durante la cena llenaban de manera espantosa mi mente con ladrones de tumbas de películas de horror, tan delgados como peces, porque estaban vaciados de sangre.

"Salten sobre la cerca", ordenó Marco. Domenico y Blasej treparon por sobre las afiladas puntas de hierro, y luego se disolvieron en la penumbra, dirigiéndose al andamio; entonces comprendí el plan.

"Ahora", me urgió Marco.

Erik permanecía también en la sombra, y pensaba con rapidez; podía sentirlo.

"¿Cómo vamos a entrar ahí?" preguntó con una voz extraña, profunda.

"Trepando", dijo Marco.

"¿Trepando qué?"

Me quité los zapatos de tacón.

"El andamio". dijo Marco.

Erik y yo protestamos por el esfuerzo, jadeando y gruñendo antes de poder finalmente izarnos sobre la cerca. Marco saltó ágilmente, empujándonos hacia adelante a través de la bruma de la luna.

Dado que la parte inferior del andamio estaba recubierta de aluminio, Blasej y Domenico ya habían comenzado a cortar esta piel metálica con tijeras que habían sacado de sus morrales. Rápidamente, hicieron una pequeña puerta en la base. Las láminas de metal cortado sobresalían hacia fuera, dejando apenas espacio suficiente para que un hombre alto gateara por debajo de ellas, como lo hicieron ellos, desapareciendo en su interior. Minutos más tarde, escuché el ruido de otras herramientas; estaban realizando algún tipo de operación mecánica en la estructura.

"Cortando los alambres", dijo Erik. "Estas cosas tienen alarma".

"Ya pueden pasar". La voz del invisible Blasej resonó contra el metal que lo rodeaba.

"Después de ustedes". Marco nos enseñó la pistola de nuevo.

Erik se inclinó para pasar por la puerta recién cortada en el aluminio. Yo me arrastré, despues, y Marco me siguió. Dentro del andamio, todo era oscuro, frío y claustrofóbico. Se sentía prohibido. Sobre nosotros se erguía una jaula de metal, que ascendía quizás cien pies en el aire, y que se balanceaba hacia delante y hacia atrás mientras Blasej y Domenico trepaban por sus barras como acróbatas.

Nosotros tres contemplamos el andamio en silencio.

Luego, sin decir palabra, comenzamos a trepar por aquella torre oscura, hacia la cripta que albergaba la tumba mortal del esclavo.

12

La jaula de metal del andamio ascendía trescientos pies hacia el cielo. En el aire nocturno, Erik parecía una figura ultraterrena, coloreada de noche, mientras trepaba por las barras de metal.

Yo me icé hasta la primera barra, luego a la segunda, pasando por la primera plataforma de madera del andamio, mientras los músculos de mi cuello y de mis brazos ardían. Mucho más arriba de nosotros, Blasej y Domenico hablaban esporádicamente en voz baja, antes de que nos llegara el débil sonido de vidrios rotos. Yo seguía avanzando. La jaula era inestable, se mecía y crujía. Trepamos por encima de la cubierta de aluminio, escalando hasta la mitad del andamio, pasando a un segundo piso de ventanas enrejadas.

Debajo de nosotros estaba la calle empedrada y unos pocos transeúntes, que no podían vernos a causa de la oscuridad.

"¿Crees que lo lograremos?" susurré. Acabábamos de pasar una segunda plataforma.

"Estamos bastante alto", dijo Erik y se izó hacia la barra siguiente.

"No mire hacia abajo", exigió Marco, por debajo de mí.

Trepamos un nivel más, luego otro, hasta que llegamos a una

altura mortal. Las palmas de mis manos resbalaban sobre las barras. El sudor corría por mi espalda. Erik vaciló justo debajo de la ventana superior, luego sus pies resbalaron. Se asió como pudo a las barras, como si corriera en un leño rodante. De su garganta salió un silbido bajo, aterrorizado.

"¡Erik!" grité.

Resbaló. Colgaba de sus manos sudorosas. Lo único que yo podía ver eran sus pies, balanceándose en la sombra. Subí aferrándome como pude con una velocidad endiablada, poseída por la alucinación de su pesado cuerpo rodando más allá de la delicada tracería de la capilla, la piedra dorada, para luego caer muerto en el suelo.

"¡No me toques!" dijo.

"Tiene razón —los tres podríamos caer". Marco extendió los brazos y asió mi pie desnudo.

"¡Vas a *caer*!" dije.

Agarré la pierna del pantalón de Erik. Colgaba sin peso e inmóvil de la barra más alta. Lentamente, apoyó los dedos de los pies, descansando finalmente los pies por completo en la barra que había justo debajo de él. Se aferró al andamio y crujió los dientes.

Yo escuché su pesada respiración.

Luego, sin hablar, comenzó a trepar otra vez. Marco y yo lo seguimos. Nos arrastramos por el andamio hasta llegar al siguiente nivel, hacia la ventana sin rejas del último piso, que había sido abierta a golpes, como podíamos ver.

Erik pasó una pierna por el alféizar de la ventana, luego la otra. Después extendió la mano, izándome hacia el círculo abierto enmarcado por los vidrios rotos, lo cual me sugirió la imagen de las fauces de una bestia sobrenatural, mientras aterrizaba en el piso superior de la capilla de los Médici.

Saltamos al piso frío, sin aliento y oprimiendo las manos contra el corazón.

"Um, ¡muy bien! Adivina qué. *Nunca* volveremos a hacer esto", dijo Erik después de un momento.

Lo abracé.

"¿Te encuentras bien?" pregunté.

"No me partí el cuello". Me besó en la boca.

Yo lo besé también, pero luego levanté la mano, cuando escuché ruidos de pasos y una voz.

"Sssssshhh, ¿escuchas algo?"

"Oh, Dios, ¡no lo sé!" Reclinó la cabeza contra la pared.

"¿Escuchas algo?"

"Sí". Marco llegó deslizándose hasta nosotros a través de los fríos pasillos.

A la vuelta de la esquina se escuchaban los golpes y ecos de una lucha entre hombres, mientras Marco pasaba a nuestro lado en puntas de pies.

Esto nos dejó súbitamente a Erik y a mí solos, por un breve instante —nos miramos a la luz de la luna enmarcada por la ventana.

"Vamos", susurré. "Bajaremos. ¡Muévete!"

Pero en ese preciso momento, en la oscura lejanía de la cripta, escuchamos a un hombre rogando clemencia con una voz débil, aflautada.

"Por favor, por favor, no vi nada. Tengo dos hijos, señor. Tengo dos hijos, tengo una esposa, no, no lo haga… no".

Sobre esta voz, como en percusión, otra persona hacía un ruido ahogado, como de gárgaras.

Me detuve.

"Oh, no. Tienen a alguien…"

"Maldición". La cara de Erik cambió, mientras corría hacia el lugar de donde provenía el sonido.

En el descanso de la escalera de la capilla, iluminada por la luna, vi que Domenico y Blasej habían acorralado a dos guardias. Blasej se aferraba a un hombre mayor que llevaba un traje gris. La cara de esta víctima terriblemente pálida, mientras el checo, increíblemente, aserraba su garganta con un largo cuchillo. Otro hombre, de cabellos color arena, y cuya edad era imposible de determinar por la contorsión frenética de sus rasgos, estaba acurrucado al lado de la balaustrada y le rogaba por su vida a Domenico, quien se erguía sobre él, sombrío y dispuesto a terminar con aquel asunto. Marco observó el asesinato de espaldas a mí; no podía ver su expresión mientras miraba en silencio a Blasej desempeñar su truculento trabajo.

Mientras el brazo de Blasej se movía hacia arriba y hacia abajo para cortar el cuello, los brazos del hombre muerto colgaban a sus costados. Su boca estaba abierta en un melancólico gesto, los ojos salidos ciegamente de sus órbitas. La sangre oscura rodaba por el pecho cubierto con una camisa blanca, hasta el suelo, mientras el cuerpo era destrozado.

"¡Sssssssh!" susurró enojado, retrocediendo, sosteniendo una mano en alto.

Domenico se inclinó hacia adelante.

"¿Qué?" preguntó.

"Nada. Me corté con el cuchillo".

"¿Tienen tanta prisa que no preguntan primero?" la voz de Marco era baja y cortante.

"Este chico se puso nervioso".

"Idiota. ¡Animal! *Dios*, ¡deshazte de él!"

Blasej empujó el cadáver sobre el balcón. Cayó al suelo produciendo un horrible sonido.

"¿Ahora qué?"

Blasej se volvió, con la cara color nácar, sus delgados ojos fijos con gran atención en Marco, mientras que el guardia que aún estaba con vida continuaba sollozando, casi repitiendo: "Jesús, Dios, María, Jesús, Dios, María, Jesús, Dios—"

"Marco", dijo Blasej. "Ahora estamos aquí. Eso es todo, tú tienes la pistola. Si esto sale mal, no quiero que Dom y yo seamos los únicos metidos en un problema".

"Déjame asegurarte", replicó Marco con una voz muy ronca. "Nadie me favorecerá".

"Sólo quería asegurarme".

Marco sacó la pistola del bolsillo y jugó con ella por un segundo, pero luego sacudió la cabeza.

"Les dije que me esperaran antes de hacer cualquier cosa".

Blasej tomó la pistola.

"Ah, está bien. Lo haré. Pero eso es *todo*".

"No, no, no, no", gritamos Erik y yo.

Blasej apuntó rápidamente al hombre que sollozaba, y un disparo silencioso salió de la pistola.

La chaqueta gris del hombre pareció abrirse, como si fuese levantada por espíritus. Su pecho se movió. Eso fue todo, sólo aquel leve temblor, aquel pequeño estremecimiento. Su cabeza cayó hacia atrás con la boca besando el aire. Hubo otros dos disparos, dos estremecimientos más. Aún así, el hombre estaba tendido en el suelo, respirando, con los pulmones rotos incapaces de darle vida a sus gritos.

Marco vaciló levemente, antes de que Blasej disparara con precisión a la cabeza, que se abrió mostrando la carne negra y roja y los huesos blancos.

"Tienes la mano ligera, Blasej", dijo Marco histéricamente.

"Tú tienes tanta finura. ¡Gorila, idiota!"

Blasej guardó la pistola en su cinturón.

"Bien, ahora tenemos dos problemas menos".

Erik y yo permanecimos en completo silencio. Yo estaba en

el suelo, retorcida por el horror. Domenico empujó el cuerpo del segundo guardia por el balcón, con las piernas sobre la cabeza. Cuando me arrastré hacia la balaustrada, pude ver el piso de mármol tallado de la cripta. Los nombres de los sepultados habían sido delicadamente cincelados en la piedra, las fechas de sus cortas vidas grabadas en números romanos, su religión indicada por la cruz latina.

Pero ahora estas marcas estaban oscurecidas por la sangre que corría de otros muertos. Debajo de nosotros, los dos cadáveres estaban suspendidos dentro de este truculento marco líquido aterciopelado. La luna vertía su luz sobre los cadáveres, convirtiendo su roja sangre en carbón y empalideciendo sus atónitas caras.

Erik temblaba violentamente de nuevo, pero me preguntó con voz firme:

"¿Estás herida?"

"*Oh no, oh, no, oh, no*".

"Lola. Cálmate, ¡ahora mismo!"

"Levántenlos". Las palabras de Marco salieron confusamente mientras se limpiaba las manos en los pantalones, abrazándose con fuerza. "Está bien. Está bien. Debemos hacer esto. Oh, pronto vendrá gente".

"Acaba de *matar* a un hombre".

Casi me desmayo del miedo cuando Blasej me apartó bruscamente del balcón y me condujo dentro de la capilla. Dejamos atrás la vista de los cadáveres, las escaleras, más cámaras a oscuras, y giramos dos veces, hacia la derecha.

"Lola, cállate", dijo Erik. "En serio, mantén la boca cerrada".

Lo hice. Estaba jadeando, pero permanecí en silencio, observándolo. Erik caminaba ahora con mayor rapidez, y de nuevo tuve dificultad para leer su expresión, extrañamente feroz. No comprendía qué estaba pensando o planeando.

Erik levantó la mano cuando los hombres rodearon una esquina.

"No, ese no es el camino". Se lo dijo a Marco en aquella voz cortante, como la de un extraño.

Marco se detuvo.

"¿Qué quiere decir?"

Erik mostró sus dientes.

"¿Saben siquiera a dónde van?"

"Pensé que la cripta estaba aquí…"

"No, terminemos con esto. Y dígale a sus amigos que saquen sus linternas".

En unos pocos segundos, Erik había asumido el liderazgo. Con certeza, nos llevó a un pasillo negro como el ala de un cuervo, barrido por las luces de las pequeñas linternas de Blasej y de Domenico. El aire se tornó frío y húmedo mientras avanzábamos a tientas hacia el umbral de un salón de piedra.

La Cappella dei Principi tenía el techo alto y estaba en penumbra. Gloriosos mosaicos destellaban sobre los muros del sepulcro. Hechos de roca italiana ricamente coloreada, los paneles habían sido cortados en forma de leones, flores de lis, escudos de armas, grifos, cruces y urnas.

Erik avanzó primero, señalando el lugar a dónde debían dirigirse las linternas de Domenico y de Blasej, de manera que, por un instante, pareció un mago, dirigiendo fantasmas color diamante que volaban hacia delante y hacia atrás sobre las tumbas.

Se agachó.

"Oh, santo cielo, ¿la encontró?" gritó Marco.

"Aquí. Esta es. Esta tiene que ser. Lola, dime el acertijo de nuevo".

"No puedo", gemí. Seguía viendo el cuello del guardia aserrado por el cuchillo. "No puedo recordarlo. No puedo recordarlo".

El JUGUETE DE LA PERDICIÓN 121

Marco sacó la carta del bolsillo de su chaqueta y comenzó a pasar torpemente las páginas, parpadeando.

"No puedo... *leer* esto". Se tapó los ojos con la mano. "No puedo pensar".

"Démela".

Erik tomó suavemente los papeles y leyó en voz alta:

EN LA PRIMERA CIUDAD, HALLA UNA TUMBA

SOBRE LA CUAL SE ALIMENTAN LOS GUSANOS DE UN IDIOTA

EN UNA MANO SOSTIENE EL JUGUETE DE LA PERDICIÓN

LA OTRA SE AFERRA A TU PRIMERA PISTA.

Marco le quitó la carta a Erik, quien, desde su posición inclinada, levantó la mano para tocar uno de los paneles coloreados de mosaico. La linterna de Domenico se concentró de inmediato en este objeto, emitiendo un haz de luz claro y blanco.

Tallado en forma de diamante, el panel era de blanco alabastro. En su centro brillaba una luna en forma de hoz.

Erik levantó la cabeza y fijó la mirada en Marco, como si buscara un objetivo oculto en el cuerpo de aquel hombre.

"El Idiota que buscan está sepultado aquí".

Erik lo estaba *tentando*. Lo sabía. Conocía esa voz suave, que era una versión fantasmal de aquella voz irresistible que utilizaba conmigo cuando me seducía con sus relatos o me hablaba durante el sexo.

Marco contempló fijamente a mi amante. Lentamente, sus rasgos se endurecieron.

No podía hacer otra cosa que morder el anzuelo.

13

Los muros de la cripta estaban cubiertos con cientos de mosaicos. Un panel cuadrado mostraba un grifo de pórfido al lado de un águila de obsidiana, luego una tortuga de turquesa. En la parte inferior del muro brillaba el signo de la luna, negro y blanco.

Marco se inclinó sobre los rayos de luz que emitían las linternas de Domenico y de Blasej, revelando su ávida expresión.

"Recuerde lo que dijo la Dra. Riccardi". Erik golpeó ligeramente sobre el icono. "El esclavo —el *Idiota*— está sepultado detrás del signo de la luna".

El símbolo apareció ante mi vista y yo me concentré en él.

"El signo del Moro".

"Quizás", gruñó Marco, quien había conseguido recuperar algún control. "Está bien. Hagámoslo. Muchachos, rómpanlo".

Blasej extrajo de los morrales cuerdas largas, poleas y dos pequeñas hachas, con las cuales los dos hombres golpearon con fuerza y horrendamente los mosaicos, aplastándolos y destruyéndolos.

Luego, lo vimos: detrás de las piedras rotas, enterrado dentro del muro, descansaba un sencillo ataúd negro.

"Estaba en lo cierto", respiró Marco.

Blasej y Domenico trabajaron con rapidez para sacar el ataúd con las cuerdas y poleas. Se esforzaban para conseguirlo. Halaron el ataúd con tanta fuerza que la cuerda rasgó la piel de las palmas de sus manos, hasta que el ataud se estrelló contra el suelo.

Era enorme, había sido construido con tremendos bloques de ónice, aunque ahora estaba agrietado y cubierto de polvo.

"Ábranlo".

En un principio, no pudieron hacerlo. Blasej y Domenico se inclinaron sobre el ataúd, pateando su inmensa lápida de piedra, que se deslizó algunos centímetros, pero no completamente. Asieron la lápida con los dedos y empujaron con la palma de la mano.

"Apresúrense", exigió Marco en un italiano vacilante y ácido.

"Es más pesado de lo que parece", dijo Domenico.

"Cálmate, Marco, no será un problema". Blasej lamía su mano. "Vamos, Domenico. Hagámoslo".

Domenico se inclinó hacia abajo y luego hizo fuerza con la espalda. "Está bien, está bien. Pesa como un…"

Blasej permanecía de pie.

"Recuerda lo que te enseñé, usa las piernas".

"Estoy intentandolo".

"Pues hazlo mejor."

"*Ayúdame*".

"Estoy ocupado pensando…"

"No empieces con eso".

"¿Qué, estoy planeando este trabajo…"

"*Siempre* dices eso".

"Siempre soy quien cuida de ti, Domenico —y, además, me corté los dedos; ese tipo luchó mucho". Blasej levantó su mano derecha ensangrentada por la herida que recibió cuando asesinó al anciano guardia.

Marco apartó la mano de un golpe.

"Todos, ¡empujen! ¡Debo ver qué hay ahí dentro!"

No me enorgullece admitirlo, pero a pesar de que todavía me sentía enferma por la violencia que había presenciado, estaba tan endiabladamente curiosa que esto no me impidió acercarme al ataúd y empujar el bloque de mármol con tal fuerza que las venas de mis brazos aparecieron y levanté los ojos al cielo.

"Lo tenemos". Blasej se apartó hacia a un lado mientras la vacilante lápida se abría produciendo una nube de polvo.

Erik se inclinó hacia mí, susurrando: "Ten cuidado. Si las historias que he leído acerca de esta cosa son verdaderas…"

"¿Qué podría ocurrir?"

"No lo sé. Una especie de…"

"¡Excelente!" exclamó Marco. "Miren, *miren*".

El polvo desapareció poco a poco. Todos avanzamos para contemplar el interior del ataúd.

Este hombre había sido torturado y matado de hambre, era verdad.

El frágil, contorsionado esqueleto, parte del cual permanecía preservado en la frescura de su tumba, tenía el cráneo atrapado en un casco grande, brillante, de oro rojizo. Debajo de la capa de polvo y las telarañas, aquella jaula horrenda, con forma de huevo, le cubría toda la cara, dejando únicamente ranuras para los ojos y la nariz. Una ancha banda de oro cubría completamente la boca. Esta era la máscara de Tántalo del relato que había narrado la Dra. Riccardi durante la cena: el casco cubría completamente la cara de la víctima, dejando únicamente ranuras para los ojos y la nariz, de manera que habría podido ver y oler los fragantes platos que le presentaban en su calabozo veneciano mientras se marchitaba hasta morir.

"¡Oh! ¡Virgen Santa!" exclamó Domenico, retrocediendo varios pasos y persignándose.

"Esa cosa de oro debe costar mucho dinero", dijo Blasej. "¿Cómo la retiramos?"

"Basta con retirar la cabeza, pero aún no. Hay algo más aquí que necesitamos". dijo Marco y me miró: "¿Qué debo buscar?"

Mientras Erik asía los lados del ataúd, buscando con los ojos pistas en el cadáver, me volví hacia Marco, y espeté:

"¿Está haciendo todo esto porque quiere financiar otra guerra? Los guardias eran dos ancianos, Marco, ¿qué *diablos* le pasa? *Guerreros aristócratas*, le escuché decir durante la cena. ¡Está tan loco como su padre!"

"Tenga cuidado, Lola".

"Y lo único que consiguió ¡fue que lo *mataran*!"

Las mejillas de Marco tamblaban.

"Sí, usted sabe todo acerca de esto, ¿verdad?"

"Murió como un idiota".

"Es cierto" dio un paso hacia mí, y luego otro. "La muerte de papi no fue exactamente la muerte de un héroe".

"Aléjese de ella, Moreno", dijo Erik en voz baja.

Pero Marco envolvió mi cintura con su brazo y apretó.

"Sí, es *mucho* mejor morir como Antonio, rodeado de luces y llamas en el campo de batalla de Siena —usando esa arma suya— ¿qué era? Algún tipo de hechicería. Vale la pena informarse acerca de ella; debo verificarlo. Porque el método que tiene un hombre para morir es la mejor evidencia de la forma como vivió. ¿No cree?"

"En el caso del Coronel, sí".

"Y en el de su padre también".

"¿Qué quiere decir con eso?"

"Oh, Lola, Tomás de la Rosa murió como un perro, aquí en Italia. Fue humillante. Murió como un sucio pordiosero".

Me quedé callada.

"No me sorprendió en absoluto, sin embargo". Marco me acarició la mejilla con un gesto tierno, soprendente. "Como me lo explicó el Coronel después de que muriera mi primo, sólo los cobardes ponen bombas y luego huyen. Así es menos personal. Menos... íntimo".

"No la toque otra vez".

Volví bruscamente la cara y vi que los ojos y los labios de Erik se distendían con una furia tan horrible que le deformaba el rostro.

Marco lo provocó, acariciando mi cabello con los dedos, antes de apartarme de un empellón.

"Ugh. Contrólenlo. Y hagan que nos digan lo que saben" dijo.

Domenico y Blasej nos asieron por el cuello y hundieron nuestras caras dentro del ataúd. Nuestras narices y labios estaban a menos de una pulgada de los espeluznantes restos, así que inhalamos el polvo que flotaba de las manos carcomidas por el tiempo del esclavo. Cada mano sostenía un objeto, como lo sugería el acertijo de Antonio: *En la Primera Ciudad, halla una Tumba / Sobre la cual se alimentan los gusanos de un Idiota / En una mano sostiene el Juguete de la Perdición / La otra se aferra a tu primera Pista.*

De inmediato, vi que debíamos tomar una decisión peligrosa: una de las manos del esqueleto, con la palma hacia arriba, se aferraba a una enorme joya de color verde; una gruesa capa de suciedad casi oscurecía su delicada talla. La otra mano huesuda también estaba cerrada, pero vuelta hacia abajo. Sostenía algo redondo y metálico que no pude distinguir.

Erik cerró con fuerza los ojos, susurrando en una voz tan queda que sólo yo pude escucharlo:

"No toques nada, no toques nada".

La respiración de Domenico encima de mí era agitada. Súbitamente recordé su reacción a los relatos de la cena sobre vampiros y hombres lobos. Se había persignado lleno de pánico cuando vio el cadáver. Tenía un talón de Aquiles. Sí. Era *supersticioso*.

"Mira el cadáver, Domenico". Chillé como una bruja. "¿Se acaba de mover? Dicen que los vampiros despiertan cuando se perturban sus ataúdes, ¿realmente quiere hacer esto?"

"Calle" respondió Domenico.

"Mire la máscara. No es de sorprender que existan relatos sobre *nosferatu* referentes a esta cripta. El que haya concebido esto era un monstruo. ¿Cree que esos rumores acerca de monstruos que chupan la sangre son verdaderos? Escuché que hay algo en este lugar que ataca por el cuello, como un murciélago".

"Blasej". Domenico cambió de posición.

"No te preocupes, hombre".

"¿Ha escuchado acerca del hombre que encontraron aquí sin sangre en las venas? Fue atacado por una especie de demonio" dije estridentemente.

"Blasej, me está asustando".

"¡Basta!" gritó Marco.

"No hay problema, jefe". Blasej aún tenía una mano sobre el cuello de Erik y con la otra sacó su largo cuchillo ensangrentado del cinturón. "Domenico, ¡relájate, *odpocívej*! ¿No cuido de ti siempre? Sólo permanece a mi lado, esto será dinero rápido". Hizo girar el brillante cuchillo en la mano, con una agilidad tan asombrosa que convirtió la hoja afilada en un trompo. Después, pinchó el cuello de Erik, de manera que corrió la sangre por su cuello.

"*AAAAAHHH*", grité.

"ESPERE, LO TENGO. LO TENGO", bramó Erik, levantando las manos rindiéndose.

"¿Qué?"

"Ay", Se asió el cuello, con la sangre corriendo por entre los dedos. "Ahí. Miren eso. ¿Qué ven?"

"Nada".

"Acérquese más". Erik señaló los huesos de la mano del esclavo, que se estaban haciendo polvo, la mano hacia arriba con la piedra verde que destellaba débilmente.

"¿Qué es eso?" Blasej se inclinó más sobre el cadáver, iluminándo con su linterna. "¿Es una esmeralda?"

"¿Qué es eso? No lo toquen" dijo Marco.

Pero Blasej había soltado a Erik y se inclinaba dentro del ataúd.

"Lo es. Está *tallada*".

Erik entrecerró los ojos.

"Parece valiosa. Y se está pudriendo aquí" dijo.

"No te dejes manipular por este tipo, Blasej", advirtió Domenico.

"Casi… la tengo". Blasej sacudió los huesos para tomar la esmeralda. Tocó la joya con ambas manos, volviendo el esqueleto, arrebatándola de la mano del esclavo. "Se siente extraño". Se alejó del ataúd, de espaldas a mí.

"Blasej". Domenico me sujetaba por los hombros. "¿Qué haces? Apresurémonos".

Erik se incorporó, frente a mí. Contemplaba fijamente a Blasej, cuya cabeza yo veía inclinada sobre su tesoro. Una mirada de satisfacción recorrió el semblante de Erik.

"Blasej. *Blasej*. Déjame ver". Domenico me soltó y se acercó a su amigo.

Erik se quitó de un golpe la chaqueta, avanzando rápidamente hacia Marco, quien puso de inmediato su mano en la chaqueta para tomar la pistola. Pero Erik levantó los puños y los dejó caer con fuerza en la cara de Marco, aplastándole la cara como si quisiera matarlo.

Yo eché a correr. La cabeza me daba vueltas y gritaba. Corría con las manos extendidas. Erik retrocedió y golpeó a Marco de nuevo, éste intentaba protegerse la cara con los brazos.

Marco se alejó de un salto. Con la mano izquierda asestó un golpe preciso en el cuello de Erik, lanzándolo al suelo. Yo me acerqué por detrás y rodeé a Marco con mis brazos hasta conseguir torcer su brazo derecho contra su espalda. Puse mi otra mano alrededor de su pecho, donde crujían los papeles. La carta y la pistola estaban en el bolsillo de su chaqueta —lo arañé para sacar la pistola, pero con su mano izquierda deslizó fácilmente la pistola hacia fuera y la levantó apuntando a mi cara en una maniobra rotatoria, tan lúcida e inesperada como el lanzamiento de un jugador de béisbol. El metal me golpeó duro, en la frente, y un chorro de luz pura me nubló los ojos. Escuché otro golpe metálico y luego sentí una brillante y fría agonía, mientras mi cara se acercaba al suelo.

Sacudí la cabeza para aclararme la vista, y sólo vi piernas. De los cuerpos de los hombres provino un disparo silencioso —los mosaicos del otro lado del salón resonaron. Escuché un ruido viscoso antes de que Marco rodara alejándose de Erik. Luego vi que algo terriblemente malo le sucedía a él, a Erik. Había sido, de alguna manera *sustituido*. Tenía los ojos salidos y los labios apretados como los de una serpiente.

"¡Erik!" grité.

Mi prometido contempló con ira a Marco, quien tenía la marca de una mordida en la mejilla, de la cual salía sangre que rodaba por sus mejillas, y la pistola en una mano apuntando directamente a la cabeza de Erik.

"¡Blasej, Domenico! ¡Ayúdenme! ¿Para qué les estoy pagando?"

Incluso mientras bramaba aquellas palabras, Marco volvió la cabeza hacia los huesos cubiertos por la máscara de oro. Retrocedió, con la inútil pistola en su mano temblorosa. Sus ojos se salían de las órbitas. Detrás de nosotros, Erik y yo podíamos escuchar un gorgoteo húmedo y denso.

Domenico estaba gritando.

Blasej permanecía delante del ataúd, con la mirada perdida en la distancia, como si se hubiera quedado ciego. Estaba ahogándose. Las lágrimas brotaban de sus ojos, mientras su boca hacía una mueca de dolor. Su cara se contorsionó y palideció. Las mejillas se hundieron en su cabeza. Los dedos de su mano cortada que habían tocado la esmeralda estaban encogidos, mientras un hilo carmesí salía de sus labios. La sangre corría por su barbilla y su pecho. Su cuerpo se estremecía en una danza horripilante, agitando los codos, hasta que cedieron sus rodillas. Aún emitía aquellos sonidos de ahogo en la garganta cuando cayó sobre su costado.

Con un jadeo y un chorro de sangre, los ruidos cesaron.

"¡Blasej!" Domenico se abalanzó sobre el cadáver, dejando caer la linterna.

La cara de Blasej se había encogido, y su mano se había marchitado hasta convertirse en una garra ennegrecida. Domenico se inclinó sobre su amigo, sollozando. Aun cuando yo había pensado que era el más torpe del equipo, fue lo suficientemente inteligente como para no tocar el cadáver contaminado. Tampoco permanecería en aquella tumba llena de trampas mortales un minuto más.

Sacudió con rabia la cabeza, sin dejar de llorar, frunciendo el ceño hacia Erik. Pero había terminado por ahora.

"Marco" dijo.

No hubo respuesta. Marco levantó su mano y mordió nerviosamente su dedo.

Parecía enfermo.

"Marco". Domenico escupió las palabras. "Es hora de partir".

Me arrastré hacia Erik aturdida. La mitad de la cara de Marco brillaba con sangre oscura, dándole la espantosa apariencia de un arlequín.

"¿Por qué nos hacen esto?" pregunté.

"Quiero… quiero…"

"*¿Qué?*"

"*¡Recuperar… a… mi famillia!*"

"Eso no lo podrá conseguir".

"¡Vamos!" gritó Domenico. Tomó uno de los morrales, antes de salir corriendo del salón con pasos rápidos.

La cripta quedó en completo silencio mientras Marco, Erik y yo nos mirábamos.

"¿Qué debo hacer ahora?" murmuró Marco para sí en un susurro. Aún sostenía la pistola.

"Debe hacer las paces conmigo", dije, sorprendiéndome a mí misma.

Sus ojos estaban puestos en mí, fijos y enrojecidos.

"Hacer las paces".

"Lo digo en serio. Haga las paces conmigo, Marco. En el palacio, dijo que me daría una oportunidad, ¿recuerda? Hágalo entonces. Olvidemos todo esto".

Hizo un gesto desesperado.

"¿Olvidar a mi padre? ¿Sabe lo que vi en su ataúd? *¡Ese no era él!* ¿Cómo puedo sacármelo de la cabeza? ¿Así?*" Comenzó a golpearse violentamente la frente con la mano. Luego se golpeó la sien con la pistola. "*¿Así?* ¿Cómo puedo hacerlo, cómo, cómo?"

"Lo que debe hacer es salir de aquí" lo amenazó Erik. Estaba en cuatro patas, con los ojos sangrantes.

Marco tocó su mejilla destrozada y lanzó una mirada vacía a

la pistola. Miró de nuevo a Blasej, apartó bruscamente la mirada y cerró con fuerza los ojos.

"Sí, tiene razón", dijo después de un largo rato, incorporándose. "Es la mejor idea". Sus dientes estaban manchados de sangre.

"Este es su día, ¿verdad? Yo ya he tenido suficiente, y ustedes tienen suerte, suerte, suerte, suerte, suerte, suerte, suerte".

Marco sencillamente se marchó. Se abrazó a sí mismo y caminó hacia atrás, desapareciendo entre las sombras. Escuchamos cuando sus pasos se aceleraron, pasando a gran velocidad por los corredores de la cripta, gritándole a su lacayo. Rompieron otra ventana para salir de la iglesia.

"¡Manténgase alejado!" gritó Erik enfurecido; su cara estaba enrojecida y húmeda.

Pero ya no había nadie allí.

Las linternas iluminaban el piso de la capilla. Las habían tirado al suelo y sus rayos formaban un halo a nuestro alrededor. Erik y yo permanecimos en el piso, temblando, besándonos locamente.

"Ya todo terminó". Erik dejó de besarme para comenzar a abrazarme convulsivamente, intentando calmarse. "¿Estás bien?"

"Sí".

"¿Estoy bien?"

"Eso creo".

"Iba a *matar* a ese hombre".

"Lo sé. Parecías —por un segundo— parecías…"

Comenzó a agitar las manos en el aire, exclamando:

"Oh, Dios. Sí. Me enfurecí. ¡Oh, Señor!"

"Un *animal*".

Se secó los ojos con los dedos temblorosos. Pero parecía más su ser habitual.

"Necesito un trago. Necesito un Campari. Necesito un ibu-profeno. Estoy enloquecido". Se tocó las sienes. "¡Esos guardias están muertos!"

"Sí".

"Yo lo maté". Se volvió a mirar el cadáver de Blasej, y lo contempló fijamente. "Maté a ese tipo, a Blasej. Lo liquidé. Lo vi —vi las cosas— la piedra verde. La esmeralda. Había leído acerca de otros ladrones de esta tumba, como aquellos de los que hablaba con la Dra. Riccardi. Ellos habían tocado las joyas. Y habían muerto. Yo estaba esperando que... y luego lo hizo. Lo hizo".

"¡Gracias a Dios!"

Erik apretó los labios.

"Pensé que moriríamos. Oh, oh, oh, gracias, Princeton. Gracias, seminario de posgrado de Princeton sobre los Médici." Se volvió hacia la puerta por donde habían desaparecido Marco y Domenico. "*¡No te metas con mi mujer, mal parido! ¡Soy peligroso! Tengo...*" comenzó a reír y a llorar. "Un Ph.D. ¡Dios!"

"Erik, Marco escapó con la carta", dije finalmente.

"Está bien, pero no voy a correr tras él para pedirle que me la entregue. Porque golpear y morder a la gente... y asesinarla me hace sentir realmente mal".

"Y hay algo más en el ataúd aparte de la esmeralda".

Permaneció en silencio durante varios segundos, pero luego me miró.

"Oh, ¿crees que no lo vi?"

"Sólo lo estoy diciendo".

El silencio se cristalizó entre nosotros. Nuestros ojos se encontraron. Incluso mientras sangrábamos, y en la horrible presencia de aquel muerto pelirrojo, ambos estábamos pensando en ello.

"Está en la otra mano del esqueleto", susurré.

Nos separamos. La habitación parecía más fría que antes. Los fragmentos destruidos de grifos y leones temblaban sobre los muros fríos. Lentamente, volvimos la cabeza para mirar el ataúd negro y la figura inmóvil que reposaba a su lado.

La primera pista todavía se encontraba escondida en el ataúd.

14

rik y yo nos acercamos al esclavo con el casco. Blasej había caído al suelo ante nosotros, obstaculizando el camino. Una de las linternas estaba enfocada sobre sus zapatos de cuero, y el del pie derecho estaba sin anudar. Esta mínima negligencia hacía que el cadáver fuese más humano para mí, más patético. La cabeza del cadáver salía del cuello blanco, extrañamente deformada por la boca que había colapsado dentro de la mandíbula. La cara parecía destrozada, y los ojos abiertos hundidos en el cráneo. Los dedos que se aferraban a la esmeralda parecían ramas secas achicharradas por un incendio.

Erik se arrodilló al lado del cuerpo.

"Sí, parece como si hubiera perdido la sangre". Sacudió la cabeza. "Sí, seguro que está *muerto*, Monsieur. Luce terrible".

"Las historias que estabas relatando durante la cena acerca de demonios que portan obsequios letales…"

Levantó la mirada hacia mí y asintió.

"Eran una advertencia. Este es el juguete de la perdición. Debe tener veneno en su superficie. Los dedos de Blasej estaba cortados —cualquier cosa que fuese, entró a la sangre".

Rodeamos los restos, teniendo cuidado de evitar la mano contaminada. Erik tomó la linterna y se acercó a la tumba abierta.

Por un momento, sentí dolor, primero por el recuerdo de los

hombres muertos afuera, que luego se transformó rápidamente en una imagen confusa de Tomás de la Rosa, que descansaba en un ataúd similar en algún lugar de aquel país, con los ojos cerrados y las manos cruzadas sobre el pecho. *Murió como un perro*, había dicho Marco. *Como un sucio pordiosero*. Pero yo nunca lo había conocido, ni siquiera había visto una fotografía clara de él, y así no podía fijar la imagen —y luego todo se desvaneció cuando una sombra pasó sobre los vívidos restos a mis pies. Tembló sobre el esqueleto, que pareció saltar y contorsionarse como una marioneta animada o como una efigie endemoniada.

"¿Qué?"

Giramos rápidamente. Pero sólo vimos los muros coronados, los brillantes colores de los mosaicos de piedra.

"No es nada… no es nada", dije.

Erik miró a su alrededor durante mucho tiempo, pálido y amenazador. Pero luego se relajó.

"No. No son ellos. Se marcharon. No es nadie".

A nuestros pies, el esqueleto permanecía inmóvil en su féretro, con los huesos torcidos y abollados por los esfuerzos de Blasej. La máscara de oro del esclavo destellaba bajo un encaje de telarañas, y se habría asemejado a los cascos de los griegos homéricos a no ser por las barras sobre la boca. Las costillas se habían convertido en astillas. La mano que había sostenido la esmeralda se había desintegrado y estaba hecha polvo.

"Hay una pieza de metal en la otra mano del esqueleto", dije.

"Es una especie de… ¿Qué es esto?" Erik se inclinó. "Es algún tipo de *moneda*. ¿Cómo era el acertijo…

En la Primera Ciudad, halla una Tumba

Sobre la cual se alimentan los gusanos de un Idiota

En una mano sostiene el Juguete de la Perdición

La otra se aferra a tu primera Pista.

Seguí estas sombrías instrucciones, inclinándome, comenzando a separar los frágiles dedos del esclavo, utilizando el dobladillo de mi traje para protegerme la piel. Los nudillos se convirtieron en ceniza al tocarlos.

"Espera. Lo tengo —algunos de los huesos aún están— rígidos".

"¡Ten cuidado, Lola!"

"¡Ahí está!"

Liberé el brillante disco de oro. Era tan grande como la palma de mi mano; su superficie tallada emitía destellos de luz roja y ámbar. Había visto un color similar de metal únicamente en una vasija de oro que se utilizaba para los sacrificios, exhibida en un museo arqueológico de México. El disco era puro, suave, con un toque de rosa, y tenía marcas grabadas.

"Es una medalla", dije, atónita.

Erik se tomó la cabeza con ambas manos.

"Un talismán".

Marcas que se asemejaban a una flor abstracta giraban en el centro de la moneda maciza. Yo había pensado que se trataría de un símbolo azteca o maya, así que tuve dificultades para interpretar las líneas curvas y sofisticadas de la medalla. Finalmente, me di cuenta, con la alegría desbordada del detective, de que estaba viendo una letra europea, grabada en caligrafía gótica alta, densamente adornada.

En aquella casa de muerte, Erik y yo nos acercamos el uno al otro para leer la primera pista de Antonio de Médici.

15

"Una L!" exclamó entusiasmada la Dra. Riccardi, dos horas más tarde en el salón lleno de policías del Palacio Médici Riccardi.

Estaba sentada en el borde de un sofá de cuero negro entre Erik y yo, examinando subrepticiamente la medalla de oro que sostenía en las manos. Adriana estaba sentada al frente de ella, con una mirada exhausta pero satisfecha en su cara ruborizada.

"Esto es increíble, ¿será el comienzo de alguna palabra clave? ¿Qué *podría* ser, qué creen? Sólo hay mil palabras que comienzan con L en italiano: *lazo, loto, leva, luce, lido*..."

Negué con la cabeza.

"Probablemente no comienza con una L. Antonio dijo que las cifras no estaban en orden. Recuerde que deben ser combinadas de nuevo cuando se las recupere todas".

"Increíblemente *astuto*".

Adriana se inclinó hacia delante para mirar los dibujos de viñas y de rosas en flor que oscurecían la medalla.

"Déjeme verla. ¿Cómo puede saber siquiera qué es?"

"Cuando la miré por primera vez, pensé que sufría de esa amnesia especial que nos invade después de los episodios traumáticos", respondió Erik, quien lucía bastante afectado. "Ya saben, afasia, cuando a uno le resulta imposible leer. Pero luego advertí que era únicamente que la letra estaba tallada de una forma excesivamente ornamentada".

Erik y yo habíamos regresado al palacio tres horas antes, pero nuestro trauma era evidente todavía por los moretones de nuestras caras, así como por la manera en que respondíamos confusamente en varios idiomas a las preguntas de la policía sobre Marco Moreno, los cadáveres, las armas y las joyas envenenadas. Ahora, rodeados por seis oficiales, en respuesta a la llamada histérica de emergencia que había hecho antes la Dra. Riccardi, no habíamos tenido la oportunidad de hablar entre nosotros desde que aparecimos de nuevo. Habíamos sido acribillados, no sólo por las pesquisas oficiales, sino también por la respuesta, extremadamente entusiasta, de la doctora, ante el hecho de que hubiéramos recobrado la primera pista de Antonio, un "hallazgo fabuloso". Nos aconsejó, sin embargo, que no lo compartiéramos todavía con nuestros protectores.

"Sí, es un bello trabajo". Cubrió la medalla con la otra mano, y miró al oficial de policía que permanecía al lado de una lámpara a algunos metros de distancia. El oficial parpadeaba tan lentamente que parecía dormirse momentáneamente cuando cerraba los ojos.

"Doctora". Adriana estaba enojada por el hecho de ocultar aquel artefacto. "¿Qué está haciendo?"

"Bien, creo en realidad que es mejor que mantengamos este descubrimiento entre nosotros. ¿Qué pasaría si el detective que se pasea por acá cree que es evidencia? ¡Santo cielo! ¡No lo volveríamos a ver en dieciséis años! Nos han mantenido despiertos la mitad de la noche con estas entrevistas, pues ya es... ya es media noche".

"Tardan tanto tiempo por lo mucho que usted habla", dijo la mujer más joven, alegremente.

La Dra. Riccardi tocó la mejilla de su protegida, el verdugón que indicaba el lugar donde Blasej la había golpeado.

"¿Les conté qué inteligente fue Adriana? Salvarme de esa manera. ¡Llevándome a toda prisa hacia el friso, y oprimiendo el botón secreto!"

"Fue increíble", coincidí, mientras mirábamos el friso dorado que adornaba las paredes.

"En realidad, me estaba preguntando por qué no nos llevaron con ustedes a ese lugar secreto", dijo Erik.

"Lo único que puedo decir es que *gracias a Dios* los Médici eran terriblemente paranoicos", dijo Adriana.

"Me *lanzó* a través del pasadizo secreto —que se extiende por toda la casa".

"Nunca habrían podido encontrarnos, aunque lo hubieran intentado".

"¡Aunque lo hubieran intentado! Y sólo huimos, riendo, en realidad, ante su estupidez".

"Qué locura, intentar meterse con nosotras".

"Y ahora, si intentan entrar de nuevo al palacio, mis amigos aquí los matarán". La Dra. Riccardi agitó una mano señalando los oficiales de policía, antes de mirar otra vez la medalla. "Aun cuando ese hombre, Blasej, ya está muerto, ¿verdad?"

"Muerto como un alce disecado", respondió Erik.

"Como podrían estarlo ustedes— mire su cabeza". La Dra. Riccardi señaló la gasa, que no sólo cubría la herida que tenía en la cabeza, sino que también iba muy mal con los elegantes pantalones negros, zapatos sin talón y el jersey que Adriana me había prestado. "Y todo esto por una medalla —aun cuando es, realmente, una baratija encantadora. Desearía que pudiéramos partir a recorrer el país con ustedes para investigar este misterio".

Erik abrió los ojos sorprendido, tocando la venda que el médico le había puesto en el cuello.

"Sí, supongo que eso es lo que haremos ahora, ¿verdad? Yo no había pensado con tanta anticipación. Andaremos cojeando por toda Italia con el fin de encontrar las trampas mortales diseñadas para matar de una forma realmente dolorosa a Cosimo".

La Dra. Riccardi chilló:

"Desde luego, ustedes continuarán. Señor, si no lo hacen, ¿quién perseguirá a ese vil impostor? Marco. Pensé que era mi amigo. Oh, no, ustedes *irán*. ¿Permitir que se salga con la suya? La policía tardará una eternidad en atraparlo —y ustedes deben recuperar la carta, después de todo. ¡Es imperativo que lo hagan! Yo no puedo hacerlo, ¡lo ven! Hay tanto trabajo por hacer acá. El Pontormo, después de todo, ¡qué desastre!"

"No parece que hubiera sufrido mayor daño", dijo Adriana.

"¡Está prácticamente arruinado! Y, luego, Adriana tendrá que hacer un inventario completo. ¿Quién sabe que habrá estado robando ese Marco mientras yo no miraba?"

La cara de Adriana cambió completamente a su antigua expresión de fastidiada aquiescencia.

"De cualquier manera, es demasiado emocionante". La Dra. Riccardi me entregó de nuevo la medalla. "Tendrán que ir a Siena, queridos. De inmediato. No permitan que nadie los intimide, no hay otra opción. Escuchen: aún creo que la carta es una falsificación. Pero ahora, obviamente, no tengo el documento para enviarlo a Roma, y tampoco hay tiempo, con estos maníacos libres, de enviar esta medalla para que la examinen. Entonces ustedes dos deben proseguir, entre más pronto mejor".

"Marco no parece ser el tipo de persona que pierda tiempo", reconocí.

"Y deben *informarme acerca de todo lo que encuentren.* Veamos, Lola, dime que has memorizado el acertijo. Parece que no puedo recordarlo, recibí una impressión tan grande".

"No *todo...*"

"Pero parte de él, ¿sí? Sí, bien. Al menos es un comienzo. Y sabemos dónde debes ir a buscar. ¿Cuál era el orden? A, B, C y D: ya han terminado con Florencia, luego sigue Siena. Después de Siena, Roma y Venecia. Y en cuanto a Siena, había aquella mención en la carta acerca de la Loba y los Dragones. ¿Recuerdan? Tendrás que leer el diario de Sofía para comprender, la entrada referente a su último día en la ciudad —viste el libro en la biblioteca. Creo que Antonio puede haber estado influenciado por él, y Marco nunca se molestó en mirarlo".

"Los diarios de Sofía, el último día en Siena", tartamudeé.

La Dra. Riccardi levantó la vista en el mismo momento en el que uno de los oficiales de policía le hacía un gesto desde la entrada.

"Oh cielos, ¿me necesitan de nuevo?"

"Sí, señora", respondió el oficial. "Otra entrevista".

El salón quedó mucho más tranquilo después de que ella y Adriana salieron juntas. Descansé la cabeza entre mis manos, tratando de tapar las voces que escuchaba en mis oídos:

Murió como un sucio pordiosero...

Quiero recuperar a mi familia...

Y las visiones de las caras grises, flácidas de los guardias.

"Qué horrible, Erik", dije finalmente.

"Esos pobres hombres". dijo Erik.

"¿Cómo te sientes con respecto a la muerte de Blasej?"

Erik abrió la boca y movió la mandíbula. Estaba muy, muy pálido.

"No lo sé. Es posible que esté en shock. Quizás sea una fase negación. Tal vez necesite una gran cantidad de alcohol. En realidad no siento nada. Quiero decir... sí siento, pero cuando pienso en ello, quiero desmayarme. O gritar, soltar un grito muy estridente. Entonces pienso que tal vez es mejor que no me concentre mucho en ello". Cerró los ojos, y luego los abrió de nuevo. "¿Mordí a Marco?"

"Sí, lo hiciste".

"Eso fue extraño. ¿Quién hubiera sabido que yo era tan peligroso?"

"Yo no lo sabía, honestamente".

"¡Lo sé!" Hizo un gesto de amargura, mientras una lágrima rodaba por su mejilla. "Se lo merecía el desgraciado, y también me alegra que Blasej esté muerto".

"Erik, ¿estás llorando?"

"¿Qué?" Se secó las lágrimas y miró sus dedos. "¡Oh! Supongo que un poco. Ah. Quizás deberíamos... sólo permanecer aquí y colaborar con la policía, y luego irnos directamente a casa tan pronto como sea posible".

Me aferré a la medalla.

"Quizás".

"Excepto, ¿cuál es exactamente la ley sobre defensa propia en Italia? Quiero decir, ¿me enviarán a prisión con una banda de mafiosos?"

"No. ¡Será mejor que no lo hagan!" Abrí la mano, moviendo la medalla a la luz de la lámpara. La moneda destellaba con tonos de oro y rosa, también tenía matices carmesíes. "Probablemente deberíamos entregarles esto, y sólo marcharnos de aquí. Podríamos olvidarnos de..."

"Sí, de ir a Siena, a Roma, a la espectacular Venecia". Erik miró enojado la medalla. "Pero... mira, asegúrate que no la vean, Lola. Y mira el *color* del oro. ¿Lo notaste?"

"Sí. Es una especie de oro rojo. Oro fresa, lo llaman algunos. El oro de los vikingos era de ese color. Y también…" lo miré, sin poder evitar una sonrisa. "El oro de los aztecas".

"¿Qué coincidencia, verdad?"

"He leído acerca de ello. Las historias cuentan que el oro de los aztecas tenía este matiz rojizo".

"Hmmmm. Está bien. Déjalo. Sólo estás tratando de entusiasmarme".

"¡No, no es verdad! No estoy diciendo eso. Quiero decir, Marco escapó —y él sabe a dónde nos dirigiremos. Es obvio que no deberíamos seguir con esto".

"Obviamente".

Pero fue precisamente por loca perspectiva que ambos comenzamos a reírnos frenéticamente, como lo hace la gente después de sobrevivir un accidente aéreo.

"Y también está ese asunto de Tomás, ¿verdad?" Erik tomó aliento, con los ojos todavía húmedos por la risa. "Escuché a tu monstruoso amigo Marco murmurar algo acerca de la forma como murió Tomás".

"Sí, en realidad lo *hizo*".

"Y se supone que su tumba está aquí, ¿verdad? No que estés realmente *interesada* en andar por toda Italia en búsqueda de un oro mítico y de tu padre perdido hace tiempo".

"En absoluto".

"No que no estés *completamente* loca y que seas tan curiosa que esto probablemente equivale a una compulsión neurótica".

"Está bien. Está decidido. Sólo permaneceremos en Florencia para los interrogatorios, y nos olvidaremos de la búsqueda del tesoro".

"Sí, y cuando me sentencien a cadena perpetua por asesinato, puedes llevarme biscotti a la cárcel".

Ambos levantamos la mirada, y guardé la medalla en el bolsillo de los pantalones de Erik. Un grupo de policías que permanecía cerca había comenzado a abrir campo para uno de sus superiores, que había estado paseando por los corredores del palacio.

"¿Son ellos?" preguntó un hombre en un tono oficial aunque fatigado.

"Sí, señor", respondieron los policías.

Erik y yo nos secamos la cara antes de incorporarnos para saludar al detective.

Llevaba un traje azul oscuro y una gorra de paño. Era de baja estatura, de ojos azules y su cabello corto y rizado se asomaba por debajo de la gorra.

"Hola, soy el oficial Gnoli", dijo, en buen inglés. "Debo hacerles algunas preguntas sobre la horrenda muerte del hombre que hallamos en la cripta esta noche".

"Sí", respondimos.

"Lamento que deban repetirlo todo —creo que ya han relatado su historia muchas veces, pero es necesario. Esta noche, ¿vieron a unos hombres peligrosos con una pistola?"

"Algo terrible sucedió en la capilla de los Médici..." comencé.

"Sí, comprendo, sé que los hombres huyeron, pero uno de ellos murió, el que encontramos", dijo el oficial después de presionarnos para que le diéramos una descripción más clara de Marco Moreno y de Domenico. "Entonces el hombre rubio y el pelirrojo eran amigos del pelinegro".

"El pelinegro —lo conocemos", dijo Erik. "Más o menos".

"Al menos, mi familia —mi padre conoció a su padre".

Como lo había hecho ya dos veces antes aquella noche, intenté describir brevemente la guerra civil y la historia de mi familia, aun cuando mi relato pronto se complicó.

El Oficial Gnoli dejó de anotar.

"¿*Guatemala*?" preguntó.

"Bien, yo soy medio mexicana, en realidad. Mi madre es de Chihuahua, pero mi padre biológico…"

"Sí, sí, sí, necesitaremos entrevistarla más a fondo, estoy de acuerdo. Pero, primero, debo ocuparme de ese cadáver que está en la capilla. Y, debemos tomar huellas dactilares —de la Luger que descubrimos…".

"¿Qué quiere decir?"

"Un arma que dejaron aquí, en el comedor. Lo único que sé es que uno de los empleados del palacio encontró a un profesor que sostenía un verdadero cañón entre los dedos y deliraba acerca de la mayólica".

"Oh, *correcto*". Pensé en el académico de aspecto noble. "Me había *olvidado* de él. Era… Hizo este truco de magia. ¿Dónde se encuentra?"

"Al parecer, salió corriendo de aquí, como si le hubiesen prendido fuego". El oficial Gnoli tocó el borde de su gorra. "Pero ustedes… tendrán que permanecer en la ciudad, ¿sí? Cualesquiera que sean sus planes deberán informármelos, para que pueda hacer un informe. Usted en especial, Signor Gomara, pues dijo que había luchado con una de las víctimas. Es posible que deban permanecer aquí varios días. Semanas, quizás. Es imposible saberlo".

"¿Podríamos permanecer semanas aquí?" preguntó Erik.

"¿Es imposible saberlo?" agregué.

"Sí, no podemos saber cuánto tiempo pueden tardar estas cosas. Pero, por ahora, hemos terminado", susurró el oficial Gnoli. "Comprendo que son huéspedes del palacio, pero nadie puede permanecer aquí esta noche. Así que, por favor, busquen un hotel. También, por favor, llámenme a este número en la mañana, no demasiado temprano". Me entregó una tarjeta. "¿Está bien?" preguntó. "O ¿hay algún problema que yo deba conocer?"

Negué con la cabeza, mientras sentía que Erik deslizaba su cálida mano entre la mía.

"No, en absoluto", le dijimos al oficial Gnoli, con gran seriedad. "Haremos lo que nos dice."

Una hora después, estábamos en un tren. El cielo de medianoche apenas se distinguía a través de la ventana. Una lluvia pesada, abundante, golpeaba los cristales. Yo descansaba la cabeza en el pecho de Erik. Él me acariciaba el cabello y hablaba continuamente acerca de esmeraldas, rituales fúnebres del Renacimiento, y venenos perdurables del *cinquecento*.

Lo abracé y cerré los ojos, escuchando a medias.

Era cierto que deseaba buscar el cuerpo de mi padre genético. Y sí, quería desenterrar el tesoro oculto y manchado de sangre de mis ancestros, pero sabía también que, una de las razones por las cuales estaba recorriendo Italia a toda velocidad como una heroína enloquecida de Julio Verne, era que me había enamorado de Erik Gomara.

El tren cruzaba la oscuridad bajo las estrellas, se dirigía hacia la ciudad medieval de Siena.

LIBRO DOS

LA LOBA

16

A las once de la mañana de la mañana siguiente, Erik, considerablemente nervioso, y yo, estábamos en medio del esplendor de la Piazza del Campo de Siena, una plaza en forma de abanico construida con ladrillos color óxido, donde se encuentra el Palazzo Pubblico o alcaldía, de color rojo y gris y con una torrecilla, que está rodeado por cafés, una catedral medieval, y donde se puede disfrutar del extraordinario sol de Siena. La extática y mórbida Santa Catalina vivió allí en el siglo XIV. En 1348, la Muerte Negra eliminó las tres cuartas partes de los ciudadanos del reino, dejando con vida únicamente a los penitentes fóbicos. Sin embargo, la calidez dorada de la ciudad nos ayudó a Erik y a mí a olvidar los sucesos de Florencia, pues evocaba ciudadanos menos adustos y fundadores mitológicos más felices, Senio y Asquio, los hijos de Remo, adoradores de Baco.

"'Rómulo y Remo fueron abandonados en el bosque por su padre'", leí en voz alta del libro *Italia: tierra del Licántropo*, de Sir Sigurd Nussbaum, que había comprado en una mohosa tiendita aquella misma mañana, "'y fueron criados por una Loba que alimentó a los gemelos como si formaran parte de su propia camada'". Levanté la mirada. "Es una especie de cuento temprano sobre el hombre lobo —especialmente si consideramos el caos que vino después".

Erik aún llevaba el traje azul oscuro de la noche anterior. Se instaló para tomar el sol en el *campo*, donde brotaban flores violetas, con forma de campana, entre las grietas.

"Correcto, fue entonces cuando Rómulo y Remo fundaron a Roma, y Rómulo decidió que no deseaba compartir la gloria con su hermano, así que masacró la cabeza de Remo con la quijada de un asno, ¿o vertió veneno en su oído? Es posible que esté confundiendo las leyendas".

"Tienes el conocimiento básico. Pero *antes* de que Rómulo matara a Remo, éste tuvo apenas el tiempo suficiente para tener un pequeño romance, y la joven dio a luz a un par de gemelos: Senio y Asquio. Cuando comprendieron que Rómulo se disponía a cortarlos en pedazos también, robaron una efigie de la loba y huyeron a Toscana. Plantaron esta efigie en un olivar, fundando a Siena allí, con el fin de, veamos…" Consulté el libro de nuevo. "Ah, *'para terminar el trabajo de su difunto padre'* ".

Erik abrió un ojo cuando escuchó un extraño tono en mi voz.

"Estabas diciendo que es posible que Tomás estuviese indagando este asunto del oro cuando murió".

"Eso fue lo que dijo Marco, sí".

"Entonces, ¿terminar el trabajo de su difunto padre? ¿Lo ves? No eres la única demente".

"Es muy reconfortante saber que soy tan neurótica como los antiguos romanos. Y Marco Moreno, pensándolo bien…"

"Oh, ángel. Cuando se refiere a ti, demente es una palabra *muy* atractiva".

"¿Y cuando se refiere a Marco?"

"No tanto. Pero esperemos que todavía se encuentre en Florencia, preferiblemente capturado y sufriendo bajo las tachuelas exquisitamente dolorosas y posiblemente inconstitucionales del oficial Gnoli —y que el Sr. Domenico se haya ahoga de manera pintoresca en el barril de un extraordinario vino toscano o algo así".

"Mientras nosotros buscamos con tranquilidad la loba de Antonio".

"Exactamente. Lo cual nos lleva al acertijo, ¿cuánto de la tercera estrofa recuerdas?"

"Las tres primeras líneas, pero no la última".

"Está bien. Escuchémosla otra vez".

Recité:

En un santuario de la Segunda Ciudad
Una Loba dirá más que yo
Cuatro Dragones custodian la siguiente Pista…

"Y entonces, es todo lo que tenemos para seguir", dijo Erik.

Cerré los ojos, concentrándome.

"Creo que en la última línea hay un nombre. Tal vez… *Mateo* —ay, no puedo recordarlo. Pero lo que sí sabemos es que el acertijo menciona un *santuario*. ¿Qué significa eso, exactamente? Santuario. Una iglesia, probablemente…"

"Cualquier lugar de adoración, creo. Pero, en aquella época, en realidad no existía una separación entre la iglesia y el Estado. Así que un santuario podría ser prácticamente cualquier edificación de la ciudad".

"Está bien, quedémonos con lo básico. Buscamos una loba en un santuario".

"Que podría ser cualquier tipo de estructura importante que pudiera haberse considerado sagrada en el siglo dieciséis". Erik miró alrededor del *campo*, canturreando suavemente el acertijo. " '*En un* santuario *de la Segunda Ciudad… Una loba* dice *más que yo…*' "

Ante nosotros brillaba la famosa fachada gótica del Palazzo Pubblico del siglo XIV, construida con ladrillos rosa, blancos y grises. Su imponente torre se yergue sobre esculturas de mármol y pálidos frisos, tallados con las imágenes de una fantástica colección de animales salvajes del bosque.

"Oh no". Nos tomamos de la mano. "Maldición. Santo Dios. Están *en todas partes".*

Era como si hubieran salido hacia nosotros de sus escondites a plena vista: la bestia predominante en este edificio adornado como un zoológico era la loba, o *lupa.* La vimos aullando en bronce sobre una columna de mármol; dos de sus hermanas estaban talladas en la piedra blanca de la fachada; dos otras madres lobas nos miraban debajo de los arcos puntiagudos; y al menos una más nos observaba desde las alturas.

Fue entonces cuando recordé el terrible hecho:

"¿Estamos buscando una loba en Siena?" pregunté. "La loba es el *emblema* de Siena."

"Sí".

"Es como una broma pesada".

"Una broma muy buena. Se burla de nosotros".

"Tenemos mucho trabajo por delante. Este lugar está *lleno* de lobas".

Comenzamos a alejarnos del *campo,* hacia la ciudad que resplandecía de oro y rosa, con sus calles empedradas y callejones de ébano.

"Sólo esperemos que estas lobas sean del tipo que no muerde", murmuró Erik.

Fueron palabras que luego habría de recordar como proféticas.

"Creo que hemos contado cuatrocientas veintidós imágenes de la loba hoy", observó Erik siete horas más tarde, cuando regresábamos exhaustos a la Piazza del Campo bajo el crepúsculo.

Nos acercamos a los cafés de la plaza, bebiendo botellas de agua y muertos de hambre por nuestro recorrido por el ambiguo bosque de signos de la ciudad. Nuestras investigaciones, aun cuando agotadoras, se habían desarrollado sin ningún problema de parte de personas como Marco Moreno. Comenzamos a creer que el villano *podría* haber sido sometido a las técnicas de interrogación internacionalmente prohibidas del oficial Gnoli, o al menos que había sido lo suficientemente advertido por el mordisco de Erik en la mejilla para mantenerse a cierta distancia de nosotros. Así, no tuvimos que correr para salvar la vida aquella tarde; no obstante enfrentábamos un dilema mucho más sutil que el de nuestros posibles asesinos. Durante todo el día, entre los frescos de Siena que incluían hidras mágicas, corderos en los tapices, mujeres con pies de pájaro, estaban los *lobos*. Los vimos alimentándose de su madre, aullando, heráldicos, labrados en las paredes y tallados en bronce.

Estaban esculpidos en las fuentes y agraciaban lo alto de los pilares que ocupan el centro de las pequeñas plazas de Siena. Pero a pesar de las observaciones de Erik y del estudio sherlockiano que hice de ellos, ninguno de estos perros salvajes nos había dado nada que pudiese tomarse ni remotamente como una pista.

Tampoco nuestra inspección del Duomo había resultado más fructífera. El Duomo, el santuario más famoso de Siena, está abarrotado de santos bañados en oro que miran piadosamente a un techo santificado con estrellas de oro rojo. Abajo, en el piso ricamente decorado, brillan mosaicos redondos incrustados. Estas piedras negras, terracota y blancas representan círculos que recorren toda la nave. No pudimos verlos todos, pues varios habían sido cubiertos con el fin de protegerlos y para indicar aquellos que debían limpiarse. Sin embargo, sí vimos un panel que mostraba escenas de la aterradora *Matanza de los Inocentes*, así como imágenes curiosamente paganas de sibilas.

"Sí, sí, era muy bello, pero no había signo alguno de Antonio en aquel lugar —*ni en ningún otro*", dijo Erik, mientras nos sentamos afuera en L'Osteria del Bigelli, dentro del perímetro del campo que se oscurecía rápidamente. Varias parejas ocupaban las mesas cercanas, y en el extremo más lejano de la zona de comer de L'Osteria se encontraba un hombre que llegó después de que el mesero nos tomara la orden. Este comensal solitario estaba envuelto en las sombras, y el mesero le llevó un plato de pescado blanco, que comió en silencio. Erik y yo bebimos Chianti y comimos unos *linguini puttanesca* a la luz de una enorme vela que había en nuestra mesa, colocada en un velador de pesado vidrio rojo. Esta luz alumbraba apenas lo suficiente para que yo pudiera leer el *Diario íntimo* de Sofía de Médici (tomado la noche anterior de la biblioteca del Palazzo Médici Riccardi), que saqué de un bolso que contenía botellas de agua, cerillas, billeteras y otras cosas.

"Pero Erik, Antonio y Sofía *sí* vivieron aquí. En Siena. ¿Recuerdas lo que estaba diciendo la Dra. Riccardi acerca de su último día en la ciudad? Leí parte de su diario en el tren. Se mudaron a esta ciudad cuando él regresó de México, y ella y Antonio finalmente se casaron".

"Estuvieron comprometidos durante muchísimo tiempo, ¿verdad? Cerca de diez años. Sofía posponía siempre la boda, diciendo que prefería ahogarse en el Arno a ser la esposa de uno de los Médici —y, *en realidad*, ¡esto me recuerda algo que quizás sea igualmente importante!" Erik extendió la mano y jugó con mi anillo de compromiso. "*Nos casaremos* dentro de once días".

Me mordí los labios. "Ya sé. Tendremos que apresurar esta búsqueda del oro azteca para llegar a casa a tiempo".

"¡Aún faltan mil cosas por hacer! Tu madre me estaba lanzando fajas de esmoquin hace un par de noches, y yo pensé que saldría por la ventana y escaparía. Y aún no hemos decidido nada sobre la música. Cuando me dejaste esperando dos noches atrás, íbamos a elegir la música para la cena del ensayo el día antes de la boda. Tú querías un tema de los ochenta; yo quería uno de los setenta".

"¡No te dejé esperando! Fui secuestrada. Más o menos. Al comienzo".

"*Secuestrada*. Vamos, Lola. Subiste al avión con Marco. No gritaste para que vinieran los guardias de seguridad o algo así".

Oprimí la cabeza con las manos. "Fue complicado".

"Apuesto a que Marco sólo te mostró esa carta y tú saliste *corriendo* tras él".

"Más o menos, pero… sí. Espera, sobre la música, aún quiero un tema de los ochenta. Los ochenta o Mozart. O música clásica brasilera. O jazz de los años treinta. O de la época isabelina".

"Ay, *no*. Hay que bailar en estos ensayos. Yo prefiero la de los setenta. Disco. Donna. Sly y Family Stone".

"*Tan* pasado de moda".

"Oh, algo más. ¿Sabes cuánto quieres que tu hermana haga una cacería de basura para los invitados de la boda?"

"Sí".

"No quiere hacerla".

"*¿Por qué?*"

"Cree que es demasiado estúpido. Dice que ya está harta de hacer estas bromas para su familia —dijo algo acerca de cómo Tomás solía hacerla regresar sola de la selva cuando era apenas una niña".

"Sí. La dejaba en la selva sin comida ni agua, le señalaba el norte y se despedía, sólo para regresar una semana después cuando estaba satisfecho con su desempeño. Siempre la hacía pasar esas pruebas, obligándola a demostrar lo que podía hacer por él".

"Qué amable. Bien. Dice que es realmente una rastreadora y no un espectáculo secundario".

"Está bien, no hay problema. Pensé que le agradaría. Sabes, darle algo divertido que hacer, rastrear por todo Long Beach".

"Yolanda todavía está tan deprimida por la muerte de Tomás que probablemente llevaría a las damas de honor a la parte de arena de un campo de golf, las enterraría hasta el cuello, y las dejaría morir".

"Espero que pueda sobreponerse". Sostuve el diario de Sofía en alto. "Quiero decir… como Sofía. *Ella* consiguió comenzar una vida completamente nueva".

Erik rió.

"Ah, sí. Es más fácil hablar de figuras históricas neuróticas que de parientes enojosos que están vivos".

"¡Precisamente! Así que *hagámoslo*".

"Está bien".

"Bien, como decía antes…"

"Como decías antes…"

"Sofía y Antonio estuvieron comprometidos durante mucho tiempo porque ella lo odiaba cuando se prometieron en matrimonio por primera vez".

"Sí, sí. Pero luego cambió de idea".

"Así es. Ella cedió a las exigencias de su padre cuando Antonio regresó de México. Después de la expedición con Cortés, Antonio estaba tan traumatizado, que comenzó a ser amable con ella. Fue entonces cuando ella accedió a la ceremonia".

"No que eso ayudara a la familia de Sofía a ganar ningún punto con los Médici, porque Cosimo I, poco después, sacó a Antonio de la familia".

"Así es. Florencia se convirtió en un lugar peligroso para ellos, así que vinieron a Siena en la década de 1530, y vivieron aquí cerca de cinco años en una especie de refugio que se comunicaba con el Duomo".

Erik extendió las manos.

"Aquel refugio —es posible que sea allí donde esté la loba. Aun cuando, debo decirlo, necesitaré comer mucha más pasta antes de ir a recorrer más malditos museos".

"Vivieron —no estoy completamente segura dónde, pero sé que comenzaron a tener problemas con la gente de la ciudad… ¿Qué estaba leyendo?" Pasé las hojas del *Diario íntimo*. Unas de las parejas se disponían a marcharse, pero vi que el hombre que comía pescado había levantado la cabeza para escuchar lo que yo decía. No le presté atención, y continué hojeando el libro. "Aquí está, lo encontré. Esto es del año en que partieron de Siena —su última noche en la ciudad. Tuvieron que marcharse rápidamente…"

3 de diciembre, 1538

Hemos sido casi echados de la ciudad por una banda de campesinos a quienes no les agradan los lobos ni las brujas.

Y pensar que yo tenía unos planes tan promisorios para esta noche.

Hace un año, Antonio le dio al Consejo de Siena dos baúles de oro puro para que se pudiera restaurar el Duomo, que estaba derruido, a cambio de que nos protegieran a nosotros y a nuestros libros de los Médici, en las frías entrañas de la catedral. Sin embargo, a pesar de la necesidad que tenían de ese oro, con el que habrían podido hacer las reparaciones, los artesanos de la ciudad se negaron en un principio a aceptar nuestro Tesoro. Me preocupaba que hubieran oído hablar acerca de lo que sucedió en América, y de que Antonio fuese un Versipellis, pues sólo después de que el Consejo amenazó a los bellacos con azotes, mezclaron el oro rojizo con cobre español, y luego pintaron el Duomo, que recobró así su antiguo esplendor.

Tristemente, mis temores, y sus sospechas, han sido todos confirmados esta noche. Nos han pagado nuestro obsequio, no con protección, sino con violencia, y en nuestra hora más vulnerable:

Esta noche, una Luna blanca redonda brillaba en el cielo, un momento peligroso para mi señor, pero también el momento más propicio para administrar la Cura para la Condición. Aun cuando Antonio sostiene que su Condición proviene de causas Misteriosas, creo que su nom de guerre le va bien: El Lobo Tétrico, il Lupo Tetro, una bestica oscura y de ánimo cambiante, pues coincido con aquellos filósofos que llaman el tormento de los Versipellis una melancolía canina, que transforma a los Hombres en Perros aullantes, y sólo puede ser corregida administrando al paciente un filtro en los primeros instantes en que permanece directamente debajo de la luna lleno —precisamente antes de que empiece su gran Transformación.

Fue en busca de este Remedio que habíamos planeado viajar a los Bosques en las afueras de la ciudad. Íbamos equipados con nuestras redomas de Medicina Universal Experimental, mezclada con Oro y con los Elementos de la Alquimia, y dos armas para protegernos de los Enemigos del Lobo. La primera era un tallo del ubicuo Fruto del Amor, la Belladona. Mi segunda defensa era una vela —uno de los cirios mortales que Antonio y yo hemos fabricado dentro de nuestro Laboratorio.

Luego partimos apresuradamente, para llegar al plateado Bosque antes de que él sintiera los efectos de la Luna. Sin embargo, no habíamos caminado sesenta pasos, cuando pude sentir de inmediato que su espíritu se había tornado súbitamente tan oscuro como era brillante la órbita de plata en el cielo.

"Soy culpable de grandes Crímenes, Sofía", dijo, mientras su cara se oscurecía, Cambiando ya. "En Tombuctú, en América, en Florencia. Maté a un hombre de hambre, lo torturé. Soy un asesino. ¡Y amarillo es el color de mi coraje!"

Me llevé las manos a las caderas.

"Mataste a un Esclavo, querido, lo cual no fue un crimen. La muerte de aquel Idiota estaba en sus cartas, después de todo. Yo debería saberlo, ¡las leí! En el Tarot, el Idiota es el signo de la Muerte o de los Nuevos Comienzos. Era su destino. No es tu culpa".

"Seré castigado. Estoy siendo castigado... por la Condición".

"Tonterías".

"¿Será? ¿No temes nada?"

"Tengo la mayor entereza cuando estoy en tu compañía".

"¿Y crees que siempre estaremos juntos, mi pequeña Dragona?"

"Siempre, Antonio".

"Eres una mentirosa. Esta Medicina fracasará y ambos moriremos, y estaremos así eternamente separados. Ese será el peor castigo de todos".

No dije nada, pues no podía responder a su mórbido estado de ánimo, que se hacía más profundo a medida que caminábamos en las sombras. Podía escuchar cómo cambiaba su respiración. Sus Rasgos se transformaron aun más. Entonces lo traté como debe hacerlo una buena esposa, y comencé a arrastrarlo por su correa.

Pero era demasiado tarde: las antorchas de la Turba ya podían verse, así que, en un instante, los campesinos se abalanzaron sobre nosotros, son caras contorsionadas manchadas de rojo por el fuego. Mi esposo arañó el suelo con sus garras; ladró, gruñó y enseñó sus colmillos.

"El Lobo", susurró uno de los villanos.

"¡El Lobo Negro!" gritó otro, mientras los hombres golpeaban a Antonio, rompiendo su mano derecha.

"¡Bruja del Diablo!" chilló una tercera perra.

"Y ¿usted quién cree que es?" respondí.

"Somos la Sal de la tierra", exclamó la plañidera, y ella y sus hermanas comenzaron a lanzarme puñados de aquella sustancia blanca, ardiente, que llevaban en pequeños bolsos de lona atados a sus feas faldas. Por cuenta de sus Evangelios Cristianos, creen que la sal pura repele a los demonios —o a los Dragones— como yo. Lanzaban los amargos granos como las personas supersticiosas lanzan la sal que se vierte sobre el hombro izquierdo para cegar a Belcebú, que, según creen, acecha siempre a sus espaldas.

"Bien, entonces, su sal ha perdido el sabor". Señalé sus ropas desarrapadas —pues puedo citar las Escrituras tan bien como ellas.

"¡Ramera! ¡Serpiente, Hechicera!"

"Tienen razón de llamarme por mi verdadero nombre". Hice un gesto hacia la criatura que ahora era mi marido. "El amor me ha convertido en una criatura poderosa y terrible. Entonces, ¡miren y teman lo que ha sido Creado!"

Levanté el cirio hacia una de las antorchas que llevaban los hombres, invocando el Poder de la Diosa en la hechura de la vela.

"¡Raaassshhhhhh!" exclamé, en el lenguaje secreto del Fuego, mientras un torrente de llamas corría hacia la horda. Seis hombres cayeron a mis pies, con las caras burbujeantes los ojos como carbones humeantes.

"¡Shhhhhssshhhhh!" dije, en la lengua misteriosa del Viento, mientras lanzaba la belladona a las llamas. Un Humo fétido flotó en el aire. Diez de las mujeres cayeron unas sobre otras; un horrendo líquido amarillo salía de sus bocas abiertas.

Pero comprendí que no podía matarlos a todos, ni siquiera con mi Magia más poderosa. Así que fue entonces cuando huimos Antonio y yo. Al Santuario. ¡Al Duomo! Corrimos por la plaza, y mi marido, que galopaba, ya no podía llamar mi nombre con voz humana. Corrimos hacia la catedral, llegando a sus escalones de piedra, al gran portal. Sin embargo, a pesar de la ley del Santuario, los frenéticos sacerdotes intentaron trancar la puerta cuando vieron a la turba que nos perseguía.

Nos cuidamos de recordarles que habíamos adecuado la Catedral de nuestro propio bolsillo, y financiado muchas de sus restauraciones. Y, cuando esto no surtió efecto, mi esposo los convenció haciendo su Truco.

Utilizó toda su fuerza, y luego el Lobo giró en la dirección de las manecillas del reloj, una y otra vez. Y una tercera vez.

Así el Amor de mi hombre lobo nos protegió de todo mal.

Durante toda la noche, permanecimos en la Guarida del Duomo y preparamos
nuestra huida.

Sólo tenemos tiempo de empacar nuestro Tesoro, y nuestros más raros libros
—La profecía de Safo, La Tableta Esmeralda— y el abrigo bordado que lleva su
doppelgänger en La procesión de los Reyes Magos de Gozzoli. Pues debemos partir de
Siena esta mañana, y esforzarnos por hacer amigos en Roma.

Con mi artesanía de velas, mi Tarot, mi conocimiento de las estrellas y de las
piedras preciosas y los secretos de Hecate, sé que podré descubrir una manera de
suavizar esa ciudad, de convencerla de que Antonio y yo no somos sólo un lobo y una
hechicera, sino amigos.

Pues no tenemos hogar. Nunca regresaremos acá.

"Bien, aquí hay algunas cosas que tienen sentido". Señalé la conversación de los amantes sobre los crímenes de Antonio. " '*La muerte del Idiota estaba en sus cartas, después de todo'*. Es por eso que la Dra. Riccardi sabía que Antonio llamaba a su esclavo el Idiota, porque había leído este diario. El apodo también es apropiado: en el tarot, el Idiota es el signo de caminos cerrados".

"Y de nuevos comienzos". Erik acercó su cabeza a la mía. "Pero esto, ¿qué dice? No comprendo".

Señaló una frase, que yo traduje de nuevo:

" '*Aun cuando Antonio sostiene que su Condición proviene de causas Misteriosas, creo que su nom de guerre le va bien: El Lobo Tétrico, il Lupo Tetro'* ".

"¿*Tetro* significa...?"

"Tétrico; significa triste, sombrío, oscuro. Es la palabra que designa a un depresivo, básicamente".

"Ciertamente lo era. No era demasiado alegre con su obsesión de la muerte. Y, ¿notaste esto? La turba le partió la mano". Habíamos ordenado *espresso*. Erik agitó el líquido oscuro en una taza de porcelana. "¿Me dijiste en el palacio que habías comparado la carta de Marco con otra que Antonio había escrito en África?"

"Sí. La escribió desde Tombuctú, mientras realizaba el saqueo de un laboratorio de alquimia, y casi muere quemado por una especie de químico. La caligrafía de los dos documentos no era igual".

"Quizás la razón por la cual era diferente es esta pelea con la turba. Después de que le rompieron la mano derecha, es posible que se haya visto obligado a escribir con la izquierda. Entonces, de lo que estamos hablando aquí es de…"

"¡Un *Versipellis* zurdo!"

"Exactamente. Un zurdo —*que cambia de piel, o muda de piel*, en latín. La palabra que usaban para hombre lobo".

"Ummm. *Versi* significa 'cambio', *pellis* es 'piel'".

"Y eso es precisamente lo que se supone que consiguió Antonio: cambiar de piel, o cambiar de forma".

"Parece que sí sufría en realidad de algún tipo de ataque de epilepsia…"

"Ella claramente es muy imaginativa, aun cuando no era la única italiana que creía supersticiones acerca de Antonio".

"¿Qué quieres decir…?"

"Lo ves, aquí, al comienzo de la entrada, escribe, '*Me preocupaba que hubieran oído hablar acerca de lo que sucedió en América*'. Lola, ¿recuerdas cómo la Dra. Riccardi y yo hablamos acerca de esto en el palacio, acerca del mito de la posesión diabólica de Antonio?"

"¿Qué, sobre la época en la que realizó experimentos con campesinos en Florencia?"

Erik frunció el ceño, concentrándose.

"No. Espera, déjame comprender bien la cronología de los hechos. Primero, Antonio estaba en Florencia, actuando como un demente, luego viajó a Tombuctú e incendió laboratorios de alquimia, capturando al menos un esclavo. Pero esta reputación se vio *fuertemente* golpeada cuando viajó luego con Cortés a América. Esto es sobre lo que escribe Sofía. He leído que algo fantásticamente sangriento ocurrió antes de que Antonio regresara de Tenochtitlán a acá, a Italia —a Venecia, en realidad.

"Hubo una masacre de los marinos de Cortés a causa del oro de Montezuma. Comenzó con una pelea entre la tripulación, por la participación en el tesoro, y el esclavo de Antonio al parecer lo atacó durante la confusión. Después de esto, se dice que Antonio realmente perdió la *razón*. Destripó a la mitad de sus soldados y bebió su sangre, ese tipo de cosa. Algunos de los sobrevivientes que consiguieron regresar a Europa, le contaban a quien quisiera escucharlos que había sido maldecido por Montezuma y se había convertido en una especie de perro monstruoso".

Yo sentí que todo mi valor se disolvía en esta morbosa conversación. A nuestro lado permanecía el hombre que comía su pescado a la sombra, y luego estaba la plaza oscura más allá. La luna creciente era apenas visible a través de una tenebrosa capa de nubes, aun cuando un haz de luz golpeaba las piedras de la plaza; tuve entonces una imagen vívida de Antonio, encorvado y gruñendo, bajo los rayos de la luna. También evoqué con facilidad las innumerables lobas de bronce y de mármol escondidas en las grietas de Siena, como si se dispusieran a atacar. Luego me vinieron a la mente las visiones aun más perturbadoras de los dos últimos días.

"Me alegra no creer en demonios, ogros o diablos", dije, con un hilo de voz.

"Lola".

"Me alegra saber que todos esos *miles* de historias sobre las que he leído acerca de hombres lobos que devoran seres huma-

nos eran sólo las proyecciones de dipsómanos y de esquizofréni-
cos sexualmente reprimidos".

"Me estás poniendo la piel de gallina".

"No soy yo —es el *lugar*. Con todos estos lobos, los relatos,
la luna…"

La maravillosa cara de Erik brillaba con un tono de coral a la
luz de la vela.

"¿Por qué no hablamos más bien acerca de cómo *yo* soy el
único lobo del que tienes que preocuparte, y de cómo, en cuanto
encontremos una habitación en un hotel, te enseñaré mis enormes orejas, mis enormes dientes, y mi enorme, aunque musculosa,
panza".

Tomé su mano.

"Sí, sí, ese es un plan mucho mejor".

"Bien. Entonces, mira, dejaremos la cacería para mañana. En-
traré un momento al baño. Luego te conseguiré una pensión y…
te daré un masaje en los pies".

"*Excelente*".

Erik me besó en los labios antes de desaparecer en el interior
de la *trattoria*.

Tomé de nuevo el libro, pasando unas cuantas páginas. Sin
embargo, seguía sintiéndome incómoda. Cerré el *Diario* para
guardarlo en el bolso, y comencé de nuevo a observar el escenario que me rodeaba.

La ciudad parecía excesivamente amortajada, excesivamente
secreta. La mayoría de las parejas de enamorados se había marchado. Unas pocas más se acariciaban en los rincones más aleja-
dos. El mesero acababa de retirar el plato de nuestro vecino, a
quien no se lo veía por ninguna parte.

Pero, súbitamente, podría jurar que el hombre sentado cerca
de nuestra mesa fijaba sus ojos en mí. No podía ver su cara, a

causa de la oscuridad, aun cuando la vela que chisporroteaba delante de él iluminaba su mejilla y un ojo cubierto de sombra.

Estaba sentado de perfil, tocando el borde de su copa de vino.

Su voz me llegó como el humo.

"Tiene razón de creer en monstruos, Lola", dijo.

17

La vela continuó ardiendo en el pesado velador de vidrio rojo. Emitía una luz débil que se escapaba hacia mis manos y hacia el hule que cubría la mesa. Resbalaba sobre el hombre cubierto de sombra que se encontraba dos mesas más allá. Contemplé fijamente la figura, aun cuando no podía ver su cara.

El hombre me había hablado en un italiano con tono de vaquero. El acento era toscano, lo cual lo clasificaba como un nativo. Tampoco distinguí ninguna maldad semejante a la de Marco en su voz. Debí haberme equivocado al pensar que había dicho mi nombre, o quizás había escuchado a Erik decirlo.

"¿Disculpe, señor?"

"Estaban hablando del forajido Antonio de Médici?"

"Sí".

"Los escuché sin proponérmelo. Lamento molestarla".

Vacilé.

"Oh, no hay problema".

"*Era* un monstruo, sabe. Al menos, de acuerdo con las viejas consejas. Me parece que usted y su amigo aún no han escuchado toda la historia".

Me incliné un poco, pero lo único que pude ver fue la boca rosada del hombre, la mejilla dorada, el ojo en la sombra.

"La historia de que era... un asesino?"

"De que era un hombre lobo", llegó hasta mí la suave voz en la oscuridad.

El hombre permaneció en su mesa, saboreando el vino, fumando un cigarrillo.

"La leyenda del *loupgarou* es muy antigua, niña. Incluso la reina Cleopatra sabía de hombres mordidos por bestias que eran mitad humanos, mitad perros infernales. Plinio se burlaba de estos mitos, pues era un hombre razonable. Cornelio Agrippa, por su parte, no lo hacía. Por aquella época, la mayor parte de la gente con un cociente intelectual suficiente para deletrear su propio nombre, habrían reído ante las historias de animales pensantes. Pero en una noche como esta, con una luna llena como esta, y cuando la campana de la iglesia resuena por la plaza, incluso los más descreídos y escépticos paganos se persignan".

Mientras hablaba, mi piel comenzó a erizarse de miedo... y de curiosidad.

"Se dice que el viejo Antonio de Médici era uno de estos horrendos demonios", prosiguió. "Que se marchó a América como si fuera el doctor Frankenstein, pero que luego regresó como su miserable criatura, si entiende lo que quiero decir. El hombre regresó a Italia como un transformador de forma y un cambiador de piel —era una enfermedad de la selva que había traído de regreso a casa, junto con una pila de oro almacenada en una caja fuerte explosiva. Pero ninguna cantidad de oro, sin importar cuán bien custodiada estuviese, podía curarlo de su enfermedad". El hombre hizo una pausa. "Veo que presta atención. ¡Ha permanecido en silencio como un pez! Entonces, le contaré sólo un poco más: hay historias extra oficiales, *frecuentemente* descartadas, que sostienen que contrajo la Condición una noche, en el año de 1526, cuando los hombres de Cortés comenzaron a pelearse por el oro. Los enojados dioses aztecas vieron su oportunidad durante el tumulto, y se abalanzaron sobre los desprevenidos soldados, de manera que Antonio, de alguna manera... se contaminó".

"¿Cómo ocurrió?" murmuré.

"Oh, nadie lo sabe realmente. O nadie quiere decirlo. Sólo hay rumores, ecos del relato... acerca de la maldición de Montezuma... acerca de Antonio ahogándose en su propia sangre, sólo para resucitar de nuevo y dar un espectáculo espeluznante... Luego, la historia fue cambiando, hasta que se comenzó a hablar del tipo de hombre lobo similar a un personaje de un cuento de de Hans Christian Andersen. Hubo cotorreos acerca de mujeres asesinadas, bebés arrebatados de sus cunas, etc. La biografía de Antonio se torna más interesante hacia el final de su vida. Dicen que la última vez que Antonio enloqueció a causa de la luna fue en un campo de batalla. Mató escuadrones enteros de hombres con una especie de fuego de hechicero, antes de caer muerto él mismo. En realidad, esa catástrofe ocurrió aquí mismo, en Siena".

El hombre calló. Terminó su cigarrillo, volviendo la cabeza grande, semejante a la de una sombra china, para soplar el humo blanco sobre su hombro. Yo esperaba que continuara con su historia, mientras mis manos se aferraban nerviosamente al velador de vidrio, de manera que la luz de la vela brillaba entre mis dedos.

Pero transcurrió un momento, luego otro. La plaza parecía estar en completo silencio.

Súbitamente, tuve la clara sensación de que no había encontrado a este hombre por casualidad.

"¿Está usted visitando Siena?" pregunté.

"Hace poco llegué, señorita".

"Usted parece saber mucho acerca de Antonio de Médici".

"He estado investigando este ángulo de la historia de Italia para… unos amigos".

"¿Es usted un académico?"

"Alguna vez lo fui, hace mucho tiempo, cuando era sólo un renacuajo, como usted".

"¿Y ahora?"

"Y ahora… ¿qué puedo decir? No creo que haya un nombre para lo que soy ahora. Al menos no hay un nombre respetable".

Asiendo el velador, pude sentir que mi corazón latía con más fuerza.

"¿Quién es usted?"

La oscura figura se movió, con comodidad. "Nadie".

Me incliné hacia adelante.

"Señor, ¿cuál es su nombre?"

"No es un nombre que usted quiera conocer", dijo el hombre, poniéndose de pie.

Fue en ese momento cuando la luz le dio en la cara. Y fue casi como si cambiara de forma ante mis ojos.

Por su acento había pensado que era un italiano de la provincia. Había estado tan convencida de esto, que cuando sus rasgos salieron por primera vez a la luz, su cara me produjo una especie de estupor. Parecía haberse transformado en mi imaginación —pues el hombre iluminado por la vela no era mediterráneo. Leí su cara: tenía los pómulos afilados, los ojos rasgados, la piel curtida, de color bronce. Una larga cola de caballo le caía por la espalda. Llevaba pendientes de oro en las orejas, y tenía tatuajes azules y rojos de serpientes y jeroglíficos mayas desde el cuello hasta el pecho. Era guatemalteco, como también lo era Marco Moreno. *He estado investigando este ángulo de la historia de Italia para… unos amigos.*

Se irguió a mi lado, lo suficientemente cerca como para que yo pudiera escuchar su aliento.

En un momento, extendió la mano y me tocó la mejilla, la boca, con una horrible y aterrorizadora ternura.

Yo me levanté como pude de la silla, llamando a Erik a gritos, con una laringitis de pesadilla, y tomé el pesado velador rojo de vidrio, mientras tenía una visión instantánea, casi psicodélica, de los cuerpos ensangrentados de los guardias en la cripta de Florencia. El hombre flotó a unos pocos pasos de mí, diciéndome que me despabilara, en un súbito español arrabalero.

Con espasmos en las piernas, tumbé sillas, corriendo sobre ellas. ¿Cómo era que Adriana había apuñalado el tórax de Domenico con los dedos? No podía recordarlo. Levanté el velador y lo agité de un lado a otro, como una torpe amenaza.

"¡Márchese, márchese!" dije.

El hombre intentó atraparme desde las sombras. Yo blandí de nuevo el velador, de manera más salvaje. Su mano grande asió ligeramente el brazo que no llevaba el velador. Con una delicada maniobra, semejante a la de un mago, lo dobló sin que sintiera dolor sobre mi espalda.

"Esto debe inmovilizarla hasta que se calme", dijo.

No soy una luchadora natural, pero puedo aprender. Aprendí mi lección esa noche de las clases que ya había recibido de Marco Moreno en la cripta.

Con un giro febril, semejante al de un lanzador de béisbol, me zafé de la llave, aplastando el mazo de vidrio en su mandíbula con todas mis fuerzas.

Cayó como una roca, sin soltar mi brazo, así que caí con él.

"*¡Auxilio, auxilio!*"

Me aparté bruscamente, temblando. Sentía un estallido en la cabeza. Me ardía la cadera. Levanté de nuevo el velador, y lo apunté hacia el hombre. Estaba sentado, completamente derecho, dentro de un haz de luz azul de luna, y me devolvió la mirada, con una mueca. Sus dientes blancos brillaban en la cara oscura como el humo.

Pero luego vi algo que no esperaba.

Una mirada, un estremecimiento, una imagen. Observé los negros ojos y la ancha boca de lobo. ¿Qué era? Una expresión. Me impresionó, y luego desapareció.

Caí de espaldas. Por un segundo, perdí todo el control. Creí escuchar un lamento. Provenía de mi propia garganta.

Comprendí súbitamente que aquel hombre era Tomás De la Rosa; se zafó de la maraña de mi ataque, y huyó.

18

L ola!" Erik sostenía mi cara con ambas manos.

"¿Qué sucedió?"

"Algo..."

"¿Estás herida?"

"¡No lo sé!"

"¿Quién era ese hombre?"

Había acudido corriendo y me ayudó a incorporarme. El espacio afuera de L'Osteria era una zona de desastre, con pedazos de loza desportillada y sillas caídas. El mesero llegó corriendo, llevaba un delantal rojo y agitaba un recibo en la mano.

"¡Señora! ¿Está usted bien? ¡Voy a llamar a la policía!" dijo.

"¡No! No lo haga... estoy perfectamente".

Tomé mi bolso y contemplé el paisaje estrellado de Siena hasta que pude detectar los débiles lineamientos de una figura alta que se escabullía en las sombras. La perseguí.

Corrí a toda velocidad sobre la plaza empedrada. Mi bolso flotaba detrás de mí como una cometa. El espectro desaparecía, volvía a aparecer. Estaba suspendido delante de mis ojos, como un espejismo o un fantasma que se perdía en los recovecos de la ciudad. Corrí por los mercados de Siena, ahora mucho más allá del *campo*, del baptisterio. Detrás de mí, Erik dijo sin aliento:

"¿A… dónde… vamos?"

"A atraparlo".

Tenía que encontrarlo. Tenía que estar *segura*. Iba saltando sobre los adoquines y la basura de las calles, y mis pies volaban sobre las aceras delgadas como serpientes. Luego un callejón, estrecho y frío, cubierto por el cielo negro, y sólo iluminado por la niebla fosforescente y verde que despedía un farol invisible.

Al final del callejón estaba el hombre. Vi los enormes hombros, el cabello largo colgándole por la espalda. Miró hacia atrás para verme, antes de fundirse en una equina de ébano. Volviendo la esquina, me encontré en un laberinto de callejuelas sin nombre, que se abrían a la Plaza Jacobo de la Quercia. Nos detuvimos abruptamente a varios metros del arqueado Duomo gótico, dorado, al que veíamos de nuevo.

Erik y yo nos inclinamos, sin aliento.

"¿Dónde fue, Erik?"

"¿*A quién estamos persiguiendo?*"

"A Tomás de la Rosa".

Hubo una pausa.

"Tomás de la Rosa".

"Fue lo que dije".

"Tomás de la Rosa, el arqueólogo, tu fallecido padre biológico".

"Es él —estoy *seguro*".

"Eso es una locura. No está vivo".

Incluso yo podía ver que no tenía sentido, pero aun así dije:

"Sí, ¡si lo está!"

"*Lola…*"

"*Te juro…*"

"Pensé que nunca habías visto realmente su cara, excepto por unas borrosas fotografías".

"No importa".

"Si ese hombre es tu padre, entonces ¿por qué huye de tí?"

"Lo golpeé con un objeto muy pesado, tan fuerte como pude".

"Esa sería una buena razón".

"Es muy importante que me creas ahora, Erik".

Erik estaba confundido.

"Sólo... dame un segundo".

"Es él —era su *cara*— en cuanto lo miré, vi..."

"¿Qué?"

"No lo sé —*a él*".

Los pensamientos de Erik se agolpaban en su cabeza.

"Está bien". Extendió los dedos en un gesto de comprensión benevolente. "Comprendo, lo viste".

"Así es".

"Creo que *tú* lo crees. Incluso si la idea es bastante loca, desde el punto de vista clínico".

"Eso es suficiente para mí —porque *ahí está*".

Desde una esquina de mi ojo, había captado un destello de la figura cubierta por las sombras en lo alto de las escaleras del Duomo. Se desmaterializó en la penumbra del santuario como si estuviese huyendo de mí.

Corrimos hacia el Duomo. Erik y yo nos lanzamos contra sus inmensas puertas de madera, con tal fuerza que se abrieron de par en par.

Entramos a la catedral con tal ímpetu que habríamos saltado sobre el torniquete de acero de seguridad a no ser porque sus diversas protuberancias aguijonearon asesinamente nuestras costillas y las zonas cercanas a ellas. Nuestra irrupción terminó también con la sorpresa, que casi nos para el corazón, de hallar a dos obreros dentro: una mujer y un hombre que habían estado desinfectando los querubines, dorados como el oro de Midas, y otros adornos similares.

Mi bolso saltó y chocó contra el piso brillante de mosaicos. Erik resbaló alocadamente sobre la piedra lisa. El hombre y la mujer saltaron y gritaron amenazas increíblemente violentas. Comenzaron a golpear a Erik.

"No, no, buen hombre, amable señora, por favor, no hagan eso", escuché decir a Erik en español. "*Alto, alto —terminare arrete Aufenhalt—* Dios, estoy olvidando mi italiano".

Quedé atónita ante la vastedad de la catedral. Pero no había señas del hombre que estaba buscando aquí.

"*¿Dónde estás?*"

Fue entonces cuando miré el mosaico que había a mis pies y comprendí que el extraño del tatuaje me había *conducido* hasta allí, de alguna manera.

Antes, en la tarde, cuando Erik y yo entramos al Duomo, nuestra mirada se dirigió hacia arriba, hacia el techo celestial del Duomo y hacia su serafín dorado y sus ventanas en forma de rosa. Los antiguos mosaicos circulares atravesaban el piso —el redondel que mostraba *La Matanza de los Inocentes*, otros santos y sibilas. Los que cuidaban el lugar habían cubierto el piso con paneles para protegerlo del tráfico de los turistas. Pero aquella noche la iglesia estaba cerrada para el turismo, con el fin de que estos trabajadores pudieran limpiar sus obras de arte. Por lo tanto, los pisos estaban desnudos a esta hora.

Me levanté en cuatro patas. Debajo de mis manos y rodillas había un enorme anillo de piedra:

En un santuario de la Segunda Ciudad

Una Loba les dirá más que yo

Dentro de este círculo aullaba el intricado mosaico negro, de pórfido, y blanco, de una majestuosa loba.

19

L a hermosa cara de la loba brillaba a pocos centímetros de la mía.

Hecha de un rompecabezas de *pietre dure* tricolor, la imagen central florecía dentro de un círculo de redondeles, que exhibían íconos de los reinos satélites: el conejo de Pisa, el leopardo de Lucca, el león de Florencia... Yo no podía apartar la mirada del enorme animal que se encontraba en el centro de este aro. Debajo de su blanca panza, con sus pálidas tetas, Rómulo y el infortunado Remo descansaban y mamaban. El artista la había representado como una madre protectora que fruncía el ceño mientras contemplaba a sus activos hijos adoptivos.

Los seis íconos satélites, incluyendo al conejo y al león, y también un elefante y un leopardo, giraban en sus círculos más pequeños, enmarcados por otro círculo de piedra roja más grande. Esta roca roja, a su vez, estaba bordeada por una banda blanca circular de piedra, y todo el mosaico estaba incrustado dentro de un cuadrado multicolor.

Los sueños arremolinados de mi padre se frenaron de inmediato. Me concentré con dolorosa hipnosis en el aro blanco de piedra que rodeaba a la loba, recorriendo con los dedos esta rueda de mármol color alabastro. Una profunda protuberancia marcaba el lugar donde terminaba. Esto creaba una fisura, después de la cual comenzaba el cuadrado multicolor. El círculo que contenía a la loba parecía hecho de una sola pieza, separada del cuadrado que la rodeaba.

"Erik".

"¿Qué *demonios* creen que están haciendo, irrumpiendo aquí de esta manera?" gritó la señora que limpiaba. "La catedral está cerrada; deben marcharse inmediatamente. *¿No me escuchan? ¿Señora?* Pietro, ¿dónde están los malditos guardias?... En un receso... cigarrillos... Regresarán en un momento..."

"Erik".

Mi prometido había recordado a medias su italiano.

"Lo siento terriblemente, señor. Me alegra que podamos calmarnos ahora; ha sido sólo una enorme equivocación..."

"*Salgan de aquí... zopencos... está cerrado...*" ordenaba el portero.

"¡Erik!"

Volvió bruscamente la cabeza. Su mirada se fijó en el lugar que yo le señalaba.

"Una loba".

Extendí los brazos cubriendo toda la imagen, como si la abrazara.

"Estaba cubierta antes... ¡sé que es esta! Sofía escribió acerca de los lobos y del Duomo en su diario. Ella dijo algo... que Antonio le había entregado a la ciudad oro puro, ¿recuerdas?" Levanté la vista hacia los ángeles dorados del techo, a las estrellas de un dorado rojizo.

"Entonces, esto significaría que parte del oro de Montezuma está..."

"Sobre nosotros". Erik levantó la cara hacia la parte superior del Duomo.

"Aun cuando esto *no* puede ser lo que estamos buscando. Este oro está mezclado con otros metales —y Antonio no habrá pensado que Cosimo se pudiera llevar consigo todo el techo de la catedral".

"Sí, pero la segunda pista probablemente está *aquí*. '*En un santuario de la Segunda Ciudad / Una loba dice más que yo / Cuatro Dragones custodian la siguiente Pista…*' Este es un santuario; aquí está la loba. Y recuerda que vivían cerca de aquí —ella lo describe". Corrí sobre el piso para recuperar mi bolso caído. Saqué el *Diario íntimo de Sofía* y pasé frenéticamente las páginas.

Erik se volvió y, con tres pasos, se detuvo frente al mosaico.

"Cuando estaban huyendo de la turba, entraron aquí a buscar refugio. Y los sacerdotes intentaron impedirles la entrada…"

"Escribió acerca de cómo él realizó su *truco*", dije.

"Acerca de cómo giró… giró… santo cielo, ¿cómo era?"

Leí:

"'*Mi esposo los convenció realizando su Truco. Utilizó todas sus fuerzas, y entonces el Lobo giró en la dirección de las manecillas del reloj, y giró otra vez. Y una tercera vez. Así mi hombre lobo nos protegió de todo mal*'. ¿Qué significa eso?"

La señora de la limpieza y el portero lanzaban amenazas cada vez más asombrosas, acerca de cómo nos asesinarían si arañábamos los mosaicos, mientras Erik se ponía en cuclillas, recorriendo con los dedos el hueco entre el aro blanco y el cuadrado multicolor.

"Oh, ya veo", dijo un instante después. "Sí, creo que podría hacerlo". Puso las manos con cuidado sobre el círculo de piedra, sobre la pálida rueda que lo rodeaba.

"¿Qué?"

Se apoyó contra el piso, dejando caer su peso en las manos. Comenzó a oprimir. Sus mejillas se hincharon por el esfuerzo. Una alarmante sombra carmesí se extendió sobre su frente.

Pronto, el sudor rodaba por sus mejillas, humedeciendo el cuello de su camisa.

"Creo que podríamos lograrlo", gruñó.

"¿Qué estás haciendo?"

"Cariño, ¡ayúdame! ¡Empuja!"

Observé lo que estaba haciendo por un momento, y finalmente comprendí su idea.

"Está bien —está bien— más fuerte".

Me apoyé sobre el aro de piedra blanca, oprimiendo con fuerza con las manos, enterrando los dedos y la palma de las manos hasta que me dolió el cuello y me ardía la espalda. Jadeábamos; nuestras manos húmedas resbalaban. Empujamos y halamos la implacable piedra fría. El esfuerzo me hizo olvidar los gritos de la señora de la limpieza. Intentaba llamar a los guardias que habían salido a fumar.

Nada.

Erik y yo caímos hacia atrás, sin aliento.

"Otra vez," dijo.

Empujamos de nuevo las inmóviles piedras —oprimiendo, halando— hasta cuando sentí que me arrancaban la piel de las manos.

Y luego, el mosaico del Duomo giró.

El círculo se movió hacia la izquierda, en la dirección de las manecillas del reloj, hasta dar media vuelta.

"Oh, miren a estos idiotas, ¡están destruyendo los mosaicos!" exclamó el portero.

La voz de la señora de la limpieza cayó una octava.

"No, Pietro, ¿qué es lo que hacen?"

"Continúa", grité.

Erik y yo continuamos oprimiendo hasta que el círculo de la loba dio una vuelta completa. Nos miramos fijamente, por encima de las imágenes de Rómulo y Remo, riendo como pacientes de un asilo de locos.

"¡Lo estamos consiguiendo!" dije.

"Esto es, ¡esto es!"

La loba giró de nuevo. Y giró otra vez.

Con el último impulso, Erik y yo empujamos el círculo de piedra hasta alcanzar su posición original, cuando escuchamos un fuerte e inequívoco *click* metálico debajo del piso. Una gran ranura sacudió el mosaico, haciendo que se levantaran nubes de polvo a nuestro alrededor. El círculo se abrió cerca de diez pulgadas por encima del suelo, saltando de su posición sobre una bisagra invisible. Era una trampilla.

"Ah, increíble, mira eso", suspiró Erik.

"Lo rompieron, Carla", dijo el portero.

La mujer retrocedió ante el hueco.

"No, querido, encontraron algo".

Erik y yo nos arrastramos para mirar por el enorme hueco.

Asimos el grueso círculo por el borde y lo empujamos hacia arriba, de manera que quedó perpendicular al suelo. Un gigantesco cerrojo de hierro oxidado, lleno de telarañas blancas, estaba fijado al lado inferior. La apertura se abría cerca de cinco pies de diámetro, exhalando aire estancado sobre nuestras caras. Dentro de la ranura, el aire giraba como un remolino negro, excepto en aquellos lugares iluminados por la luz de las lámparas del Duomo. Esta iluminación reveló la parte superior de una masiva escalera de madera, que conducía a un suelo imperceptible en las profundidades.

Erik se puso de rodillas otra vez, asomando la cabeza en la oscuridad, antes de ponerse en cuclillas, jadeando. Introdujo una pierna tentativamente en el abismo. Luego pisó el primer escalón crujiente de la escalera de madera.

"Déjame pasar primero", dije. "Vamos, sostén…"

"Olvídalo, Lola. *Ah*, está bien. ¿Qué tenemos aquí? Sí, la escalera parece resistir mi peso. Eso es una ventaja".

Cuando comenzó a descender, tomé mi bolso que había caído a los pies de la mujer de limpieza.

"Estos mosaicos han estado aquí desde el siglo catorce", dijo. "Son la obra de artistas que murieron hace mucho tiempo, y lo único que queda de su vida es esto. ¡Este es un terreno sagrado, idiota! ¿Qué cree que va encontrar allá debajo? *Madonna*, nada bueno, así que, ¿por qué no salen ahora mismo? Los guardias llegarán en cualquier momento".

"Con armas", le dijo el portero a Erik.

"Fascinante —y *sobre* el tema de la muerte y la mutilación", replicó Erik mirándome. "Lola, acabo de pensar en algo —aquí es obviamente donde Sofía y Antonio se ocultaron de la turba, pero hay algo que me preocupa. El acertijo dice que la loba *dice más que yo*, ¿verdad?"

"Sí".

Continuó bajando.

"Creo que podría haber un juego de palabras *realmente* diabólico". El hueco lo devoró hasta el cuello, de manera que parecía una cabeza rojiza, voluble, incorpórea. "*Dice* —no es italiano. Es una palabra árabe. Los dices eran marcadores artificiales. Se encontraban en lo que solía ser la antigua Babilonia, y designaban sepulcros subterráneos, o ruinas enterradas que aún estaban *embrujadas por sus demonios*. La gente por aquella época no los veía como los vemos tú y yo invitaciones para buscar debajo de ellos para ver qué podemos hallar". Su cabeza desapareció; era sólo una voz. "Los consideraban como una *advertencia*, ves —como una especie de signo antiguo para indicar *manténgase alejado*— para que uno no cayera en la zona enterrada y se encontrase con el habi-

tante, fantasma o demonio, quien te sometería a las eternas torturas de los fuegos del infierno, tachuelas, defenestraciones, u otras
cosas horribles…"

A la mitad de la frase se escuchó un estruendo. Escuché el
inconfundible crujido de los huesos que golpean contra el suelo.

"¡Erik, Erik!"

Me arrastré hasta el borde del abismo.

"¡Erik!" puse mi pie en el primer escalón y me apresuré a
bajar.

"¿Dónde han estado? ¡Tenemos un par de locos aquí!" gritaba
la mujer de la limpieza, también se escuchaban voces mas-
culinas.

"Escuché algo acerca de una pelea en el *campo*, señora, e informes de ruidos…"

La mujer rugió:

"Y ¿quién es este tipo?"

"Está cerrado, ¡por amor de Dios!" agregó el portero. "¡Quiénes son todas estas personas!"

El aire helado del sótano del Duomo envolvió mis piernas
mientras bajaba por aquel espacio oscuro. Pero justo antes de que
mi cabeza quedara por debajo del piso de la catedral, levanté la
vista. En la entrada de la iglesia vi un trío de oficiales de policía
con gorras azules, uno de ellos fumando todavía. Puesto que habíamos huido de Florencia menos de veinticuatro horas antes, el
oficial Gnoli aún no había transmitido nuestros nombres a las
autoridades. Sin embargo, aquellos policías estaban lo suficientemente impresionados por nuestra aparente destrucción de uno de
los mosaicos más importantes del mundo como para considerar
arrestarnos o torturarnos de inmediato. Comenzaron a agitar sus
brazos alrededor de la cabeza tan violentamente que parecía que
querían volar.

"¿Qué diablos están haciendo? ¿Por qué hay un hueco en el suelo? ¿A dónde va esa chica?"

Y, en medio de aquel alboroto, vi que otra persona me miraba.

Tenía una cola de caballo, la cara de olmeca, y los colores le recorrían el cuello: era el hombre tatuado.

"Cielos, cielos, miren eso", susurró admirado; su chaqueta de cuero sonaba mientras se deslizaba en medio de los policías. "Lo adivinaste, Lola".

Cualquier rasgo familiar que hubiera visto antes en su cara se había borrado. No podía leer su rostro, con excepción de la excitación en sus ojos oscuros y el verdugón en la mejilla donde lo había golpeado. Pero ahora estaba segura de que era Tomás. Había escuchado todos aquellos relatos acerca de cómo se disfrazaba y fingía desaparecer para sabotear al ejército guatemalteco, y de cómo, cuando joven, había aprendido con facilidad alemán, Nahuatl y, sí, *italiano*, seduciendo damas extranjeras. Había escuchado también acerca de cómo su personalidad excéntrica, mercenaria, había afectado a mi hermana, Yolanda, mientras crecía. Le había gastado bromas y actos de reaparición, como el que acababa de realizar, en muchas ocasiones.

"¿Por qué estás aquí?" susurré enojada en español. "¿De qué se trata todo esto?"

"Entonces, ¿sabes quién soy?"

"Sí. ¡Estás *muerto*!"

Se limitó a sonreír.

"¿Qué haces?"

"Escuché el rumor de que tenía una hija que se asemejaba mucho a mí. Decidí salir de mi escondite para verificarlo".

"Salga de ahí, señorita", ordenó uno de los policías. "Está dañando este monumento".

Pero solo exclamé ante la expresión diabólicamente divertida de Tomás:

"Debes estar loco. ¿Sabes lo que has hecho sufrir a Yolanda? ¡Aléjate de mi familia!"

"No antes de darte esto", rió, sacó un pequeño móvil plateado del bolsillo del pantalón y me lo lanzó, suave y fácilmente.

Instintiva, levanté la mano y lo atrapé en el aire.

"*¡Salga de ahí, señorita!*" gritó de nuevo el policía, mientras uno de ellos atrapaba a Tomás.

"Mándame un mensaje de texto si tienes alguna pregunta, cariño", digo con su voz gruñona, alegre. "Saldré de este apuro con facilidad, pero creo que debes marcharte de aquí, rápido".

"¡Aaaahhh!"

Contemplándolo fijamente y utilizando todas mis fuerzas, halé del cerrojo de la trampilla, de manera que el aro de piedra se cerró con un ruido ensordecedor sobre el suelo —que ahora era mi techo. Aseguré el cerrojo en un hueco que no había visto antes.

Luego caí, gritando el nombre de Erik, en la oscuridad de las secretas entrañas de la iglesia.

20

Comencé a caer libremente, atravezando un espacio negro y helado; mis manos soltaron la escalera que se derrumbaba, mientras mis ojos se esforzaban por ver en la oscuridad a traves del torbellino de aire. De repente, aterricé sobre un pecho suave y tembloroso.

"Ay".

"¡Erik!"

Rodamos sobre el piso frío y polvoriento, abrazados y tranquilizándonos el uno al otro antes de separarnos.

"¿Dónde estamos?" pregunté.

"En una especie de corredor —pude ver algo antes de que cerraras la trampa. *¿Por qué* diablos hiciste eso?"

"No lo sé. Perdí los estribos".

"Yo casi me mato".

"Por que *lo* vi —otra vez. Estaba en la catedral, en el preciso momento en que caíste".

"Él, quieres decir, De la Rosa".

"Sí. ¿No me escuchaste hablar con él?"

"Oí gritos; eso fue todo".

"Eso era la conversación que sosteníamos".

"Ya veo. Entonces, debo suponer que tu fallecido padre de alguna manera ha conseguido actuar como Lázaro, e incluso ahora sacude el polvo del sepulcro de los pliegues de su pantalón y el formol de sus cabellos".

"Me dio un móvil. ¿Dónde está? Lo dejé caer".

"*Incluso* suponiendo que eso fuese verdad, ¿pensaste que era un buen momento para encerrarnos aquí debajo?"

Ciegamente arañé el piso hasta que encontré el móvil y lo guardé en el bolsillo de mi pantalón, respondiendo:

"Pues bien, también llegaron policías y parecía que querían golpearnos hasta matarnos".

"¡Ah! ¡Veo! Excelentemente argumento... Entonces, ¡fantástico! Supongo que lo único que podemos hacer es adivinar dónde estamos". Protestó y se movió un poco por el lugar. "Aún no puedo distinguir nada".

"Dios, qué oscuridad".

"Pero vi algo, justo antes de que..."

"¿Qué?"

"Una antorcha, quizás —en la pared. ¿Puedes sacar las cerillas de tu bolso?"

De algún lugar en la oscuridad, escuché el sonido de una raspadura de metal. Después de unos momentos escuchando las maldiciones de Erik, vi que una chispa se encendía y moría.

Comenzó a murmurar suavemente para alentar el fuego.

"Alumbra, alumbra —*arde*".

Un haz dorado iluminó el aire plomizo.

Erik apareció súbitamente a mi lado, incomparablemente apuesto, con un raudal de fuego color cobre que salía de su mano derecha, bañándolo en su luz. La antorcha que había tomado de la pared no era de hierro, sino de un oro toscamente tallado, forjado en forma de cono, con un mango de hueso cubierto de bronce, tan largo y grueso que yo habría podido pensar que era la reliquia del brazo de un hombre. El cono estaba lleno de algún tipo de alquitrán antiguo e inodoro, que todavía podía convertirse con facilidad en una llama.

Su luz cada vez más violenta mostraba la cara deleitada de Erik, que se apartaba del fuego.

"Oh, mira *dónde* estamos", dije.

La antorcha bruñía el piso nebuloso a nuestros pies. El suelo se henchía con siglos de pálido polvo ultraterreno. La luz ascendía, rozando el largo corredor negro. Unas criaturas peludas con colas rosadas huían de nuestras piernas. Desde el techo y las paredes colgaban blancas telarañas rotas que se asemejaban al traje destrozado del espectro de una dama. En el aire giraban espirales de polvo plateadas que se levantaban del suelo, perturbadas por nuestros pasos.

Mis pies patearon una buena cantidad de polvo cuando huí de las ancas temblorosas de una rata que escapaba con sus hermanos.

"Qué horror, *vamos*", dijo Erik.

A la luz del fuego, observamos que las paredes cubiertas de telarañas habían estado alguna vez brillantemente pintadas, y que conducían a un punto en que el pasillo desaparecía. Erik y yo nos miramos atónitos. Extendí la mano hacia las capas aterciopeladas de telarañas y polvo, arañándolas con las yemas de los dedos. Detrás de esta espantosa mugre, brillaba un fresco en mal estado. Ninfas medio borradas adoraban una diosa de la tierra, que tenía una cara aterradora y ensangrentada. Luego había una representación, roja y azul, de Cernunnus, el lascivo dios de los celtas, precursor mitológico de Lucifer. También vimos una mujer rubia, muy bella, con una larga cola enroscada de dragón. Su consorte

—una figura más pequeña, un lobo negro— lamía vino o agua de una copa de oro.

Erik avanzó más allá del fresco; la antorcha brillaba con una curiosa intensidad verdosa. Las imágenes aparecían y desaparecían según el movimiento de la luz.

Un momento después, la luz se detuvo.

Mis brazos se erizaron. Los labios de Erik pronunciaron en silencio mi nombre.

"Es la entrada —a algún lugar", susurró.

Ante el halo de luz se erguía una puerta de roble de aspecto impenetrable, quizás de diez pies de alto y seis de ancho. En el centro de la puerta brillaba débilmente un instrumento redondo de bronce, oculto bajo un velo de telarañas. Al retirarlas, vimos que aquel elemento de bronce era enorme, cerca del doble de la circunferencia y peso de una tapa de alcantarilla de hierro. En el centro tenía tres gruesos cuadrantes. A pesar de la costra de mugre producida por los detritos de un siglo, vimos que cada rueda tenía múltiples imágenes grabadas de personas y animales salvajes místicos de la Edad Media.

"Es un cerrojo de combinación", dije.

"Con imágenes del tarot".

El fuego se reflejaba sobre el bronce mientras Erik y yo limpiábamos el metal. Empujamos las ruedas con suficiente fuerza como para que rotaran lenta y rígidamente, de manera que pudiéramos ver mejor los jeroglíficos.

"Aquí está el Idiota", dijo Erik, "la Reina de Copas, La Rueda de la Fortuna".

"Una media luna".

Luego apareció la delicada imagen de una serpiente emplumada, que exhalaba un fuego enroscado, casi floral.

"Lola —un *dragón*".

"Sí —el Acertijo dice— lo que puedo recordar",

'EN UN SANTUARIO DE LA SEGUNDA CIUDAD

UNA LOBA DICE MÁS QUE YO

CUATRO DRAGONES CUSTODIAN LA SIGUIENTE PISTA...'"

Moví el primer cuadrante hacia arriba, revelando la imagen completa de una serpiente que a la misma vez era un dragón.

"¡Esto podría ser!" Moví el segundo cuadrante, descubriendo el gemelo del Gusano. "Pero dice *cuatro* dragones custodian la segunda pista —éstos serían sólo tres".

"Inténtalo de todas maneras".

El tercer cuadrante encontró su lugar. Un trío de dragones exhalaba fuego en fila.

Nada sucedió. Todo estaba sombrío y silencioso, con excepción del ruido que producían las horrendas ratas que corrían afuera del perímetro de la luz.

"Lola..."

Desde detrás de la puerta venía ahora el ruido lento e inconfundible que produce al metal cuando rechina contra otro metal.

Con un pesado crujido, la inmensa puerta se abrió dejando ver una delgada ranura de ébano.

Sin aliento, juntamos nuestras caras para asomarnos dentro. Una brisa helada salía de la habitación, trayendo consigo los restos de perfumes muertos, el recuerdo de la carne mortal, los antiguos espíritus de la podredumbre y la descomposición.

"Supongo que el cuarto dragón nos aguarda allí dentro".

Los ojos ardientes y brillantes de Erik le dieron un aspecto casi salvaje cuando dijo esto.

"Vamos a conocerlo", dije, besando a mi amado antes de tomar su brazo. En ese momento, irrumpimos dentro de la habitación.

21

La puerta era tan pesada que apenas podíamos empujarla para abrirla. Nos adentramos en la sofocante habitación, mientras la puerta, rápida y sorprendentemente, se cerró con un golpe detrás de nosotros. Erik y yo retrocedimos corriendo, e intentamos salir a la fuerza.

"¡Está cerrada por fuera!"

"Y no hay manija".

Golpeamos y arañamos, pero fue inútil.

"Dios, tendremos que hallar otra manera", dije.

"Será mejor que la haya".

Nos volvimos, primero llenos de pánico, luego, lentamente, nos sobrevino una calma hechizada, mientras observamos la guarida iluminada por la antorcha.

Erik avanzó a mi lado.

"¿Qué es este lugar?"

La llama alumbró una larga mesa sobre la que se encontraba un astrolabio y botellas de cristal que brillaban oscuramente entre implementos de hierro retorcidos. Parpadeamos mientras nuestra vista se ajustaba a la oscuridad. Una chimenea bostezaba en el extremo más lejano de la habitación. Frente a sus gigantescas parillas de hierro, había una graciosa mesa de lectura, que hacía juego con una silla de cuero que se desintegraba. Un libro con cubierta de oro y nácar descansaba en el lugar para que el lector sentado pudiera pasar las páginas. En la esquina izquierda de la habitación, ante una puerta delgada cubierta con un espejo, se erguía un enorme cirio sobre un pedestal de bronce. Una hornilla de hierro presidía el lado derecho de la chimenea. Ante ella habían depositado enormes baúles de cuero grabados con diseños chamánicos.

"No parece que nadie haya estado aquí..." susurró Erik.

"Durante siglos. ¿Cómo es que nadie la ha encontrado?"

"En realidad esto sucede todo el tiempo —los restauradores, locos por tener el control, no quieren que se perturben los lugares, las excavaciones están prohibidas —en 1993, un alemán encontró una puerta oculta en la pirámide de Giza, y ni siquiera sabemos qué hay detrás de ella. *¡Ah!*"

Mientras conversaba, Erik había movido la antorcha hacia la izquierda, y ambos nos quedamos boquiabiertos: el brillo del fuego iluminó una calavera blanca, que alguna vez había sido adornada. Tenía rubíes en las cuencas de los ojos y una boca sonriente, engastada en esmeraldas. Reposaba en una repisa baja.

"Eso solía ser la cabeza de una persona", atiné a decir.

"Ahora es —un sujeta libros".

Al lado izquierdo de la habitación brillaban los lomos de libros roídos por las ratas: *La ciudad de Dios*, de San Agustín, un ejemplar gastado de *Maneras de transmutar la forma humana a través del uso de la luz de las estrellas*, de Copérnico. Sosteniendo estos tomos sagrados y de ocultismo, como una especie de *memento mori* etnográfico, había fémures humanos tallados y engastados en ébano y plata. Reconocimos estos artefactos de inmediato como ejemplos del arte azteca antiguo.

"Este es un laboratorio de alquimia del Renacimiento", graznó

Erik. "Tenemos un alambique y tubos. Mira estos libros de referencia".

"Lo sé —aquí está *Las enseñanzas ocultas de Hypatia*".

"Los huesos y la calavera provienen de América". Erik inspeccionó ansiosamente su antorcha de mango blanco. "Estoy comenzando a tener la horrible sensación de que esta cosa ha sido *reciclada*".

"Antonio era un alquimista, así que lo que estaría haciendo aquí era…"

"Intentando transformar oro en Medicina Universal, y transmutar plomo en oro".

Comenzamos a avanzar con cuidado hacia la larga mesa que se encontraba en el centro de la habitación, sobre la cual había polvorientos crisoles de cristal rojo y un cuenco de perlas aplastadas. Un lagarto disecado, con zafiros por ojos, nos contempló al lado de un par de morteros de plomo y unas gruesas pinzas de hierro. Dentro de las vasijas, el oro derretido se había endurecido como cera dorada.

"Presuntamente, estaba buscando algún tipo de cura", dije.

"Para la Condición".

"Habría utilizado los tres elementos primarios: sulfuro, sal y mercurio".

"¿Qué es esto?"

Avancé hacia la mesa de lectura que se encontraba en el extremo de la habitación. Limpié la mugre y vi una enorme Biblia. La cubierta de oro del libro estaba grabada con la imagen llena de joyas de una virgen bizantina, la Biblia estaba cerrada con una cinta carmesí que se convirtió en polvo cuando la toqué.

Dentro, el libro estaba compuesto por grandes páginas de pergamino manchado, escrito con letras góticas que describían la antigua genealogía de los santos: *Liber generationist Iesu*

Christi filii David filii Abraham, Abraham genuit Isaac Isaac autem genuit Iacob...

"Es una copia de los Evangelios", dije. "En la Vulgata, el latín. Es tan *bello*".

Erik se apartó del escritorio.

"¿Qué estamos buscando aquí, otro dragón? Y entonces, *¿cuál es la última línea* del acertijo?"

Me tomé la cabeza entre las manos.

"Está bien, espera, espera: *'En un santuario de la Segunda Ciudad / Una Loba dice más que yo / Cuatro Dragones custodian la siguiente Pista...* Me falta algo que rima, Erik. Es algo así como *Mateo o muere. 'Una Loba dice más que yo... Lee...* algo *Mateo o muere.*" Me faltan una o dos palabras, pero creo que esa es la idea".

Guiado todavía por su antorcha, Erik se dirigió hasta la esquina izquierda de la habitación, donde se encontraba el cirio en su pilar de bronce, y la puerta con el espejo.

"*Lee... Mateo o muere*". Repetí las palabras y tuve una idea. "Erik —aguarda un momento. Mira esta Biblia otra vez".

Pero Erik pareció no haberme escuchado.

"Lola".

"¿Crees que el acertijo se refiere a los Evangelios? La evangelio de Mateo".

"¡Lola!"

Me aparté bruscamente del libro.

"¿Qué?"

"Lo encontré".

"¿Qué, recordaste la línea?"

"No, *creo que encontré la segunda pista*".

Había sido atraído hacia el enorme cirio colocado delante de la puerta alta con el espejo. El espejo iluminado reflejaba nuestras pálidas caras y el gigantesco cirio, envuelto en telarañas. Erik ya había quitado una parte de las telarañas, y me acerqué a mirar mientras terminaba de quitar el resto.

Un objeto había sido colocado en lo profundo de la oscura cera.

Tenía una forma redonda, metálica, que se veía claramente a la luz de la antorcha.

También parecía tener marcas ocultas talladas.

"¡Erik!"

"Lo sé —se asemeja a la otra medalla".

"¿Puedes leerlo?"

"No, aquí no".

"Tenemos que sacarlo".

"Toma la antorcha".

Erik encontró un cuchillo corto y romo sobre la mesa, y pasó los siguientes minutos tratando de romper el cirio, que se había petrificado y era tan duro y claro como el ámbar.

Transpiraba copiosamente.

"¿Qué es este material?"

"No lo sé, sólo sé que es viejo".

Bajó el brazo.

"No puedo sacarlo de ahí".

En cuanto más sostenía la antorcha cerca del cirio, más brillaba la parafina. La moneda de oro encerrada dentro del cirio absorbía la luz del fuego. A través del ámbar podía divisar una línea esbozada aquí, un arabesco allá.

"Erik, encenderé la vela. Eso suavizará la cera".

"Lo sé, para que podamos *ver*".

Después de un tiempo extrañamente largo, escuchamos el siseo de siglos de telarañas y sus aprisionados esqueletos diminutos. La masa de ámbar era menos cera que algún tipo de resina cristalina que demostró ser resistente al calor. Sin embargo, cuando acerqué más el fuego, encendiendo el pabilo, escuché el sonido de la resina que resbalaba, derritiéndose. Hubo un sonido burbujeante, como de algo que chorreaba.

Un estallido rojo subió en espiral instantáneamente hacia el techo, casi tumbándonos hacia atrás.

"Se está comiendo la cera o lo que sea".

"Ya lo veo".

El cirio se consumió con extraordinaria rapidez.

En pocos segundos, se derritió hasta el círculo de metal que estaba dentro de la cera.

"Oh, está caliente. Ten cuidado, espera, había unas pinzas sobre la mesa".

Erik corrió a tomar las pinzas de hierro y luego extrajo la moneda que chorreaba de oro rojizo. Cubrí mi mano con mi suéter para tomarla, pero pocos minutos más tarde pude tocarla con la piel desnuda. La cera se sentía extraña en los dedos —delgada y casi antiséptica. La retiré con mi blusa, antes de levantar la segunda pista hacia la luz del fuego.

"Es —veamos— ¡una *P*!"

"Primero *L*, luego *P*. *L* y *P*", tartamudeé. "Probablemente buscamos cuatro letras. ¿Qué palabra deletrearían?"

"Polo. Lope. Opal. Liposucción. Opaco".

"No, en italiano".

"*Pala*, que es la palabra italiana para 'hoja' ".

"No puedo pensar. Palazzo".

"Polenta. Lapso. Católico relapso. Laponia".

"¿Son estas palabras italianas?"

"No lo sé".

"¡Eres fantástico!" reí. Al parecer, mi entusiasmo me dio una especie de fiebre, de manera que súbitamente incluso sentía mis dedos muy calientes. "Sólo sé que te amo".

"Jesús, después de todo esto, más vale".

"¿Hace calor aquí?"

Sonrió.

"¿Estás sugiriendo algo? ¡Cuidado!" gritó.

De repente me arrebató la antorcha de la mano. Se abalanzó sobre mí y me sofocó entre sus brazos.

"¡Ayúdame a apagarla!"

"¿Qué haces?" pregunté.

"*¡Estás en llamas, Lola!*"

Grité cuando vi mis dedos cubiertos de cera, incendiados como velas en la torta de un caníbal. Un aro caliente y veloz de llama blanca se extendió rápidamente al suéter que Adriana me había prestado. Comencé a golpearme fuertemente llena de terror y de manera tan salvaje que luego encontré verdugones en mi pecho. Mis dedos estaban ennegrecidos. Mi suéter ya había sido completamente consumido.

"¿La cera?" pregunté.

Hubiera debido saberlo, pero aún no comprendí qué tipo de bestia había tocado. Levanté la vista y vi una extraña corona rosa sangre alrededor de la cabeza de Erik. La antorcha que ardía en el suelo a nuestro lado se oscurecía ahora en comparación con la luz volcánica que salía del pozo de ámbar del cirio.

Retrocedí.

"Ese fuego está fuera de control."

"Lo apagaré. Lo ahogaré con mi chaqueta".

Ambos hablábamos rápidamente y casi sin aliento.

"No, aguarda, lo rociaremos", dije. "Hay agua en mi bolso".
Le lancé la botella a Erik.

"Bien pensado".

Arrancó la pequeña tapa de plástico de la botella con los
dientes. Un rápido chorro de agua golpeó las lenguas de fuego.
La incandescencia se inclinó, obediente. Pero al segundo siguiente, lanzó un tentáculo salvaje de fuego hacia el techo.

"Lola".

"Esto no podría ser..."

"No".

"Dios".

"¿El cuarto dragón?"

"Invoqué el Poder de la Hechicera para fabricar velas", había escrito
Sofía en su diario, acerca de cómo había prendido fuego a la turba
que la había atacado a ella y a su esposo. *"Recordé llevar conmigo uno
de los Cirios que Antonio y yo habíamos fabricado en nuestro laboratorio. Un
torrente de llamas avanzó hacia la borda. Seis hombres cayeron a mis pies, con
las caras burbujeantes y sus ojos como carbones humeantes"*.

El pabilo del cirio brilló, como lo haría en un cartucho de
dinamita. La sustancia color ámbar que se derretía en el pilar de
bronce en una gruesa espiral de oro se había agitado con el agua.
El fuego levantó su cabeza serpentina de ojos verdes, exhalando
fuego.

Luego estalló en llamas como una bomba.

❦ 22 ❦

El agua de la botella había glaseado los puntos pálidos del fuego pero, en lugar de debilitar su fuerza, las llamas se dispararon y envolvieron nuestros pies y piernas antes de condensarse en el oro más oscuro. Un humo aceitoso detonó. Las llamas corrieron velozmente por el suelo, subiendo por las paredes, devorando los libros, arrastrándose hacia arriba por la puerta de espejo formando una barrera mortal. El fuego bloqueó cualquier salida a través de aquel pasaje.

Nos matará, pensé.

"Lola, ¡agáchate!"

Caímos de rodillas. Una torre de calor ardiente se alzó ante nosotros, irradiando en puntas de plata y estrellas hasta el lugar donde nos agazapamos.

Erik y yo protegimos nuestras cabezas y corrimos hacia la puerta por la que habíamos entrado, que ahora estaba cerrada. Mis manos rasguñaron la madera, mientras mis dedos sangraban. Pero la puerta no abría. Inclinados, nos cubrimos la cabeza con los brazos, tratando de respirar el aire que había a ras del piso. Un remolino maligno de humo negro ascendía hacia el techo. La habitación brillaba con tal intensidad, que podía ver cada rincón de ella, cada uno de los objetos que contenía.

Erik se protegió los ojos.

"Intentemos correr a través de esa puerta, la puerta del espejo".

"No, ¡ya está cubierta por el fuego!"

"¡No hay otra salida!"

Sentía que me ahogaba.

"El acertijo… el acertijo, ¿qué dice? Repítemelo".

" *'En un santuario de la Segunda Ciudad…'* "

"¡Esa parte no!"

" *'Una Loba dice más que yo / Cuatro Dragones custodian la siguiente Pista…'* "

" *'Cuatro Dragones custodian la siguiente pista'* ", repetí. " *'Lee… algo… Mateo… o muere'.* Mateo, Mateo".

Me asió por el brazo.

"Estabas hablando acerca de aquel libro —los Evangelios".

"¡Sí!" Me abalancé sobre el escritorio e hice caer la Biblia al suelo.

" *'Lee el'…* algo… *'Mateo o muere'* ". Repetí la línea mientras me arrastraba con el libro sobre el suelo. Abrí el primer libro, el Evangelio de Mateo.

Mis ojos recorrieron a gran velocidad la historia del nacimiento de Jesús, de Herodes, de Juan el Bautista, del Ayuno. Pero el fuego trepaba por los estantes de los libros, lanzando largas llamas mortales sobre el suelo.

"Mateo… Mateo", murmuré.

"¡Debemos salir de aquí!" gritó Erik sobre el rugido de las llamas. "Correremos a través de ese fuego, —¡no me importa!"

"Está bien, está bien…" Tenía razón, aun cuando yo no creía que llegáramos vivos al otro lado de esa puerta. Sin embargo, ¡era mejor intentarlo que asarnos allí mientras yo leía un texto!

Pero fue justo entonces que el terror de la muerte por incineración fue respondido con un recuerdo casi místico. Toqué las páginas destellantes del libro, los números romanos que señalaban cada uno de los capítulos. I, II, III, IV… Me vino instantáneamente a la mente:

> " 'En un santuario de la Segunda Ciudad
> Una Loba dice más que yo
> Cuatro Dragones custodian la siguiente pista
> Lee el Quinto Mateo o muere' ".

"El Quinto Mateo. *'Lee el Quinto Mateo o muere'.* ¡Mateo cinco!" Pasé las páginas a toda velocidad hasta que llegué al capítulo donde aparece el Sermón de la Montaña. Recorrí la página con los ojos. Luego vi algo que reconocí en Mateo 5:13:

> *Vos estis sal terrae quod si sal evanuerit in quo sallietur ad nihilum valet ultra nisi ut mittatur foras et conculcetur ab hominibus.*

Grité la traducción:

" 'Ustedes son la sal de la tierra; pero si la sal se corrompe, ¿cómo se recuperará? Ya no servirá de nada, excepto para tirarla y ser pisada por los hombres'.

"Sofía escribió acerca de esta cita en su diario", seguí gritando. "Antonio usó el diario para concebir la trampa.

> " 'Somos la sal de la tierra, gritaron las plañideras… me lanzaron puñados de aquella sustancia blanca y ardiente… Creen que la sal pura repele a los demonios —o Dragones— como yo' ".

Erik asintió, sudando copiosamente.

"Cuando aquellas mujeres le lanzaron sal —la sal es lo que se lanza a los demonios y a las brujas". Los ojos de Erik brillaron. "Y a ciertos tipos de *fuego*..."

Yo ya me arrastraba por el suelo, tosiendo bajo la cobija de humo, buscando la sustancia que, sabía, habría de salvarnos. Datos triviales inundaban mi mente: Alejandro el Grande, que había vencido a los persas con un holocausto imparable de fuego griego, que se inflamaba con el agua; el arma incendiaria de los antiguos hindúes, que debía ser apagada con tierra o sal; el sodio moderno utilizado por los bomberos. Recordaba a medias la carta de Antonio a Giovanni de Médici que habíamos leído en el Palacio Médici Riccardi. En aquella misiva, Antonio narraba su invasión a Tombuctú, el asalto al laboratorio de alquimia de los africanos. Los moros que se le resistían le habían prendido fuego con algún tipo de poción. Había matado al viejo hechicero que lo atacó, pero fue salvado por su hijo, el futuro Idiota:

> ... la poción del Salvaje no fue aplacada por el agua, sino más bien incensada por ella. Arranqué mis vestidos, rodando por el suelo, mientras el hijo del Hechicero se apresuró a rociarme con una gruesa capa de sal. Fue únicamente por la caridad de aquel moro que no morí como un Mártir...

"Este no es un incendio normal, Erik. Esto es *nafta*. Combustible de hulla".

"Es por eso que el agua lo inflama".

"Pero la tierra o la sal lo apagan. Así que esa cita, la Biblia..."

"Significa que hay sal en esta habitación, en alguna parte. *'Pero si la sal se corrompe, ¿cómo recuperarla? Ya no servirá de nada, excepto para tirarla y ser pisada por los hombres'*. Se supone que la lancemos al piso, que la pisemos".

Erik recorría frenéticamente el laboratorio con los ojos, mirando los tres cofres de cuero.

"Los *baúles*" dijo.

Saltamos hacia los tres enormes cofres. Su dueño había dispuesto que fuesen abiertos por quien los encontrara, pues no tenían candado, sino que los había envuelto con cordeles que se deshacían. El cuero que cubría las tapas de los baúles había sido grabados con aquellos misteriosos diseños; limpié el polvo del tercero.

"Espera, detente".

Ya estaba luchando con el primero.

"¡No tenemos *tiempo!*"

"No sabemos qué hay aquí".

"Sal y, ¿qué *importa?*"

"Están marcados con hierro candente". Conocía aquellos signos, incluso mientras me ahogaba en la fétida niebla negra. "Creo que son advertencias".

Erik retiró el polvo de las tapas de los baúles.

Estas eran sus marcas:

"Son símbolos de alquimia", dije. "De los elementos de los alquimistas".

Los ojos de Erik estaban llenos de lágrimas y completamente enrojecidos.

"Oh, diablos".

"Debemos tener ciudado".

"Los elementos: la sal apaga el fuego, pero el mercurio y el sulfuro pueden matarnos". Su garganta resonó. "Lola, agáchate. Estás inhalando demasiado humo".

Erik intentó protegerme del fuego con su cuerpo, y mi mente se esforzaba por recordar el resto del contenido de la carta de

Antonio a Giovanni de Médici en la que describí su ataque contra los alquimistas en Tombuctú:

> Prendí fuego al Mercurio... sesenta almas cayeron muertas, estremeciéndose, con la cara verde de su propio Veneno infernal. Cerca había dos barriles más, cada uno marcado con signos diferentes. Uno representaba el sulfuro...

> El otro representaba la sal que el moro había usado para salvarme...

Respirando con dificultad, señalé el primer baúl, con la marca que se asemejaba a la de Satanás.

"Eso es Mercurio, que produce veneno, una especie de gas, si se lo expone al fuego".

"Cualquier mercurio, ya se habría evaporado".

"Pero estos otros dos" señalé la segunda marca, cuadrada "esto es sulfuro".

Él se apartó de los baúles.

"El sulfuro no es ninguna broma, explota".

"¡Sal!" Intenté romper el cordel del baúl que llevaba la marca de un círculo atravezado por una línea. Los lazos se aflojaron hasta que pude liberar la tapa del cofre.

Pero había cometido un peligroso error al identificarlos. No porque hubiera recordado erróneamente los signos de alquimia.

No había considerado la posibilidad de que Antonio mintiera.

Rompí el cordel del baúl marcado como sal. La tapa se levantó cuando rompí su bisagra, pero no encontré sal: un vaho de sulfuro puro, letal y brillante como la caléndula apareció debajo de la tapa. Una bella bruma de este polvo flotó con facilidad desde su superficie, extendiéndose como oxígeno o luz en el aire.

"*¡Maldición!*" rugió Erik.

"¡Ciérralo!"

Juntos cerramos la tapa con fuerza. Con excesiva fuerza.

El aire se había acumulado en el baúl cerrado tanto tiempo atrás y, cuando lo cerramos, el aire salió, llevando consigo una fuerte corriente de azufre. A nuestro alrededor brillaba una gruesa neblina de partículas diminutas, que destellaban como estrellas. Aterrizaron en nuestras caras y brazos, quemando la piel.

Estábamos ardiendo, chillando. El fuego creció, un muro de diabólico color dorado. Alrededor de nuestras caras flotaban mortales flores rojas y doradas que salían de las llamas.

Erik tomó la botella, mojándonos con ella.

"¡El agua apaga el fuego producido por el sulfuro!"

Yo estaba medio ciega mientras abría la tapa del primer baúl, pero lo único que pude ver dentro fue un banco de cristal blanco. Y algo más: medio enterrada en él, como un fósil viviente, había *otra carta*, esta también con el sello del Lobo, pero en un sobre rojo sangre.

Puse este mensaje dentro de mi blusa; clavé las manos en la sal y lancé una tormenta blanca al aire.

Lanzamos los amargos cristales sobre la barricada de llamas que había devorado media pared de libros. Yo lancé puñados de sal sobre el pilar de bronce, que aún sangraba la diabólica cera color ámbar. Fue una dura guerra contra la fuerza del fuego. Las llamaradas disminuyeron lentamente y, finalmente, se apagaron bajo el blanco mineral. La sal se extendía sobre el lago de fuego que había sido el suelo. Una pálida sábana blanca cubría la quemada calavera azteca, los ennegrecidos tomos de alquimia, el achicharrado *Oráculo de Hypatia*, y los Evangelios empastados en oro. Antes de apagar toda la luz en la habitación, arranqué un pedazo de mi suéter, usándolo para sostener el mango de hueso de la antorcha que Erik había lanzado al suelo.

"¿Hay más sal?" Jadeaba.

"No. Creo que ya no la necesitamos".

Miramos a nuestro alrededor. La habitación brillaba en blanco y negro ahora, iluminada por las pocas ascuas moribundas de oro blanco. Tomé mi bolso, al que apenas pude ver por el humo. Las sucias nubes sólo se habían hecho más densas.

"El aire" dije.

Erik se cubría la boca con el brazo.

"No hay suficiente aquí".

"La puerta. La puerta del espejo".

"¿Puedes encontrarla?"

"No puedo ver".

"¡Oh, los *libros, Erik,* están quemados!"

"Mejor los libros que nosotros".

Avanzamos a través de las nubes de humo, tropezando con los muebles, hasta que mi mano tocó el vidrio. La luz de la antorcha dividía la negrura. El espejo duplicaba nuestras expresiones miserables, atónitas.

Erik envolvió su mano dentro de su camisa e hizo girar el picaporte de la puerta que estaba al rojo vivo.

Apenas se movió. Siglos de polvo se habían alojado en su cerradura.

Empujamos con nuestros cuerpos, rompiendo el espejo.

Finalmente cedió. Llegó un oxígeno claro, frío, a nuestras caras. Bebimos aquel aire como agua bendita mientras salíamos arrastrándonos de aquella tumba envenenada. Me sentía especialmente mal por aquellos libros quemados, que podían hacer que una chica como yo quedara petrificada.

Pero no tuve tiempo de reflexionar sobre todo lo que había sucedido, perdidos como estábamos Erik y yo en aquel lúgubre infierno debajo del Duomo.

Aún teníamos que salir de allí.

23

"Erik, ¿puedes caminar?"

"Puedo correr". Asió la antorcha. "*Realmente* lejos de aquí, donde quiera que sea".

La luz de la antorcha sólo revelaba un atisbo de otro pasillo que se extendía delante de nosotros.

"Movámonos".

A pesar de nuestra falta de aire, corrimos a través de un caleidoscopio surrealista, mientras la luz roja y verde de la antorcha rebotaba contra las paredes. El corredor nos llevó a una espiral ascendente que nos condujo, tropezando, a una serie de curvas en un túnel de piedra. El techo súbitamente se hizo más bajo; tuvimos que arrastrarnos como cangrejos hasta llegar a un grueso muro de piedra, y a un estrecho pasaje con pequeños escalones de piedra.

"¿Qué es esto?" preguntó Erik, tosiendo con fuerza.

Las ratas se dispersaban detrás de nosotros, correteando por la antigua escalera, medio pulverizada.

"Es una *salida*".

En lo alto de la escalera brillaba un amplio descanso de piedra. Su bajo techo tenía una gran puerta de madera como una trampa, de la que colgaba una enorme manija de hierro forjado.

Erik sonrió feliz. Con el cabello enmarañado y la cara manchada de hollín, se había convertido en un picto salvaje.

"Creo que la vieja suerte de los Sánchez nos acaba de sonreír".

"Esperemos que así sea".

Asió el aro de hierro, gruñendo mientras lo halaba. La puerta se movió y crujió. Se abrió hacia abajo.

Contemplamos con mudo horror lo que había revelado: una lápida de mármol alojada en el espacio que había detras de la puerta, sepultándonos.

"¿Dime de nuevo como es lo de la suerte de los Sánchez?" gemí.

"Funciona perfectamente, Lola", dijo Erik con voz áspera.

"Está bien, *no hay problema*. Entonces tendremos que... veamos... sólo tratar de *mover* esta piedra. Trepar por la puerta".

"Eso es".

Empujamos la piedra blanca que bloqueaba la puerta. Empujamos más. Recostamos nuestro peso contra aquel cuadrado de roca sólida. Pero no se movía. Ninguno de nosotros dijo una palabra. Estábamos demasiado atemorizados incluso para mirarnos. El otro acceso estaba lleno de humo y cerrado desde afuera. Comenzamos a golpear salvajemente la barricada, dejando sangre en la pálida piedra proveniente de nuestras manos heridas.

"Está bien, me está dando un ataque al corazón ahora", gritó Erik.

"No, no, espera, ¿no lo sientes?"

Nos llegaba un sonido crujiente, como el de una piedra chocando contra otra.

De pronto, se movió. La levantamos, lentamente, hasta que abrimos el paso.

Yo me doblé riendo a carcajadas. Erik lloraba. Una ráfaga de aire negro se hizo visible cuando la barrera de roca se apartó de la puerta.

"Hay paso".

Apartamos la piedra, sangrando y sudando, hasta que abrimos la amplia trampilla. Yo me arrastré hacia afuera primero, izándome hasta un piso frío como el plomo. Luego, llegaron los brillantes dedos de la antorcha a través de la abertura. Erik se izó también, aterrizando con un golpe.

"¿Dónde estamos?"

"Está conectado a la iglesia. Sostén la luz más alto".

La luz de la antorcha iluminó un alto techo abovedado. Sobre nosotros brillaban frescos de Cristo en la cruz y ángeles de plácida expresión que celebraban una versión cristiana de la saturnalia pagana, pintados a lo largo del corredor oculto debajo de la catedral —más tarde, Erik y yo habríamos de descubrir que habíamos estado en el Battistero di San Giovanni de Siena. Debajo de nosotros se extendía una red de tumbas. Eran las tumbas de la realeza de Siena, marcadas con cruces latinas. Una de las lápidas había sido tallada con el lema *Patris est filius* debajo del grabado de un caballero sin barba que sostenía una espada.

"Salimos de un ataúd", dijo Erik.

La piedra que habíamos apartado era la lápida de una tumba falsa, diseñada para asemejarse a las otras, con el grabado de una cruz y un pez. Sin embargo, cuando la inspeccionamos más de cerca, vimos que llevaba el nombre *Antonio Beato Cagliostro Médici*.

Puse mi bolso en el suelo.

"Tenía un sentido del humor diabólico".

"Bien, cualquiera que haya sido el mensaje que intentaba enviar con esta búsqueda del tesoro, creo que lo estoy entendiendo. Y no es muy amistoso. Dios, realmente *odiaba* a Cosimo".

Me arrodillé en el suelo, ignorando la tumba falsa. Me incliné sobre la lápida grabada con el caballero imberbe. La inscripción latina *Patris est filius* aparecía bajo sus pies.

"¿Lola?"

No le respondí.

Patris est filius significa "Como el padre, así el hijo". Mis dedos recorrieron las palabras grabadas.

"Mira esto", dije finalmente, contemplando los grabados con hipnótica intensidad.

"¿Qué?"

"Erik, acabo de recordar a mi *padre*".

Patris est filia. Yo también tenía un padre a quien me asemejaba, si bien era un padre en quien no había pensado mucho durante los sucesos de los últimos días. Es un curador de pequeña estatura, delgado, loco por los libros y *extremadamente* sensible, mi padre adoptivo, Manuel Álvarez. Súbitamente, lo eché terriblemente de menos. Recordaba sus ojos saltones, sus delgados mechones de cabello, su conversación, sus besos. Luego vi de nuevo la cara de aquel otro hombre en el Duomo; recordé sus ojos achinados y los colores, semejante a los de Chagall, de sus tatuajes.

"Tu padre. ¿Quién, Tomás?"

"No, Manuel. No quiero que sepa acerca de De la Rosa, Erik. Lo *odia* —y le preocupa que mi madre aún lo ame. Aun cuando Tomás presuntamente…"

"Está sembrando margaritas, por decirlo así".

"Y no *le agradará* la idea de que Tomás me siga…"

"Sí, si le dices que un De la Rosa muerto está tratando de encontrarse contigo para tomar un trago, ciertamente enloquecerá, pero no *tanto como yo ahora*. Vamos, cariño, salgamos de aquí. Hablaremos de esto después".

Dejé que Erik me tomara de la mano y avanzamos por el baptisterio, bajo los ángeles colocados encima de las tumbas de soldados toscanos muertos mucho tiempo atrás. Nuestros pasos resonaban en las piedras. Al llegar a la moderna puerta de la entrada, bajamos su pesada barra de metal, ocultándonos de inmediato cuando vimos a cuatro oficiales de policía que discutían tan violentamente sobre un partido de fútbol que pudimos escapa sin ser vistos.

El aire que nos dio en el rostro y que recibió nuestros heridos pulmones era fresco y frío. La noche de Siena plateada, destellaba frente a nosotros como una bendición, o como una fantasía que ocultaba la horrenda verdad debajo de la tierra.

Huimos hacia ella.

24

Sabes, si Antonio de Médicis sufría de una enfermedad, probablemente recurrió a la alquimia", dijo Erik dándole mordiscos a un bocadillo nocturno, tres horas después de nuestra huída de la catedral. Él y yo estábamos reparando los daños de la tarde en la suite de nuestra pensión, en una enorme cama de roble tapizada de seda roja.

"Particularmente, si pensaba que era un hombre lobo —un *Versipellis*— porque los alquimistas estaban completamente obsesionados con la idea de la transmutación, de las transformaciones de cualquier tipo y, particularmente, aquellas que van presuntamente desde los niveles inferiores hacia los superiores. ¿Ves lo que quiero decir? Del plomo al oro, de la vejez a la juventud, de la enfermedad a la salud".

"De hombres lobo a italiano". Sostuve en la mano un abrecartas y lo deslicé bajo el sello en forma de lobo de la carta que había recuperado del baúl de sal del laboratorio.

"Precisamente. Y de la mortalidad a la inmortalidad. Que, muy posiblemente, puede explicar las razones por las cuales, a pesar de que dos años atrás el coronel Moreno hizo que sus milicianos mataran a Tomás de la Rosa por el asesinato de Serjei Moreno y luego sepultó su pobre y vieja carcasa en los pantanos de Centro América, lo hubieras visto pavoneándose esta noche en un café de Siena".

Tuve un breve ataque de tos por la inhalación del humo.

"¿Sabes qué? Tenías razón antes acerca de olvidar el tema de mi padre. Aun cuando estoy segura de que podré hallar una *muy buena explicación* para..."

Erik me golpeó suavemente la espalda.

"¿La razón por la cual Tomás de la Rosa escapó del Hades? ¿Al parecer, con el único propósito de enloquecerte y de hacer infeliz a Manuel?"

"Sí".

Rodó sobre la cama, mirando intensamente lo que yo estaba haciendo.

"Entonces, si no vamos a hablar de eso, *leamos esta carta*".

"El sello, sólo trato de ser cuidadosa".

"Me muero por verla".

"Lo sé, quiero abrirla de un golpe con los dientes. Pero *ten paciencia*".

"Está bien. Dime si quieres un poco más de *ravioli*".

Estaba sentada a su lado sobre la cama, con las piernas cruzadas, raspando el sello de cera. Durante las últimas horas, había estado esperando a que regresáramos a algún nivel de lucidez antes de abrir esta epístola, pues no habíamos llegado a la pensión en muy buenas condiciones. A pesar de que el oficial Gnoli podía enviar en cualquier momento un mensaje para que nos atraparan, y de que la policía probablemente estaba organizando una redada para detener a dos mestizos sospechosos, nuestro plan para escapar de Siena había consistido únicamente en cojear hasta este pequeño hotel ubicado en las afueras de la ciudad. Nos registramos hacia las once de la noche y habíamos permanecido en la recepción, tosiendo como locos y lanzando dinero al gerente, una criatura arrugada, de baja estatura y con orejas extremadamente peludas. Erik no parecía tan impresionado como después de haber estado en la cripta pero, al igual que yo, evidenciaba una palidez espectral y, en general, era incapaz de un pensamiento lineal.

Aun así, la velada había mejorado.

El gerente del hotel, en primer lugar, no necesitó instrucciones acerca de cómo recibir el pago. Mejor aun, cocinaba como un mago y poseía una cava llena de vino tinto. Escoltados hasta el segundo piso y provistos de la primera de muchas copas, Erik y yo habíamos tomado un baño juntos en la bañera de hierro a cuatro puertas de distancia de nuestra habitación. Mientras nos enjabonábamos, hicimos un delicioso inventario de nuestras diversas raspaduras, picadas, cortes, quemaduras y moretones. Cuando regresamos a nuestra habitación, ambos llegamos sin hablar a la misma conclusión —que lo mejor sería hacer el amor inmediatamente. Lo conseguimos, teniendo mucho cuidado, como si fuéramos puerco espines. Esto ayudó *enormemente* a que recuperáramos el ánimo. Ahora, descansando sobre el cobertor carmesí de la cama, desnudos excepto por las gruesas toallas blancas que nos envolvían, nos lanzamos a devorar platos de polenta que escurría mantequilla con salsa de carne, y *ravioli en brodo*, que sabían a savia, sal y vino. Mientras yo trabajaba en el sello de oro de la carta de Antonio, mi amado había comenzado a hablar de nuevo.

El cuchillo se deslizó lentamente bajo el lobo de cera dorado, abriendo el sobre.

"Lo tengo".

"Era un extraño pajarraco, ¿verdad? Antonio. Quiero decir, dejar esa carta en ese cofre".

"Entre otras razones".

"Miremos, ¿qué diablos escribió ahí?"

"No creo que debamos comer mientras leemos esto".

Saqué con cuidado una página del sobre rojo. El papel, completamente blanco, estaba adornado con acuarelas botánicas de flores violeta, así como por la elaborada caligrafía itálica de Antonio de Médici.

"Ese es siempre mi problema". Erik bebió otro largo sorbo de vino antes de poner todas las bandejas sobre la mesa al lado de la cama. "Siempre quiero bañarme, beber, leer y comer al mismo tiempo. No es muy bueno para los libros, pero es…"

"El paraíso".

"Exactamente". Estaba ruborizado, agitaba la cola como un San Bernardo. "Oye. Oye tú, Lola".

"¿Qué?"

"Estaba pensando… ¿sabes qué más me gustaría hacer?"

"Acabamos de hacer eso".

"*No*, eso no. Me gustaría casarme".

Sonreí sin comprender.

"Nos faltan —uh— ya no son *once* días, ¿verdad?"

"En cuanto sea medianoche, serán diez".

"¡Oh, Dios! Aún no hemos decidido si será la música de los setenta o de los ochenta, pescado o carne, búsqueda de basuras o no…"

"No. Y olvidémonos de todo eso. Casémonos ahora. Aquí en Siena".

"Ah, veo".

"Nos *fugaremos*…"

"Pero ¿no *querrás* casarte con una mujer vestida como un bombón, en el Hilton de Long Beach, mientras todas tus tías se embriagan terriblemente?"

"A pesar de que siento mis pulmones como si los hubieran

ensartado en un pincho, y que necesito una inyección urgente de Paxil, me excito ahora mismo sólo con oírte hablar de ello".

"¿De verdad?"

"*No*. Mira, no quiero aguardar más —acabo de quemarme el trasero, estoy probablemente en la lista de las personas más buscadas por el Papa, y esto me pone un poco sentimental. ¿Sabes? Te *amo*. Bastante desesperadamente, ¡como es evidente! Quiero que ese viejo asunto de 'ahora puede besar a su legítima esposa' quede resuelto antes de que me vuelen con antiguos cocteles Molotov o me envíen a un gulag italiano".

"Sé que han sido un par de días duros".

"Duro no es exactamente la palabra que usaría para describirlos. Sólo creo que sería más romántico si un sacerdote nos casara aquí, mañana".

No pude contener la risa.

"*No* eres el hombre que conocí hace dos años".

"¿Qué, cuando me perseguían todas aquellas estudiantes brillantes? ¿Cuando era un mujeriego tan ridículamente alegre?"

"No me lo recuerdes".

"Sí... Todo aquel sexo de mal gusto —*definitivamente* estaba sobrevaluado. Mirando en retrospectiva". Se acostó de espalda y extendió los brazos. "Y, desde luego, *no* soy el mismo detestable cabeza de chorlito que solía ser. Recuerda lo que le dije a la Dra. Riccardi en Florencia. El amor te hace una persona mejor". Continuó con una voz más profunda, seria, pero también en broma. "Tú, mi bella mexicana, mi diosa, mi castigo por la mala conducta —sí, tú, Lola Sánchez, has hecho de mí un hombre... mejor— por Dios".

"¡Oh, Erik!" exclamé, pero se me llenaron los ojos de lágrimas ante estas palabras.

Se incorporó sobre un codo y murmuró:

"Y, además, otra ventaja de casarnos ahora es que esto fastidiaría horriblemente al Sr. Orestes".

Parpadeé.

"¿A quién?"

"¿Orestes? El de la obra de Eurípides. Vamos, lo recuerdas, del vengador de su padre? Que enloqueció a causa de las Furias. Quiero decir, Marco Moreno".

"¿Cuál es la trama de esa obra de teatro?"

"Orestes mata a Clitemnestra por asesinar a su padre. Excepto que eso es un matricidio. Entonces, después de cumplir con su deber, llega la hora de su castigo —termina enloqueciendo porque las Furias lo persiguen. Felizmente Apolo baja y lo salva justo a tiempo. El *deus ex machina*. Casi todos mueren, sin embargo".

"Y ¿tu punto es?"

"¿Recuerdas cuando Marco te estaba acariciando *demasiado* en la cripta y me dio tal ataque? Creo que está enamorado de ti —como una especie de Charles Manson".

"Está bien, basta". Levanté las manos. "Primero, nos casaremos en Long Beach para que Manuel pueda entregar a la novia y yo pueda ver cómo Yolanda ahorca a todos los chicos que se le acercan demasiado en la pista de baile. Segundo, regresaremos al asunto que tenemos entre manos".

"Quieres decir, la carta".

"Así es". Miré la página que brillaba sobre la cama. "Me muero por leerla".

"Está bien, mujer, dejaremos la conversación sobre la fuga. Pero en Italia es imposible hacer una voltereta sin patear un obispo, y estoy seguro que muchos de esos *padres* estarían felices de hacernos el honor…"

"Erik".

Asintió enérgicamente y señaló la página.

"Sí, cariño. ¡Sí, mi impositivo amor! Tema cerrado. Lee, lee, lee. No más distracciones".

Ambos contemplamos el manuscrito.

Erik se frotó las manos.

"Esto *es* bastante emocionante".

Miré la caligrafía.

"Se asemeja a la primera carta que vi —la carta de Marco".

"Me parece que tiene la misma caligrafía de la carta que me enseñaste en el palacio".

"Lo cual significaría que fue escrita después de romperse la mano".

"Lola, hazlo tú, tu italiano es mejor que el mío".

"Está bien. Entonces, Antonio, ¿qué tenemos aquí?"

Mi querido sobrino Cosimo,

Si estás leyendo esta misiva, entonces conseguiste escapar
al símbolo de mi Amada Sofía, la Dragona, así como a mis
símbolos Elementales, traviesamente traspuestos.

¡Felicitaciones! Al haber sobrevivido para enfrentar los
retos de la Tercera Ciudad, has ganado un número igual de
pistas adicionales que te ayudarán a hallar el Tesoro —pero
antes de darte esta Trinidad de pistas nuevas, sobrino, permíteme una indulgencia más: me agradaría entretenerte con
una breve historia del Premio tan largamente buscado por ti.

Ya sabes que, después de mi carrera científica en Florencia
y de mis aventuras en Tombuctú, ayudé a Hernán Cortés a
conquistar Tenochtitlán en 1524. Al igual que los otros soldados, esperaba una compensación —imagina mi sorpresa
cuando, trece meses después de que el rey Montezuma nos hubiera entregado el Tesoro, aquel miserable General, picado de
viruelas, cabeza de chorlito, ordenó que devolviéramos una
tercera parte de su riqueza.

Aquella terrible noche estaba rasgada por una luna llena,
recuerdo, y habían encendido una fogata, alrededor de la cual
yo, mi esclavo moro, y el resto de los hombres descansábamos
con pulque. Cortés llegó a nuestra pequeña fiesta con su mas-
cota Montezuma detrás, y a la vista de este Indígena todos re-
cuperamos la sobriedad, pues aquel hombre medio muerto
estaba vestido de harapos, su cabello, alguna vez bellísimo,
estaba enmarañado, cuando no arrancado de su cuero cabe-
lludo por su captor o por él mismo.

"¿Ven lo que puedo hacer con un hombre si esa es mi voluntad?"

Cortés perezosamente puyó al azteca con su espada, de
manera que el Indio bailó, se agitó y gimió.

Nadie se atrevió a responder, excepto por mi esclavo, quien susurró:

"Repulsivo".

"¡Ssssshhhh!" murmuré.

Cortés continuó gritando:

"¿Ven cómo puedo transformar incluso a un gran Emperador en un desgarbado idiota?"

"Sí, mi señor", admitieron finalmente uno o dos hombres; el resto de nosotros rezongamos mientras Montezuma susurraba plegarias a sus dioses.

"Entonces entréguenme su oro, que es mío, por gracia del rey Carlos y de Cristo", ordenó Cortés. "O el destino de este Salvaje será también el suyo".

Se necesitaba mucho más que esta amenaza, pero después de blandir su espada por todas partes, los hombres fingieron obedecer. Un quejoso soldado tras otro lanzó al lado del fuego sus Monedas de oro rojo, Calendarios e ingeniosas máscaras de Tortura. Entregaron también los ídolos Sagrados del temible Señor de los aztecas, Quetzalcoatl, y aquellos que tenían la forma de una criatura que era medio hombre, medio perro, el Dios de la Lluvia del Submundo, Xolotl.

Pronto hubo una magnífica pila, y Cortés se abalanzó encima de ella, acariciándola con las manos, babeando por su victoria.

Has escuchado dos historias acerca de lo que sucedió después:

Una es que los hombres se amotinaron, y que después del baño de sangre, cientos de soldados que huían se ahogaron en los ríos, con los bolsillos llenos de aquel pesado y mortal oro. Se dice que Cortés escapó únicamente con su vida, mientras que la mayor parte del tesoro de Montezuma se perdió para siempre.

En la segunda versión de este relato, sin embargo, algo mu-

cho más horripilante sucedió. Se dice que cuando Cortés mano-
seó los ídolos de oro de los Indios, el Dios Dragón, Quetzalcoatl,
y el Dios Hombre lobo, Xolotl, el rey Montezuma levantó los
ojos al cielo y recitó una palabra de otro mundo, que sólo habría
podido ser una plegaria invocando a estos demonios.

"¡Mocuepa! ¡Mocuepa!"

Este grito me invadió de una fría premonición, y miré a
mi alrededor; vi a mi esclavo moro bañado instantáneamente
por un solitario rayo de Luna. Su cara se volvió hacia el cielo
plateado mientras que su aspecto cambió; ya no era un moro
de panza amarilla, sino el dragón vampiro de Quetzalcoatl:

"¡Aaaaaiiii!" gritó.

En su mandíbula crecieron colmillos, su piel se tornó pálida como la de una polilla, sus dedos se enroscaron y afilaron
como garras, y asquerosas alas salieron de sus hombros.
Cuando terminó su metamorfosis, se volvió hacia mí y rugió:

"¡MUERE!"

Elevándose por los aires, con la velocidad de Satanás, navegó por el aire hacia abajo para morderme en el Cuello. El
Moro había protestado durante mucho tiempo por su esclavitud. Con el Poder que le dio la Luna, ¡buscó matarme para
vengarse! Pero el germen que transfirió me hizo más fuerte,
mientras que él se debilitaba con el obsequio del otro demonio.

Fue así como me infecté. Mi cuerpo tembló, convulsionó y
creció hasta alcanzar las fenomenales dimensiones peludas de
Xolotl, el Dios Perro. Bajé mi mirada lobuna hacia los españoles indefensos, a los que comencé a matar en un éxtasis. Sólo
Cortés escapó ágilmente, dando alaridos...

En la mañana encontré mi forma restituida ahora bañada profusamente en sangre. El campamento estaba sucio de
Oro y Sangre, abandonado por todas las otras criaturas vi-

vientes, excepto por mi esclavo, inválido a causa del sol (pues los Nosferatu tienen una alergia a la Luz), quien me suplicó:

"¡Ten piedad! ¡Ten piedad de mí!"

Pero no la tuve. Llevé de prisa el Tesoro de regreso a mi barco italiano, que había ocultado del famoso incendio de Cortés. Primero, puse una de las máscaras de Tortura de oro de los aztecas en la cara de mi esclavo, pues esto me permitiría matarlo lentamente de hambre y, a la vez, lo protegería de la Luna que podría darle energía. Luego, meses más tarde, llegué a Venecia; allí mi esclavo murió en los calabozos. Fue con el corazón lleno de júbilo y los restos dorados del Moro vampiro que comencé el calamitoso viaje de regreso a Florencia, sepulté al Esclavo en una tumba al lado de nuestra cripta… sólo para ser entonces exiliado de nuevo por ti.

¿Cuál de los relatos es cierto? Tú sabes la Respuesta, Cosimo, pues me has llamado Versipellis, habiéndome reconocido como un hombre que cambia de forma y se convierte en un Monstruo azteca.

Y entonces así termina mi carta, llena de Trucos y Pistas. Sólo si estudias mis palabras y lo que se oculta en ellas, podrás descubrir la Clave del misterio que te aguarda en Roma. Si demuestras ser más inteligente, y mucho menos cobarde de lo que supuse.

Pero en mi corazón de Lobo, de acuerdo con los latidos de mi sangre animal, espero que mueras en esta próxima Búsqueda.

Sinceramente tuyo
Il Noioso Lupo Retto,
conocido también como
Antonio.

25

A ntonio dice que hay tres pistas aquí —*'al haber sobrevivido para enfrentar los retos de la Ciudad Tres, has ganado un número igual de pistas adicionales'*— pero no veo ninguna". Erik y yo inspeccionábamos de cerca aquella extraña carta. "Hay algo en estas flores, estas iluminaciones. Forman algún tipo de diseño". Las miramos en todo detalle.

Los ojos de Erik se cerraban; estaba comenzando a fatigarse. Al igual que yo.

"No sé qué será. Pero—mira esto. Es extraño".

Señaló las líneas finales de la carta:

> "*Sinceramente tuyo,*
> **Il Noioso Lupo Retto,**
> *conocido también como*
> Antonio".

" 'Il Noioso Lupo Retto'. Hay algo gracioso acerca de ello…"

Envolví una de mis piernas en las suyas.

"Significa, 'El Honrado Lobo Fatigoso' ".

"*Lupo* significa 'Lobo', *Retto* —eso es 'honrado' ".

"Y luego *noioso* significa 'tedioso' o 'fatigoso'. Creo que viene del latín *nausea*".

"Eso es extraño".

"Así es la etimología".

"No, quiero decir, la forma de construir la frase. El hecho de que se llame así a sí mismo. *Suena* extraño. No suena como el resto de la carta —incluso la caligrafía de la línea es diferente".

Miré con mayor detenimiento.

"Tienes razón".

Erik abrió hábilmente el cajón de la mesa de noche mientras permanecíamos entrelazados. Sacó una pluma y un pedazo de papel, y comenzó a garabatear.

"¿Qué haces?"

"Pienso que puede estar en un orden equivocado".

"¿Un acertijo de palabras?"

"Sí. Un palíndromo —o un anagrama. Porque Antonio era un alquimista y su esposa una espiritista o hechicera, ¿verdad? A los ocultistas del Renacimiento los enloquecían los acrósticos. Y se presume que las Hechiceras componían plegarias en palíndromos —como una especie de versión temprana de los discos de los Beatles— leídos al derecho, son homilías a Cristo, pero leídos al revés, son invocaciones al Diablo. Cuando yo era más joven, pasé por una pequeña fase de locura por los anagramas —*Erik Gomara* se convierte fácilmente en *Karma Ergo I*— que suena vagamente como una posición de yoga —y *I'm a Keg Roar*, que me recuerda algunas de las fiestas a las que asistí en mi juventud. Pero la mejor que encontré fue *O magik rear*, que sonaba como una descripción de mi región posterior".

"¿*O magik rear*?"

Bostezó.

"Es tan malo que es bueno. Pero, antes de que me duerma, ayúdame con la traducción literal aquí".

Erik rasgó el papel con la pluma, escribiendo la línea final de Antonio y su traducción:

Il	Noioso	Lupo	Retto
El	Lobo [que es]	Fatigosamente	Honesto

Poco después, mezcló hábilmente las letras hasta que llegó a lo siguiente:

Il Noioso Lupo Retto =
Io Sono il Lupo Tetro

El anagrama resuelto, traducido literalmente, es

Io	Sono	il	Lupo Tetro
Yo	soy	el	Lobo Tétrico

O,

Soy un tétrico lobo

Golpeé la cama con la mano.

"¡Esto es! ¡Eso es, Erik!"

"*Tetro*". Erik descansó la cabeza en el cojín. "Tétrico significa 'triste y oscuro, o sombrío, melancólico', como hablábamos antes".

"Sí".

La leí de nuevo, hasta que se me ocurrió algo terriblemente obvio.

"Pero ya *sabíamos* eso. Que Antonio era depresivo. No entiendo cómo podría ser ninguna clase de pista".

Erik había cerrado los ojos. Sumergió la cabeza en el cobertor.

"Erik".

Abrió los ojos con dificultad. "Sí".

"Adivinemos esto".

Se escabulló bajo el cobertor con pesados movimientos.

"Sólo ven acá, acomódate a mi lado, tú hablas y yo meditaré sobre lo que dices".

Un momento más tarde, abrió la boca y se extendió dramáticamente sobre toda la cama.

Yo, por mi parte, continuaba obsesionada con la carta.

Il Noioso Lupo Retto:
El honrado y fatigoso Lobo
Io Sono il Lupo Tetro:
Soy el Lobo Tétrico

Durante las horas siguientes, hasta que comenzó a rayar el alba, alternativamente dormí junto a Erik y revisé la epístola en busca de las *"Tres Pistas"* que Antonio había prometido que estarían ocultas en la carta. Su historia acerca del oro parecía, en efecto, contener significados ocultos, pero no había ninguno que yo pudiera interpretar; tampoco podía comenzar a imaginar una clave para el tesoro a partir del lamento sobre su oscura tristeza.

Contemplé el cielo todavía negro por la ventana de nuestra habitación mientras reflexionaba sobre la extraña vida y muerte del Lobo. La carta que Marco Moreno me había arrastrado a Italia para estudiar había sido escrita por Antonio la víspera de la batalla de los florentinos contra Siena en 1554. La historia dice que la batalla se había desarrollado a favor de los florentinos, mas no a favor de Antonio. Como se lo había explicado a Marco días antes en El León Rojo —y como me lo había relatado brevemente el hombre tatuado / padre / fenómeno, antes de nuestra disputa en el café— Antonio se había confundido fatalmente durante la escaramuza contra el ejército de Siena. Ningún libro sobre la historia de los Médici está completo sin este colorido relato de su muerte: Antonio había estado en posesión de un arma extraordinariamente poderosa (que muchos han atribuido a sus experimentos con la alquimia, y otros a la magia de Sofía la Dragona) pero, de alguna manera, su caballo había tomado el camino equivocado en el campo de batalla, y antes de ser detenido, había matado a muchísimos hombres en una catastrófica versión del siglo XVI de "fuego amigo".

El método de morir de un hombre es la mejor evidencia de la manera como vivió.

La voz de Marco Moreno resonaba en mi mente. Aquellas fueron las palabras que me dijo en la tumba de los Médici, momentos antes de describir la presunta muerte ignominiosa de Tomás de la Rosa.

Es mucho mejor morir como Antonio, ¿no lo cree? En un formidable estallido en el campo de batalla de Siena, usando un arma de su... ¿Qué era? Algún tipo de hechicería. Vale la pena averiguarlo.

Me froté los ojos. Quizás nos hacía falta alguna clave que sólo podíamos hallar en los últimos días de Antonio. El melancólico Lobo había luchado y había sido ejecutado en el campo de batalla toscano de... no podía recordarlo.

Me deslicé de la cama y me dirigí hacia la pila de libros que había comprado aquella mañana en las tiendas de Siena. Aun cuando no había encontrado ningún estudio detallado del caos del Renacimiento toscano, sí me tropecé con una pequeña joya de autoayuda capitalista llamada *Cómo aplastar a la competencia como uno de los Médici: aprendan de las primeras batallas de la Cosa Nostra para lograr la dominación corporativa global.* Al hojear los muchos mapas que tenía esta pequeña guía de mal gusto, encontré el lugar donde había caído Antonio en la guerra de 1554.

Allí estaba, en el sur de Toscana:

Marciano-Scannagallo. El atlas de *Cómo aplastar a la competencia* indicaba que el campo de batalla no estaba muy lejos de donde nos encontrábamos. Pero ¿qué había sucedido exactamente en la escena? Y ¿por qué se había confundido Antonio y había matado los hombres equivocados antes de que lo mataran también a él?

Miré mi reloj: cuatro de la mañana. Una hora perfecta para despertar.

Erik permanecía inmóvil sobre la cama. Comencé a halar de su brazo hasta que vi que ya tenía los ojos abiertos, y su piel estaba pálida y húmeda.

"Erik, Erik, cariño".

"Sí-i".

"¿Por qué estás despierto?"

"Porque dormir está tan sobrevaluado".

"¿En qué piensas? ¿En lo que ocurrió en la cripta?"

"Tonterías".

"¿Quieres hablar de ello?"

"No creo que sea una buena idea".

"¿Por qué?"

"Porque estoy pensando acerca de cómo murieron esos pobres ancianos, y Blasej... Preferiría olvidar todo este asunto en cuanto sea humanamente posible".

"Bien. Si estás seguro de que no quieres hablar de ello".

"Completamente".

"Entonces, lo siento". Comencé a sacudirlo de nuevo. "Tienes que levantarte".

"Um, *no*. Quiero un trago. O podrías simplemente traer una botella de Ambien y esparcirla sobre un poco de gelato".

"No, no, no. Vamos, amorcito".

"En realidad no estoy bromeando".

"De pie. Hablaré con el gerente, veré si podemos alquilar su auto. Vamos a hacer un pequeño viaje".

"Oh, está bien, un viaje, ¿a dónde?"

"Marciano".

"¿Qué? ¿Por qué?"

"Para averiguar cómo murió Antonio".

26

P apá, ¿estás ahí?" Estaba tratando de llamar por el móvil que el hombre del tatuaje me había lanzado en el Duomo. "¿Puedes escucharme ahora?"

"¿Diablillo? ¿Dónde *estás*? ¿Por qué no nos has llamado?"

"Ah —Papá— ¿cómo está el mejor padre del mundo, y el mexicano más macho?"

"Lola, ¿qué sucede? Tú… ¡escapaste!"

"Um, sí, estoy en Italia".

"¡Santo cielo! Unas pocas noches atrás, Erik nos llamó murmurando algo acerca de los aztecas, los Médici, un Lotario que te había llevado a Europa, y— apenas puedo *decirlo*— algo acerca de la tumba de De la Rosa. Luego, se marchó a toda prisa a Roma. Y después tu hermana…"

"Yolanda, ¿qué quieres decir?"

"Querida, sabes que te quiero. Eres mi ángel y te adoro desde la punta de los pies hasta ese pequeño cerebro alocado que tienes, y mataría dragones para protegerte —¡aun cuando tú súbitamente pareces haber quedado tan idiota como las setecientas libras de pollo que el encargado de la comida de tu boda está transformando ahora en tacos para la recepción!"

"Papá…"

"Lola, ¿es cierto que viajaste a Italia porque creías que podrías encontrar a Tomás allí? *Sé* que ese intento de padre biológico tuyo es bastante espectacular, después de todo, casi pierdo a tu madre por su culpa décadas atrás, algo que no puedo lamentar del todo, obviamente, porque te tuve a ti... pero dejemos todo eso atrás ¿quieres? ¡Ya está *muerto!* Pensé que eso podría significar que yo podría *finalmente* tener también algo de paz mental —¡pero no! Primero tu madre se marcha a la selva a buscar su tumba y casi termina en pedacitos, ¡y ahora tú! Marchándote sin decir nada, y prácticamente en la víspera de tu boda". Manuel Álvarez inhaló profundamente y luego exhaló. "Ya sé que debo decir que estoy muy contento de oír de ti, Criatura. Te adoro tanto que en realidad no consigno enojarme mucho (aun cuando tu madre ha estado como un *animal* enloquecido), incluso si esto significa que tengo que compartir tu afecto, desde luego, con el fantasma eternamente condenado de aquel bribón de De la Rosa..."

Mientras escuchaba la respiración de Manuel, Erik y yo conducíamos el auto que habíamos alquilado al gerente del hotel, un Fiat plateado. Olía a cigarrillo y a gasolina, pero lo habíamos llenado con los libros y provisiones que Erik creyó necesarios para recorrer las treinta millas hacia el suroeste que hay de Siena a Marciano della Chiana. Nos dirigíamos a la bucólica campiña que alguna vez fue el campo de batalla donde murió Antonio. Aún no había amanecido. Los bosquecillos y los oscuros y retorcidos árboles de la región difuminaban la temprana luz color lavanda. La belleza zen de la escena, sin embargo, contrastaba duramente con la fuerte voz de Manuel Álvarez, Ph.D., mi padre adoptivo, amante desde hacía mucho tiempo de Juana, y el curador guatemalteco cuyas reservas secretas de valor nos ayudaron a enfrentar al coronel Moreno dos años atrás y a encontrar a mi madre en la selva.

"Está bien, Papi, escucha. En primer lugar, definitivamente no estoy aquí buscando a De la Rosa —la *tumba* de De la Rosa", lo tranquilicé con esta muy incompleta verdad.

"¿No la estás buscando?" preguntó con su voz aguda, ronca. "¿No? Oh. ¡Bien! Entonces, ¿por qué demonios gritaban todos que Tomás había muerto en Italia?"

"Eso es sólo un rumor; no es verdad. Necesito que te concentres en otra cosa ahora".

"Primero Tomás estaba muerto en Guatemala. Ahora está muerto en Italia. Luego no está en ninguna parte. Y, sin embargo, *todavía* consigue enloquecernos a todos".

"Papi, escúchame".

"Um… ¡está bien! Soy todo oídos, querida".

"Ahora mismo estamos en Siena —en realidad, casi en Marciano della Chiana".

"Ya estamos llegando", bostezó Erik. Simultáneamente conducía y miraba el mapa. "Parece que sólo hay viñedos. Uvas. Granjas. Bien. Nada que pueda matarte". Miró mi móvil plateado. "A propósito ¿dónde conseguiste ese teléfono?"

"Ssss, *él*", pronuncié sin hablar.

"Oh, cierto, el Fantasma de la Navidad Pasada…"

"¿Es Erik?" preguntó mi padre.

"Sí, está aquí".

"Entonces, ¿te encontró? Antes de marcharse, dijo que habías huido con un *hombre*".

"Lo hice. Estoy aquí porque alguien se presentó en el León con un documento, Papá. Su nombre es Marco Moreno. Creo que lo… conocemos. ¿Recuerdas al coronel Moreno? ¿Víctor Moreno?"

"¿Marco Moreno? Ummm, no me suena. Aguarda, ¿dijiste coronel *Moreno*? ¿El de la selva? ¿El *muerto*? ¿El que intentó dispararnos y fue despedazado?"

"Marco es su hijo".

"*¿Es ella?!*" escuché exclamar a mi madre en el fondo.

"El *hijo*", dijo mi padre. "Eso no es bueno, ¿verdad?"

"Bien, ya se marchó. Se marchó después de que Erik... le habló a él y a sus amigos".

"Sí, eso fue lo que sucedió", murmuró Erik a mi lado. "Sólo nos abrazamos y luego todos ellos se teletransportaron a otro lugar".

Mi voz se hizo más aguda:

"Pero esta carta que me trajo fue escrita por Antonio de Médici".

"Prefiero hablar acerca de este Marco..."

"*Papi*, ¿Antonio de Médici? ¿Sabes algo acerca de él? ¿El conquistador?"

"Agh, sí, sí. Asistí a una mesa redonda sobre él en Marruecos, donde todos *despotricamos* contra esos brutales colonizadores. Antonio de Médici, alquimista, hombre lobo, soldado de Cortés, asesino en masa".

"En su carta encontramos un mapa, una especie de mapa. Es asombroso, podría llevarnos al tesoro de los aztecas".

"Bien, *sí* existe un viejo rumor de que Antonio había robado algún tipo de tesoro mexicano. Nunca ha sido probado. Entonces, ya veo. ¿Están tratando de encontrar el oro del viejo Montezuma? *Eso* es interesante, pero, aguarda. Cariño, *Juana*, cálmate. *Estoy hablando con ella...*"

Mi madre nació en México, tiene el cabello plateado y es una experta mundial en iconografía maya, y comenzó a gritar en aquella voz fuerte y peligrosa que aterrorizaba a sus subalternos en UCLA, donde es jefe del Departamento de Arqueología:

"¿Entonces? ¿Qué dijo? ¿Está viviendo con algún tipo?"

"No parece, querida".

"Entonces, ¿qué está haciendo? Estoy jugando a Wanda, la organizadora de bodas acá, y tengo una docena de damas de honor que llegarán en cualquier momento para ponerles una tiara en la cabeza y embriagarlas".

Exclamé:

"*Papá*, estamos buscando el lugar donde murió Antonio. Ayúdame con esto".

"Yo sé dónde mataron a Antonio, Lola. Solía llamarse Scannagallo, un valle".

"Estamos llegando allí ahora". Le expliqué a Manuel que necesitaba cualquier detalle que pudiera recordar sobre el conflicto de los florentinos con los hombres de Siena, y sobre la última batalla de Antonio.

"Está bien. Déjame concentrarme —aun cuando me estoy comenzando a sentir muy incómodo acerca de este tipo, Moreno… Veamos… Siena era un peón en las tensiones que existían entre Francia e Italia en el siglo XVI. En las llamadas guerras italianas. La ciudad quería independizarse de España —Carlos V tenía estacionadas guarniciones españolas allí— y los Médici también querían apoderarse de ella".

"Bien, bien, ¿qué más?"

"Cosimo se alió con Carlos para luchar contra los franceses, que protegían a los rebeldes de Siena. Un soldado llamado Pietro Strozzi, enemigo de Cosimo, defendió a los sieneses. En 1554, su infantería salió a asaltar el campo, saqueando y haciendo de todo, y destripando también con gran alegría a todos lo que apoyaban al Imperio. Pero la batalla decisiva se dio durante el verano. Fue en aquel momento cuando llegaron las fuerzas de los Médici".

Erik aceleró.

"El mapa indica que llegaremos muy pronto".

Levanté la vista cuando salimos de la carretera principal y

nos adentramos en un camino de tierra que nos llevó directamente al lado occidental de un valle. La luz que se levantaba reveló una larga depresión en el campo, lleno de sicomoros de aspecto salvaje, y desde aquel lugar privilegiado pude detectar que había un hombre al otro lado del valle. Llevaba una camisa que parecía gris oscura a la luz del alba. Sería un granjero o un vinicultor.

Estaba demasiado lejos para verlo en detalle, pero pude ver que caminaba solo entre los árboles, inclinándose, como si examinara la hierba.

"¿Quién luchaba con los Médici?" pregunté mientras Erik estacionaba el auto.

"Principalmente mercenarios".

Erik reclinó la cabeza en el asiento y cerró los ojos, agotado.

"Tenían cerca de cinco mil hombres al mando del Marqués de Marignano", prosiguió Manuel. "Más o menos. Ambos bandos estaban conformados por mercenarios —excepto que los sieneses eran más débiles. Su ejército había sido diezmado unos pocos meses atrás, en otra escaramuza contra los hombres del emperador, y los sobrevivientes estaban heridos y fatigados, como era de esperarse. Los dos ejércitos se enfrentaron allí durante meses, hasta comienzos de agosto. Antonio estaba en el bando imperial para aquel entonces, fue su dinero el que pagó al menos un tercio de los hombres que luchaban, más por Cosimo que por Carlo. Y luego vino la batalla y algo sucedió. Había mal tiempo, creo. En cualquier caso, se confundió. Antonio comenzó a matar florentinos, no sieneses, y luego fue muerto él también, por un misterioso aparato explosivo".

"Papá, yo tenía un libro en la biblioteca —es una historia de la guerra. *Dios ama a los poderosos*".

"De Gregorio Albertini, sí. *Adoro* ese libro. ¡Propaganda sin muertos! Mira, iré a buscarlo, en realidad, recuerdo que Albertini tiene una curiosa descripción de la batalla". Fue entonces cuando escuché la voz alterada de mi madre en el teléfono:

"Lola".

"Hola, mamá".

"*No* estoy enojada".

"Qué bueno".

"Es tu *padre* quien está enojado. ¿Qué le acabas de decir? Sabes, ¡luce como si se fuera a desmayar!"

"Yo sólo…"

"¿Sabes que tu despedida de soltera es en una hora? Y dado que no tienes amigos aparte de tu hermana y de tu novio, tuve que invitar a todos *mis* amigos para que le pongan la cola al desnudista".

"Oh, ya *veo*".

"Y, ¿sabes que Yolanda ha ido a buscarte?"

"¿Qué, qué, qué quieres decir?"

"No puedes gritar así en el auto", protestó Erik. "Tu voz rebota en las ventanas".

"Se ha marchado esa criatura", dijo mi madre. "Ayer leyó unas noticias en un blog acerca de dos o tres latinos un poco locos que entraron a la fuerza al Duomo de Siena, y pensó que entre ellos debías estar *tú*, y ya estaba tan nerviosa con los ensayos de los mariachis en la sala, y el motivo de la mariposa en los trajes de las damas de honor…" Su voz se convirtió en un susurro. "Y *también* acerca de las locuras que dijo Erik. Ya sabes, *Tomás*. Acerca de que estaba sepultado en *Europa*. ¿Y a mí que por poco me hunden la cabeza buscando la tumba en la selva? ¡Porque yo tenía la impresión equivocada de que aún *amaba a ese viejo sabueso muerto*! Bueno, el caso es que *ella*, tu hermana, ya no resistió más —había inten-

tado llamarte, pero no consiguió comunicarse contigo— y finalmente se marchó. ¡Sabes cómo es ella!"

"Eso no es bueno", dije, pensando en el hombre tatuado.

Desde que Tomás desapareció, mi medio hermana luchaba
contra una grave depresión. Mi hermana es una persona... muy
especial, y yo sabía que si se enteraba que De la Rosa había fingido
su muerte y la había abandonado, toda su melancolía florecería
en una ira diabólica digna de un libro, pero horrenda en la vida
real.

"¿Quién viene para acá?" preguntó Erik.

"Yolanda", dije.

"¿Tu hermana? Estupendo".

"Está allá ahora", prosiguió mi madre, "aterrizó en Roma hace
unas pocas horas. Lola, dijo que te encontraría. Y también a la
tumba de Tomás, si era posible. Y ¿escuché decir a tu padre algo
acerca del oro de Montezuma?"

"Sí, existe la posibilidad de que podamos encontrarlo aquí,
pero..."

"¿*Cómo*? ¿Tienes buenas pistas? ¿Sí? Ummm, probablemente
necesitarás que yo te ayude con eso. ¡Pero sí, suena intrigante!
Manuel y yo también intentamos encontrar ese oro, en Brasil, en
1983. UCLA me dio un subsidio, pero debo admitir que pasamos
la mayor parte del tiempo paseando ebrios por Río de Janeiro.
Creo que también Tomás andaba buscando ese tesoro de Montezuma... ¡Bien! Italia suena maravilloso. Por aquí todo es tafetán y
la búsqueda de la basura ha quedado cancelada, y las damas de
honor parecen perros en esos trajes; a propósito, ¿dónde crees
que estarás los próximos días?"

Apenas podía concentrarme en lo que me decía.

"¿Qué?"

"Te pregunto, *¿dónde estarás?*"

"No lo sé mamá, podría estar en cualquier parte. *¿Cuándo viajó Yolanda?*"

"Ayer. Mira, te estoy haciendo una pregunta".

"Oh, no lo sé. Quizás en Venecia, si tenemos suerte".

"Venecia. Perfecto. Husmearemos un poco a ver qué encontramos, y después regresamos a tiempo para la boda. Aun cuando supongo que tenemos poco tiempo…"

"¿No estarás pensando en venir?" dije aterrada. Si mi hermana podía convertirse en Linda Blair en cuanto viera a Tomás resucitado, Juana sería la mami de Grendel. Contemplé paraíso verde y oro que me rodeaba. "El tiempo aquí está espantoso".

"Y, ¿eso cuándo me ha detenido?"

"Y… ha habido un estallido de la plaga".

Otro ruido.

"Lo tengo", dijo mi padre. "Hola, querida. Tu madre está increíblemente alterada, *pero* ¡te alegrará saber que hallé el libro!"

Oprimí mi mano izquierda contra el ojo derecho, como si intentara impedir que se derramara el contenido de mi cabeza por todo el auto.

"Escuchemos qué dice".

Escuchaba cómo pasaba las páginas.

"*Este* es el pasaje en el que estaba pensando", dijo Manuel. "Está escrito en forma extraña".

"Erik". Levanté el teléfono. "Cariño. Escucha esto, puede ser importante".

"¿Ummm? ¿Qué es?"

"Es de *Dios ama a los poderosos*".

27

La voz de mi padre se escuchaba rasposa por la línea telefónica mientras leía aquel pasaje de la historia escrita por Gregorio Albertini:

Fue el 2 de agosto cuando los florentinos obtuvieron su gran victoria sobre el reino de Siena, bajo la égida de mi Señor Cosimo I. En las horas anteriores al amanecer, los dos ejércitos se enfrentaron a cada lado del valle en Scannagallo, y las antorchas que sostenían ambos ejércitos revelaron la bandera negra y blanca de Siena, que ondeaba en el extremo oriental. Antonio de Médici, el anciano Tío de nuestro Señor Cosimo, tomó su posición a la vanguardia de los florentinos, advirtiendo a los gendarmes que no se movieran antes de que él les diera la orden.

En el silencio, solamente podíamos escuchar el ruido de las picas de los alabarderos y el resoplido de los caballos, la tos de algunos de los suizos. Luego, inesperadamente, Antonio rompió filas.

Era una cálida mañana, como las que suelen tener lugar cualquier día de fines del Verano, y entonces, incluso cuando el sol comenzó a levantar su dorada faz, podía ver con claridad (desde mi posición en lo alto de una muy elevada colina, mientras garabateaba mis notas por orden de Cosimo), cómo el Señor Antonio hacía retroceder su caballo relinchante como si fuese una Bestia del Diablo.

El brillante Corcel corrió velozmente hacia el fondo del valle. Antonio fue el primero en llegar a la Brecha, blandiendo su alabarda, cortando muchas cabezas de los sieneses. De su Bolso sacó un puñado de Barro color ámbar (una poderosa y secreta arma que había aprendido a fabricar durante el tiempo que pasó entre los Moros), la encendió con una Astilla, y con estos dos Elementos conjuró una Bola de Fuego tan poderosa como una Estrella.

Pero, en aquel instante, en el momento en que acababa de levantar su Cohete contra los sieneses, ocurrió un error de cálculo. Casi nos hace perder la guerra. Mi Patrón, el Señor Cosimo, desea que yo aclare en esta Historia que, durante toda la mañana, el campo de batalla del valle había sido azotado por una densa y nebulosa Bruma Funesta, pues se han difundido varios rumores acerca del Error. Mi Señor nos instruye, Queridos Lectores, que fue únicamente debido a la terrible Niebla que Antonio no corrigió a su salvaje corcel, el cual se volvió, alejándose del Enemigo. Tan cegado estaba por las tinieblas, que comenzó a lanzar estos proyectiles de fuego contra nuestros propios Hombres, matando a cerca de trescientos antes de que un valiente florentino le lanzara una alabarda, que golpeó al Lobo en el pecho y le causó la muerte.

"Parece que estaba usando nafta", dijo Erik, cuando terminó mi padre. Estábamos uno al lado del otro en el auto, compartiendo el audífono.

"Es una teoría muy interesante", dijo mi padre. "Ummm. Nafta".

"No es sólo una teoría", susurré, pues aún apestaba al antiguo petróleo que casi nos había gratinado debajo del Duomo.

"¿Qué?" preguntó mi padre.

"Nada, sólo digo que es una historia truculenta".

"Sí, no es muy agradable", coincidió mi padre. "Y, quisiera decir, escrita de manera confusa. Pero ¿te ayuda en algo?"

Miré por la ventana del auto. El cielo se había aclarado considerablemente.

"No lo sé, ni siquiera sé qué es lo que buscamos. Pero ya estamos aquí, en el campo de batalla. Daremos un vistazo, a ver si encontramos algo interesante".

"Está bien, cielos, pero *llámanos más tarde*".

"¡Te veré más tarde!" escuché gritar a mi madre.

"Y recuerda que nosotros —que *yo*— te quiero", dijo Manuel.

"Yo también, papi".

Colgó.

Me lleve la mano a la cara.

"Eso no salió muy bien".

"Lola", dijo Erik.

"Mi padre... y mi *madre*. Ella no permanecerá quieta. Volará hasta acá, como los micos voladores de *El mago de Oz*".

"Lola, *mira* qué belleza".

Guardé silencio, callé y miré.

A lo lejos, bajo el cielo que se abría, las colinas azul pálido recibían los primeros rayos del sol. Frente a ellas se extendía el valle, pintado de follajes de diversos tonos de verde, que iban desde un lima casi blanco hasta el chocolate de la hiedra. Había caído una llovizna, y una brillante capa de rocío cubría todavía el paisaje. Húmedos senderos de tierra negra serpenteaban por el valle; esta parte del territorio era un viñedo. Sobre las colinas que llegaban hasta el valle, había árboles muy oscuros, retorcidos, sembrados en mayor número en un pequeño bosquecillo hacia el oriente. Miré hasta el extremo más lejano del paisaje, pero ya no pude ver al granjero o vinicultor que había visto paseándose por la hierba cuando llegamos al valle.

"Un poco de sonambulismo nos hará bien", bostezó Erik.

Lanzó las llaves al asiento delantero, tomando a la vez un paquete de comida antes de que nos alejáramos del auto hacia una franja de césped. Avanzando hacia la derecha, pasamos los veinte minutos siguientes bajando por un sendero que rodeaba el borde del declive y desembocaba en el valle, con sus extensiones de flores negras y púrpuras y árboles salvajes.

"¿Te sientes bien?" pregunté.

Habíamos llegado al lado occidental del barranco mientras el sol continuaba levantándose a nuestras espaldas.

"Sí, ya estoy despierto. Hace *frío*, pero traje un poco de café. El gerente fue tan amable que preparó una porción gigantesca de *macchiato*, con leche hervida y todo, y hay galletas —pequeñas amaretti— y un par de tajadas de torta de naranja".

Comimos el uno al lado del otro, disfrutando de la compañía. La cañada se extendía visiblemente hasta el otro lado, donde vimos un auto estacionado, color amarillo limón.

"Otro Fiat", dijo Erik.

"¿Puedes verlo desde aquí?" pregunté.

"Tengo buenos ojos. Incluso puedo ver el alerón. Y, de cualquier manera, es prácticamente lo único que conducen todos los italianos".

A nuestros pies se extendía una pendiente, cubierta de hierbas con puntas de cristal y gruesos matorrales. La pendiente se deslizaba hacia un bosquecillo de sicomoros. Caminamos o, más bien, nos deslizamos por el sendero de barro, mientras nuestros pantalones se enredaban en las zarzas. La pendiente era bastante inclinada.

"Veamos", dije, "los florentinos habrían estado aquí. Estamos al occidente…"

"Así es, mientras que los sieneses estaban del lado oriental. Estoy tratando de recordar las tácticas de guerra del Renacimiento —la vanguardia habría estado compuesta de soldados de infantería, albarderos, artillería y cañones".

Nos aproximamos al oscuro bosquecillo.

"Albertini dijo que la primera fila estaba comandada por Antonio, a caballo", dije.

"Luego, a *ese* lado, a la extrema derecha, y a nuestra izquierda, habría estado la caballería ligera".

Entramos al bosquecillo. Era mucho más ancho de lo que parecía desde el auto, aun cuando no estaba densamente sembrado.

La luz del sol caía como agua por entre los árboles sobre la hierba y sobre las dispersas flores púrpuras en forma de campana.

"Pero él —Antonio— avanzó primero, sin dar una señal a sus tropas", dije.

"E hizo eso porque... ?"

"¿Le entró alguna especie de locura en la batalla?"

"Pero si ni siquiera creía en la guerra contra Siena". Erik se protegió los ojos contra el sol, que lucía más fuerte. "¿Qué falta aquí?"

"¿Falta?"

"Yo esperaba algo diferente, he leído antes acerca de la batalla, y escuché la forma como la describió Albertini. Hay algo en este lugar que no está... que no está... *bien*".

"Albertini escribió, *'Era una cálida mañana'* —algo así— *'como las que suelen tener lugar cualquier día de fines del Verano'*. Y escribió también que tenía una buena visión de la batalla —desde lo alto de una colina— así como viste el Fiat tan claramente".

"Pero *después* escribió otra cosa, acerca del tiempo".

"Que había niebla", dije lentamente.

"Eso es, *eso* es lo que falta. Se contradice".

Me detuve.

"Y esta es una mañana más fría de lo que sería en agosto".

"Y, ¿no recuerdas lo que nos citó tu padre? ¿Qué dijo Albertini? Que Cosimo quería que él *aclarara* algo..."

" '*Que durante toda la mañana, el campo de batalla del valle había sido azotado por una densa y nebulosa Bruma Funesta*' —algo— '*se han difundido varios rumores acerca del Error*' ".

"Así es, suena casi como si estuviese mintiendo".

"Para complacer a Cosimo. Historia revisionista, para evitar un escándalo".

"Porque si no había *ninguna niebla* —quiero decir, es imposible saberlo. Depende de los patrones del clima en el siglo XVI, pero, aun así, parece que Albertini no nos está contando todo. Y si *no* había niebla, eso significaría..."

"Que Antonio mató a los florentinos deliberadamente".

"Que no se equivocó". Erik miró el bosquecillo que se extendía delante de nosotros. "Que podía ver a sus..."

"Que *podía ver a sus víctimas*". Terminé el pensamiento. "Sabía a quiénes estaba matando".

Erik no respondió. Mantenía los ojos fijos delante de sí, hacia el punto donde terminaba el bosquecillo. Seguí su mirada. Vi las hojas doradas en el suelo, los botones púrpuras entre los sicomoros. Advertí un destello rojo detrás de uno de los árboles.

Tal vez media hora antes, a la media luz del alba, yo había pensado que el hombre era un vinicultor o un granjero, que llevaba una camisa gris. Pero aquí atisbé una manga roja, un hombro rojo. Había un morral azul rey en el suelo, al lado del árbol.

Un hombre con camisa roja, reclinado contra uno de los árboles, de espaldas a nosotros, escribía en un cuaderno empastado en cuero, mientras leía un libro de pasta dura. Lo habíamos interrumpido.

Se volvió, mirándonos por un lado del tronco del árbol. Vimos su cabello negro, su tez morena, sus ojos oscuros y grandes. Lo conocíamos.

No nos había seguido. Habíamos sorprendido a Marco Moreno en este valle. Y, por un segundo, mientras lo contemplábamos atónitos, parecía casi complacido.

28

Las hojas brillantes de los árboles caían en espiral sobre nosotros tres. Marco se incorporó rápidamente de su posición en la base del árbol; su camisa parecía un destello de sangre en el aire transparente. Vi con una claridad de rayos X el moretón que había dejado en su mejilla el mordisco de Erik, y sus ojos negros, profundos, rodeados de sombras extraordinariamente oscuras. Aún sostenía el cuaderno y la pluma. El libro abierto descansaba en un pequeño cuadrado plisado de hule, un cuadrado impermeable, que lo protegía de la humedad del suelo. Cerca de él, el morral azul rey, raspado y lleno, reposaba en la hierba salpicada de flores.

Yo avancé hacia él, mientras Erik susurraba:

"Él es el del Fiat amarillo. Marchémonos. Vamos, vamos, vamos".

"Él tiene la carta…"

"Oh, maldición, *es cierto*. Y, ¿tú no recuerdas el resto del acertijo?"

"La última vez que probé la vieja memoria fotográfica…"

"Estábamos gritando, rodeados por el fuego". Los ojos de Erik eran enormes. "Está bien. En este momento, sin embargo, me resulta difícil pensar un plan para conseguir la carta y, a la vez, escapar sin que nos mate. ¿Por qué no sólo decimos sayonara y tomamos la..."

"*Pensé* que podría venir a husmear por acá, Lola", canturreó Marco, mucho más calmado de lo que yo hubiera esperado. "Aun cuando admito que no los esperaba tan pronto". Miró rápidamente hacia el bosquecillo que estaba detrás de nosotros. A cerca de cien pies de distancia, estaba Domenico en cuclillas al lado de un hoyo que había cavado en el suelo; se esforzaba por encender una fogata con un encendedor atado a su llavero. Su cara carecía de expresión, y lucía muy pálido cuando levantó la vista. "Mira quiénes están aquí, Dom", dijo Marco en italiano.

"Sí, lo veo", respondió el rubio; sus manos temblaban de tal manera que las llaves se agitaban.

"Le sugerí que me condujera a este valle para tomar un poco de aire fresco". Marco señaló el paisaje con su cuaderno. "Ninguno de los dos nos sentimos muy bien, infortunadamente".

Pude ver apenas que la página visible del cuaderno contenía un pasaje escrito en sepia. El resto de la hoja estaba lleno de lo que parecía ser un bellísimo esbozo arquitectónico sombreado del Duomo de Siena.

"¿Sabe realmente por qué está aquí?" pregunté.

"¿Domenico? Lo único que sabe es que su amigo está muerto".

"A causa de la esmeralda". Los ojos de Domenico, llenos de dolor, pasaron de mí a Erik mientras se inclinaba sobre las ramas humeantes. Marco dio un paso hacia el morral. No vi ninguna pistola, y él no hizo ningún gesto amenazador —todavía. "¿Lo saben? ¿Por qué estoy aquí?"

" 'Sé que es inteligente", dije con prudencia. "Sé que ha descubierto algo".

"Creo que está tratando de halagarme, Lola".

"En realidad, no. ¿Qué hay dentro del morral?"

"Tus secretos —favoritos".

"¿Está tratando de ser amable?"

"¿Le agrada?"

"No, en realidad no va con usted".

"No creo que quiera decir *eso*…"

"Bien, me agrada más que ver cómo matan gente sus amigos".

Hizo un gesto hacia Erik, quien avanzó para interponerse entre nosotros.

"Sí, *o* ver cómo Chewbacca envenena a Blasej…"

"Su amigo se buscó un problema", le decía Erik a Domenico en un italiano lento y preciso.

"Escuché lo que le dijo a Blasej". Domenico señaló hacia Erik, de manera que sus llaves chocaron contra su mano. "Usted dijo que parecía valiosa. La esmeralda. Usted quería que él la tocara. Usted sabía que tenía algo malo".

Marco dio un paso hacia el morral, luego otro.

"Pobre Blasej. Lo conocía hacía años, la primera vez que viajé a Europa de Guatemala, lo soborné a él y a nuestro querido Domenico para que se salieran del ejército y fuesen mis guardaespaldas, eran más bien mis compañeros de tragos. Eran muy unidos".

"Escuché decir que usted salió de Guatemala antes del final de la guerra", dije.

"Me tomé un año sabático, digamos, ¡de mí mismo! O de mi padre —era tan difícil determinar la diferencia entre nosotros, a veces. Pero el tiempo que permanecí alejado no fue completamente exitoso. Incluso, aquí, infortunadamente, leen los periódicos, y la prensa internacional no hablaba muy bien del coronel Moreno. Domenico y Blasej deseaban trabajar para algún gran bárbaro, ¿verdad, Domenico?"

Pero Domenico solo miraba a Erik.

"Oh, deja de gruñir", ladró Marco.

"Quiero que vayas al auto", me susurró Erik. "Quizás yo

pueda llegar al suyo —robarlo— y así no podrán seguirnos. Tendremos que separarnos, cada uno por un lado del valle".

"¿Qué?"

"Relájate, *relájate*", le decía Marco a Domenico.

"¿Por qué habría de hacerlo?"

"Porque —quiero que permanezcan acá— hace tiempo que no me confieso. Y, ¿quién mejor para absolverme de mis pecados que una chica bonita? Ves, Lola, mi asociación con los muchachos infortunadamente *no* ha sido muy buena para su salud, especialmente para la de Blasej. Y tampoco benefició su reputación. Los italianos los llaman renegados, pero yo prefiero llamarlos, o más bien, ahora, llamar a Domenico…"

"¿*Versipellis*?"

Marco se inclinó sobre el morral; las sombras bajo sus ojos se extendieron por sus mejillas.

"Ajá, *Versipellis* —el que cambia de piel. Esto es muy inteligente. Muy metafórico".

"Gracias".

"Mucho mejor que la palabra que usé yo. Pensaba llamarlo sencillamente práctico".

Erik me miró fijamente por sobre el hombro.

"¿Qué estás haciendo?"

"Está *jugando*", respondió Marco. "Cree que me ha adivinado. Mi debilidad. Y lo interesante es que… tiene parcialmente… razón".

"Estás aquí para investigar a Antonio", dije.

"Bastante obvio, ¿verdad?" Señaló con un gesto el libro que estaba en el suelo entre las vívidas flores. "¿Qué crees *tú* que sucedió aquí?"

"Él mató a sus hombres deliberadamente".

"*Sí*. Muy bien. *Muy*, muy rápido. La cuestión es, ¿por qué?" Se inclinó aun más, pero no tomó el morral todavía. Más bien arrancó uno de los tallos de las flores púrpuras, con los pétalos en forma de campana, y lo agitó delante de mí. "Cuidado, cuidado, *bella dama*", dijo.

Miré las oscuras flores que brillaban. Las reconocí, pero no dije nada.

"Ah, y *esta* bella dama ve, recuerda, ¿algo?" Marco lanzó las flores al suelo. "Pero no nos adelantemos. Primero lo primero —la loba, esto es…"

"Si sabe tanto, entonces, ¿dónde estuvo ayer todo el día?" pregunté. "No lo vimos".

"Oh, bien, si me hubieran visto, entonces no habría servido de nada, ¿verdad? Le di a Domenico un poco de polvo para dormir en la mañana. No dejaba de llorar. Y yo quería salir a cazarla a usted yo solo, y descubrir sus hallazgos como el buen gorgojo que soy".

Domenico volvió la cabeza hacia su patrón y maldijo; al parecer comprendía más español del que yo pensé. Se puso de pie.

"Terminé siguiéndolos durante *horas*, ¡hasta que me aburrí tanto que pensé que moriría!" dijo Marco. "A propósito, ¿encontraste alguna vez aquel maldito lobo?"

"No". Erik se alejó de mí, hacia la fogata. Comenzó a caminar hacia Domenico.

"Entonces, supongo que *sí*".

"Erik, espera, no te metas con él", dije. Pero Erik no me respondió siquiera.

"Halando de su cordel un poco, ¿verdad?" ronroneó Marco.

Levanté la barbilla.

"¿Por qué no la encontró *usted*? ¿A la loba?"

Se encogió de hombros.

"Mi investigación fue interrumpida. Estaba… fatigado."

"¿Fatigado?"

"¿Tiene problemas con el eufemismo? Por fatigado, quiero decir *deprimido*. Enfermo. Triste. Suicida. ¿Qué cree que quiero decir? *Mi padre está muerto*. Y mi primo está muerto. Y Estrada —que era mi *amigo*. Debo *castigarla* y, en lugar de hacerlo, me paseo por Italia, excavando en los libros, buscando no sé qué, y regresando a aquellos viejos problemas a los que había jurado renunciar".

"Los guardias".

"Sí. Esperaba poder evitar tales horrores". Su voz sonaba destrozada. "Pero, al parecer, esto no es posible para mí".

A sus pies, vi el libro que había colocado con tanto cuidado sobre la tela impermeable. Me incliné delante del morral, que yo *sabía* que contenía la carta de Antonio, pero fue el libro el que tomé: era una de las primeras ediciones de *Die Kultur der Renaissance in Italien* de Jacob Burckhardt, una asombrosa historia llena de arte y de asesinatos.

"Este es un buen libro". Se lo entregué.

"Un clásico", dijo él recorriendo con las manos las páginas abiertas antes de cerrarlo.

"No creo que esté aquí a causa de su padre, Marco".

"Y..."

"Creo que está intentando resolver este acertijo porque es *bueno* para eso. Sabía que la pista acerca del mapa estaba oculta en la carta. Y sabe que algo sucedió en este valle".

"Usted ha visto para qué soy bueno". Tragó saliva. "En la cripta".

"No fue bueno en absoluto. Lo vi. Blasej y Domenico mataron a esos hombres. Usted sólo permaneció allí, llorando".

"Infortunadamente, se equivoca. Porque soy muy, muy, muy, muy talentoso. Era mejor que él, en la guerra —era mejor que mi padre".

"¿En qué, en luchar?"

"En luchar". Marco hizo una mueca con boca al pronunciar la

palabra, al parecer era otro eufemismo. "¡Fue por eso que salí de Guatemala! ¡Qué ironía! Ahora estoy aquí, buscando este dinero y matando ancianos porque soy igual al viejo Coronel, y *no puedo cambiar*".

"Entonces ahora quiere ser... ¿un dictador?"

"Usted ni siquiera sabe el significado de las palabras que está usando. Mi padre tenía una bella visión para el país: quería que fuera un lugar de luz, de aprendizaje, de belleza, de orden —un sueño mucho más grande que el de Pinochet— sin todo el rigor de Milosevic. Después de unas pocas reorganizaciones, y *fondos* suficientes, nuestro país podría haber dejado a Cuba, a Corea del Norte, incluso a los Estados Unidos, en la sombra".

"Es tan *estúpido*. Si no estuviera tan confundido, ¡sería un académico!"

Me miró, desconcertado por un momento.

"Un académico..." Pero luego sacudió la cabeza. "No, *eso* era Tomás de la Rosa".

"De la Rosa. Está obsesionado".

"Como lo dije. Yo soy como mi padre. Será mejor que usted no sea como el suyo".

"¿Por qué?"

"Porque se *suicidó*, Lola. ¡He estado esperando el momento adecuado para decírselo! Se suicidó aquí, en Italia. Por la culpabilidad que sentía". Marco tomó el morral y lo sacudió delante de mí. "Puedo probarlo. Se lo enseñaré. Tengo papeles aquí —un certificado de defunción— que registra cómo murió. Verá que *él* era tan animal como yo".

"¿Suicidio?"

"Sí, estaba loco".

"Eso no es posible..."

Pero habría estado loca si le hubiera dicho algo acerca del encuentro con el extraño tatuado. Más bien, tomé la correa del morral, mientras Marco lo halaba, lentamente, con fuerza. Yo me apoyé en los pies, respirando profundamente.

"¿Tira y afloja?" preguntó.

"¡Sé que la carta está aquí! La quiero". Yo halaba en todas direcciones.

"¿Está bromeando, verdad? Es usted *divertidísima*".

"Sólo… démela".

"Para alguien de tan baja estatura, es terriblemente fuerte".

"No se atreva a sonreír", escuché que Domenico súbitamente le ordenaba a Erik, quien ahora estaba al frente de él.

"Oh, le juro, es una risa *nerviosa*. Eso no será una pistola, ¿verdad?"

"El jefe no cree que deba cargar una, en mi… condición, así es como la llama. Pero esto funciona muy bien, ¿verdad?" Domenico sacó un largo cuchillo de plata de su bolsillo, acunándolo en la mano en la que no tenía las llaves. Hizo girar la hoja, de manera que brilló como oropel, y luego, con dos rápidos movimientos, rasgó la carne del brazo derecho de Erik.

"¡¡*Erik*!!" grité.

Erik asió su bíceps sangrante, enojado. No vi su cara: estaba *riendo*. Su expresión tenebrosa, colorada y contorsionada se iluminó súbitamente como una versión más suave de la cara de bestia que yo había visto brevemente en la cripta. Animado por una picardía satánica, comenzó a girar rápidamente alrededor de Domenico, bailando, saltando, aullando, sacudiendo los brazos como un bailarín de tap, mientras lo provocaba con insultos en español. Era una visión aterradora, pues su cara estaba manchada con su propia sangre. Domenico lo observaba, aguardando. Erik se agachó ágilmente y tomó una piedra.

"Oye *bateador, bateador, bateador*", gritaba locamente. "Batea. ¡*Atrápala, idiota!*"

La piedra voló por el aire y Domenico la atrapó instintivamente. Las llaves cayeron al suelo.

"Al *auto*, Lola".

"¿Qué? ¿Qué haces?"

"*¡AL AUTO!*"

Erik bajó el brazo como si estuviera jugando a los bolos y
tomó las llaves mientras corría hacia el otro extremo del bosque;
Domenico corría tras él.

"Lo siento, muchachos, ¿las necesitaban?"

Súbitamente comprendí que Erik iba a robar su auto, para
que no pudieran seguirnos; yo tomaría el Fiat del gerente.

Arrebatándole el morral a Marco, corrí a toda prisa en la dirección contraria.

Corrí a través de los bosques, más allá de los sicomoros que
goteaban y de la perfecta luz, por las cortinas de hojas naranjas
que caían a cruzando el aire cristalino. Los árboles parecían mul-
tiplicarse delante de mí, bloqueando mi camino. Las ramas me
azotaron la cara, las manos y los brazos al correr por los sicomoros. El aire fresco me hería los ojos. El bosque se transformó en
un caleidoscopio, compuesto por miles de piezas rotas por el im-
pacto de mis pies sobre el suelo, que confundía mi cabeza y nu-
blaba mi visión.

Más allá de los árboles comenzaba el declive, la salida del
valle. El barro se pegaba a mis manos a medida que me apoyaba
en el suelo. Me izé con el morral y, justo detrás de mí, podía escuchar a Marco jadeando y arañando el suelo para subir por el
declive. Me rompí las uñas de tanto arañar el suelo.

Trepaba y el barro saltaba a mi cara. Sentía que tenía barro en
los ojos. Escuché un rugido, antes de sentir una mano que me asió
por la pantorrilla.

Miré hacia atrás.

Marco me sostuvo contra el suelo; respiraba con tal fuerza que parecía que me fuese a comer, y sus ojos estaban desorbitados.

"Es más fuerte que yo, Marco", dije. "Piense en lo que..."

"No me tiente. No me tiente".

"¡Oh Dios!"

Me miró furioso con aquellos ojos enrojecidos.

"¿Qué va a hacer?" pregunté.

Escuché el sonido de su respiración. Luego dijo:

"Usted se parece tanto a él".

Me soltó. Se reclinó hacia atrás, levantando las manos con las palmas hacia arriba. Yo tomé el morral y no paré de correr.

El brillante Fiat plateado apareció ante mi vista. La llave estaba en el asiento. La puse como pude en la ignición y el motor arrancó.

Justo cuando el Fiat amarillo apareció delante de mí, el paisaje verde y oro se abrió en el horizonte, mientras las llantas giraban y golpeaban el suelo, deslizándose facilmente antes de alejarse a toda velocidad del acantilado del valle.

Erik, manchado de sangre, gritaba como Emiliano Zapata detrás del timón del otro auto.

Nos alejamos tan rápido como pudimos, huíamos de Marco, quien permanecía en el lodo, con las manos en los costados. Escapábamos de Domenico, quien estaría maldiciendo en algún lugar del bosque. Las llantas levitaban sobre los baches y los montones de hierba, volando sobre los declives. Me pareció que acababa de despertar de una pesadilla cuando finalmente nos deslizamos sobre el pavimento. Yo lancé alegremente al aire la pistola que había hallado en el morral robado, como si fuese una bomba. El camino serpenteaba, a través de las colinas, más allá del valle, hacia campos anónimos, viñedos y praderas llenas de vacas. Pero sabíamos a dónde nos conducía.

A Roma.

LIBRO TRES

LA CIUDAD INVISIBLE

29

C reo que he adivinado el paso siguiente", le dije emocionada a Erik varias horas después, hacia las cuatro de la tarde.

Él y yo esperábamos en el Bar Pasquino, un establecimiento escondido en una de las esquinas de la Piazza Navona de Roma; era diminuto y estaba atestado, y en el se sentía el aroma del *espresso* y del *brioche*. El Bar Pasquino es idéntico a quizás quinientos otros cafés de la Ciudad Eterna, todos resplandecientes, con flores púrpuras en floreros de cerámica y pequeñas mesas de zinc sobre las cuales televisores gigantes de pantalla plana proyectan violentos partidos de fútbol.

Despuées de huir frenéticamente de Marco y Domenico, y de nuestro veloz viaje de tres horas hasta Roma, se nos había indicado que acudiéramos a este local en particular, durante una traumática conversación telefónica con mi madre. Ahora que Manuel le había contado acerca de los vínculos de sangre entre Marco Moreno y el coronel genocida, Juana estaba en un estado de ánimo maníaco. Además de explicarme gritando que yo era una loca temeraria como mi padre biológico, dijo también que este era el lugar que Yolanda, quien acababa de llegar a Roma, se proponía usar como centro para enviar mensajes. Yo había intentado archivar la mayor parte de esta conversación en la parte posterior de mi cerebro y, durante los últimos veinte minutos, había estado acosando al gerente del bar, quien se disponía a entregarme la nota que mi medio hermana había dejado allí unas pocas horas antes.

Mientras aguardaba, miré primero el enorme televisor. Su pantalla de alta definición era tan extraordinaria en cuanto a su resolución, que encontré poco socorro psicológico en la imagen de un uruguayo que golpeaba su sangriento cráneo contra un siciliano durante un torneo de fútbol. Luego, comencé a desgastarme los pulgares enviando mensajes de texto Sr. Soto Relada, con preguntas acerca de la presunta muerte de Tomás, puesto que sostenía saber tanto acerca de él. Después de esto, abandoné felizmente la modernidad para estudiar los materiales que tenía ante mí. Sobre la mesa, atestada ya con el pequeño bouquet de flores y una gran cantidad de cubiertos, había extendido la primera carta de Antonio, que logré rescatar de un grueso atado de papeles y de guías turísticas italianas que se encontraban dentro del morral de Marco, y que ahora estaban en mi propio morral verde. También había sacado, para inspeccionarla, la segunda carta, que habíamos recobrado del fuego debajo del Duomo de Siena, además de mi copia, cada vez más consultada, del *Diario íntimo* de Sofía. Había decidido que, de todos estos documentos, el último contenía probablemente la mayor cantidad de pistas que podrían ayudarnos a adivinar la tercera estrofa del acertijo de Antonio:

LA TERCERA CIUDAD ES INVISIBLE

DENTRO DE ESTA ROCA, ENCUENTRA UN BAÑO

QUEMA LAS MANZANAS DEL AMOR, MIRA EL OVILLO

Y LUEGO TRATA DE VOLAR DE MI IRA.

Erik sacó una de las flores púrpuras del florero de la mesa, mientras yo me esforzaba por entender los escritos. Era una flor en forma de campana, con bayas negras, igual a aquella con la que Marco había jugado en el valle de Chiana y que habíamos visto continuamente durante nuestra estadía en Italia.

"¿Qué fue lo que te llamó cuando te dio una de éstas?" agitó la flor en el aire.

Apenas levanté la vista de mis papeles.

"¿Qué me llamó quién cuando me dio qué?"

"Marco. Cuando te entregó una de estas flores. Escuché que decía, 'Cuidado, cuidado, cuidado'— y luego te llamó…"

"Erik, olvídate de eso" señalé el diario con ambas manos. "He encontrado algo increíble".

"Te llamó 'bella dama', ¿verdad?"

"Lo único que recuerdo es que estabas cubierto de sangre, y que bailabas alrededor de Domenico como un loco. ¿Cómo está la venda que te puse en el brazo?"

"Perfectamente, pero volviendo al tema, te llamó así. Te lo dije, se está enamorando de ti. Siempre transpira y se le nublan los ojos cuando te mira, como una especie de sociópata dulce y amistoso, en lugar de un repulsivo, aterrador, asesino de guardias".

"Erik, ya pasó".

Levantó la vista hacia el partido de fútbol en la televisión y se distrajo brevemente con un tiro fallido que no fue gol.

"Por ahora".

"No debemos preocuparnos por él. No nos encontrarán en la ciudad. No tienen el diario ni la segunda carta. No tienen nada para orientarse".

"¿Señora?"

La cara cuadrada del gerente del bar apareció súbitamente

frente a nosotros. En su enorme mano, semejante a una hogaza de pan, sostenía un pedazo de papel.

"Una nota para usted, signora".

La abrí.

¡¡¡Hola Lola!!!

> Puedes relajarte ahora. Sí, he venido. Estoy aquí para ayudarte en este acto de chica detective que te ha perturbado tanto que escapaste, dejándome con Medusa Sánchez, quien ha pasado el último día y medio poniéndome una mariposa encima. Con lo cual quiero decir, que esos trajes de dama son más que horribles.

> Dicho esto, quiero que sepas que yo sé que te olvidaste de pedirme que viniera contigo a Italia, ¿verdad? Mientras Erik enloquecía en Long Beach después de que te marchaste, obtuve detalles sobre el hecho de que estabas posiblemente fornicando con un misterioso hombre y buscando el oro de los aztecas o algo así. Y luego, esta mañana, tu madre me dijo por teléfono que el vago con quien huiste es un cliente realmente con clase. El HIJO del coronel Moreno, ¡increíble! Juana me ha mantenido informada de todos estos pequeños detalles, y realmente ha sido un placer tener esas conversaciones realmente relajantes con ella. Tienes que ser la medio hermana más fastidiosa de toda la historia, y cuando tu madre no está gritando, me gustaría decirle que es únicamente el lado mexicano de tu composición de gozque lo que hace que seas tan fastidiosa.

> Me muero de ganas de verte, sin embargo.

> ¡Roma no está tan mal! Supongo que has estado visitando las bibliotecas y has encontrado un par de cosas que puedan ayudarnos con esta teoría del oro de los aztecas sobre la que me hablaba Manuel. Y había ALGO MÁS, si bien recuerdo, sobre lo que murmuraba Erik —que papá había muerto en Europa, ¿co-

rrecto? ¡Sí! ¡Eso me resultó interesante! ¿De qué diablos se trata?
¿Es cierto?

Está bien. Estoy aquí para averiguarlo, por suerte para ti. Estoy segura de que necesitarás mi ayuda, cobarde. Entonces, me ente-
raré de todo cuando nos encontremos aquí más tarde, ¿a las 4:30?
Esto es, si no te veo antes, pues sabes qué buena rastreadora soy.

¿Qué tal está ese Romeo tuyo guatemalteco, conversador, alto y
fornido y sabelotodo? Dale un beso de mi parte.

Te quiero, Y

P.D. Oh, espero que Erik te haya dicho que puedes olvidarte de mi
búsqueda de basura para los invitados de la boda. Sabes cómo me
obligaba papá a hacer esos espectáculos de simio cuando era niña.
Estoy jubilada ahora.

"No puede creer que lo esté diciendo, pero me alegra que
esté aquí para ayudarnos", dijo Erik, oliendo la flor.

Yo alisé los papeles.

"En realidad no sé qué voy a decirle acerca de Tomás".

"Quieres decir el hombre de la cola de caballo..."

"Sí".

"Quizás no debas hablar de él. Al leer esto, parece casi contenta, y puedes ver qué entusiasmada está de estar aquí".

"Está tratando de rastrear a su padre, y no ha rastreado nada
desde que estuvimos en la selva. Entonces, sí, creo que se siente
bastante emocionada".

"Durante los últimos dos años, lo único que ha hecho es pa-
searse por Long Beach con ese enorme sombrero negro, como
uno de los malvados de una película de vaqueros que está esperando que comience el duelo".

"Desearía que ya estuviese aquí porque quiero marcharme ahora, después de lo que acabo de leer en el diario de Sofía".

Erik levantó las cejas.

"Está bien. Te escucho".

Subrayé el acertijo de Antonio con el dedo.

"El acertijo dice:

LA TERCERA CIUDAD ES INVISIBLE

DENTRO DE ESTA ROCA, ENCUENTRA UN BAÑO

QUEMA LAS MANZANAS DEL AMOR, MIRA EL OVILLO

Y LUEGO TRATA DE VOLAR DE MI IRA.

"Comencemos por la primera línea".

" '*La Tercera Ciudad es Invisible*'. Erik, ¿no es *ciudad invisible* el término que usaba la gente para llamar las ruinas en el siglo XVI?"

Erik asintió.

"A una cantidad de lugares imaginarios se los llamaba así. La Ciudad de Dios de San Agustín, la Atlántida de Platón, la isla Avalon del rey Arturo, Shambalá —pero, sí, los españoles de la colonia le daban ese nombre a las ciudades antiguas que habían excavado".

"Copán, Machu Picchu".

"Incluso partes de Tenochtitlán".

"Porque estaban enterradas debajo de la tierra".

"Así es. Tienes razón".

"Eran *invisibles*. Eso es lo que estamos buscando".

"Una ruina… en Roma".

"En las afueras, en realidad, si adiviné correctamente. Como lo dice el acertijo, debemos encontrar una ciudad invisible —una ruina— y una *roca*, luego algún tipo de *baño*. Y luego debemos quemar *estos…*"

Había tomado la flor púrpura que aun colgaba de la mano de Erik, y la había puesto con cuidado sobre la carta que habíamos encontrado mientras nos asábamos bajo el Duomo de Siena.

Marco Moreno ya me había mostrado cómo crecían salvajes estas flores en Italia, cuando se había esforzado por llamarme la atención sobre ellas en el valle de Chiana. Yo sabía ahora que lo había hecho por una buena razón, posiblemente incluso generosa. Como se lo expliqué a Erik mientras conducíamos hacia Roma, la flor correspondía perfectamente a la iluminación floral que decoraba la primera página de la carta, que resultó ser, junto con el anagrama, la segunda de las tres "pistas" que Antonio había prometido en la misiva.

El jeroglífico (una palabra codificada a partir de una imagen) que formaba, simbolizaba "manzana de amor", el nombre de esta flor muy corriente, en forma de campana y con bayas, que tenía un misterioso significado para Antonio de Médici —y que Marco Moreno me había mostrado de manera tan deliberada en el valle de Chiana:

" 'Quema las Manzanas del Amor, mira el Ovillo / Luego trata de Volar de mi Ira' ", cité, mirando las sedosas campanas oscuras.

Erik admiró el truco, golpeando la mesa con las manos.

"Sí, lo entiendo, estas flores son *manzanas de amor*. Que, al parecer, debemos quemar. Y eso es maravilloso, pero creo que no estás prestando suficiente atención a la última línea acerca del asunto de *volar de mi ira...*" Volvió la cabeza hacia el televisor sin terminar la frase.

"Oh, nos preocuparemos de eso después".

Ahora había vuelto todo su cuerpo hacia el televisor e inclinó su cabeza; su sonrisa había desaparecido.

"Sí... quizás tengas razón. Tal vez tenemos suficientes cosas entre manos en este momento".

Yo continué conversando:

"Sólo quiero seguir investigando *ahora*, ¿sabes? Desearía que mi hermana se diera prisa". Miré mi reloj; eran las 3:59. "Tardará media hora más".

Erik continuaba mirando la televisión.

"En realidad, creo que probablemente debíamos marcharnos ahora".

"¿Por qué?"

Me hizo un gesto para que siguiera su mirada.

"Bien, *mira*".

En la pantalla, una presentadora muy bien peinada, con lápiz labial escarlata y una frente sin arrugas, susurró suavemente que las autoridades internacionales estaban buscando a un trío de la-drones de tumbas y bandidos asesinos:

Los dos hombres y una mujer son de ascendencia indígena, dicen las autoridades, quizás de proveniencia guatemalteca o mexicana. La única descripción que ha revelado la policía es que los fugitivos son "de tez oscura" y "corpulentos" y se cree que se ocultan en Florencia o en Siena.

En una noticia posiblemente relacionada con la anterior, se re-portó que dos o tres sudamericanos ingresaron ilícitamente al Duomo de Siena ayer en la tarde y destruyeron el famoso mosaico de la

*"loba". En una osada acción se escaparon por una trampilla oculta
en el piso del Duomo y desaparecieron. Expertos en restauración de
arquitectura medieval han sido llamados para examinar el lugar...*

Erik se puso de pie y comenzó a guardar rápidamente todos
nuestros papeles y libros en mi bolso, diciendo en un canturreo
falsamente sereno:

"Oh, cariño, tra la la, no llamemos la atención, pero algo me
dice que somos los gorditos morenos de los que hablaba la presentadora".

"Al menos creen que estamos en Toscana", susurré, mirando a
mi alrededor a los bebedores que tenían la mirada fija en la pantalla del televisor, donde el partido de fútbol había sustituido al
noticiero. "Nadie ni siquiera nos está mirando raro. Sus descripciones no pueden ser más vagas, ni más equivocadas. Yo no soy
gorda, y Marco tampoco. Y tú eres *robusto...*"

"Lo *sé*", dijo, sin inmutarse. "Malditos perfiles raciales, olvida-
ron mencionar mi atractivo. Pero, por si acaso, prefiero no permanecer aquí mucho más tiempo".

"Un segundo, debo dejarle una nota mi hermana. Espero que
la vea aquí. No quiero entregársela al gerente, en caso de que
despierte alguna sospecha".

Garrapateé un mensaje para Yolanda por el otro lado del papel que me había dejado, y lo puse sobre la mesa:

4:00 Y —*Nos fuimos a Ostia Antica*— L

Erik me condujo hasta la puerta, nos subimos al auto y partimos velozmente por las calles de Roma, atiborradas de peligrosas
Vespas.

"¿Dónde le dijiste que íbamos?"

❦ 30 ❦

stá bien, en aras de revelar toda la verdad, debo confesar que cuando te conocí, la idea de que estaría huyendo de la policía italiana en realidad no estaba dentro de mis planes", me dijo Erik, mientras se inclinaba sobre el timón de nuestro Fiat plateado (en realidad era propiedad del dueño del hotel de Siena y ahora, básicamente, robado) y avanzamos a toda velocidad, dejando atrás una oleada interminable de turistas, músicos callejeros peruanos, y nativos que atiborraban las calles llenas de arte. Transpiraba profusamente. "Sé que parecía un viejo macho bucanero en aquel entonces, pero no lo era. Todo era teatro. Era un nerdo. Y si ahora galopo por todas parte como Sancho Panza, es porque tú, mujer, me has corrompido. Habiendo dicho esto, *sin embargo...*"

"Cuando yo te conocí, tenías aventuras con cerca de diez mujeres, contando sólo las de UCLA".

"Sí, *sexualmente* era un salvaje, pero para lo demás, en términos de correr por todas partes, tener aventuras, buscar tesoros, tener horrendas peleas de kung fu y envenenar bosnios, u otro tipo de asesinos, con esmeraldas en trampas sepultadas hace siglos, y sentir cómo se me enroscan las cejas en incendios monumentales, no".

"Gira a la izquierda, otra vez a la izquierda. Ahora a la derecha".

En una mano sostenía una guía turística de Roma propiedad de Marco, y en la otra el diario de Sofía, que había sacado de mi bolso. El auto giró y avanzó sobre la ruta que yo había trazado en el mapa de la guía, mientras intentaba no golpear mi cabeza contra la consola del auto.

"Erik, sé que ha sido horrible, ¡lamento haberte hecho venir acá!"

Mi prometido respiró profundamente.

"Creo que olvidas que yo tomé esa decisión solito. *¡Desde luego que vine a Italia! ¡Tú estás aquí!* Donde tú estés, yo estaré. *Eso* no es siquiera objeto de discusión. Y déjame terminar, eso no es lo que estoy diciendo".

"Esta mañana, cuando no podías dormir en la pensión en Siena, podía ver que realmente luchabas con lo que sucedió".

"Mira. Admito que desde todo este asunto con Blasej, me he sentido extraño o algo parecido".

"Cuéntame, ¿cómo es eso?"

"Uh, no estoy muy seguro. Me he sentido terrible. Como si quizás, en realidad, yo no fuera tan buena persona, después de todo. Eso, o bien me estoy *convirtiendo* en alguien malvado, violento y horrible, y quizás no haya una diferencia entre quien soy y los Morenos, y probablemente alguien *debería* encerrarme en alguna parte".

"*¡Eso* no es verdad!"

"Está bien, está bien. Sé que es así, fue en defensa propia, ¿verdad? Eso creo. Lo que sí sé es que probablemente será mejor que no hable tanto acerca de ese asunto, y que sólo conduzca hacia… donde quiera que vamos. Porque lo que trato de decir es que me alegro de estar aquí contigo".

"¿Lo estás?"

"Sí. Sólo quería decírtelo antes de que nos atrapen. Y si trabajo en mi amnesia selectiva, incluso yo puedo ver que todo esto es extrañamente asombroso: las criptas, las medallas, los aterradores laboratorios de alquimia, el combustible oculto: todo. ¡Es el sueño de un arqueólogo! ¡Excepto por la parte deprimente de las muertes! Entonces, sí, me alegra estar aquí. Me alegra casi tanto como a ti".

"¿Qué quieres decir?"

"¿Qué quiero decir? Quiero decir que has estado feliz desde que llegaste aquí. Lola, puedo verlo. Estás gozando como nunca en la vida".

Miré cómo pasaban las calles velozmente ante mí. ¿Qué quería decir? ¿Había estado pasándola maravillosamente desde que fui secuestrada en El León Rojo por mercenarios?

"Oh, Dios, tienes razón", exclamé. "Excepto cuando mataron a los guardias".

Nos miramos el uno al otro, con nuestras caras sudorosas y ojos desorbitados, y Erik se echó a reír.

"¿Ves lo que quiero decir? ¡Eres un fenómeno!"

"Oh, cielos…", gemí. "Es cierto, nunca he estado más feliz, y somos fugitivos, pillos que huyen, delincuentes, y *mi padre enloquecerá cuando sepa acerca de Tomás*".

"Está bien, está bien. No quiero que tengas un ataque".

Cerré con fuerza los ojos, frotándome la frente. Intenté analizar las razones por las cuales estaba tan obstinadamente decidida a resolver el acertijo de Antonio, cuando podía sencillamente irme a casa, casarme y olvidarme de todo lo relativo al tesoro azteca y a los padres resucitados. Mientras el Fiat continuaba deslizándose por las calles romanas, la idea conocida pero, sin embargo, muy perturbadora, de que quizás no fuera normal, me pasó por la mente: tenía treinta y tres años, y había malgastado mis mejores años para tener hijos entre las páginas de los libros y, recientemente, había atravesado alegremente las llamas para recuperar una carta escrita por un Médici alcohólico. Ya teníamos tres cadáveres a nuestras espaldas, y la policía nos buscaba. Mientras debería estar ocupada en llevar a Erik a un lugar seguro en la frontera con Francia, y luego volar a casa para llevar una equilibrada vida nupcial, permanecía obsesionada con... sí, con descubrir el lugar de la próxima pista de Antonio: la medalla, el tercer signo oculto, la *ciudad invisible*. Con base en mis recientes investigaciones, pensé que podría encontrarse en una antigua y fabulosa ruina romana donde il Lupo y su esposa hechicera, Sofía, habían realizado ritos mágicos secretos: Ostia Antica.

"Lola, Lola", decía Erik.

"¿Qué?"

"¿Estás pensando otra vez en el acertijo, ¿verdad?"

"Ah... no. ¡No! Creo que debíamos hablar un poco más sobre lo que sientes".

"Ya dije que no quiero hacerlo; no sirve de nada. En serio, dime lo que estás pensando; será mejor así. Sólo dime qué viene ahora".

"¿Estás seguro?"

"¡Sí, como sea! Estoy *seguro*".

Discutimos sobre esto uno o dos minutos más, hasta que finalmente exclamé:

"Está bien... *gira aquí a la izquierda*". El auto entró a una autopista que salía del centro de Roma. "Primero, debes estar atento para ver si alguien está vendiendo esas flores púrpuras de las que estábamos hablando. O si las ves creciendo al lado de la carretera".

"¿*Dónde* vamos?"

Miré los libros que tenía en la mano.

"Bien, *estaba* leyendo..."

"Sí..."

"El diario de Sofía. Y creo que adiviné dónde está la ciudad invisible. Déjame leerte el pasaje... lo estaba mirando antes en el bar".

"Aparecemos en la lista de personas *más buscadas de Italia*".

"Sí".

Busqué en el diario, hasta que encontré la ingeniosa entrada en la que pensaba. Ésta describía una escandalosa ceremonia de brujería en la guarida de una aldea romana en ruinas, llamada Ostia Antica. La descripción contenía también códigos, insinuaciones y signos que acababa de interpretar con mucha pasión —y quizás con excesivo apresuramiento.

"Escucha *esto*:

Roma, abril de 1540

Esta noche celebré el Rito Sagrado del Nombre, en el cual las asistentes de hechiceras reciben sus nombres mágicos secretos, durante lo que presuntamente es un sacramento muy bello, con danzas, conjuros, y los éxtasis del Encantamiento Volador de Strega.

Dirigí este ritual en uno de los lugares paganos más poderosos que haya pisado. Se encuentra en Ostia Antica, la antigua aldea de molineros en las afueras de Roma. Durante los meses que Antonio y yo hemos vivido aquí, he reunido un Círculo Sagrado de Baronesas, Jueces, Infantas, mercaderes ricos como Midas —e incluso un Cardenal, Pietro Borodoni, quien nos ha permitido practicar la Antigua Religión sólo después de pagarle más de Seis Cofres llenos con el oro de Antonio, con los cuales la Iglesia habrá de dorar el Coloso en el que pronto trabajará Miguel Ángel, la tumba de San Pedro.

Cinco de nosotros entramos por debajo de la superficie de Ostia Antica a las termas subterráneas de Mithras, el Dios Sol que, según los persas, creó el mundo

matando un Toro sagrado. Antonio estaba en un raro ánimo jovial; llevaba, para la
ocasión, su abrigo bordado de verde y oro; le pedí que se quitara esta costosa prenda
cuando encendió para nosotros una pequeña fogata, sobre la cual lancé las hechiceras
flores que le dan a las brujas el Poder de Volar.

Alrededor de las chispas, el aquelarre bailaba, riendo.

"Antes de comenzar, debemos agradecer a nuestro buen Cardenal Pietro", dije,
haciendo un gesto hacia el sacerdote. "Pues es sólo en virtud de su Gracia que las
Antiguas Maneras aún pueden ser observadas en Roma".

"¿Soy yo la Roca sobre la cual construyes tu iglesia, querida?" preguntó el
Cardenal.

"¿No es eso una blasfemia?" preguntó la alegre Signora Canova, esposa de un
rico mercader.

"Es sólo un doble juego de palabras con el nombre del Cardenal, Pietro", sugirió
Antonio. "Y yo siempre apruebo los juegos de palabras".

"No, tonto, estoy hablando de la Biblia", dijo la Signora Canova. "¡La aprendí
cuando era una niña! ¡Sobre el Santo! Vamos, vamos, ¿qué era? Algo acerca de Cristo
que decía que Pedro era como una roca, o que una roca era como Pedro o, en todo
caso, que tenían mucho en común, no recuerdo".

"Es Mateo 16", comenzó a decir el Cardenal. " 'Y también os digo, Que tú eres
Pedro y sobre esta Piedra edificaré mi iglesia; y las puertas del infierno no
prevalecerán contra ella' ".

"Oh, calle," dijo el Barón Modigliani, quien esperaba con ansiedad que
comenzara el estado de Fornicación del Ritual, para poder hundir su propia Palabra
en la de la Signora Canova. "Signora Médici, empiece, por favor".

Yo permanecí delante de las llamas y desplegué un pergamino. El papel parecía
vacío —pero, después de mi encantamiento, revelaría Signos muy Secretos y
Peligrosos.

"¡Elévense, elévense!" grité. "¡Mis Bellas Hechiceras! ¡Sus verdaderos nombres
están escritos sobre las llamas; tomen su Nuevo Título y asciendan en el Aire!"

El pergamino brillaba delante de la llama; mis patrones estaban delante de él,
hipnotizados.

Luego, una a una, las misteriosas Cifras aparecieron en la página.

"Hecate de Ojos Negros", grité, leyendo el nombre de hechicera de la Signora Canova, quien se desvanecía de arrobamiento.

"Acteón de los Sabuesos", grité, marcando a nuestro fastidioso Cardenal, a manera de Advertencia de lo que podría esperar si su codicia crecía demasiado.

"Lujurioso Pan", canté, encontrando que era un remoquete especialmente adecuado para un Barón promiscuo.

"Excelente", replicó.

Las drogas hicieron efecto: a los pocos minutos, nuestros pies se habían elevado del suelo.

Bailamos como duendecillos en el aire, mientras que la luz del fuego danzaba sobre el agua roja y azul de las Termas.

"Qué divertido, querida", reía Antonio, agitando los brazos, tan alegre como nunca lo había visto.

Pero, entonces, mi magia se volvió contra mí. Debí haberlo previsto. Una Súbita comprensión de la Realidad es uno de los dones del Encantamiento del Vuelo, y mientras mis brujas miraban a mi sonriente esposo, sus sentidos se aclararon hasta el grado de la Revelación: en un instante, conocieron el Nombre más secreto, más letal de Antonio el Lobo, que nunca me hubiera atrevido a escribir sobre aquel pergamino.

"¡Bestia!" gritaron. "¡Usted _____ !"

Le gritaron blasfemias. Las palabras entraron a los oídos de mi esposo como dardos envenenados, infectándolo con una peligrosa melancolía.

Su contextura comenzó a transformarse.

Sus garras se extendieron; su cara se ensombreció; mostró sus colmillos; lloró y rugió como una criatura del mundo inferior. Caímos al suelo. Cuando nos incorporamos, mis brujas no querían mirarme a los ojos.

"No importa para nada", tartamudearon, mientras él temblaba delante de ellas. "Ya habíamos oído, de todas maneras, que Antonio era un poco extraño" decían. "Seguiremos siendo amigos, ¡desde luego! Ciertamente no pensaremos menos de él" repetían. "Esto es una mera inconveniencia; no cambia nada, querida Sofía".

No les mostré mi propio terror, y reí con ellos.

Esta noche, he comenzado ya a reunir las pocas posesiones preciosas que podemos llevar con nosotros si necesitamos viajar a España, tal vez, o a Venecia: estos son nuestros más costosos trajes, libros, cartones, pinturas e ídolos, junto con el Tesoro. El resto será picoteado por buitres y dispersado. Mis Brujas conocen ahora el Secreto de Antonio, y esto les dará un extraordinario poder sobre nosotros.

Sí, con tal conocimiento, podrían incluso matarnos...

rik y yo nos bajamos del Fiat y caminamos por las ruinas derruidas de la aldea al suroccidente de Roma descrita por Sofía en su diario, ubicada cerca de la boca
verde del Tíber. Molineros y artesanos construyeron Ostia
Antica en el siglo V a.c. En la actualidad, sus edificaciones de ladrillo color rosa se han erosionado hasta obtener la suavidad
de viejos huesos, rodeadas por hierbas asoladas, caléndulas y
amapolas.

"El libro dice que era un lugar popular en el siglo XVI".

Erik hojeó nuestra copia de *Rick Steves' Italy*.

"Los cazadores de fortunas cavaron aquí. Los aristócratas
realizaban sesiones de espiritismo y orgías en los baños minerales".

"Este tiene que ser el lugar —tiene un baño; en su diario,
Sofía escribe cómo realizaba aquí ceremonias del fuego. Escucha
bien, aquí está el acertijo:

"La Tercera Ciudad es Invisible
Dentro de esta Roca, encuentra un Baño
Quema las Manzanas del Amor, mira el Ovillo
Y luego trata de Volar de mi Ira.

"Está bien. *'Dentro de esta Roca, encuentra un Baño* —había baños minerales aquí, aun cuando no sé acerca de la *'Roca'*... quizás sólo significa las edificaciones de piedra".

Erik levantó la vista de la guía, llevando el morral verde a sus espaldas.

"Aquí dice que hay un pequeño museo en el lugar. La siguiente medalla podría estar allí".

Después de pagar unos pocos euros, nos permitieron entrar a una galería, increíblemente menos impresionante que las propias ruinas. No nos tomó mucho tiempo mirar las exhibiciones. Las vitrinas estaban llenas de fragmentos polvorientos de petroglifos y de figuras de mármol reconstruidas de atletas desnudos, bendecidos con una extraordinaria musculatura. Aunque estaban absolutamente desprovistas de cualquier cosa que pudiera remotamente ser tomada por la tercera pista de Antonio de Médici.

Cuando salimos del museo, sin embargo, Erik encontró algo.

Pequeños senderos de barro se extendían a través de las ruinas. Estaban señalados con signos modernos en letras rojas. Habíamos examinado varios de ellos, pero Erik eventualmente se detuvo delante de una de las edificaciones, levantando la vista para ver cómo estaba designada:

VIA DELLE TERME DEL MITRA

"Vía de las termas de Mithras", dijo. "Ese es el dios persa que mencionó Sofía, el que mató al Toro y creó el mundo. Estas podrían ser las termales donde ella realizó el Rito del Nombre para su aquelarre".

"Miremos".

Avanzamos por un sendero bordeado de césped que pasaba entre dos edificaciones diferentes hechas de la misma piedra rosada. Tenían puertas, aunque con rejas de acero, que llevaban a

escaleras de piedras derruidas: los curadores habían impedido el
acceso a los niveles subterráneos de las ruinas.

Erik y yo nos asomamos ávidamente entre los barrotes de una
puerta para mirar las húmedas escaleras cubiertas de musgo que
se encontraban al otro lado. Descendían hacia las sombras. Y no
había ningún otro turista a la vista.

"Entremos", dije.

Nos deslizamos entre los barrotes, mientras Erik protestaba.
Tropezamos en los escalones de piedra, que conducían a una red
de habitaciones destruidas, construidas con ladrillos antiguos y
polvorientos. El suelo estaba recubierto por una capa de musgo
verde incandescente que crecía en los intersticios de las paredes
de piedra, floreciendo en manojos de hierba salvaje. Erik caminaba delante de mí; su cuerpo inclinado, con el morral atrás, se
veía en ocasiones ensombrecido por el denso aire, y en otras relu-
ciente por la iluminación de claraboyas en el techo que dejaban
pasar la luz del sol. Giró en una esquina y desapareció de mi
vista.

Yo lo seguí. Al final de ese pasillo, Erik encontró una alta estatua de mármol en ruinas, que representaba a un joven. Faltaba
la mitad del brazo de la figura, y delante de él descansaba la figura de un toro. La parte desaparecida del brazo del joven alguna
vez había estado en la posición indicada para cortar el cuello del
animal.

"Mithras", dije.

Erik se detuvo delante de la estatua.

" 'La Tercera Ciudad es Invisible / Dentro de esta Roca, encuentra
un Baño / Quema las Manzanas del Amor, mira el Ovillo / Y luego trata
de Volar de mi Ira.' Este lugar está ciertamente hecho de Roco
—ladrillos. Pero no veo un Baño".

"No, regresemos".

Regresemos por donde habíamos venido, giramos a la izquierda, rodeamos pasajes oscurecidos por las sombras que sólo
aumentaron nuestra confusión. Inclinándonos para pasar por
una puerta baja que parecía haber sido una cueva en algún momento, nos encontramos en otro espacio muy oscuro y derruido.
Una arcada de ladrillos formaba el techo sobre nosotros. A la izquierda, una pequeña ventana estaba parcialmente obstruida por
la tierra, cuyo nivel se había elevado desde la época de los Romanos; estaba cubierta de enredaderas. La luz filtrada por las hojas
verdes fluía por la ventana, destellando sobre un pequeño estanque negro que se encontraba en una depresión en el centro del
salón.

Nos inclinamos, contemplando el agua. Erik la recorrió con
la mano.

"¿Es esta la *Roca* de que habla? ¿Es siquiera aquí donde debemos estar?"

"No lo sé. Y ¿es esto un baño o sólo una *inundación*? No tenemos manera de saber si estamos en el lugar indicado".

Erik se quitó el morral de la espalda. Explorando más allá de
los papeles de Marco y del ramillete seco de manzanas de amor
que habíamos cortado antes, encontró una linterna que habíamos
tomado de la cripta en Florencia. Un haz de luz se movió por las
sombras.

Respiré profundamente.

"Está bien, esto es todo lo que tenemos: el acertijo, el diario.
Podemos empezar aquí".

El rayo de luz de la linterna se deslizó sobre la superficie del
ambiguo estanque. Únicamente podíamos ver la vegetación ciega
que bordeaba el agua y hongos que brillaban pálidamente. Algunas hiedras caídas flotaban sobre la superficie, que permanecía
tan oscura como la noche.

Me incorporé, me quité los zapatos, los pantalones y el suéter negro que estaba destrozado por el fuego del Duomo.

"¿Qué haces?"

"Voy a sumergirme".

"Déjame…"

"Alto, alto, Mark Spitz. De ninguna manera permitiré que te sumerjas en estanques negros y aterrorizadores cuando yo no *sé qué* podría haber en ellos. Además, nado mejor que tú".

Mientras Erik me recordaba sus habilidades para nadar con estilo de perro, entré en el agua, sumergiendo todo mi cuerpo. Sentí un estremecimiento, como si me congelara. Me sumergí de cabeza y descubrí que el estanque era tan fresco y limpio como perfectamente negro. Salí a la superficie y luego me sumergí más profundamente. Pero después de cerca de una hora de explorar el agua, no pude hallar nada que se asemejara a las medallas de metal que habíamos hallado en la cripta o en el laboratorio de alquimia. Salí del estanque. Erik me secó con su camisa, frotando suavemente mis costados, mi estómago, mi cuello.

"Nada de esto nos sirve". Saltaba inútilmente sobre los pies para calentarme. "Pero tal vez es porque no estamos siguiendo las instrucciones".

"¿Qué, el acertijo? Esa parte acerca de las *manzanas del amor*. Las flores. Quemarlas".

"Sí".

"¿Pero en qué forma quemar las flores nos ayudará a encontrar algo aquí?"

"No podría decírtelo. No se me ocurren más ideas".

"Parece algún truco. Piénsalo: *sabes* que las brujas siempre estaban preparando pequeñas drogas y venenos con ranúnculos y gusanos y cosas así. '*Quema la Manzana del Amor, mira el Ovillo*'. Todo me suena excesivamente farmacéutico. Estas flores probablemente deberían matar a Cosimo. ¿Qué más lo haría? Y eso significa que nos matarían a *nosotros*".

Mientras me vestía otra vez, contemplé las sombras, escuchando el sonido del agua.

"Podríamos *intentarlo*".

Dirigió la linterna al interior del morral; los extremos púrpuras de las flores medio aplastadas asomaban por la abertura.

"Bien… allí hay una ventana. Eso es ventilación. Y si algo sale mal, podemos marcharnos sencillamente. Creo. Salir corriendo, gritando, una carrera de cuatrocientas yardas. Pero incluso con sólo decirlo puedo escuchar que suena como algo *loco*".

Dos minutos más tarde, apilamos las flores púrpuras al lado de la orilla del estanque. Luego una cerilla golpeó contra el grafito. Una aureola dorada iluminó las mejillas de Erik. Espectros perturbados parecían proyectar sus sombras sobre las paredes mohosas, despiertos después de siglos por nuestra pantomima del Rito del Nombre de Sofía.

"Brujería", murmuré a la chispa de la llama, como para invocar la tercera clave.

Pero no me di cuenta qué espíritus había invocado.

❧ 32 ❧

Las flores tardaron un tiempo en arder, debido a la humedad, pero pronto una serie de cerillas encendidas comenzaron a ennegrecer los pétalos. Erik se puso en cuclillas delante de las flores, soplando sobre las llamas mientras yo lo iluminaba con la linterna.

"Está prendiendo", dijo.

Un tentáculo de humo se elevaba de los tallos. Tenía un olor agudo; yo no había advertido aún las manchas rojas y henchidas en la piel de mis muñecas y dedos, donde me habían tocado las flores cuando las cortaba.

El humo negro continuó elevándose en el aire. Se filtró por la luz verde de la caverna y desapareció sobre el agua negra.

"¿Puedes ver algo?" preguntó Erik.

"No".

"Te lo dije, no entiendo cómo podría ayudarnos esto".

El aire danzaba ante nuestros ojos. Y ya era demasiado tarde.

Una sensación ligera, maravillosa, comenzó a envolverme mientras las campanillas púrpuras ardían una a una. Miré a Erik, y el tiempo se enroscó, al igual que el humo. El aire esmeralda nos cubría con un halo. Las sombras parecían astillarse, y luego rodearnos, como mariposas.

Abrí los ojos; había estado soñando. Estaba en el suelo. Mi mejilla descansaba sobre el musgo, bañada en la fresca agua. Había soltado la linterna, que proyectaba una flecha de luz sobre el piso.

Al otro lado del fuego, los ojos de Erik estaban cerrados. Me susurró algo. Mi nombre.

"Lola".

Su voz estaba llena de anhelo. Y luego, de alguna manera, yo ya no estaba en el suelo. Me elevé por sobre el agua y las flores que ardían, y mi cuerpo comenzó a girar sobre el estanque negro. Estaba suspendida en el aire, riendo, como lo hacen las brujas. Fragmentos, mosaicos, brillantes escenas aparecieron en mi mente, del maravilloso cuerpo de Erik, y de sus manos, desde todos los ángulos, desde todos los costados. No, era más que eso.

Lo veía… *todo*.

Vi a Erik radiante, iridiscente, fuera del tiempo. Vi todas sus encarnaciones. Vi a Erik como un bebé, como un feto del tamaño de un caracol, como un niño. Lo vi como un anciano, con cicatrices y arrugas en la cara. Lo vi airado en la selva y, al mismo tiempo, lo vi inclinado sobre mi cuerpo desnudo en una mañana dorada de Long Beach. Lo vi con calcetines hasta la rodilla, leyendo un enorme libro; lo vi flotando en el vientre de su madre, enroscado como un caballito de mar, con grandes ojos de extraterrestre. Lo vi amargado, cruel. Tenía líneas debajo de los ojos; su cabello estaba enmarañado; estaba medio loco, sangrando de inagotables heridas. Vi cómo se transformaba su sonriente semblante, del que me había enamorado, hasta convertirse en la cara de animal que le había visto adoptar en la cripta cuando mató a Blasej. Vi también cómo su cara adoptaba la expresión enrojecida, casi diabólica, que había pasado un instante por sus rasgos en el valle de Chiana. Por un momento, en aquel trance de drogas, pensé que estas transmutaciones eran particularmente importantes… pero luego vi otras que eran más bellas, más seductoras. Vi cómo su cara se transformaba en la mía. Vi cómo su cara se transformaba en la cara astuta de duros ángulos de Marco Moreno, en la de Yolanda, Manuel, mi madre. Lo vi esforzándose cuando hacía el amor, con venas púrpuras en el cuello. Lo vi yacer serenamente en su ataúd. Y lo vi nacer. Me moría a causa de las drogas como si algo sagrado y perfecto me estuviera ocurriendo.

Grité algo sobre el inmenso amor que le tenía, aunque salió como un murmullo.

A lo lejos, podía escuchar a Erik rugiendo. Me escuché toser atragantada. Mis pies se movían mientras yo continuaba volando dichosa por todo el salón. Pero en realidad, era mi cuerpo que convulsionaba dentro del estanque negro azuloso en el que había caído.

Pasó el tiempo.

Me arrastraron hasta la luz del sol. Una cara destelló sobre la mía. Era bella y me resultaba familiar; estaba rodeada por un halo negro. Un sombrero negro. Vi a Erik enroscado sobre la hierba afuera, intentando respirar. Su cara tenía el color de la ceniza, y sus párpados se habían hinchado como ciruelas. Una mujer dijo mi nombre. Mi medio hermana, Yolanda, lo estaba gritando.

Después de aquello, durante horas y horas que no podría contar, no sucedió nada.

33

Una pared pálida y luego sólo pensamientos, fracciones de pensamientos. Imágenes de mi hermana delgada y de ojos oscuros, sonidos de nombres; imágenes de letras escritas en un fondo negro profundo sobre una página, caracteres de tinta oscuros sumiéndose en las profundidades del papel, tan pálido como el hospital que me rodeaba. Mis sueños estaban compuestos principalmente de lenguaje. En mis alucinaciones, esculpía palabras como arcilla. Las conjuraba, de manera que sus letras quedaban suspendidas en la atmósfera de mi imaginación, y las hacía combinarse, cambiar de forma, de la misma manera como un mago casa una rosa con un pañuelo de seda y crea, a partir de esta alquimia, una paloma viva.

Sam Soto Relada. El nombre flotó hasta la superficie de mi mente sumergida.

Pero ahora alguien me hablaba.

Hoy sé por qué el color de la vida después de la muerte en las alucinaciones y en las películas es blanco —porque es el color de las paredes de los hospitales, y de las bombillas fluorescentes que tiemblan sobre nosotros mientras permanecemos en nuestras frías camillas, volando en espíritu hacia la brillante palidez y luego regresando a nuestros oscuros cuerpos como alguien que se sumerge en el océano. El blanco es el color del Cielo porque es el último color que muchísimos de nosotros veremos.

Así estuve en el hospital durante dos días, alimentada de forma intravenosa las primeras veinticuatro horas, mientras meditaba sobre la misteriosa transmutación de las palabras y especulaba sobre el diseño interior del mundo subterráneo.

Y todo este tiempo un ángel permaneció a mi lado. Este ángel llevaba un enorme sombrero negro Stetson sobre la parte posterior de la cabeza. Tenía el cabello negro y brillante, que caía por sus hombros, y ojos tan profundamente negros que no había diferencia con sus pupilas, dilatadas por el miedo, mientras contemplaban en que condición había dejado la droga a esta servidora.

Abrí los ojos y la vi allí. Mejillas anchas, boca ancha, collar de jade azul, cuerpo bello y esbelto.

"La Manzana del Amor es otro nombre para la belladona, *absoluta* idiota", me advirtió el ángel, en una voz tremendamente alta, a pesar de sus sollozos histéricos y del hipo que la acompañaba.

"Eso lo explicaría", susurré. "Belladona. Bella dama. Me llamó bella dama".

"Lo que dices no tiene sentido. Mírate. Te alejas de mi vista por menos de una semana, y casi te mueres".

"Yolanda, ¿dónde está Erik?"

"Tuve que conseguirles un apartamento, y luego tratarlo allí con aceite de castor y morfina que robé de aquí —y fue una verdadera fiesta, déjame decirte. Pero salió mejor que tú de ese pequeño experimento de ustedes, y no podía permitir que los médicos los vieran juntos, ahora que son tan *famosos*".

"Oh. Correcto. La policía".

"No te preocupes. Te asemejas más a un perro muerto que a

ese pequeño esbozo que comenzaron a mostrar en la televisión.
Y le dije a las enfermeras que eres una peruana casi retardada
que toca la quena, llamada María Juárez, indocumentada, y que
fumaste las flores por accidente. Creyeron la historia, por ahora.
Aun cuando realmente te recomiendo que salgas de aquí en
cuanto puedas, antes de que deporten tu trasero al Cuzco..."

Comenzó con una letanía de críticas acerca de la horrible
debilidad de mi inteligencia, golpeándose ferozmente las rodillas
y llorando en medio de los insultos.

Cerré de nuevo los ojos.

```
creo que debemos hablar sr relada
                ...
donde esta
                ...
ahora en un apt al lado de piazza navona
                ...
esta bien no he escuchado nada de ud
                ...
creo que casi muero
                ...
lo lamento pero encontro el oro querida
                ...
gracias por la simpatia pero se que no me
ha dicho todo sobre mi padre
                ...
como que
                ...
que era tan [improperio]
```

> ...
> que mal humor
> ...
> [improperio, improperio]

Después de dos días que pasé alternativamente en delirio psíquico, muda revelación y frenesí de enviar mensajes de texto, a las seis de la mañana del 9 de junio me incorporé y bebí café en un pequeño apartamento del tercer piso al lado de la Piazza Navona, que mi extremadamente recursiva hermana había alquilado después de rescatarnos del pozo de la muerte de Ostia Antica.

Yolanda de la Rosa, de treinta y cinco años, heredera legítima de Tomás y de su esposa Marisa, muerta hace mucho tiempo en un accidente automovilístico, había sido bien entrenada por su padre en el arte de buscar refugio. Llevaba un sombrero negro Stetson en memoria del sombrero de vaquero que él solía llevar, pero esa era la única semejanza entre ellos, pues él la había entrenado de una manera desmedida hasta darle la forma de un aventurero tan fuerte como para merecer el famoso apellido de la familia. A la edad de doce años, es famoso el hecho de que la dejó sola en la selva de Petén en Guatemala. Ella había deambulado por los pantanos llenos de jaguares y desfiladeros durante trece días, hasta que descubrió que él la esperaba en una remota aldea Quiche, donde había ordenado a los chefs locales que prepararan una fiesta de catorce platos para celebrar el que hubiera sobrevivido. Otras pruebas igualmente difíciles continuaron marcando su joven vida: niña rastreadora que come puma en el Amazonas, ñus maníacos en la Patagonia. Estos entrenamientos hicieron de ella una mujer de músculos duros, astuta, melancólica, con profundas ojeras, que había estado viviendo incómodamente con nosotros en Long Beach desde la "muerte" de su padre. Pero aun cuando su formación le había dado la ecuanimidad suficiente para enfrentar pumas ecuatoriales y murciélagos vampiros sudamericanos, *no* le sirvió para enfrentar mi estupidez, soltando críticas a diestra y siniestra, aun cuando yo aún deambulaba, con la cara verde, por el apartamento.

"Las manzanas del amor no son otra cosa que belladona, y *ese* era el ingrediente principal de los 'bálsamos para volar' de las brujas del Renacimiento", me dijo enojada Yolanda que ahora andaba sin sombrero, con un poncho escarlata y con su siempre presente collar de jade azul. Se sentó a beber su *macchiato* frente a Erik y a mí, en una diminuta mesa en la cocina. "Cuando estaba en Guatemala oí hablar de brujas que todavía la usan, cuando quieren entrar en un trance. La mezclan con tocino de cerdo, y luego la esparcen por todo su cuerpo. Les da, no sé, una sensación vertiginosa, pero tú podrías describirla mejor que yo ahora, ¿verdad, idiota?"

"Así es, lamento decirlo", murmuró Erik. Sus ojos seguían enrojecidos por los gases de la belladona, sus mejillas parecían papel carbón, y aún llevaba los pantalones azules oscuros y la camisa de su traje. "Por Dios, pensé que tenía enormes alas peludas y las agitaba feliz como un pterodáctilo. Hasta que me di cuenta de que estaba ciego y casi paralizado, y podía escuchar a Lola ahogándose a mi lado. Y luego —llegaste tú. Y me sacaste de las termas de Mithras".

"La única razón por la que pude salvarlos fue gracias a un hilo de humo que salía de aquellas ruinas. Cuando corrí a su interior— y vi... lo que creí que era un cadáver... ¿*Por qué* quemaron esa cosa? ¿No tenían idea?"

"Sí", dijo Erik. Él y yo nos miramos. "Pensamos que podríamos escapar si las cosas se ponían... difíciles", dijo.

Yolanda sacudió la cabeza.

"Tienen nombres para ese tipo de razonamiento, Gomara, y la mayoría de ellos son obscenos".

"¡Lo sé, lo sé!" gruñó Erik. "¡No tienes que decírmelo! ¡Fui un idiota, un estúpido! Si me hago más tonto…"

"Fue mi culpa", murmuré. "Fue idea mía".

"Involucionaré hasta convertirme en un cavernícola con una única ceja tan grande como un maldito Frisbi".

"Erik".

Puse la taza sobre la mesa. Aún muy confundida, no tenía idea de cómo abordar el tema que tenía en la mente. Sencillamente lo solté.

"¿Erik, cariño, cuando estábamos… debajo de la tierra, *¿viste* algo?"

"¿Ver algo?"

"¿Sentiste algo? ¿Algo raro? O incluso…"

"¿Además de pensar que era un enorme pájaro y preocuparme por que tú ibas a morir? No". Hizo una mueca con la boca.

Me incliné para tocarlo.

"Cariño, está bien. Ahora todo está bien".

Pero fue entonces cuando supe que yo había sido la única que tuve aquella visión mística del amor en las ruinas de Mithras.

Yolanda cruzó sus largas piernas en los tobillos.

"Ah, te dije que ella estaría bien, Gomara, viejo panda. Mírala, está como un durazno. Y tú debes recuperarte. No has comido nada en dos días".

"No tengo hambre. Estoy demasiado enojado".

"Nah, fue sólo la morfina que te di. Oye, ¿por qué no tratas de probar algo? Fui de compras. Ya deberías tener apetito; oigo tu estómago rugir. Hay *calzone* en el refrigerador".

"¿Los hay?"

"Seguro".

Me besó la cabeza y soltó mi mano.

"Ummmm. Oh. Tal vez… podría probar un poco de comida, supongo. Regreso enseguida".

Mientras Erik desaparecía rápidamente, Yolanda se ató el cabello en una cola de caballo y me miró con sus ojos en forma de hoja.

"Estuvo así todo el tiempo mientras no estabas acá. Fue realmente difícil. Tuve que doparlo, *abrazarlo* —aun cuando eso no funcionó tan bien como cuando lo distraje con esa cosa que ustedes estaban buscando— la pista, la medalla".

"¿Viste las que hallamos? ¿Con las letras marcadas?"

"Seguro. Y, debo admitirlo, es muy interesante. Lo ocupé escribiendo todo lo que sabía sobre ese acertijo —la ciudad invisible, Antonio il Lupo, Cosimo, la mujer, Sofía. Y se le ocurrió algo acerca de una insinuación que quizás hayan pasado por alto. La tercera indicación en la carta, ¿fue lo que dijo? Algo así".

"¿Qué indicación?"

Suspiró.

"¡No lo sé, Lola! También he tenido otras cosas en las que pensar —como tú muriéndote, y tu koala en la cocina con un ataque de nervios, y luego este asunto del que todos hablan acerca de Marco Moreno".

"Fue él quien me trajo hasta acá", dije.

Se reclinó en su silla.

"¡Oh, maldición! Entonces, es verdad. Marco, 'la serpiente' Moreno, vino a ver a mi hermanita".

"¿Marco, 'la serpiente'?"

"Sí. Ese era su apodo en casa. Este chico es idéntico al viejo Coronel, y tuve la mala suerte de encontrármelo más de un par de veces. Durante la guerra, era un asesino en serie. Ese tipo no es humano siquiera".

"¿Qué hizo?"

"¿Por qué no te cuento eso más bien cuando no estés medio muerta? Tenía la esperanza de que permanecería bajo el radar porque escuché que había sufrido una especie de crisis nerviosa en París. Lo cual no me sorprendió. Siempre fue un poco extraño, ¿sabes? Un verdadero tonto. No tenía amigos, leía mucho —cuando no estaba limpiando la patria de intocables. Pero no cambió de bando, a juzgar por la gente que lo acompaña. Erik me dijo que uno de sus amigos de Europa Oriental había muerto, pero que el amigo italiano no, y que este italiano quiere matarlo a él a golpes".

"Más o menos, sí".

"Oh, lamento que sea cierto. Pensé que era la morfina".

"No".

"No es la mejor noticia. ¿Entonces, por qué está aquí? ¿Por qué te sigue?"

"El oro. La vendetta de sangre…"

"Lo habitual. Mi pregunta es, ¿sabe realmente dónde *murió papá*?"

"No. No lo sabe".

"¿Estás segura?"

"*Sí*".

"¿Por qué?"

No respondí, y no sólo porque estaba ansiosa acerca de su reacción. No obstante, en medio de mi crisis espiritual, que había comenzado en la cueva de Sofía, debía estar trastornada cuando súbitamente caí hacia delante y me lancé a sus brazos.

"Te quiero, Yolanda, ¿lo sabes? Te quiero muchísimo, mi hermana. Me alegra tanto que estés acá".

"Déjalo así, te estás poniendo melodramática", protestó, pero vi lágrimas en sus ojos mientras me acariciaba toscamente el cabello. "Y mentí. *Sí* luces terrible. Pareces Jack Nicholson, chica".

"Me siento maravillosamente bien. Siento como si hubiera sido bautizada".

"¿Qué?"

"Nada. Bueno, en realidad, debo decirte algo. Sé que Marco estaba equivocado sobre nuestro padre porque… vi a Tomás".

Su mano se detuvo mientras me acariciaba el cabello.

"¿Acabas de decir que crees haber visto a Tomás?"

"Así es".

"Tomás —nuestro padre Tomás de la Rosa".

"Sí".

"El Tomás de la Rosa que posiblemente partió de Guatemala por alguna razón desconocida y ahora está muerto".

"*Sí* —excepto que no está muerto. Estoy segura de ello. Está vivo. Lo vi en Siena".

Continuó acariciándome el cabello.

"Oh, hermanita querida. ¿No crees que yo lo vi durante semanas enteras después de que escuché que había muerto?"

"No de esa manera. Y hay más, este negociante, Soto Relada, el hombre con quien hablé, tienes que escuchar su historia: dijo que Tomás *era el dueño* de la carta de Antonio antes de Marco, y que estaba buscando el oro; le envié mensajes de texto…"

Frunció el ceño.

"Bla, bla, bla, bla —no quiero escuchar todas estas tonterías. Porque *es* así. Sé de que hablas. Es como si papi fuese un fantasma y regresara, y tú estás viéndolo. Pero *no* lo estás viendo realmente. Yo solía seguir a extraños durante horas, *convencida* de que eran él, y que todo esto era sólo una prueba más —como cuando aparecía en la selva después de que yo había estado rastreando sola durante días enteros. Eso era lo que yo creía que sucedería *todo el tiempo*. Pero luego esos extraños se volvían y yo veía que no eran él. Estaba enloqueciendo —y sobre ese tema, comprendes, no pienso hacer nada".

"Sí, lo entiendo. Pero escucha, juro que lo *vi*".

"Tomás de la Rosa está sepultado bajo tierra. Y yo debo descubrir dónde, para poder despedirme de él, maldición".

"Lo vi, tenía una cola de caballo y tatuajes".

"Deja de decir eso, Lola".

"¿Por qué están gritando?"

Erik había salido de la cocina y estaba en el umbral de la puerta, se veía pálido y demacrado, mientras sostenía un *calzone* con ambas manos.

"Um… nada", dije, lanzándole una larga mirada. "Estás pálido, querido, ¿Te sientes bien?"

"Está bien. *No*".

"Te lo dije", murmuró Yolanda, quien también se calmó. "Tu cuerpo necesita un poco de aire fresco o algo parecido".

"¿Por qué estaban discutiendo?"

"No, no estamos discutiendo. Ella me estaba diciendo… sí —que tienes una teoría, cariño".

Yolanda asintió.

"Sí, así es, hablemos de *eso*. Gomara, esa idea que tenías en el hospital, la tercera pista que dejó nuestro Lupo. Sé que adivinaste algo interesante, amigo. Cuéntanos. Porque, diablos, después de todo, ustedes están en la búsqueda de un tesoro, y a mí no me desagradaría rastrear algunos buenos doblones de oro aztecas. Además, si ese Moreno sabe algo acerca de la forma como murió Tomás aquí…"

"No lo sabe" dije.

"Apuesto a que estará interesado en intercambiar información. Entonces, comienza".

Erik miró a mi hermana sin dejar de masticar el calzone.

"Oh, acerca de la carta".

"Acerca de quemar la carta", dijo ella.

"Sí, inventé una teoría asombrosa", dijo. "Pero creo que probablemente debamos hablar de eso más tarde, porque me siento un poco..." hizo un gesto con la mano "esquizofrénico".

"¿Ibas a quemar una carta?" pregunté.

"Sí", respondió Yolanda.

"No", corrigió Erik. "La íbamos a *calentar*. Pero no en este momento".

"En realidad, eso podría ser bueno. Iré a buscarla". Mi hermana se precipitó a la habitación.

Erik se sentó de nuevo en la mesa, apretando el *calzone* con tal fuerza que se rompió.

"Lola, regresa a la cama".

"No, no, no. Me siento perfectamente. ¿Qué descubriste?"

"No servirá de nada si estás enferma".

"Me siento maravillosamente".

"Mírate al *espejo*".

"Aquí está". Yolanda irrumpió de nuevo en la cocina con la segunda carta de Antonio y un encendedor. "¿Cómo dijiste que debíamos hacerlo? ¿Así?"

Retiró la carta del sobre rojo, blandiendo los papeles ante nuestros ojos de manera que las flores púrpuras que los decoraban destellaron oscuramente bajo las luces eléctricas del apartamento. La letra de Antonio brilló sobre el papel blanco, narrando la historia de la marcha sobre Tenochtitlán, la maldición de Montezuma y el baño de sangre del hombre lobo bajo la luna.

Yolanda prendió el encendedor y lo sostuvo debajo de la última página, que contenía el pasaje:

Y entonces así termina mi carta, llena como está de Trucos y Pistas. Sólo si estudias mis palabras y lo que se oculta bajo ellas descubrirás la Clave

del misterio que te aguarda en Roma. Si demuestras ser más inteligente,
y mucho menos cobarde de lo que yo supuse.

Pero, en mi corazón de Lobo, por el latido de mi sangre lobuna, espero
que mueras en esta próxima Búsqueda.

Sinceramente tuyo
Il Noioso Lupo Retto,
conocido también como
Antonio

"Oh, ha enloquecido", grité cuando olí el carbón.

"¡Vas a quemarla! Tienes el encendedor demasiado cerca".

"No te preocupes. Pedí a Erik que hiciera dos copias del texto anteayer".

"Yolanda, deja eso, *es un papel muy valioso*".

"Está bien, por Dios, ustedes las *mujeres*", dijo Erik. "Y ella tiene razón sobre ti, pirómana. Dame la carta".

"¿Cuál es tu teoría?" pregunté.

"Erik me mostró el diario —Sofía hablaba de ondear una bandera frente al fuego…"

"Lola, ¿recuerdas el Rito del Nombre? Lo que ella escribió… algo como… *'Yo permanecí delante del fuego y desplegué un pergamino. Este papel parecía vacío—pero, a medida que el pergamino brillaba delante de las llamas, misteriosas Cifras aparecieron en la página'.* No importa —sólo ten un poco de paciencia".

"En realidad no creo que sea posible bajo estas circunstancias".

Erik sostuvo la pequeña llama a poca distancia de la carta; yo podía escuchar la forma como ardía suavemente, el sonido ligero que producía.

"Oh, no sé qué haces, pero no puedo mirar", dije, contemplándolo fijamente.

"Es posible que no funciones", dijo Erik. "Probablemente la tinta ya se evaporó. Mi única esperanza es que la sal la haya preservado".

"¿Qué tinta?"

El papel brilló ante nuestros ojos. La diminuta llama debajo del mismo envió un rayo de luz, que creó un halo verde y oro alrededor de las letras.

"No pasó nada", dijo Yolanda.

"*Espera*".

Después de más de un minuto, una sombra roja apareció en el papel. Esta penumbra estaba formada de finas líneas curvadas. Se ampliaban y se ramificaban, como hierro candente vertido en el molde de una espada.

"Hay una forma", susurró Yolanda. "Hay un patrón aquí, algún tipo de insignia".

Estiré la mano y recorrí con ella el espectro que aparecía en la carta, tan cálido como la piel.

"Es una nota escrita con tinta invisible", suspiré.

Inclinamos todos nuestras cabezas y leímos el antiguo mensaje.

34

"CIVITAS DEI"

Dice *Civitas Dei*", dije roncamente.

"¡Oh, oh, oh! Ahí está la tercera pista —*funcionó*".

Erik comenzó a bailar emocionado alrededor de la habitación. "No puedo creer que haya funcionado. Tinta invisible, no puedo decirles qué posibilidades teníamos de poder leer esto. Las palabras deben haber sido escritas en, no sé —vinagre, orina, jugo de limón. Quizás alumbre".

"¿Cómo lo sabías?" pregunté, mientras Yolanda corrí y le arrebataba el papel a Erik.

"Sofía usaba este truco con su aquelarre en las termas de Mithras. ¿Recuerdas el diario?"

"En el Rito del Nombre, cuando agitó el papel delante del fuego".

"Aparecieron Cifras, con sus nombres de Bruja".

"Y luego comenzaron a sentir los efectos de la droga".

"Sí, pero mira esto, mira la forma como Antonio firma la carta.

'Y entonces así termina mi carta, llena como está de Trucos y Pistas. Sólo si estudias mis palabras y lo que se oculta bajo ellas descubrirás la Clave del misterio que te aguarda en Roma' ".

"La tinta invisible era una moda muy difundida entre los criptógrafos del siglo XVI. Y luego, Antonio nos dice que busquemos una ciudad invisible. Pensé, bien, la *tinta* invisible".

" '*Sólo si estudias mis palabras y lo que se oculta bajo ellas*' ", exclamé. "Habla de un subtexto".

"*Civitas Dei* significa 'Ciudad de Dios' ", tradujo Yolanda, con rapidez. "Huy... ¿qué era eso? ¿Agustín?"

"San Agustín", dije. "Escritor cristiano del siglo V".

"Ese es el título de su obra principal", agregó Erik. "Antonio lo usa como un doble juego de palabras —la cifra es invisible, y la Ciudad de Dios también, porque está en el Cielo".

"Pero no sólo en el Cielo, ¿verdad?" Yolanda cerró los ojos con fuerza.

"¿La ciudad invisible? Ese es todo el propósito de la iglesia. Hacer *visible* lo invisible".

"La *iglesia*", exclamé. "Es el icono de la ciudad invisible".

"Lo más probable", dijo mi hermana, "es que estemos buscando una catedral, una capilla, una basílica".

"Ohhh... pero, esperen". Erik dejó de bailar y levantó las manos. "Esto es muy emocionante y todo, pero creo que es hora de que descansemos un poco. Debemos tomar nuestro Vicodin y dormir durante otras doce..."

"¿Pero cuál?" me preguntó Yolanda.

"Dios, ¿cuál iglesia?" pregunté. "En Roma hay más iglesias que Starbucks".

"En realidad no estoy bromeando", dijo Erik.

" '*La Tercera Ciudad es Invisible*' ", citó Yolanda. " '*Dentro de esta Roca, encuentra un Baño / Quema las Manzanas del Amor, mira el Ovillo / Luego vuela de mi Ira*'... Está bien, estamos buscando una iglesia, pero ¿cuál es la *Roca*?"

"No lo sé", repliqué. "Pero quizás *Baño* sea una fuente bautismal".

"Podría ser".

"Y ya sabemos acerca de las *Manzanas del Amor* y de la *Ira* y no tenemos que repetir eso".

"Está bien, entonces, ¿lista para partir, Lola? Luces lo suficientemente fuerte. Quiero comenzar. Estoy enloqueciendo sentada aquí todo el día".

"Déjame tomar un Advil. ¿Trajiste algunos vaqueros que me puedas prestar? ¿Y una blusa?"

"Sí, pero ten cuidado. A Gomara le dio un ataque".

"¡Maldición!"

Ambas miramos a Erik. Seguí tan pálido como un calcetín blanco, y la ansiedad atenazaba sus facciones mientras exclamaba:

"Sólo creo que debíamos *tomar un minuto.* Quiero decir: ¿quisiera caer sobre una enorme montaña de oro azteca que mi genio ha rescatado de las arenas del tiempo? Sí. ¿Quiero que a todos mis colegas les de un ataque de envidia porque salí en la portada de *National Geographic*? ¡Sí! Pero si me van a quemar las tetillas, tendré que luchar a lo indio con asesinos a sueldo, o enfrentar la posible muerte de mi prometida una vez más, es posible que *enloquezca* totalmente, chicas, se los digo en serio".

Pero no atendimos su advertencia.

"Cielos, Erik, estás fuera de tus casillas", dijo mi hermana. "Aunque debo admitir que tienes razón en algo. Quiero decir, ¿encontrar el oro robado de Montezuma? Ssshhhh. Nadie ha hecho eso jamás, ¿verdad? Y, ¿cómo se supone que lo haremos? ¿Usando pistas que nos dejó un loco del Renacimiento debemos hallar una medalla de oro en una iglesia, en una ciudad atestada de iglesias llenas de oro? ¿Mientras esperamos que nos mate una bomba de tiempo o nos crucemos con los Hermanos Azules?"

"A eso me refiero".

Yolanda se dirigió rápidamente al escritorio, donde había

puesto su Stetson, que parecía lo suficientemente grande como para navegar de regreso a Long Beach.

Sin quitarle los ojos a Erik de encima, se caló el sombrero, teniendo el cuidado de inclinarlo pícaramente sobre un ojo.

"Mira *Gomara*. He conducido a veintiocho lingüistas a través de los pantanos infestados de malaria de Guatemala, donde no había camino, sendero, *nada* en absoluto, excepto el aroma de los eucaliptos para guiarme, y encontré a la última persona viviente que aún hablaba fluidamente el Xinca. Y una vez me contrataron para rastrear una banda de pigmeos salvajes que ningún hispanohablante había visto jamás, y caminé durante dieciséis días en aquella selva húmeda llena de gatos gigantes y suficientes mosquitos como para sufrir de epilepsia, antes de sentarme con aquellos enanitos a beber una buena taza de té de opio. Entonces, ves, lo que estás diciendo es sólo música para mis oídos. Entonces, vamos. Levántate. Toma tu Ritalina, o lo que sea. ¡No tenemos tiempo para que tengas un ataque de histeria, hombre! ¡Arrasemos!"

Y cuando esto no funcionó, dijo:

"Está bien. Lola, tú llevas los brazos; yo tomaré los pies".

"Está bien" dijo Erik.

Esto fue seguido por un pequeño encuentro de sumo. Tal como estaba la batalla entre dos hijas de De la Rosa contra mi amado, Erik no tenía posibilidades de ganar.

Eventual e inevitablemente, y gracias al uso de besos, pellizcos, amenazas de Yolanda, y una gran cantidad de promesas de mi parte, pudimos persuadir a Erik que me ayudara a pasar mis huesos dilapidados por la puerta. Pronto salimos llenos de entusiasmo o, más bien, nos arrastramos hacia la infinidad de iglesias de la Ciudad Eterna —un glorioso templo a Dios y al arte que yo ahora, en fría retrospectiva, desearía nunca haberla oído mencionar, ni haberla pisado.

∽ 35 ∾

El sol de la mañana brillaba como la más fina joya de la colección del Vaticano mientras nos abalanzamos a un sueño dorado llamado Roma. Siglos atrás, Antonio había tramado su asesinato de Cosimo I dentro de estos muros, dejando sus pistas de migas de pan, sus trampas. Pero, desde aquella época, la ciudad había cambiado inmensamente, enterrando la pista que él había ocultado allí.

"Treinta y ocho catedrales en la ciudad y la mayor parte de ellas rehabilitadas por los decoradores de interiores del Papa durante los últimos cuatrocientos años. En realidad no hay muchas probabilidades de hallar lo que estamos buscando", se quejó alegremente Yolanda cuando partimos a buscar todas las catedrales —alias, *Civitas Dei*. Acabábamos de salir de San Pedro Encadenado, situada al oriente, sin haber encontrado allí nada en particular a no ser el *Moisés* de Miguel Ángel. De allí debíamos enfrentar las infinitas obras de arte del Vaticano y la Basílica de San Pedro. "Aun cuando *todo* esto es sólo un asunto secundario comparado con descubrir dónde está sepultado papá. Porque, ¿qué tal si Moreno *no* está mintiendo? ¿Qué sucedería si está en lo cierto y papá está aquí?"

"Oh, pues sí, Tomás *está* aquí", respondí.

"Porque, sabes, siempre pensé que no tenía sentido que no hubiéramos podido encontrar su cuerpo en la selva. Y estaba pensando —quizás viajó hasta acá, se metió en problemas y no pudo ponerse en contacto conmigo. Como una vez que me despertó a media noche; me estaba llamando desde el Sahara, y yo ni siquiera sabía que se había marchado. Le digo, *¿dónde diablos estás, viejo zopilote?* Respondió que había estado tras la pista de una diadema de oro del siglo VI proveniente de la antigua Libia, que pertenecía a una princesa Badar al-Budur. Había estado enterrado hasta el cuello en una tormenta de arena, y casi muere allí. Quizás algo semejante sucedió aquí. Excepto que no pudo salir del problema esta vez".

"No, lo siento, pero no..."

"Será mejor que dejes esa historia de que papá está aún con vida. ¿Acaso comprendes siquiera lo que estás diciendo, niña? Si está vivo, la única razón por la cual no lo habría visto es porque me abandonó". Aun cuando estaba hablando de asuntos tan tristes, parecía bastante alegre; incluso me dio una palmadita en la espalda. "Y el viejo, pues bien, prometió que nunca me dejaría sola".

Yo me acomodé la camiseta de nylon roja que mi hermana me había prestado.

"Está vivo. Puedo demostrarlo".

"Te dije que *dejaras eso...*"

"Aguarda. ¿No escuchamos algo acerca de eso?" Erik me preguntó, poniendo el morral en su espalda.

Ambas lo miramos.

"¿Algo que escuchamos?"

"Algo que escuchamos acerca de Tomás".

"Hemos escuchado muchísimas cosas..."

"¿Era acerca de su muerte?" preguntó Yolanda.

"Sí. Había una especie de —una especie de…" murmuró. "Ya lo recordaré".

"Me parece que estás teniendo una recaída" concluyó Yolanda, después de mirar detenidamente a Erik. "O quizás Gomara realmente esté esquizofrénico. Como quiera que sea, desearía tener una videocámara".

Miré a mi hermana, que usaba su brazo como un machete para abrirnos paso a través de la multitud que se agolpaba delante de nosotros, de la misma manera que habría limpiado cualquier obstáculo que se atravesara en su camino en la selva. La brisa que levantaba con su velocidad hacía que sus cabellos se agitaran alrededor de sus hombros, y su cara brillaba como la de una santa impaciente debajo del ala del Stetson.

"Mírate", dije. "Estás tan feliz".

"Supongo que podrías llamarlo así".

"He querido verte así desde que te mudaste a casa".

"A casa".

"Así es".

"Long Beach, California, es la *casa* del Quik-E-Mart, de la tienda de los noventa y nueve centavos, y de la las fajitas de pollo".

"También existe una fantástica librería…"

"Lo que quiero decir es que Long Beach es un lugar para imbéciles. No tiene nada aparte de béisbol y cristianos, y tu madre cosiendo un traje de dama de honor para mí que me hace lucir como un travesti. Todos deberíamos mudarnos".

"¿A dónde?"

"Nueva York, São Paulo, Caracas. Acá".

"¿Quieres mudarte a Caracas?"

"Tal vez".

"Vayan más lento. Jesús, me están matando", exclamó Erik.

"No debías haber traído a tu prometido, Lola" dijo, mirándolo por encima del hombro. "Parece una rata muerta y desenterrada".

"Eso se debe al efecto del veneno y del atroz vómito, Yolanda", dijo Erik. "Aunque agradezco tu preocupación".

"Sabes lo que quiero decir, y de nada por la preocupación. Sólo quiero que mantengas los ojos bien abiertos".

"Una cosa", dije. "La mayoría de las iglesias tiene objetos de oro. Debemos buscar oro rojizo —es probable que esté en una iglesia con la que tuviera vínculos Antonio".

"¿Qué?"

Mientras nos adentrábamos en la ciudad, expliqué:

"Creemos que el oro es rojizo. Se lo describe de esta manera en algunas de las historias coloniales. Y es el color de las medallas".

"¿Oro *rojo*? Está bien. Pero lo que estás diciendo realmente es que los peces gordos de la nobleza se quedaron con el oro de Montezuma después de todo". Yolanda agitaba las piernas y los brazos mientras blandía su machete invisible de nuevo a través de la muchedumbre romana; turistas y nativos por igual parecían enredaderas de la selva mientras ella nos abría camino. "Yo habría podido decirles *eso*".

Nos conducía al Vaticano, derecho hacia el occidente, donde el tumulto de gente era más intenso. Mujeres a la moda en tacones impresionantes entraban y salían flotando de las calles, letales por las Vespas que zumbaban por todas partes. Pasamos la Fuente de Trevi, las escaleras españolas (Keats, Shelley), y entramos y salimos rápidamente del Panteón (donde descansan los restos de Rafael). Caras de tez oscura y pálidas se aproximaban a nosotros y luego desaparecían. Una línea interminable de hombros de turistas golpeaba mi cráneo; caderas de extraños se mecían a nuestro alrededor en peligrosas configuraciones.

A media milla de los palacios papeles, una mujer color chocolate chocó conmigo antes de girar bruscamente hacia la izquierda contra otro batallón de turistas. Cuando despareció de mi vista, tuve un atisbo de algo —de alguien— dentro de la muchedumbre.

Y aquella visión me congeló: vi la cara horrible de duras facciones, ojos azules y cabello rubio de Domenico. Observé sus hombros masivos, el cuello de gorila y los ojos rasgados que registraban cada lugar de la turba. No me devolvió la mirada, sino que continuó mirando a la gente.

Incliné la cabeza.

Luego desapareció de nuevo entre la multitud.

"¡Ooooohhh!" susurré.

"¿Qué?" preguntaron a la vez Erik y Yolanda.

"Vamos, *vamos*".

Los así por la camisa y los arrastré conmigo.

El gigantesco Vaticano y su museo acababan de aparecer ante nuestra vista. Ahora había una acumulación incluso más densa de gente. Empujando descortésmente dentro de una larga fila, llevé a mis dos compañeros hasta un umbral, para podernos ocultar. Había visto a Domenico. Lo *había* visto. Estaba segura. Pero un océano anónimo de humanidad se agitaba por todos lados, y no conseguía verlo de nuevo entre la muchedumbre que aguardaba a entrar a la casa de Juan Pablo II.

"Ay, Dios mío. Dios mío".

"¿Qué demonios sucede?"

"Marco".

Erik hizo una mueca.

"*Sí*".

"¿Sí?" pregunté, apenas prestando atención.

"*Marco*".

"¿Qué? ¿*Lo ves?*"

"No. ¿Huh? ¿Recuerdas? Lo que estaba tratando de recordar acerca de Tomás. En Siena, en el valle, Marco nos dijo... dijo algo acerca de tener... pruebas. Decía que te enseñaría pruebas de que Tomás... y debe estar entre esas cosas guardadas en su morral, lo que hemos puesto en nuestra bolsa. No hemos visto aún todo lo que hay allí".

"¿Prueba de que Tomás qué?" preguntó Yolanda.

"Oh. Eso. Sí", dije, recordando las palabras de Marco en el valle de Chiana, y cómo había agitado el morral delante de mí: había dicho que en la bolsa había evidencia de que Tomás se había suicidado. "¿Por qué no esperamos para hacer esto luego, después de tratar de... entrar". La fila para entrar a los museos del Vaticano se movía como un funeral, mientras yo continuaba oprimiendo mis hombros de manera realmente descortés contra la gente que estaba delante de mí. "Vamos, vamos, marchémonos".

"*¿Prueba de que Tomás qué?*" preguntó Yolanda.

Erik recordó la naturaleza delicada de aquella "prueba" artificial.

"No es buena noticia, Yolanda".

Me abrí camino a través de la fila, simultáneamente disculpándome y tosiendo como un fugitivo de un hospital para tuberculosos, para impedir las previsibles reacciones airadas de los otros peregrinos.

"*Ay, lo siento*".

Erik intentaba dar una descripción vacilante de lo que nos había dicho Marco acerca del presunto suicidio, mientras Yolanda, ahora tras la pista, le había arrebatado el morral de los hombros y había comenzado a excavar dentro de él.

"¿Qué *tenemos* aquí?" murmuró, introduciendo todo el brazo dentro de la bolsa.

"Libro... papeles... mapas... un poco de comida" dijo Erik.

"Los papeles están todos doblados y aplastados en el fondo".

"No, no, *no* —no mires nada aquí. Sigue caminando".

Los halé por la puerta. Después de más demoras, comprar los boletos y sin que nos hicieran un chequeo para buscar armas, algo totalmente obligatorio después del ataque terrorista del 11 de septiembre, se nos permitió ingresar a la antesala blanca de los museos del Vaticano. Aquí, filas enteras serpenteaban por las escaleras que daban acceso al edificio.

Yolanda continuaba agitando las manos dentro del morral.

Yo mantenía los ojos fijos en los turistas y en los guardias, y aún no veía indicios de Domenico o de Marco.

"Aguarda", dijo Erik. "¿Qué es eso?"

Yolanda tenía un manojo de paginas aplastadas y arrugadas. Extrajo una hoja de aquel montón de papeles arrugados.

"Oh", dijo. La alisó, la sostuvo en alto y leyó. En grandes caracteres góticos, vi las palabras *CERTIFICADO DE DEFUNCIÓN*. Y luego escuché que decía de nuevo, *"Oh"*.

"¿Qué dice?" preguntó Erik.

La halé por la muñeca.

"No, no lo leas. Cualquier cosa que sea —no me importa lo que diga— son sólo... *mentiras"*.

Yolanda se puso tensa, como si no estuviese registrando el texto sino absorbiéndolo dentro de su cuerpo; sus labios formaban las palabras que veía en la página.

Sus ojos se llenaron de lágrimas.

Levantó la hoja de papel hasta nuestras caras. Temblaba en su mano.

En aquel certificado estaba la prueba contundente de que Tomás de la Rosa se había suicidado en Italia.

CERTIFICATO DI MORTE
VENEZIA, ITALIA
(*Traducido*)

Mediante la presente, certificamos que nuestros registros muestran que
<u>TOMÁS DE LA ROSA</u> *murió en Venecia, Italia.*
Mes: <u>MARZO</u> *Día:* <u>23</u> *Año:* <u>1998</u> *Hora:* <u>NO REGISTRADA</u>
Edad: <u>63 años</u>   *Sexo:* <u>MASCULINO</u>   *Raza:* <u>HISPANA</u>
Estado civil: <u>DESCONOCIDO</u>
La causa de muerte dada fue: <u>SUICIDIO POR AHOGAMIENTO</u>
                    Firmado por <u>Dr. Rosate Modalas</u>
                    médico, oficial de sanidad o médico forense
Lugar de sepultura o retiro: <u>N/A</u>
Fecha de sepultura: <u>N/A</u>
Dirección de funeraria
SELLO

                    Firmado   <u>Dr. Rosate Modalas</u>
                                     <u>Oficial de sanidad</u>
                    Dirección   <u>Venecia, Italia</u>
                    Fecha   <u>26 de marzo, 1998</u>
Registro archivado: <u>28 DE MARZO, 1998</u>   *Número de Certificado:* <u>4</u>

36

Yo miré asombrada el certificado de defunción. Yolanda hacía caso omiso de la sofocante multitud que nos empujaba escaleras arriba y cada vez más adentro hacia el santuario del Vaticano. Erik tomó el documento y lo leyó con atención.

"Parece real", dijo con tristeza.

"Oh. Oh, papá".

Me sentí como si me hubieran golpeado.

"Eso no es así —eso es mentira".

"¿Qué significa 'n/a'?" preguntó Erik. " 'Lugar de sepultura: n/a. Fecha de sepultura: n/a'. ¿No lo saben? ¿O es que no fue sepultado?"

"Se suicidó", susurró Yolanda, cuando recobró finalmente el habla. "Oh Dios mío. Papi sí me abandonó. Me abandonó. El viejo perro me *abandonó*, Lola. Me dejó sola. En Guatemala. ¡Rodeada de bastardos! Como el coronel Moreno".

"En serio, Yolanda, *tenemos que avanzar*".

La muchedumbre continuaba empujándonos hacia arriba por las escaleras en espiral. En el rellano, la ola humana que nos hacía avanzar nos llevó a la primera de las extraordinarias galerías papales. Yo miraba febrilmente a mi alrededor. No había indicios de Domenico o de Marco dentro de esta infinidad de antigüedades.

Comenzamos a movernos de un lado al otro, gritando y discutiendo. A nuestros pies, habían momias traídas de El Cairo; otra galería estaba atestada de Apolos de mármol. Apenas pude ver la Galería de Mapas, debido a mi ansiedad cada vez más fuerte por nuestro italiano que blandía un cuchillo.

"No es verdad", repetí. Confusamente habíamos regresado y terminamos en la Galería de los Candelabros, donde creo que me detuve al lado de una estatua de Platón. Cerré los ojos.

"Ese papel no es auténtico, Yolanda".

Las lágrimas rodaban por sus mejillas y no paraba de llorar.

Erik permanecía al lado de una columna de mármol gris y blanca, mirándola.

"No puede ser real". Frenéticamente intentaba mantener los ojos en todo a la vez. "En primer lugar, Yolanda, Tomás no se habría suicidado. No era del tipo suicida. Mamá nunca dijo nada acerca de eso".

Mi hermana permanecía con los brazos caídos y la cara brillante, mientras sollozaba tristemente:

"Desde luego que sí".

"¿Qué?"

"¿Suicida? Ahhhhh, *hermanita*. Él tenía sus momentos difíciles. En esas crisis tomaba píldoras, alcohol. Por eso siempre me estaba probando, porque estaba tan perturbado. Porque temía que ninguno de nosotros sobreviviera a... está estúpida *vida*. Pero incluso en sus peores momentos, ¡maldición! ¡*Juró* que no me haría esto".

Ahora la miré, completamente confundida.

"Supongo que el viejo sencillamente no pudo olvidar las cosas que hizo durante la guerra", dijo.

Yo sabía que estas *cosas* incluían el asesinato de Serjei Moreno, y posiblemente otros pecados también, pero no tenía tiempo para preocuparme por los crímenes de Tomás, que no importaban tanto como el estado presente de mi hermana. Oprimí su mano contra mi mejilla y la besé.

"Lo siento, querida".

A la entrada de la galería, un guardia de asombrosos ojos verdes sacudió la cabeza al vernos.

"No, no", dijo. "Por favor, no hagan tanto ruido".

Pero Yolanda sólo lloraba más fuerte.

Entre el esplendor, abracé débilmente a mi hermana.

"Yo lo vi, lo juro —y he estado enviando estos mensajes de texto a este tipo, Soto Relada…"

Pero aunque intenté decírselo, ni ella ni Erik parecían oírme. Mientras la mecía entre mis brazos, Erik se acercó a nosotras. Su anterior expresión de fatiga había desaparecido. Sabía lo que debía hacer. Lo supo antes que yo.

"Yolanda", dijo, con aquella voz llena de humor pícaro e incluso de sensualidad. "Yo-lan-da. Querida".

Ella lloraba un poco más bajo ahora.

Erik le secó las lágrimas con un extremo de su camisa.

"Yolanda, cariño. Puedes llorar, está bien. Aguardaremos. No hay prisa. Y cuando te sientas mejor, regresaremos a lo que vinimos".

"¿De qué diablos está hablando?"

"Dímelo tú. ¿Qué hacemos aquí?" preguntó él.

Ella no respondió.

"Yolanda, ¿qué hacemos aquí?" repitió Erik.

"¡No lo sé!"

"Estamos rastreando, Yolanda", dijo.

Un momento después, ella asintió.

"Estamos buscando una pista, cariño", le dijo.

Yolanda nos miró por debajo de sus pestañas y dejó escapar un suspiro entrecortado.

"Tiene que estar aquí en alguna parte", dije.

"Una pequeña medalla redonda, con una letra grabada en el medio", dijo Erik. "Vamos, mi precioso puercoespín, mi malhumorada guatemalteca". Con mucha delicadeza, le apretó el hombro y la animó. "Ayúdanos a encontrarla".

Le tomó otros pocos segundos a mi hermana, pero luego dijo:

"Deben estar locos".

"No serías la primera en hacer esa acusación".

"Es cierto", dije.

Yolanda levantó la mano y aplastó su sombrero. Se limpió la cara con la blusa antes de mirar enojada a la muchedumbre que se movía lentamente entre los millones de baratijas del Papa y otras bagatelas invaluables.

"Oh, no lo sé", gimió. "¿Cómo puede alguien encontrar algo en esta vieja tienda de empeños?"

"Para eso estamos aquí".

La sacamos de la galería, pasando de nuevo por el salón de los mapas, el apartamento de San Pío V, el Salón Sobieksi. Murmurábamos palabras de ánimo, y repetíamos el acertijo: *La Tercera Ciudad es Invisible / Dentro de esta Roca, encuentra un Baño / Quema las Manzanas del Amor, mira el Ovillo / Luego intenta Volar de mi Ira*. Pero ella estaba en lo cierto; dentro de aquel pandemonio dorado, no parecía haber una manera de encontrar el *Baño* del acertijo, mucho menos una medalla de seis pulgadas grabada con la pista de Antonio. Ella lo intentaba, recobrando su ingenio, mirando con cuidado varios artefactos con sus ojos húmedos. Inspeccionó una multitud de cruces de oro rojizo, estatuas, ornamentos para el altar, mosaicos. Tampoco había evidencia alguna de MM o del rubio monstruoso. Pasó al lado de ídolos, tronos, pinturas. Nada.

Luego, llegamos a la Capilla Sixtina.

Estábamos en la mitad de aquel glorioso corral humano. Mientras los guardias gritaban exasperados que estaba prohibido usar cámaras con flash, permanecimos hombro a hombro con una multitud de otros peripatéticos para admirar los bellos horrores de *El juicio final*, terminado por Miguel Ángel en 1541.

Es una de las obras más cautivadoras del maestro. Durante un breve momento de silencio, olvidando la muerte, dejé que el fresco me enseñara.

Primero, vi en el *Juicio* una estructura específica, inmutable. Este mural está dividido en parte superior e inferior, con Cristo en el centro. Desde el cenit celestial, los robustos ángeles de la Resurrección llevan al Salvador clavado en la cruz al glorioso Cielo. Más abajo, las criaturas más interesantes, los condenados, gritan, mirando con lascivia sus maravillosos costados redondos distorsionados por los azotes que reciben de demonios sorprendentemente atractivos. Los condenados que, como todos sabemos, incluyen a los asesinos, adúlteros y suicidas. Si todo lo que yo había aprendido aquel día fuese verdad, aquella sería una buena descripción de Tomás de la Rosa. Levanté los ojos de los caídos hacia el centro de la vorágine. Allí, en el ojo de ese huracán, flota la virgen María y, a su lado, preside Cristo.

El Hijo de Dios levanta su mano derecha, haciendo su selección. Su torso es enorme, sus músculos se agitan. Su cara está de perfil, su expresión impasible.

No está rodeado de un pequeño halo redondo, sino que está suspendido dentro de un inmenso céfiro de luz dorada, que gira. La brillante catarata destella en lo alto de la capilla. Pensé que parecía hecha de una mezcla de pintura limón, blanca y dorada, con un toque de tono rojizo.

Estaba, y sigo convencida, de que el pincel de Miguel Ángel había sido sumergido en el oro robado, derretido, de una deidad azteca. Pensé de nuevo en el diario de Sofía, fechado en 1540: *"El Oro de Antonio es para... dorar el Coloso en el que Miguel Ángel pronto trabajará, la tumba de San Pedro".*

Quinientos años atrás, el pincel de Miguel Ángel tocó la corona de Cristo, plasmando en ella una caligrafía sagrada. Mientras permanecía allí, vi la magia siniestra que practicaba apropiadamente el maestro con su pintura mezclada con oro mexicano rojizo: la aureola central produce una milagrosa confusión en el *Juicio*. Crea una fuerza circular, centrípeta, como un torbellino, completamente fuera de tono con la estática organización del Cielo y el Infierno, pues amenaza con arrastrar a los ángeles al abismo y a los demonios al firmamento.

El fuego sagrado que rodea a Cristo se asemeja más a una rueda de oración budista que a un halo; más a un calendario azteca, que simboliza el eterno retorno, que al círculo fijo, cerrado, de los católicos.

Miguel Ángel sabía que había un caos, no sólo en la historia, sino incluso en el Cielo.

A nuestro alrededor, las personas lloraban. Yolanda era una de ellas. Yo también. Erik permanecía en silencio. Otros levantaban la mano hacia las imágenes, con los ojos cerrados y una mezcla de agonía y júbilo beatífico en su semblante.

"No tomen fotos", gritó un guardia, mientras la multitud se henchía, se impulsaba hacia adelante, temblaba.

"Hora de partir", dijo Erik finalmente. "Yolanda está en lo cierto. No encontraremos nada aquí".

Ella arrugó la cara, señaló.

"Hay una salida por allá; vi a algunas personas salir".

Yo estaba profundamente sumida en mis pensamientos acerca de El juicio mientras ella nos conducía hacia un pasillo oscuro debajo del increíblemente sangriento fresco de David y Goliath, de manera que cuando salimos nos encandiló la luz. Allá afuera, en las calles de piedra gris, había más gente. Todos se abrían camino de los museos del Vaticano hacia la Basílica de San Pedro, a la que ahora podíamos ver.

Ante nosotros brillaba este deslumbrante reino de fantasía. San Pedro es una mansión blanca y dorada, con grandiosos pilares al frente, puertas hercúleas de bronce, y adornada en la parte superior con colosales estatuas de santos de mármol.

Ostenta también la plaza llena de palomas donde Nerón crucificó a Pedro; el lugar está señalado actualmente por un obelisco egipcio rematado por una cruz.

"Murió aquí —quiero saber dónde está sepultado papá, Lola", exigió Yolanda, mientras avanzamos hacia el monumento.

Yo me estremecí frente al brillo del sol que se reflejaba cálidamente en el mármol blanco.

A mi lado, Erik se detuvo, de repente, haciendo que una banda de palomas salieran volando. Estiró el cuello hacia delante; escuché que respiraba profundamente. La suave expresión con la que había murmurado palabras de aliento a Yolanda en los museos del Vaticano había sido reemplazada por la dura expresión anterior. Comenzó a avanzar rápidamente de nuevo.

"Erik, ¿qué haces?"

"Espero estar alucinando".

"¿Dónde demonios lo llevaron?" preguntó Yolanda, refiriéndose a Tomás. Todavía no sabía lo que estaba sucediendo. "¿Por qué no aparece en el certificado?"

No respondí. Mi visión se había aclarado en aquel momento.

"¿Quién es?" preguntó mi hermana después de un segundo.

Frente a nosotros, sentado solo y con las piernas cruzadas en los escalones blancos de la basílica como un bodhisattva, estaba Marco Moreno. Tenía una expresión divertida, aunque agotada.

Yolanda se puso rígida.

"Oh no —*él*. Luce exactamente igual, Jesús. Reconocería a este payaso en cualquier parte".

Marco volvió la cara hacia el cielo excesivamente brillante, mientras mi prometido parecía dispuesto a saltar sobre él, y mi hermana comenzó a caminar rápidamente hacia ellos. Pero él los miró como si no fuesen reales. Me contempló fijamente y sonrió.

"Sabía que lo adivinarías, Lola", dijo.

37

Los tres rodeamos a Marco, quien lucía más viejo y más delgado que cuando lo vi por última vez. Tenía nuevas líneas alrededor de su boca y sus ojos. La mordida en su mejilla se había convertido en un moretón.

"¿Por qué tardaron tanto?" Abandonó su posición yoga y caminó en diagonal hacia nosotros, bajando los escalones, hacia la Guardia Suiza, que llevaba plumas y pantalones bombachos, y estaba estacionada al lado de los detectores de metales en el extremo sur de la basílica. "He estado aguardando una eternidad, desde la apertura hasta el cierre. Terminemos con esto".

¿Tardamos tanto en qué?" me apresuré a caminar detrás de él. "¿Qué hace aquí?"

"Aguardando, como un pretendiente enfermo de amor. Esperando que no me guardara rencor por aquel feo encuentro que tuvimos en Toscana. Visitando los lugares de interés. Esperando ver su carita otra vez y escucharla delirar acerca de teorías recalentadas de historia militar y sobre mis hipotéticos talentos académicos". Marco me miró con más detenimiento y se detuvo. "Dios, luce terrible".

"Manzanas de amor", barboteó Erik. "¡Habría podido morir!"

"Te dije que tuvieras *cuidado* con esas".

"Lo sé".

Tocó la piel debajo de mis ojos suavemente con el pulgar antes de que pudiera apartar la cara.

"Estará bien. En dos días estará perfectamente".

"Venga acá". Erik extendió la mano para asirlo, pero Marco se deslizó como un pez y comenzó a correr escaleras abajo de nuevo. "Quiero hablar con usted, señor. ¡Sí! Quiero que tengamos una larga conversación *en privado*".

"No, no, no. No podemos discutir ahora. Estos guardias cabezas de chorlito se emocionarán y todos terminaremos en la cárcel por delitos internacionales, como el de ser centroamericanos en posesión de extraños artefactos italianos sin los documentos necesarios. ¡Y por matar a Blasej! También podría acusarlo de robar mi auto. Eso fue bastante molesto, a propósito".

"Tiene razón", dije. "Acerca de la policía. Todos nosotros juntos acá, correspondemos a la descripción que apareció en la televisión".

"*Marco Moreno*". Yolanda lo vio cuando se acercó a la fila de gente que aguardaba a pasar por los detectores de metales antes de poder subir las escaleras hacia la basílica. "En carne y hueso, hecho un hombre. Lo último que supe era que bebía como loco en París, o en Estocolmo —¡cuando no estaba matando ancianos italianos! Es un verdadero honor para su apellido".

"Hola, Yolanda. Oh, luces un poco resfriada, querida".

"Creo que sólo soy alérgica a su olor, idiota. Maldición, no había olido esa fragancia en particular desde hacía mucho tiempo. Y sólo comenzabas a hacerte famoso cuando te marchaste. Lola, mira a este tipo; ¿pensarías que es sólo un idiota corriente, verdad? Un perdedor común. Pero no lo es. Te estabas volviendo bueno en tus juegos de guerra antes de marcharte de Guatemala, Marco".

"Supongo que esa es una forma de decirlo".

"Sin embargo, los informes eran exagerados, ¿verdad? ¿Lo que hiciste con esos campesinos?"

"¿Qué hizo con los campesinos?" pregunté.

"¿Dónde está el otro?" preguntó Erik.

"¿Domenico?" respondió Marco serenamente. "Él y yo nos separamos. Esto es, violé nuestro contrato. Estaba cada vez más... inmanejable. Sin embargo, está muy interesado en hablar con usted, Erik. Está por aquí, en alguna parte. Me siguió desde Siena. Durante los últimos días ha estado sentado allí, bajo el obelisco, alimentando a las palomas, esperando a que yo lo conduzca hasta usted. No, no está aquí ahora. Probablemente está en el baño. Hemos estado en un concurso de acecho. Creo que está muy deprimido. ¡Pero no perdamos el tiempo hablando de él cuando tenemos tanto que hacer! Vamos, vamos, apresúrense".

"Lo sabía", dije.

Erik me miró.

"¿Qué?"

"Sabía que había visto a Domenico, tal vez hace media hora". Le di una breve explicación en secreto. "Entre la muchedumbre... antes... cuando estábamos allí... desapareció. No estaba segura, pero ahora..."

Erik registraba con la mirada la horda de turistas y peregrinos.

"No se mantendrá alejado, ¿verdad? Intenté que comprendiera, en el valle".

"Nuestros padres han muerto, Marco", interrumpió Yolanda. "La guerra ha terminado. Regresa a casa".

"¿Por qué no regresas tú?"

"Ya lo sabes ...—mi *padre*—... lo que le sucedió..."

"Sí, bien. Si este es el caso, verán que hay una muy buena

razón para que esté con ustedes". Me miró de nuevo. "Varias buenas razones".

Yolanda lo contempló con una intensidad aterradora.

"Estoy escuchando".

"Sé dónde está sepultado Tomás".

"No sabe de qué está hablando", dije.

"Lo siento, pero sé exactamente dónde está".

"¿Dónde está mi padre?" preguntó Yolanda.

"No, no, no. Todavía no". Marco se llevó un dedo a los labios.

"Oh, me lo dirás".

"Primero lo primero". Ahora había ocupado su posición al final de la fila e hizo un gesto hacia las columnas de San Pedro, con los santos esculpidos. "Díganme por qué tardaron tanto en llegar aquí".

Me rasqué la cabeza.

"Bien, existe esta teoría acerca de las ruinas. No lo sé. Sonaba bien en aquel momento".

"Dios, ¿no lo *sabe*, verdad?" se maravilló Marco. "Acerca de San Pedro".

"Sólo sabemos que debemos encontrar una iglesia", admití.

Juntó las yemas de los dedos.

"¡Bien! ¡Perfecto! Creo que es el momento de un intercambio. Les diré lo que *yo* sé, si ustedes me dicen cuáles son las pistas que ya han encontrado. Ven, no tengo idea de qué estoy buscando".

"Olvídelo", dijo Erik.

"No sea obstinado".

"Hoy no me siento bien, Marco". Erik unió sus manos pálidas, como para evitar golpearlo. "Honestamente, no creo que deba ponerme a prueba."

"¿Qué va a hacer, morderme otra vez? Incluso si está canalizando a sus antepasados de Neandertal, sé que estará muy intere-

sado en las cartas que tengo". Marco bajó la voz. *"Vamos* —el
acertijo de Antonio acerca de la Tercera Ciudad es tan intrigante… un juego de palabras, una pequeña historia bíblica, un
poco de lógica, y en realidad es muy sencillo. ¿Están seguros de
que no quieren que les diga lo que he descubierto?"

"No", dijo Erik, después de una pausa. "Esto es, sí, desde luego
que queremos, imbécil, pero aún deseo que se marche de aquí
inmediatamente".

"Saquémosle la información a patadas, hombre", dijo Yolanda.

Yo prácticamente me mordía los puños.

Marco retrocedió y me miró a los ojos, mientras avanzábamos en la fila, acercándonos cada vez más a la Guardia Suiza, que
parecía una coreografía del *Lago de los cisnes* en pantalones, reunida
alrededor de los detectores.

"Sí, puedo ver que *usted* sí lo quiere, Lola. Y estas bailarinas
que nos rodean aún no parecen haber advertido que hay criminales célebres a su alrededor, así que vayamos al grano y admitamos
que somos un equipo. Está bien. Hay dos secretos. Uno es la
ubicación del oro, el otro la de la tumba. Entonces, si les digo el
segundo, tendrán que ayudarme a encontrar el primero. Y en
cuanto a la información que me condujo hasta aquí, sé exactamente lo que saben ustedes, esto es, el acertijo:

" 'LA TERCERA CIUDAD ES INVISIBLE

DENTRO DE ESTA ROCA, ENCUENTRA UN BAÑO

QUEMA LAS MANZANAS DEL AMOR, MIRA EL OVILLO

LUEGO INTENTA VOLAR DE MI IRA' ".

"Sí, correcto", dije, avanzando como si me halaran de una
cuerda. "Eso ya lo sé".

"Sólo hay *una* roca en Roma". Se dirigió a un guardia de traje azul, quien lo hizo pasar por el detector mientras hablaba. "*Cualquier* católico lo sabría. Todo está en el nombre. ¡Todo en el latín! Aun cuando, desde luego, soy puramente indígena y un ateo".

"Todo en el nombre", repitió Erik ahora, a pesar de sí mismo. " '*Nomen atque omen*' ".

"La Basílica de San Pedro", dije, todavía sin comprender.

"San Pedro —*Pedro*". Los ojos de Yolanda se fijaron en el domo brillante como el hueso que destellaba bajo el cielo. Comenzó a jugar con el nombre en italiano y en español. "*Pietro. Pedro*".

"*Piedra*", dije, murmurando el sinónimo de "roca".

Y fue entonces cuando recordé. La clave sobre qué iglesia buscábamos había estado delante de nosotros todo el tiempo. *Roca* y *baño* no tenían nada que ver con los manantiales minerales de Mithras en Ostia Antica, así como las ciudades invisibles no se relacionaban con las ruinas romanas. *Hubiera debido saberlo.* ¡Lo había leído! El Cardenal Borodino le había dado la idea de San Pedro a Antonio justo antes del Rito del Nombre en las termas de Mithras. Momentos antes de que el aquelarre hubiese sentido los efectos del hechizo para volar, el Cardenal había citado pedantemente el Evangelio de San Mateo —un evangelio que era, evidentemente, uno de los predilectos de nuestro Médici:

"*¿Soy yo la Roca sobre la cual construirás tu iglesia, querida?*" preguntó el Cardenal.

"*¿No es eso una blasfemia?*" preguntó la alegre Signora Canova, esposa de un rico mercader.

"*Es sólo un doble juego de palabras con el nombre del Cardenal, Pietro*", sugirió Antonio. "*Y yo siempre apruebo los juegos de palabras*".

"*No, tonto, estoy hablando de la Biblia*", dijo la Signora Canova. "*¡La aprendí cuando era una niña! ¡Sobre el Santo! Vamos,*

*vamos, ¿qué era? Algo acerca de Cristo diciendo que Pedro era como
una roca, o que la roca era como Pedro o, en todo caso, que tenían
mucho en común, no recuerdo".*

"Es Mateo 16", comenzó a decir el Cardenal....

" '*Y también os digo, Que tú eres Pedro, y sobre esta Piedra edificaré mi
iglesia, y las puertas del infierno no prevalecerán contra ella'* ". cité, asiendo
a Erik por los brazos. "¿Lo recuerdas?"

"Es la fundación bíblica de la Iglesia Católica", dijo él. "Cuando
Cristo consagra a Pedro como el primer Papa".

"Es Mateo 16. Es también un juego de palabras en los idiomas
mediterráneos. Pero quizás no lo era en arameo, sin embargo".

"¿Qué?" gruñó Yolanda.

"*Petros* es 'Pedro' en griego, y *petra*, significa 'piedra' en latín.
La roca de Antonio, y la de Cristo, es Pedro. La Basílica de San
Pedro. *Esta es la Roca".*

Erik cerró los ojos.

"¡Es un juego de palabras famoso!"

"Dios, ¿por qué no lo vi antes —es tan obvio", exclamó mi
hermana, mientras pasaba por el detector de metales. Luego fue
mi turno. Luego el de Erik.

Liberado de los guardias, Marco subió de nuevo las escaleras
de mármol, manteniendo su mirada fija en mí.

"¿No estás interesada en lo más mínimo en lo que hallaremos
aquí?" preguntó.

Se volvió para dirigirse a las grandiosas columnas de San Pedro, a sus masivas puertas sagradas de bronce. Su aspecto lucía
muy delgado e insustancial contra aquella arquitectura heroica,
antes de desaparecer por la entrada.

Nos miramos unos a otros, y luego lo seguimos a toda velocidad por las escaleras.

38

Avanzando más allá de la barricada de columnas de mármol, pasamos por las grandiosas puertas de bronce de San Pedro, con sus asombrosas imágenes de la crucifixión y de la muerte por ayuno. Mis zapatos resonaban contra los medallones bruñidos de *pietre dure* que conducían a los devotos a la obra de arte de Miguel Ángel.

San Pedro es un cosmos de piedra y oro. Dentro del domo que teníamos delante, hay un *oculus*, un hueco, desde donde se proyecta la luz del sol, como una lanza de mica. La luz del sol formaba muros en el masivo espacio, esculpiendo salones oscuros y claros que ensombrecían y luego iluminaban la cabeza y los hombros de Marco mientras avanzaba delante de nosotros a través de la iglesia.

"¿Dijiste que el oro de Montezuma tenía un color rojizo?" preguntó Yolanda, señalando hacia el techo.

El techo que contemplábamos estaba hecho de oro puro, esculpido en joyas y rosas, y la orfebrería brillaba con un sospechoso espectro rojizo. No era, sin embargo, el más bello de los tesoros de San Pedro. A nuestra derecha, protegida detrás de un grueso escudo de plástico blindado, lloraba una masiva escultura de la virgen María. Sostenía a su hijo muerto en su regazo. Era la bellísima *Pietà* de Miguel Ángel. Delante florecía el dosel de San Pedro, que parecía menos un altar que un crisol mágico de oro adornado con borlas.

"El acertijo dice, busca un *Baño*," dijo Marco cuando lo alcanzamos cerca del altar.

Yo estaba ocupada examinando las posibilidades.

"Una fuente bautismal. Eso es lo que tiene sentido en una iglesia. ¿Dónde hacen los bautismos acá?"

"Eso sería en el baptisterio", dijo Erik.

"Eso es en la parte de adelante, creo", dijo Marco.

"Aguarden, aguarden", dijo Yolanda. "Su técnica apesta. No es así como se rastrea. Ustedes corren por todas partes como pavos".

Marco la ignoró y retrocedió, hacia la entrada, dirigiéndose hacia un salón atestado a un lado de la nave central. Lo seguimos hacia aquella cámara junto con una ola de turistas.

"Allí", dije. Dentro de la espléndida colección de mosaicos e iconos del baptisterio, se encontraba una fuente bautismal en el centro de la cámara. Había sido construida de una cisterna de pórfido rojo, su base cincelada y elementos de bronce estaban forjados en un estilo florido que no era exactamente el del Renacimiento.

Erik, Marco y yo, sin embargo, nos dirigimos directamente a ella. Introdujimos los dedos en las partes esculpidas, buscando algún hueco que pudiera ocultar una medalla de oro. Los dos hombres chocaron mientras trabajaban.

"Muévete", dijo Erik.

"Hay espacio suficiente", replicó Marco y luego se dirigió a mí: "¿Qué estamos buscando?"

Erik chocó con él otra vez.

"Dios mío, *márchate*".

"¿Por qué... es... usted... tan *hostil*?"

"¿Está hablando en serio?"

"¿Quieren calmarse, ustedes dos?" dije.

"Tengo una idea: ¿por qué usted y yo no hacemos una pequeña tregua por ahora?" Marco agitó el signo de la paz frente a la cara de Erik.

"¿Una tregua?" dijo Erik. "¿Con un asesino?"

"Siento recordarle que usted es más responsable de la muerte de Blasej que yo de la de aquellos guardias. Pero, ¿para qué discutir? Debe darse cuenta que esta búsqueda del tesoro será ineficiente si no nos controlamos".

"Pero usted es *peligroso*".

"Creo que ya ha podido ver que no quiero hacerle daño a ella".

"No lo quiero aquí".

"Y, sin embargo, aquí *estoy*".

"Oh, no irá a ninguna parte", dijo Yolanda. "No he terminado con él".

"¿Lo ve?"

Erik me miró.

"Quiero que las familias intenten llegar a un acuerdo", dije. "La tregua es una buena idea".

"Bah", dijo Yolanda.

"¿No son maravillosas las mujeres?" preguntó Marco, diabólicamente.

Erik movió la boca como si un gajo de limón hubiera sido exprimido mágicamente sobre su lengua, pero logró controlarse.

"Deme un poco de espacio", dijo.

"Todo el que necesite". Marco magnánimamente se inclinó y se apartó hacia un lado.

"En realidad, creo que deben terminar", dijo Yolanda, mirando súbitamente sobre su hombro. "Están comenzando a llamar la atención de manera poco deseable".

Detrás de nosotros, los turistas se agolpaban y murmuraban:

"¿Qué están haciendo?"

"Que alguien llame a un guardia".

"Por favor, no queremos que hagan eso y, de cualquier manera, no puedo hallar nada aquí", dije. (Más tarde, sabría que la fuente de pórfido había sido instalada en la basílica en el siglo XVII; cualquiera que fuese el *Baño* al que se refería Antonio en el acertijo, ya no estaba allí.)

Yolanda silbó y levantó los ojos al cielo.

"¿Están listos para dejarme echar una mirada? ¿Ahora que hemos negociado la Convención de Ginebra?"

"Sí".

"Está bien. Este lugar es un mercadillo. Han depositado todo tipo de objetos aquí desde que fue construido. Pero apuesto que hubo uno o dos tipos puntillosos que deseaban poner todos los fragmentos en un solo lugar, donde pudieran mantenerlos bajo su vigilancia".

Salió del baptisterio, moviéndose lentamente por las intrincadas cámaras de la basílica, tocando subrepticiamente iconos y esculturas adornados con joyas, hasta que eventualmente llegó a un edificio adyacente a la basílica principal: los diez salones que componen el Museo del Tesoro.

Dentro, las paredes brillaban con hileras de vitrinas, que albergaban algunas de las rarezas más preciosas de la colección papal. Turistas con pantalones largos y vestidos poco usuales hasta el suelo se detenían delante de esta exhibición, entrecerrando los ojos para ver mejor.

Con un gesto de la mano, Yolanda separó a estas barricadas humanas con tal autoridad que apenas pude escuchar un murmullo de protesta. Nos condujo a través de la bóveda del tesoro, deteniéndose en el cuarto salón. Allí, realizó una búsqueda visual de una vitrina que exhibía un relicario de oro con fragmentos de la verdadera cruz, la llave de oro de San Pedro, un cáliz recubierto en plata. Marco permanecía pacientemente en medio de la galería. Erik, en el umbral, estaba más atento a sus movimientos que a las antigüedades.

Pero luego vi que se sobresaltaba.

"¿Qué?" ·

Yolanda y yo nos apresuramos a llegar a la vitrina que había llamado la atención de Erik.

La vitrina se encontraba en la pared occidental del salón, y contenía miniaturas que no eran especialmente extraordinarias comparadas con el resto de las riquezas de San Pedro. Una pequeña esmeralda cortada en la forma de una cruz celta brillaba al lado de una diminuta escultura en hueso de un león. Una pequeñísima piña de abeto, hecha de cristal, destellaba a su lado; una Esfinge pequeña esculpida en madera nos miraba desde su bella prisión.

Allí estaba.

A la derecha, en un pequeño soporte de malaquita, brillaba una medalla redonda, gruesa y pesada, de oro rojo. Estaba elaboradamente grabada con rosas, helechos que se enroscaban, flores preternaturales tan paradisíacamente espléndidas que casi ahogaban la cifra e impedían reconocerla.

Erik, Yolanda y yo nos apiñamos contra el cristal.

"¿Qué?" preguntó Marco. Estaba a mi lado. "¿Qué ve?"

No lo dije en voz alta. Erik y yo habíamos encontrado primero una *L*, luego una *P*. Ahora contemplaba el tercer signo, que había estado aguardando a un lector preparado durante más de quinientos años.

Marco siguió mi mirada. La vio, la pista:

ué es eso?" susurró Marco en mi oído.

"*U*", exclamó Yolanda.

"*U*", repitió Marco, sin comprender.

"Esto es, entonces", dijo Erik. "Lo tenemos. Ya debemos saber cuál es la palabra que deletrean las pistas, ¿verdad?"

Salimos sigilosamente del Museo del Tesoro de la basílica, pasamos a través de la sacristía, y llegamos a la nave dorada y fosforescente.

"*¿Qué fue eso?*" preguntó Marco.

"Se lo diré cuando sepa dónde está sepultado mi padre", dijo Yolanda.

"¿Qué tal si les digo que la tumba, tal como está, *está* en Venecia? Y los llevaré directamente a ella cuando lleguemos allí".

Yolanda se detuvo. "¿Qué quieres decir, 'tal como está'?"

"Yolanda", dije. "Ya te lo dije".

Cerré la boca de un golpe; no podía mencionar al hombre del tatuaje frente a Marco.

"¿Qué quieres decir con eso?" preguntó ella otra vez.

"No se los *diré*, todavía". Marco continuó avanzando. Ahora lo seguíamos a través de la puerta, hacia las escaleras de la basílica.

"Sé por qué estás haciendo esto, Marco", dijo Yolanda con un hilo de voz. "Y no es sólo por alguna idea confusa acerca del oro".

Marco sonrió.

"Tu hermana también tiene esa teoría. Dice que lo estoy haciendo porque soy bueno en eso de resolver acertijos. Que prometo en ese campo".

"¿Y no porque estás patéticamente solo?"

Hubo una pausa.

"¿Qué?"

"Me escuchaste. Estás solo. Puedo verlo, y es lamentable. Siempre has sido un cachorro extraño. Y ahora, estás aquí, el hijo del gran coronel Moreno, siguiendo a los De la Rosa porque eres un *loco* lleno de sentimientos de culpabilidad y sin amigos".

Marco se esforzó por conservar su ecuanimidad bajo el brillo del sol de la tarde.

"Mil gracias por el diagnóstico".

"Basta, Yolanda", dijo Erik. "Concentrémonos en lo que estamos haciendo".

"Es *cierto*".

La cara mordida de Marco se contorsionó.

"Correcto, oh, pobre de mí. Sólo estoy siguiendo a un equipo de concursantes de ortografía debido a un virulento complejo de Edipo y a una alineación psíquica delirante".

"Así es", concluyó mi hermana.

"Ah, bien, quizás puedas dejar de insultarme por el momento. Tenemos asuntos más apremiantes. Como pueden verlo, allí está" dijo Marco cambiando el tono.

Se había vuelto para mirar al otro lado de la plaza, hacia el obelisco egipcio.

"¿Quién está ahí?" preguntó Yolanda.

"Un viejo amigo, en realidad. Les dije que me había seguido hasta acá y que los aguardaba".

Bajo el obelisco estaba Domenico, triste y con el semblante sombrío. Sus cabellos rubios estaban enmarañados y llevaba un traje arrugado. Tenía una bolsa de papel en la mano. De ésta sacaba puñados de alpiste que lanzaba a las ruidosas palomas. Esto le daba el aspecto de un indigente inofensivo, amante de los animales, a tal punto que un turista de abrigo negro y boina roja se le acercó y le puso un euro en la mano.

"¿Quién *es* ese?" preguntó Yolanda, apretando los ojos y parpadeando como si no viera con claridad.

"Domenico. No creo que ustedes dos se hayan conocido. Enloqueció, me temo", dijo Marco. "Será difícil impedirle que le dispare a la cabeza, Erik —es así como lo hace… Una vez lo vi perder los estribos en Gstaad. Un desastre. Sin embargo, no se preocupe, me aseguré que no consiguiera una pistola".

"Saben, creo que ya *he tenido* suficiente de esta gente, Lola", interrumpió Erik en aquel tono extraño que reconocí de la cripta.

"Erik. Cálmate".

"Me siento bastante calmado, en realidad. Tengo todo bastante claro ahora mismo. Te dije que debíamos permanecer en el apartamento. Lo *sabía*. Y ahora veo que debo ponerle un punto final a este asunto. Obligarlo a que nos deje en paz. ¡Porque Domenico no está interesado en ninguna maldita tregua!" dijo Erik llevándose la mano a los ojos.

"Sólo déjame pensar" dije.

"Gomara", dijo Yolanda. "Luces un poco extraño otra vez, estás pálido y enojado. Serénate".

"Él está amenazando a mi familia, Yolanda", tartamudeó Erik. "No puedo permitir que les haga daño a ustedes, chicas. Y, Lola,

acabo de verte —enferma— acabo de verte..." Sus ojos se hume-
decieron, y una lágrima corrió por sus mejillas. "Fue realmente,
realmente terrible".

"Sólo dame un segundo. Dame un minuto. Yolanda, *mantenlo*
aquí".

"Erik, ¡deja de temblar así! Contrólate".

Miró sus manos, que habían comenzado a temblar.

"Oh, Santo Dios" dijo.

"Intentaré algo", insistí.

"*¿Qué?*"

"Los guardias, ellos nos ayudarán".

"No, no lo *harán*", dijo Marco. "Sólo nos arrestarán y nos enviarán a prisión. Y tú, Yolanda, nunca sabrás lo que le sucedió a tu
padre".

"*Eso* no va a suceder", dijo mi hermana.

"Olvídalo, esto ha terminado. Erik, está bien. Sólo voy a hablar con los guardias. Ellos se encargarán de él..."

Me apresuré a bajar los escalones blancos, y caminé hacia dos
hombres uniformados que se encontraba a cerca de veinte metros
a la izquierda del obelisco, formando una pequeña isla en la
enorme piscina gris de palomas. Domenico aún lanzaba alpiste a
esta bulliciosa multiplicación de ratas voladoras.

"¿Signores?" pregunté.

Los guardias se volvieron. Uno de ellos era de baja estatura,
de grandes ojos azules, y el otro alto, con cuello de jirafa. Ambos
llevaban los pantalones bombachos característicos de la Guardia
Suiza, chalecos y sombreros de plumas.

"Si, Signorina".

Señalé a Domenico y dije en italiano:

"Ese hombre nos está amenazando".

Se inclinaron para ver a aquel matón rubio, que enviaba besos a las palomas.

"¿Él?" preguntaron

"Sí. Ha amenazado con matarme a mí y a mis amigos. ¡Tienen que ayudarnos!"

"¿Cuándo sucedió eso?"

"Hace un par de días".

Lanzando a Domenico otra mirada, el cuello de jirafa dijo:

"Tal vez está confundida. Mírelo, parece inofensivo. Durante los últimos dos días lo único que ha hecho es alimentar a los pájaros. Es como San Francisco de Asís".

"En realidad, es un asesino a sueldo, y está realmente enojado con mi novio por…" *Matar a su amigo con una esmeralda envenenada, en la cripta de los Médici en Florencia. Y luego por robar su auto en Siena.* Comencé a tartamudear: "Por… esta cosa que hizo. Ah… deben arrestarlo o interrogarlo…"

"¿Arrestar a quién?" Comenzaron a mirar hacia todos lados. "¿A su novio?"

"¡No! No a mi novio. A San Francisco de Asís —a ese hombre rubio".

Me contemplaron fijamente.

"Americanos" murmuraron.

"Está bien, hermanita, eso es más que suficiente", escuché gritar a Yolanda a mis espaldas.

El oficial del cuello de jirafa agitó su gorra amarilla de plumas delante de mí.

"Carlo, ¿he visto a esta chica?"

"No lo sé", replicó el más bajo.

"Sí. En el fax que nos enviaron. Cinco dos, cabello oscuro, de complexión pequeña, india…"

Yolanda avanzaba hacia mí a toda velocidad. Marco, que aún

estaba al lado de las escaleras, intentaba persuadir a Erik de que saliera rápido de allí.

"No, sí, la vi", dijo cuello de jirafa. "Aquel dibujo. El de los locos de Siena".

"O ¿no era algo acerca de la cripta de los Médici?"

Los guardias aún no habían visto a Erik, y comencé a comprender que había cometido un error de grandes proporciones. En el peor de los escenarios, me detendrían, y no harían nada para impedir un altercado entre los dos hombres.

"Déjenme ser clara: voy a presentar una queja. Les estoy pidiendo su ayuda…"

El cuello de jirafa insistió:

"Señora, ¿es usted la persona que apareció en la televisión?"

"No me están escuchando".

Marco había persuadido a Erik de que se alejara de la Basílica, más allá del obelisco. Pero Erik se detuvo para mirar a Domenico.

"¿Estás arreglando todo?" Mi hermana ahora se encontraba a mi derecha, advirtiéndome con un gesto irritado en los labios.

La miré y le dije en español:

"Sí, está bien, *error*. Sácame de esto".

Yolanda me tomó por los hombros y comenzó a dirigirme en otra dirección.

"Hola, chicos. No le presten atención a mi hermana; es un poco tonta".

"¿Podemos ver su pasaporte?"

Comenzamos a alejarnos de ellos, a través de la plaza, abriéndonos camino por entre los turistas.

"Lo siento, no tenemos tiempo, debemos estar en ese lugar donde los gladiadores desnudos solían matarse unos a otros con hachas…"

"Vamos", le grité por encima del hombro a Erik.

"Carlo, detenla".

"¡Señora!"

Yolanda asió a Erik por el brazo y nos empujó hacia delante, sin dejar de sonreír y despidiendose de los guardias. A medida que estos comenzaron a avanzar hacia nosotros, ella miró el enjambre de palomas, haciendo, a la vez, un curioso sonido. Saltó y pateó el suelo con las botas.

"¡Ssssssssssshhhhhh!"

Las palomas, sobresaltadas por el llamado de las aves de la selva, chillaron colectivamente y salieron volando en una ola cegadora, color carbón, ocultándonos y rasguñando mi cabello con sus cientos de garras afiladas.

"Corre, Lola".

"¡Aaaayyy!" grité.

Corrimos.

Me así a Erik, quien estaba rígido y tenía un aspecto extraño, y nos apresuramos a pasar a atravezar hacia el otro lado de la plaza. Domenico comenzó a seguirnos con paso veloz, a largas zancadas.

Corrimos con más rapidez a lo largo de los costados de la plaza, sobre ladrillos, serpenteando entre islas de monjas que leían sus mapas turísticos. Al llegar al extremo de la plaza, que demarca el fin de la Cuidad del Vaticano y el comienzo de Roma, miré por sobre mi hombro y vi a Domenico que avanzaba por entre la muchedumbre, corriendo de manera increíblemente veloz. Los guardias nos habían seguido, más o menos, hasta el límite en un trote cada vez menos acelerado, y ahora tenían las manos tapando los oídos mientras hablaban y escuchaban por un aparato de radio sujeto a su cabeza.

"Lola, muévete".

Erik saltó, llevándome con él a las profundidades de otra multitud. Choqué con sacerdotes y mujeres sudorosas, que chillaban. Los pies y las piernas se entrelazaban debajo de mí. Empujé a algunas personas y grité, pero un murmullo de voces agudas que hablaban italiano, francés, noruego y japonés ahogó mis gritos.

Entramos a un callejón sin salida. Mi hermana gritaba que saliéramos de ahí. La luz del sol descendía de la parte superior de las edificaciones de ladrillo rojo, aterrizando sobre el espacio estrecho y empedrado. Domenico apareció por la esquina del callejón, llevaba camisa blanca, chaqueta azul y pantalón blanco. Tenía un objeto negro en el cinturón del pantalón. Era la parte posterior de una pistola. Vi sus ojos azules como dos ranuras dentro de su cara angulosa, de venas saltadas. Erik se interpuso entre nosotros. Los hombros de mi amado se inclinaban hacia delante, y la piel alrededor de sus ojos y de su quijada comenzó a hincharse de una manera extraña, horrible.

Marco se acercó a la esquina.

"¡No seas animal!" le dijo a Domenico, empujándolo. "Te di suficiente dinero para que pudieras estar ebrio en Grecia".

"Llegó la hora de salir del callejón", exclamó Yolanda. Pero la enorme corpulencia de Domenico obstaculizaba la salida.

"Yo sabía qué debía hacer con ese dinero", le dijo Domenico a Marco. Hizo un gesto para enseñar su arma, oculta ahora por la chaqueta. Su semblante estaba tan pálido que parecía casi plateado. "¿Qué crees que soy? Que no soy un hombre. Que no tengo corazón. Que gasto mi vida bebiendo con un demonio como tú".

"¡Desde luego que no!"

"Tú creese que eres el único que tiene derecho a enseñarles".

Marco retrocedió y golpeó duramente la quijada inmóvil del rubio con el puño.

Yolanda gritó:

"Oh, Jesús, ¿quién es este tipo?"

"¡Erik! ¡Erik!" grité. Su espalda estaba encorvada. Temblaba extrañamente. De su garganta salía un sonido ronco.

Domenico aún no había dado un paso hacia ninguno de nosotros; ni siquiera nos miraba, sino que sólo se frotaba la cara donde Marco lo había golpeado. Erik no aguardó para ver qué decidía hacer después con el arma que llevaba. Vi que sus rodillas se doblaban. Saltó hacia Domenico, chillando, cayendo hacia delante. Yo no comprendía lo que estaba sucediendo. Pensé que había sido herido, que de alguna manera había caído desvanecido.

Erik se incorporó bajo la chaqueta de Domenico y tomó aquel objeto negro que sobresalía del cinturón del rubio. Domenico se inclinó ligeramente hacia atrás, abriendo la boca. Erik le clavó la pistola y asió el gatillo. Haló de él.

Hubo un ruido sordo. Como una moneda que cae sobre una piedra.

La cara de Domenico, marcada por las cicatrices de la pena, pareció quebrarse. Sus ojos miraron hacia abajo, buscando aquello que había destrozado la parte inferior de su cuerpo; su boca se distorsionó, los labios hicieron una mueca horrible.

Erik disparó la pistola silenciada otra vez. Una gran río de sangre explotó en el abdomen de Domenico. Su cabeza rubia cayó hacia atrás. Su cuerpo cayó de costado sobre el suelo iluminado por el sol. Un horrible zumbido salía de sus pulmones o de todo su cuerpo, que luchaba buscando aire.

Yolanda y yo volamos hacia delante, con los brazos extendidos. Levantamos a Erik del suelo e intentamos sacarlo del callejón. Esto resulto difícil porque su cuerpo se había relajado, su cuello colgaba, su cabeza estaba reclinada sobre el hombro.

"Sáquenlo de aquí; vayan a la estación del tren", escuché decir a Marco en una voz dura, controlada, mientras le arrebataba la pistola a Erik, borraba las huellas y la metía en su pantalón. "Tomen el siguiente tren para Venecia. Los encontraré allí".

"*SÓLO CÁLLESE*", grité.

"No, no diga eso", exclamó, con agonía en el semblante. "Los estoy ayudando —estoy limpiando esto".

"Vamos, vamos, vamos" gritaba Yolanda.

Nuestras manos rasparon los adoquines mientras nos incorporábamos, alejándonos del brillo de la sangre y de los últimos respiros de Domenico. Avanzamos por otro callejón, en silencio, jadeando, abriéndonos camino velozmente a través de una ola ardiente de miles de creyentes.

Miré hacia atrás, al tembloroso mosaico de caras. Escuché a una mujer gritar. La muchedumbre se agitaba varios metros detrás de nosotros, mientras la gente comenzaba a ver el cadáver y los curiosos se agolpaban en el lugar. Luego pude ver a un hombre de traje azul oscuro, con una gorra de policía y un arma dentro de su cinturón blanco, corriendo a través de las hordas, mirando frenéticamente a su alrededor.

"Oh, cielos, tenemos que sacarlo de aquí", dijo ahogadamente Yolanda, mientras avanzábamos penosamente.

"¿Lo maté?" tosió Erik.

"¡Más rápido!" gemí.

"Marco tenía razón, tenemos que ir *de* inmediato al apartamento, tomar nuestras cosas y llegar a la estación de trenes" dijo Yolanda.

"Pero ¿cómo vamos a escapar?"

Mientras miraba de nuevo hacia atrás, vi la espalda de un alto y corpulento hombre que corría hacia la calle, pidiendo ayuda a la policía. Este romano que agitaba los brazos llevaba una gorra roja sobre su cabello oscuro y un largo abrigo negro.

"Auxilio, auxilio", gritó. "Alguien está herido".

El policía se detuvo y asió al hombre, que hablaba con gran excitación, saltando hacia arriba y hacia abajo. El romano señaló algo al policía calle abajo, en dirección opuesta a nosotros.

El policía corrió en esa dirección y el hombre de la gorra roja desapareció dentro de la muchedumbre.

"Esa es nuestra oportunidad", dije.

"Creo que estoy en shock, cariño", dijo Erik. "Siento todo el cuerpo entumecido. No siento mis manos. No siento nada".

"Está bien, está bien, está bien" repetía yo.

Yolanda, mirando la maravillosa oportunidad que se nos había dado, entrecerró los ojos e hizo una mueca. Oprimió con fuerza las manos sobre sus ojos.

"Jesús, estoy enloqueciendo. Vamos. De prisa. Tenemos que desaparecer".

Y eso fue precisamente lo que hicimos.

40

S eñora, ¿hacia a dónde?"
    Veinticinco minutos más tarde, Yolanda, Erik y yo estábamos en la fila para comprar los boletos en la aireada Stazione Termini de Roma, la principal estación de ferrocarril de la ciudad. Su techo estaba compuesto por vigas blancas curvas, organizadas con la perturbadora elegancia de las costillas humanas, y estos arcos descendían sobre el negro suelo luminoso. El diseño minimalista estaba acentuado por dos palmas verde oscuro, cuyos troncos y finas ramas se elevaban hacia la caja toráxica formada en el techo.

Los tres parecíamos miserables golfillos en las elevadas alturas de la estación. Mi hermana había ocultado parcialmente su apariencia al quitarse el Stetson y arreglarse el cabello de manera que sobresalía en pequeñas mechones rígidos sobre los ojos. Sacó el certificado de defunción de Tomás del morral, y comenzó a leerlo obsesivamente de nuevo. Yo me ocultaba bajo la caperuza de una sudadera, pero podía ver con claridad las líneas cadavéricas de mi cara reflejadas en la ventana del quiosco de los boletos. Erik había matado a alguien. Otra vez. Yo sabía que Domenico estaba desesperado, y que era estúpido y malvado. Y Erik también lo sabía. Pero eso no ayudaba para nada. Permanecía entre nosotras dos en la fila, con una expresión mortificada en los ojos, y su boca inexpresiva parecía una cicatriz.

No podía ver a Marco como para describirlo. Después de los disparos y de escapar de la policía, lo perdí de vista durante nuestra agitada carrera de regreso al apartamento. Quizás había desaparecido. Quizás no pensaba "encontrarnos" en ninguna parte, como lo había sugerido sobre el cuerpo aún caliente de su amigo. Pero me sentía tan nerviosa que habría podido jurar que incluso ahora rondaba cerca de allí, y que observaba nuestros movimientos dentro de la muchedumbre.

"¿Señora? ¿Hola? ¿A dónde viajan?"

Los grandes ojos ovalados de la señora que vendía los boletos me observaron con impaciencia detrás de la ventana.

Erik estudiaba el suelo, como si una mano invisible acabara de escribir un mensaje para él en el linóleo, como la escritura que había visto el rey Baltazar en la pared en el relato bíblico. Pensé que tenía una buena idea de qué decía el mensaje. Yo también tenía mensajes alarmantes que brillaban delante de mí en la pequeña ventana de cristal líquido de mi teléfono móvil. Yolanda se aferraba al certificado de defunción que no revelaba el lugar donde estaba sepultado su padre.

"Sabes a dónde vamos", dijo, agitando el papel delante de mí.

"Erik, decide", dije. "Creo que deberíamos ir a casa. Si podemos conseguir un vuelo".

Yolanda nos haló hacia un costado, y susurró en nuestros oídos, para que la señora de los boletos no pudiera escucharla:

"No nos estarán buscando en Venecia, en todo caso. En el aeropuerto nos pedirán los pasaportes —nos atraparán. Y no podemos llevar el auto porque es un auto robado, así que tendrán la matrícula".

"¿Y si nos buscan en los trenes? Erik no está en condiciones de seguir huyendo" dije.

"Estoy en perfectas condiciones para salir de aqui", dijo Erik en voz baja, aun cuando estaba tan ensombrecido que ni siquiera se asemejaba al hombre que yo conocía. "Por el momento, al menos. Creo que es la adrenalina la que me mantiene así, y me impide hacer una representación de la maldita Dama Macbeth por toda la estación". Recorrió una y otra vez su frente con los dedos, como si controlara manualmente sus pensamientos.

En aquel instante, justo sobre el hombro de Yolanda, noté un extraño estremecimiento en la muchedumbre. Sentí como si un zorro me estuviese acechando desde la maleza: una figura inconspicua de camisa negra acababa de esfumarse entre los comerciantes y las madres que cargaban sus *bambinos*.

Hubiéramos podido elegir Atenas, Santo Tomé o Reykjavík, donde los delincuentes perseguidos internacionalmente desaparecen en los ventisqueros y sobreviven comiendo arenque. Pero como si estuviésemos inspirados por una posesión diabólica, nos lanzamos hacia la cuarta ciudad del Lobo, cuyas lagunas prometían refugio, padres, y la última letra de la palabra inconclusa, aunque quizás obvia, de Antonio.

L—U—P—[ ]

Saqué un paquete de euros de mi bolsillo, deslizándolo por bajo de la ventanilla.

"Venecia", dije.

El expreso abandonó rápidamente a Roma, avanzando por el campo hacia el norte rumbo a Venecia. Granjas y praderas pobladas de espléndidas vacas aparecían y desaparecían frente a las deslucidas ventanillas del tren. Erik, Yolanda y yo encontramos nuestros asientos. Erik se quedó dormido inmediatamente, y de manera poco usual, contra el espaldar azul y rosado, con sus manos frías sobre mi muslo. Yolanda pasó algún tiempo jugando con los caramelos de anís envueltos en plástico que nos habían obsequiado, y los *espressos* miniatura, antes de perder abruptamente la conciencia.

Yo había estado llorando y también vomitando en el baño del tren, hasta que mi hermana me puso el diario de Sofía en la cara y dijo:

"Deja eso. Distráete. No estás ayudando a Erik".

De alguna manera seguí su consejo, y pasé las horas siguientes anestesiándome con la parte del diario de Sofía donde describía su vida en Venecia, antes de escuchar el súbito timbre de mi móvil que me apartó de mi estudio. Mientras Erik y mi hermana estaban aún sepultados bajo los cobertores del tren, decidí que había llegado el momento de atender la voluminosa correspondencia que había estado eludiendo e intercambiando vehemente durante las últimas setenta horas que acababan de transcurrir.

Había dos conjuntos de mensajes de texto en el móvil. El primero había sido enviado por mi madre, pero yo había estado tan consumida por los últimos sucesos, que no había mirado siquiera su contenido.

Aun cuando estos mensajes estaban tan altamente codificados como los jeroglíficos egipcios, pude sin embargo e infortunadamente, leerlos y advertir el error tan grave que había sido dejarlos a un lado:

1 ce llamanosecp	¿Como estas? Llamanos en cuanto puedas
1 llamanosecp	Lola, llámanos en cuanto puedas
tp 1 llamanos	Terriblemente preocupados, Lola, llámanos
p 1	Preocupados, Lola
1 emmc llamanos	Lola, estamos muy molestos contigo, llámanos
mevl 1 llegaremos	Me estás volviendo loca Lola, querida, llegaremos pronto
e r o v	¿Nos encontraremos en Roma o en Venecia?
1 r o v	Lola, ¿Roma o Venecia?
rl r o v	Responde Lola ¿Roma o Venecia? [ad infinitum]
venecia	Ok, viajaremos a Venecia
eev	Estamos en Venecia
eel plaza de sm	Estamos al lado de la plaza de San Marcos
e llamada	Esperando tu llamada,
ayb myp	Abrazos y besos, Mamá y Papá

Cerré estos mensajes y decidí aplazar la respuesta a mi madre un poco más.

El segundo conjunto de mensajes no podía ignorarlo. Comencé esta serie de comunicaciones cuando aún me encontraba en el hospital, y los mensajes estaban dirigidos al Sr. Sam Soto Relada. Ahora tenía algunas respuestas.

Había estado escribiéndole desde que descubrí quién era realmente. Aun cuando había intentado leer las impresionantes

revelaciones del Sr. Soto Relada a Yolanda y Erik, que no me escuchaban, ahora había decidido que la discreción sería lo mejor
ruta para conservar el juicio. Tampoco publicaré ahora el grueso
de estos mensajes, pues habitualmente soy una mujer sensible. Sin
embargo, había conseguido encontrar, en mi delirio de belladona,
suficiente inspiración creativa para convertir los dígitos del móvil
en un vehículo para transmitir los más ardientes insultos.

El último comunicado bastará: en 4, leí. Me levanté en silencio del asiento para no molestar a mi hermana y a mi novio, y me
deslice por los vagones como un ladrón. Leí los números de los
vagones en la puerta; entré al cuatro. Miré una larga fila de asientos. A mi izquierda había seis hombres, los primeros cinco vestidos de manera idéntica, con trajes grises, fantásticas corbatas
italianas, abrigos sobre los espaldares de sus asientos, mientras
intentaban hacer negocios en móviles y computadoras y con papeles que sacaban de maletines costosos. El sexto hombre tenía
una gorra roja en la cabeza, un abrigo negro y un enorme morral
en el asiento vacío a su lado, y no se asemejaba a los otros. Pero
sí se parecía a mí.

Lo miré durante algunos momentos en silencio, antes de
decir:

"Hola Sr. Soto Relada".

Él me devolvió la mirada, amablemente.

"O, ángel, podrías sólo llamarme…"

Levanté la mano.

"No lo digas".

"Papá", insistió Tomás de la Rosa.

41

Las verdes praderas desfilaban por la ventanilla del tren mientras Tomás de la Rosa se quitaba su gorra roja y la sustituía por un Stetson tan negro como la noche, se lo puso inclinado, como lo llevan los piratas.

Negué con la cabeza.

"Prefiero llamarte…"

Él sonrió maliciosamente.

"Creo que *sabes* los nombres que tengo en mente. Y no son anagramas".

(*Sam Soto Relada =Tomás de la Rosa*)

Cruzó los brazos detrás de la cabeza.

"No serías la primera mujer que me da latigazos. Pero con todo, estoy feliz de ver que no trajiste a Yolanda contigo, porque entonces tendríamos una agradable pequeña reunión familiar, que probablemente haría volcar este tren. Aun cuando ustedes son más difíciles de lo que esperaba. ¿Esos mensajes tuyos? Maldición. Deberías aprender a controlar tu temperamento, Lola. Pero supongo que no puedes evitarlo, siendo mitad Sánchez".

Su cola de caballo colgaba brillante y negra por debajo de sus hombros, y yo podía ver las serpientes rojas y cobalto tatuadas en su cuello. Los aros de oro destellaban como eclipses contra su piel color ladrillo; debajo de sus ojos de tinta brillaban sus blancos dientes. Levantó la mano —una mano grande, cuadrada, de dedos elegantes— y la agitó como si estuviese espantando un Rottweiler, cuando gruñó la palabra *Sánchez*. Recordé cuando aquella misma mano había asido ligeramente mi brazo, como la de un mago, en la Piazza del Campo de Siena. Súbitamente recordé también al académico con los lentes de plata, la lupa de bronce y el acento de Umberto Eco que se deslizaba por el comedor del Palazzo Médici Riccardi antes de robar mágicamente la pistola de Marco.

"Entonces, eras tú en Florencia. En el palazzo…"

"Desde luego. No iba a permitir que el detestable Moreno te diera un balazo, cariño".

Así me llamaba Erik.

"No me digas así. Nunca me digas así".

"¿Por qué estás llorando?"

"Todo se ha *malogrado*".

"¿Qué sucedió?"

"No lo sé. Erik… ¡lastimó a alguien!"

"Jesús, deja eso. Ahora. *Contrólate*". Por un segundo, parecía molesto. "No has salido del bosque. No conoces el significado de malogrado. El chico en el que debías concentrarte es Moreno".

Apreté la mandíbula y sequé las lágrimas.

"Es por él que estás aquí. Marco".

"Tú eres la razón por la que estoy aquí".

"¿Por qué no te reconoció? ¿En el palazzo? Y, ¿eras tú en Roma con la gorra roja?"

"No me reconoció por la misma razón que tú no me reconociste. Porque yo no quería que lo hiciera. Admito que me descuidé un poco en Siena donde, como recordarás, bailamos nuestro

tango y casi me rompes la cabeza con un candelabro o algo así".
En ese momento, su ira o su temor se aplacó, y la sonrisa regresó
lentamente. "Pero todo eso fue perdonado cuando vi lo buena
que eras para usar tu cerebro. Con el mosaico de la loba —al que
te conduje yo, no lo olvides. Ya había adivinado el lugar cuando
leí el acertijo. Pero, maldición, tú sí lo adivinaste, chica, ¡y yo no
estaba seguro acerca de ti en aquel momento!"

"Aguarda. El año pasado... *fuiste tú* quien encontró la Reina de
Jade en la selva, antes de que mamá llegara allí. Era por eso que la
cueva estaba excavada".

"Desde luego que fui yo. Estaba a punto de sacar a la Reina
de allí cuando los desgraciados del ejército llegaron a husmear, y
tuve que huir velozmente para mantenerme con vida, si me comprendes. Sin embargo, fue agradable, cuando leí que tu madre
llegó después y limpió con todo —aun cuando escuché que había
tenido algunos problemas".

"¿Por qué le *mentiste* a todos?"

"Porque pensé que un hombre muerto no sería un peligro
para su familia. El clan de Marco se disponía a visitar a Yolanda,
sólo para darme a probar mi propia bebida, como dicen en la
selva. Luego irían a tu casa. Pensé que saber que yo estaba sepultado los dejaría satisfechos".

"Fue la jugada equivocada, Tomás".

De nuevo, su semblante casi pierde su aplomo.

"Lo sé. Todo para nada. Es el hijo, Marco. Era un alcohólico
agradable cuando estaba aquí en Europa, hasta el momento en
que descubrió que su padre había muerto. Considerando el desastre que el hombre le había legado, pensarías que se habría dedicado a las orgías. Pero luego el chico comenzó realmente a
tener ataques. Y a sentir la presión de vengarse de lo que yo le
había hecho a aquel primo suyo, para honrar el nombre del cerdo

que lo había engendrado, etcétera. No podía hacer otra cosa que salir de mi escondite, hacerte valiosa para él..."

"Como Soto Relada".

"Correcto, fingiendo ser un comerciante, lanzándole a la cara esa carta de Médici por la que me había esforzado tanto durante catorce años. Hablándole de ti y de tu maravillosa inteligencia. Acerca de cómo podrías ayudarlo a encontrar el oro. Diciéndole que eras más valiosa para él estando sana —y cómo, si él le hiciera daño a alguien de tu familia, tu no harías nada por él".

"Pero tú querías que supiera. Acerca de ti. Es por eso que hiciste el anagrama".

"Y te di un millón de pistas cuando hablamos por teléfono en Florencia —no fue una tarea sencilla, debo decírtelo, pues estaba espiando y correteando detrás de esos enormes matones de Marco todo el tiempo, y corriendo entre todos ustedes como una pelota de Ping-Pong para que nadie adivinara mi treta".

Yo sostuve mi cara entre las manos.

"Realmente quisiera perder el conocimiento ahora mismo".

"Pero, mira. Lo que estoy intentando decirte es que es mejor que te mantengas alejada de este Marco. Quiero decir, después de hoy. Y que mantengas alejada también a Yolanda. También quiero que sepas que ese prometido tuyo parece haber sido arrancado de su tumba después de haberse habituado a ella. Pero no quiero hablar de los motivos que tengo para pensar eso. Veo que te pone muy nerviosa. Y tienes otras cosas más urgentes de qué preocuparte".

"Es posible que Marco nos haya seguido hasta acá".

"Sí, y no es un misterio". Tomás señaló con el pulgar por encima de su hombro. "Está allí detrás, en el vagón número cinco. Estoy aquí sentando, manteniendo mi vigilancia". Miré hacia la ventana de cristal de la puerta corrediza que separaba los vagones. "Está loco, ¿me entiendes? Por lo que he podido observar, creo que por el hecho de que te hayas comportado como una *mujer* en todo este asunto, estés confundida, pensando que quizás él no sea tan malo como crees. No. Te lastimaría con mucha facilidad, Lola. Incluso si ahora parece sólo un pobre cachorrillo, solitario como una nube. No te dejes engañar".

"Yo decidiré, gracias".

"Hablo en serio, ten cuidado. Lo he estado observando. El chico está perdido. Sufrió una terrible depresión y estuvo a punto de suicidarse hace algunos días. Conozco los signos. Pero no lo hizo, infortunadamente".

"Dios".

"Los Morenos no son adorables durante mucho tiempo. En cuanto termine este juego, será de nuevo un desgraciado. Lo cual es la razón por la cual tendré que romper uno de los mandamientos en lo que a él se refiere".

"*¿Por qué estás aquí?*"

"Porque debía asegurarme de que encontraras el oro sin morir en el intento". Las arrugas de su cara se hicieron más profundas, mientras que una expresión ambigua se deslizó por ella. "Lo cual es sólo otra manera de decir que sentía curiosidad. Quería saber cómo te desempeñarías en este juego. Necesitaba verlo".

"¿Ver qué?"

"Si Juana tenía razón. Si era cierto lo que dijo de ti".

"¿Si qué era cierto?"

Sus ojos brillaron impacientes.

"Que eres mi hija".

Una oleada de confusión me invadió cuando dijo *hija*.

"¿Crees que mamá te mintió acerca de eso?" pregunté, esperanzada.

"No, desde luego que no. Quiero decir, si eres *realmente* mía.

Quiero decir, una nuez que no cayó lejos del árbol. ¿Crees que
no he seducido a bastantes señoras que luego han venido a con-
tarme acerca de los tontos a quienes quieren que llame 'hijo'?
Diablos, no tengo tiempo para ninguno de ellos, y ciertamente
no lo tendría para una cobarde de los suburbios, dulce y quisqui-
llosa, como ese novio de Juana que te crió, sin ofender. Porque
una chica así, bien, demonios, eso no funcionaría, ¿verdad? Yo
no soy el tipo de *papi* tierno, ves. Sería mejor que nunca nos encontráramos..."

"He oído hablar de ti", dije. "Y de tus *pruebas* —Yolanda me
contó todo. Cuando tenía doce años, en la selva..."

"¿Por qué crees que es tan fuerte? Una mujer así puede sobrevivir en este cenicero que es el planeta".

Este tema era peligroso, así que cambié de tema.

"Dicen, leí que tú... que De la Rosa murió aquí. En Venecia.
El certificado parecía bastante real".

Tomás se limitó a sonreír.

"Lo que estás haciendo no es *normal*".

"Sé que hubiera debido permanecer oculto", replicó. "Habría
sido mejor para Yolanda, mejor para todos. Y era muy relajante,
estar completamente muerto, vigilando a Yolanda desde lejos,
como lo hacen los muertos. Encontré que todo era muy, muy
pacífico cuando no me fastidiaban todas esas *mujeres*. Lo que sucede, sin embargo, es que nuestra familia siempre ha tenido este
problema. Me refiero a la curiosidad. A querer saber. Los De la
Rosa siempre están husmeando donde no deben —aun cuando
estoy seguro que ya has escuchado estas historias. Tu madre debe
haberte contado acerca de la familia..."

Permanecí en silencio, pero mi expresión me delató.

"O no. Supongo que no lo mencionó por amabilidad con el
viejo Manuel. *Buen* hombre. Pero es una lástima, que no conozcas

a tus verdaderos parientes. Eso te ayudaría a comprender por qué eres tan… extraña".

Contuve la respiración.

"¿Qué quieres decir?"

"¿Qué quiero decir? ¿Qué quiero decir? Mírate. Eres una *De la Rosa* en todos los aspectos, eso es lo que eres. Incluso cuando estás gritando y gimiendo, querida. Si quieres, podría contarte un poco más acerca de nosotros. Te enseñaría de dónde sacaste esa personalidad que tienes. Lo que realmente has heredado, además de esta carta. ¿Te agradaría, mocosa?"

No respondí.

"Seguro que sí. Porque, Lola, ciertamente me recuerdas a tu abuelo. Con tus libros. Cómo te marchaste corriendo a la selva dos años atrás. Te pareces a José Diego de la Rosa, tu abuelo. Solía merodear por todo Argentina buscando una espada que juraba había pertenecido al rey Arturo, y que había sido heredada y enterrada por una chica amiga del Che Guevara. Viajó hasta la Patagonia con un morral lleno de sextantes y termómetros, y una pila de libros de historia, en busca de esta espada. 'Creo que la espada está en el fondo de la Laguna Negra, y que fue lanzada allí por los revolucionarios', solía decirme, poniendo uno de sus libros bajo mis narices. Era un genio, lo juro por Dios, y estaba en lo cierto acerca de que había una espada en el fondo de la Laguna Negra, ninguna sorpresa. Pero antes de que pudiera examinarla en detalle, fue asesinado por un peronista con seis balas. Y luego, niña, luces como si fueras a desmayarte. ¿Te sientes bien? Y está una de tus bisabuelas, Ixzaluoh. Con las piernas combadas como un fenómeno de circo, pero una gran guerrera durante la independencia de Honduras en el siglo XVII. Quería aprender la mejor manera de matar a un hombre —estaba luchando contra los españoles— así que espió a los hidalgos en sus campamentos, ocultándose entre los árboles mientras fabricaban su pólvora. Memorizó todos los ingredientes secretos que usaban, llevó la receta a casa, y terminó matando a ochenta colonialistas con aquel azufre, antes de morir en una explosión que ella misma encendió".

"Para ya", dije, aun cuando incluso en aquel momento me había atrapado. Instantáneamente, equivocadamente, quise lo que me ofrecía. Una familia perdida encantada, sacada de los pasajes de mis libros predilectos. Una épica que me explicaría quién realmente era. Pero sabía que no podía tomar aquellas cosas porque eso sería una traición a Manuel. "Para ya".

Se reclinó perezosamente.

"Está bien, Lola, sólo te lo diré cuando estés preparada". Luego dijo, con menos languidez: "De cualquier manera, es hora de que terminemos esta conversación".

"¿Por qué?"

"Porque necesito que hagas algo. Acerca de Marco. Fue por eso que te pedí que vinieras. He estado vigilándolo. Ha estado llorando, jugando con esa pistola que sacó del cadáver que ustedes dejaron en Roma. Cree que ya no te agrada, Lo-lii-ta. Y cree que eres la única chica en todo el inmenso y malo mundo que lo comprende, qué inteligente es, cuánto echa de menos a su precioso papi. Pero si lo dejo amargarse demasiado tiempo, dará un giro equivocado. Vi que fue lo que pasó con su padre en la guerra —una fea historia. Y no quiero conversar con él hasta cuando estemos lejos de todos estos hombres de negocios y bebés. Entonces, pienso que deberías ir a tranquilizarlo, algo para lo cual eres bastante buena, según él piensa. Dile lo que desea escuchar. Dile que obtendrá suficiente oro como para convertirlo en un Hitler bebé, y que tu crees que él es sólo un adorable e incomprendido hijo de perra. Pero será mejor que lo hagas antes de que le dé un ataque y yo deba hacer algo poco amable delante de una criatura".

"No quiero que le hagas nada", dije. "Y él *no puede* verte".

"Como ya lo sabes, sé como hacerme difícil de ver cuando quiero".

Oprimí mis sienes con los dedos.

"Y Yolanda…"

"No te preocupes por ella. Yo me encargaré de Yolanda; ella es mi chica adorada. Así como cuidaré de ti, Lola, y también de tu madre".

Mis dientes rechinaron cuando dijo eso.

"¿Cuidarás de mi madre y de mí?"

Había una amenaza para Manuel en esta promesa. Hizo que deseara sacudirlo por el cuello, o llorar e insultarlo, o asegurarme de alguna manera que jamás lo vería otra vez.

Excepto que entonces no podía hacer ninguna de estas cosas: en Siena, había leído su expresión como un libro; aun cuando nunca lo había visto antes, lo había reconocido de inmediato. Mientras contemplaba enojada su cara apuesta y fea al mismo tiempo, súbitamente comprendí por qué. Era porque yo había heredado la misma cara y los mismos huesos, pero con toques femeninos. Me había reconocido en él. Me asemejaba más a ese destructor y seductor que Yolanda; me asemejaba más a él que a mi madre.

Luego no quise saber más. Me alejé de Tomás de la Rosa sin decir una palabra, caminando por entre los asientos vacíos, más allá de los hombres de negocios.

"Ten cuidado, querida", le oí decir.

Cuando me volví, se deslizaba por el pasillo, con la cola de caballo serpenteando en su espalda. Desapareció por la puerta del otro lado.

Ciertamente había realizado un buen trabajo conmigo, ofreciéndome mi rareza revestida de brillo. Y me había recordado, de muchas maneras, que Marco había querido borrar la evidencia y el fruto de la historia secreta de mi familia.

Traté de calmarme mientras entraba al vagón número cinco.

Pero no había ningún monstruo aguardándome en el siguiente vagón.

Tomás se había equivocado. Su guerra había quedado en el pasado.

Abrí las puertas que comunicaban los dos vagones y hallé a un hombre con las mejillas hundidas que meditaba como un anacoreta en el desierto en uno de los asientos forrados de azul.

Marco Moreno levantó la mirada con sus asombrosos ojos y no pareció sorprendido cuando me vio entrar.

"Lancé la pistola por la ventanilla unas pocas millas atrás", dijo con suavidad. "Limpié las huellas. Nadie podrá relacionarla con él". Una pausa. "Hablaba sinceramente cuando dije que la ayudaría".

Tomé asiento frente a él y lo miré, sin decir nada durante mucho tiempo. Mientras veía cómo sus sentimientos se reflejaban en su cara, pensé otra vez cómo había permitido que Blasej asesinara a aquellos guardias, y sobre la odiosa insinuación de Yolanda acerca de lo que le había hecho a unos campesinos en Guatemala. No había olvidado aquellos detalles; por el contrario. Y, sin embargo, sabía que era una persona que se encontraba en una crisis de maldad, así como Erik, seis vagones atrás, estaba sumido en una especie de crisis de bondad. Marco estaba aprendiendo la dolorosa lección de que podía ser diferente.

Parpadeó, asintiendo, antes de mirar por la ventanilla al cielo azul que se desplazaba delante de él. En ese momento, no fueron necesarias muchas palabras entre nosotros.

"¿Qué haré contigo?" pregunté finalmente.

"No lo sé".

Marco extendió el brazo y me acarició la mano. La sostuvo hasta que la retiré. Miró de nuevo por la ventanilla.

"Sé que le fascinará, Lola".

"¿Qué?"

Sonrió como si estuviera enamorado de mí, y señaló el paisaje.

"Bienvenida a Venecia", dijo.

Habíamos llegado. Al borde del marco de la ventanilla había agua color cobalto mezclado con zafiro y glaseado de topacio fundido. Más lejos aun, como si flotara sobre esa laguna, apareció una alucinación compuesta por domos dorados y espirales blancas. Oscuras criaturas voladoras —las famosas palomas de La Serenissima— revoloteaban en torno a la Plaza de San Marcos, sobre los pálidos obeliscos coronados por leones de alas doradas que custodiaban este lugar al que habíamos huido para hallar refugio.

Mi corazón dio un salto doloroso y esperanzado cuando vi la Cuarta Ciudad.

LIBRO CUATRO

EL DESDICHADO QUE CAMBIA DE FORMA

42

Miré hacia atrás, al semblante delgado y devastado de Marco Moreno. De la Rosa me había dicho que quería encontrarse con Marco en un lugar donde no hubiera bebés ni hombres de negocios; buscaba privacidad para su venganza contra los Morenos. Yo no se lo permitiría. No habría más muertes.

"Venezia. Venezia". Escuché por los parlantes.

Oprimí el siguiente mensaje en mi móvil:

Estamos aquí, nos veremos en SM en 30 mins

Luego dije:

"Vamos".

"¿A dónde?" preguntó Marco. "¿Sólo usted y yo?"

"No".

Tomé a Marco de la mano y lo arrastré por los compartimientos; las puertas se abrían y se cerraban automáticamente cuando pasábamos a través de ellas. No vi a Tomás en el tren, aun cuando estaba segura de que él nos veía. La vista azul a través de las ventanillas revelaba que estábamos llegando al final de nuestro viaje.

"Ultima fermata, Venezia".

Otra puerta se abrió y se cerró.

Erik y mi hermana se asomaron soñolientos cuando llegamos

al vagón, mientras otros pasajeros se levantaban de sus asientos para bajar paquetes y valijas almacenadas en la parte superior del vagón.

Erik miró a Marco con los ojos entreabiertos y sin sorpresa.

"Viaja con nosotros".

"Sí", dije.

"Me alegra recibir esta noticia cuando estoy como un completo zombi", observó, dirigiéndose a Marco. "Esta insensibilidad es realmente maravillosa. Espero que dure".

"Mírese", dijo Marco. "Está mal".

"Lo habría matado en Florencia". Erik apartó la cara. "Pero ya no siento deseos de hacerlo".

"No, no está en condiciones".

"¿Dónde está mi padre?" preguntó Yolanda. "¿Dónde está sepultado mi padre?"

Yo mantenía vigilada la puerta que se abría y se cerraba detrás de nosotros, mientras tomaba todo el equipaje que podía. Afuera de la ventana, la laguna verde metal convulsionaba con botes de velocidad, adornada con mansiones color caramelo que surgían del agua como si fueran espejismos.

El tren se estremeció y se detuvo.

"Vamos, vamos, vamos", dije.

La Plaza de San Marcos estaba iluminada por una luz color diamante y durazno; había pájaros de color ópalo y gente de todos los lugares. La Basílica de San Marcos es una ciudadela que termina en punta, coronada de oro, y custodiada por cuatro enormes caballos de bronce dorados que parecen galopar salvajemente por encima de las puertas enjoyadas de la basílica.

Corrí hacia la plaza llena de palomas, adelantándome a Erik, Yolanda y Marco Moreno. La plaza estaba atestada de miles de extranjeros con cuellos torcidos, que contemplaban los esplendores bizantinos, de manera que se asemejaban a los condenados de Miguel Ángel que contemplan confundidos el firmamento angélico de *El juicio final*.

Casi lloro cuando vi a dos latinos relativamente pequeños, de cabello oscuro, en medio de esta barahúnda. Habían obligado a la muchedumbre a hacerles espacio, agitando efectiva y agresivamente sus bolsas de viaje.

"¡Lola!"

"¡Mamá! ¡Papá!"

Luego vi a mis padres correr hacia mí, con el cabello salado al vuelo, la calva de mi padre brillante. Hubo una tormenta de acusaciones en medio del llanto y de las declaraciones de cariño casi histéricas mientras nos abrazábamos.

Al lado oriental de la plaza se encuentra el Caffè Florian, una institución del siglo XVIII, y una vez que revisé la muchedumbre para asegurarme que ningún padre resucitado acechaba, me uní a mi familia alrededor de una de sus pequeñas mesas de mimbre.

"Y Marco… ¿quién eres, de nuevo, sólo para confirmar?" lo interrogó mi madre después de ordenar Kir real, rojo como el granate, y *zabaglione*. Su cabello plateado estaba atado en un moño como un ciclón, y sus ojos color caramelo parpadeaban rápidamente en su cara arrugada y triangular. Llevaba pantalones de dril, una chaqueta de paño, y hablaba con sus manos de largos dedos. "Manuel me estaba diciendo algo… perturbador… acerca de que eras una especie de lunático con cuya familia hemos te-

366 EL ORO DEL REY

nido *asuntos*. Y que secuestraste o le lavaste el cerebro a nuestra hija, y luego la trajiste a Italia, qué, ¿una semana antes de su boda? Sé que probablemente debería hallar un martillo y abrirte la cabeza pero, de alguna manera, ahora que nos conocemos me parece menos apropiado. Te ves un poco deprimido".

"Es el hijo del coronel Moreno", anunció Yolanda como una trompeta.

"Para que quede completamente claro, por coronel Moreno, nos estamos refiriendo a aquel horrendo hombre" dijo mi padre abriendo aun más sus ojos grandes y saltones. Algunos mechones de pelo flotaban sobre su calva brillante.

Yolanda asintió.

"Sí".

"Hola", interrumpió Marco, extendiendo la mano. "Sr. Manuel Álvarez, el curador guatemalteco. Y la profesora Juana Sánchez, arqueóloga y descubridora de la Reina de Jade. Que bueno conocerlos finalmente".

"Um, hola. Querido, eres horriblemente empalagoso. Pero, Yolanda, ¿no es también *letal*?" preguntó mi madre.

"Sí", dijo Yolanda. "Como se los dije".

"Creo que está en… se tomó un año sabático de eso", dije.

"Sabático".

"Parece que estoy teniendo una crisis nerviosa", explicó sorpresivamente Marco. "Sólo estoy aquí para acompañarlos".

Mi madre le tomó una foto con los ojos.

"Bien, luces *terrible*. ¿No vas a asesinar o a mutilar a nadie?"

"No".

"Es bueno saberlo porque, óyeme", comenzó a gritar. "Soy una de esas madres tipo osa asesina. ¿Entiendes? Muy, muy peligrosa. Capaz de disparar o de acuchillar viciosamente a la gente que amenaza a mi prole".

"Comprendido".

"Qué bueno".

"Cálmate, mamá".

"No, sigue hablando, Juana", dijo Yolanda.

"Lo haré cuando sea apropiado, Yolanda. Soy lo suficientemente vieja como para saber que se puede almorzar civilizadamente con una persona, aun cuando sea un horrendo enemigo. ¿Cómo más hubiera podido organizar con éxito todas mis excavaciones en la selva? ¿Ser decana? ¿Sobrevivido a Tomás?" chilló. "Ven, esta es la sabiduría que se obtiene de ser vieja como yo".

"Qué bien", rió Marco.

"Bueno, ahora que todo está claro, puedo decir que todos ustedes lucen medio muertos. Gracias a Dios estoy aquí".

"Sólo aclaremos algo, Lola", dijo mi hermana. "Tú no sabes realmente lo que es este hombre".

"*Quién* es este hombre", corregí.

Rió ante mi distinción.

"El problema es que no puedo preocuparme por eso ahora. Porque Juana, escucha esto, dice que sabe dónde está sepultado Tomás".

"Es cierto. Lo sé", dijo Marco despreocupadamente.

Mamá tumbó su copa de champaña.

"Fantástico. Veo que tu fiesta de autoflagelación continúa a un ritmo maravilloso. Tomás está *muerto*, cariño. Nada de esto lo resucitará" le dijo mi madre a Yolanda.

Mi padre tomó una de mis manos, con las que me había cubierto los ojos ansiosamente durante este intercambio.

"Realmente es maravilloso verte de nuevo, querida" dijo.

"Papá".

Me miró con cariño y luego abrió sus delgados brazos y me envolvió en un abrazo.

"¡Estaba preocupado!" Me apretó con más fuerza. "En cuanto

escuché tu voz maravillosa en el teléfono, me puse tan nervioso que me moría de ganas por venir a *ayudarte*".

"Gracias, papi".

"Y también a llevarte a casa para esa boda increíblemente costosa, desde luego. ¡Será en una semana! ¡Y te has perdido la despedida de soltera! Asistió una docena de arpías ebrias y chillonas en diversos grados de desnudez —tomé muchas fotografías para que las vieras".

"Lo siento, y no te preocupes. Erik y yo regresaremos de alguna manera. Lo lograremos".

Me dio una serie de besitos en la mejilla.

"Bien, está bien. ¡Entonces! Ahora que *estamos* aquí, ¿cómo fue aquel asunto de Siena? Cuando estabas investigando cómo había muerto Antonio en la guerra entre los sieneses y los florentinos. Cuando fueron a aquel valle. Esto es, justo después de que, al parecer, salieran en los titulares internacionales por vandalizar un mosaico invaluable en el Duomo. Lo leímos en un blog que nos enseñó Yolanda —los informes culpaban a mestizos desarrapados o a separatistas sicilianos altamente perturbados. Supusimos que eran *ustedes*".

"Siena, oh, sí".

"Estoy escuchando".

"Como sabes, en *Dios ama a los poderosos*, Albertini dice que Antonio mató a sus propios…"

"Hombres, sí. Con una especie de bomba. Se creyó que había sido un error, debido a la neblina…"

"Pensamos que no sucedió así —fuimos hasta ese lugar— a Marciano della Chiana. Y hace más frío ahora del que pudo hacer durante la batalla"

"Que se dio a comienzos de agosto".

"Sí. Pero el aire estaba *absolutamente claro*. No había niebla, no había nubes. Creo que es posible que Antonio tuviera una visión perfecta de lo que estaba haciendo. Sabía que estaba matando a sus propios hombres".

Los grandes ojos de mi padre se clavaron en mí.

"*Intrigante*".

"Ahora, necesito que me ayudes a adivinar *por qué*".

"Primero, nos enseñarás lo que has hallado". Mi madre me señaló con un dedo. "Ya has hablado suficiente acerca de ello por teléfono, veámoslo. Tráelo acá".

Marco levantó las cejas. Aún no sabía nada acerca de las otras pistas. Con lo que sabía de su carácter, estaba segura que si encontraba el oro antes que nosotros, lo robaría.

"¿Bien, Lola?" preguntó. "Estamos esperando".

"Yo lo manejaré", dijo Yolanda, mirando a Marco con los ojos casi cerrados. "Sabes que puedo hacerlo".

"Está bien".

Junto con el diario de Sofía, saqué las dos medallas de mi morral. Las puse en las manos de mi madre, mientras Yolanda describía rápidamente nuestro descubrimiento del tercer talismán en la vitrina cerrada del tesoro de San Pedro, aun cuando omitió el detalle de que Erik y yo casi habíamos muerto en el mundo subterráneo de Ostia Antica.

"Creemos que estas letras presuntamente deletrearán eventualmente algún tipo de código que necesitamos para encontrar el tesoro de Antonio".

"Increíble", exclamó mamá. "Mira este trabajo de orfebrería, Manuel. Entonces: *L, P, U*".

"¿*L, P, U*?" repitió Marco. "Nos falta una letra. Tiene que deletrear *Lupo*, ¿verdad? Antonio era 'el Lobo' ".

"Es la elección más obvia", admití. "Pero eso me preocupa un poco".

"Exactamente, aguardemos, aguardemos, no nos apresuremos", dijo mi padre.

"¿Qué otra palabra podría formarse con *L*, *P* y *U*? ¿*Pulce*? No, eso no está bien. Significa 'pulga' ".

"¿U *opulenza*?" sugirió mi madre. "Opulencia—se trata de un tesoro, después de todo. Y también está, ¿qué más?"

"*Opusculum*, en latín", dije. "Es una obra literaria secundaria. Y sabemos que Antonio era muy culto. Y, *Opulus*, es un arce —*opuncuolo*— una especie de ave, pero todas esas tienen demasiadas letras".

"O tal vez sea un acrónimo", dijo Marco.

"Algún tipo de acróstico", sugirió mi padre.

Yolanda asintió.

"Un anagrama".

"Un juego de palabras", dijo mi madre.

"Una abreviatura", dije yo.

"Un homónimo", sugirió de nuevo Marco.

Mi madre había estado meditando sobre los discos brillantes de oro cuando levantó la mirada.

"¿Qué… qué falta aquí?"

"¿Qué quieres decir?" preguntó Manuel.

"Hay algo que falta, ahora mismo", dijo. "Un *ruido* particular —algún— constante ruido…"

"¿Ruido?"

"Sí, habitualmente, en estas situaciones, hay una especie de divagación incesante, que interrumpe…"

"Es Erik", dije con tristeza.

Mi madre bajó la cabeza y lo miró. "Tienes razón. Eso es. Santo cielo, Erik no está hablando".

Durante todo el tiempo que habíamos permanecido en la mesa, Erik se había mantenido en silencio, estudiando su bebida carmesí, que no había tocado, y medio escuchándonos con el aspecto maltratado de un prisionero.

"¿Qué sucede, hombre?" preguntó Manuel.

"¿Qué es eso?" Sólo ahora Erik se sintonizaba con la conversación.

Mi madre extendió la mano, tomó su cara y apretó sus mejillas.

"¿Qué demonios le han hecho? ¿Qué sucedió? ¡¡Luce terrible!! ¿Es una herida en la cabeza?"

"Oh" luché por explicar. *Mató a alguien ayer.* "Está fatigado".

"Nunca está fatigado. Ni siquiera cuando dejó de dormir durante tres semanas después de pedirte en matrimonio, nunca ha dejado de hablar".

"Lo que sucedió fue, bien, ¿no han oído nada acerca de nosotros?" pregunté. "¿En las noticias?"

"Sólo acerca del Duomo, ¿por qué, qué ocurrió?"

"Es sólo que…"

"Hubo este…" dijo Yolanda.

"Terrible…"

"*No*", dijo Erik en un tono firme, cortante, sacudiendo la cabeza. *No quiero que sepan lo que hice.*

"Ah…"

"¿Qué?" ladraron mis padres.

"Hubo esta cosa…"

"Accidente".

"*¿Accidente?*"

"Es la palabra equivocada…"

Yolanda y yo estabamos paralizadas; mis padres nos contemplaban alarmados.

Marco suspiró, sacó un cigarrillo de su bolsillo y lo encendió con unas cerillas que había sobre la mesa.

"Ah, Gomara y yo tuvimos una pelea", murmuró. "Sólo se siente mal porque fue un poco brusco conmigo".

"¿Una pelea por qué?"

Marco miró de lado a Erik y decidió algo. El moretón en su mejilla aún lucía mal; las líneas oscuras alrededor de sus ojos parecían esculpidas con un cuchillo.

"Lola", dijo, sonriendo nefastamente a Erik a través del humo del cigarrillo.

"¿Lola?"

"Sí, ¿debo entrar en detalles? Es incómodo, después de todo".

Mi madre preguntó:

"Erik, ¿tuviste algún tipo de pelea romántica prenupcial con este… *hombre*?"

"Oh, Jesús". Erik se frotó los ojos con la palma de la mano.

"Así fue", dijo Marco.

"Erik le sacó la mugre", dijo Yolanda.

"Luchó como un animal", dijo Marco. "Yo perdí".

Manuel frunció el ceño.

"¿Es verdad?"

"Pregúntale a Erik, papá", dije yo.

Erik me miró y se encogió de hombros.

"¿Qué puedo decir? Me porté como un animal. Pero fue por amor".

"Lola, ¿qué tienes en los ojos, estás *llorando*?" preguntó mi madre.

"No, no, no".

Erik contempló la brillante plaza por debajo de sus cejas negras durante un largo momento, con una expresión semejante a la del cuadro de Munch. Parpadeó, hizo una mueca con la boca, y luego bebió su trago de un golpe, como si fuese opio en lugar de champaña.

"Bien. Juana, desde luego que estoy cavilando. ¡Estamos en

Venecia! Thomas Mann, el mal tiempo, la contaminación, la descomposición... un asesino en serie está tratando de seducir a mi chica, y... estoy a punto de dar un paso sobre el precipicio y perder mi libertad para siempre".

"¿Está hablando de la boda?" preguntó mi padre.

"Sí, ¡puedo escuchar las puertas de la prisión que se cierran tras de mí! ¡Literalmente! ¡Es increíble que no me haya embriagado hasta caer en coma! ¡Qué es precisamente lo que podría hacer! De hecho, ¡suena como una idea excelente! Pero antes de hacerlo, deberíamos regresar al tema, ¿no creen?"

"No, creo que esto es fascinante" mamá trató de intervenir.

Erik intentó conversar a su acostumbrada velocidad.

"Porque, en lugar de perder el tiempo chismeando, deberíamos estar tratando de encontrar la cuarta medalla. Hay cerca de seis mil lugares donde Antonio habría podido esconderla. Venecia es famosa por sus grietas secretas. Las cosas *desaparecen* aquí —Casanova de los calabozos, las víctimas de la Inquisición de sus hogares, incluso se presume que las calles se desvanecen y luego aparecen de nuevo en otro lugar completamente diferente. Es tan fácil perderse en la ciudad a medio día como extraviarse en una selva cuando has perdido tu linterna".

"Bien, al menos está hablando otra vez", dijo mi madre.

"Habla por ti mismo sobre la selva", advirtió Yolanda.

"Con excepción de Yolanda. Lola, ¿cuál es la última estrofa del acertijo?"

Le apreté las manos.

"*Erik...*"

Se inclinó y me besó.

"Vamos, cariño." Luego susurró: "Lola, por favor, dame un problema para solucionar antes de que enloquezca por completo".

"Está bien".

"¿Cuál es la cuarta estrofa?"

Y entonces la recité:

> "'La cuarta alberga a un santo del Oriente,
> Un desdichado que relincha y cambia de forma.
> Alguna vez fue llamado la bestia de Nerón—
> Escucha su Palabra y encuentra el heraldo de tu Muerte'".

"Bien, de regreso al trabajo". Manuel aplaudió. "Al menos sabemos cuál es *el santo del Oriente*", dijo y levantó la mirada hacia la Basílica de San Marcos.

"San Marcos", dijo Erik.

"Sí. El cuerpo de San Marcos fue traído acá durante la Edad Media —o, más bien, fue robado y luego importado y traído a Venecia. Lo trajeron de Egipto en una caja llena de cerdo adobado y jamones, para que los musulmanes sintieran repugnancia y no buscaran dentro del contenedor. Pero, ¿qué quiere decir Antonio con lo de *'la bestia de Nerón'*?"

"¿Qué fue martirizado?" dijo mi madre. "Como San Pedro —y la mayoría de los santos".

"No. Nerón no martirizó a San Marcos. No sabemos siquiera si lo mataron. Hay toda clase de teorías acerca de cómo murió. Y luego, *'Escucha su Palabra'* —en el acertijo— es una expresión extraña".

"*'Escucha mi Palabra y encuentra el heraldo de tu muerte'*. ¿Qué es un heraldo de la muerte?" preguntó Yolanda.

"Es una premonición", dijo Marco, sin dejar de fumar, y advertí que deslizaba las medallas dentro de su bolsillo mientras me hacía un guiño como para decir que las estaba protegiendo. "La visión del propio fantasma o de un pariente. Es el signo de la propia perdición".

Sentí otra oleada de temor cuando confirmé su definición.

"Sí, eso es. Y sólo lo sé porque Sofía encontró a su heraldo de la muerte aquí, en Venecia". Abrí el diario que tenía sobre mi regazo, cuyas últimas entradas había leído en el tren.

"¿Sofía?" preguntó Erik. "¿Qué quieres decir?"

"Ella murió aquí". Le enseñé las últimas páginas del diario.

"Y dice que vio fantasmas antes de morir. Escribe también acerca de la basílica, y sobre otras cosas que no pude comprender bien. Pero sé que Antonio *debió* haber leído este diario cuando ella falleció, y lo usó para concebir las trampas. En particular, la que nos aguarda aquí. Suena como si hubiera enloquecido…"

Todos se acercaron para oír mejor.

13 de diciembre, 1552

Venecia

Esta noche cedí al peor vicio de una bruja, que es la curiosidad, y me hice una lectura. Sin embargo, no fue necesario sacar la carta de la Muerte en el Tarot para saber que pronto seré separada de mi esposo: el mundo de los espíritus me ha enviado ya mi heraldo, pues la semana anterior vi mi propia condena de Muerte.

Hace siete días, yacía aquí en mi lecho de enferma, cuando se me apareció un caballo brillante, oscuro y sin jinete. A su lado se encontraba una pálida yegua, sobre la que cabalgaba mi Madre, muerta hace mucho tiempo, transformada en un ángel, con los pies hacia atrás en los estribos. Éstos, los pies invertidos, era el signo más seguro de que se trataba de un espíritu que habría de conducirme al Tártaro sobre mi heraldo negro y de largas crines.

Antonio se negó a creer en este Augurio. Dijo que era una tontería, que no moriría. Aun cuando yo sabía que él mentía debido a sus frenéticos esfuerzos por producir su Cura, aquella noche tuve la Terrible esperanza de que todo fuese una ilusión.

Así, antes de que me trajera el frasco de Aqua Vita para esa noche, saqué una carta de la baraja. La puse sobre el cobertor que me cubría las piernas.

Mas no: era la carta 13.

Justo en aquel momento, Antonio irrumpió en la habitación.

"Esto te curará, mi amor," dijo, sosteniendo un filtro hecho de oro y ámbar. Palideció de horror cuando vio la carta, y se lanzó a mis pies, besándome las manos. "¡Ah! El trece es un número bendito para las brujas, querida".

"No hay más tiempo para mentiras", repliqué. "Sabes tan bien como yo que es el número de la Condena. Entonces, abrázame. Susurra pensamientos de amor. Mientras aún podemos hacerlo".

Sin embargo, no quiso hacerlo sino que, por el contrario, corrió de nuevo a su laboratorio de alquimia para iniciar de nuevo su inútil y lánguido trabajo.

Queda poco del tesoro, después de tantos experimentos, y después de pagar tantos rescates. Años atrás, a su regreso de América, Antonio recompensó con una enorme parte del tesoro al Dux como pago por el uso de sus Calabozos; fue allí donde el esclavo vampiro fue inutilizado por una máscara de oro, que algunos han llamado Escudo de la Luna, y otros Máscara de Tortura.

Hoy en día, aún estamos pagando por la protección del Dux. Ésta nos ha costado dieciséis cofres adicionales de oro, que han sido utilizados para restaurar la Basílica y la catedral de Torcello a sus antiguas glorias del siglo XII. Incluso sin nuestra riqueza, qué maravilla es esta iglesia veneciana: no sólo posee el cuerpo robado de San Marcos, sino también los cuatro Caballos de bronce, que alguna vez fueran exhibidos en la Domus Aurea de Nerón, como signo de su malvado Poder; ahora representan los Cuatro de Cristo, para placer de los venecianos.

Antonio se maravilla ante estos Caballos tan frecuentemente transladados. Dice que estos usos del Arte y de los Hombres son su propia y terrible forma de Alquimia. En años pasados, nunca hubiera comparado tales robos con su Gran Arte. Creo que está perdiendo la fe en su oficio [pasaje ilegible] Y quizás sea lo mejor, lo comprendo súbitamente. Sí, ha llegado el momento de que abandone sus esfuerzos. Ni él ni su Alquimia pueden ya ayudarme. Pues mi heraldo se me ha aparecido de nuevo, aquí en esta habitación: el semblante espectral de mi madre es monstruosamente lívido mientras aguarda sobre su yegua. Sus pies están invertidos en los estribos. Mi gran caballo negro aguarda; cabalgaré en él hacia otro mundo.

"Querido, querido, querido", exclamo, con mi último aliento. Antonio sale de su laboratorio. Sus manos están cubiertas de oro; su cara está manchada de oro y brilla. Para mí es muy bello. La luz de la luna entra por la ventana, convirtiendo estas marcas en rayas de platino sobre sus mejillas, como las rayas de una bestia sobrenatural.

No ve los fantasmas que aguardan. Tampoco necesita hacerlo. Se desploma sobre una silla cuando lee la verdad final en mi cara. La luna y la melancolía se apoderan de él. Está comenzando a transformarse.

"He fracasado", dice, o creo que dice, pues ya no puede hablar en lenguas humanas. Su bello rostro está invadido. Se encorva, rasguña y aúlla al cielo.

Dejaré mi pluma. Se enroscará a mi lado, aquí en la cama, para que permanezcamos juntos. Una noche más es todo lo que pido a la Diosa, para poder escuchar su respiración sólo un poco más. Si únicamente pudiera tomar un átomo de calor de él, y ocultarlo en mi pecho, para que me consuele en esta fría estación que me aguarda. Esto es: oprimiré mi corazón contra el suyo. Intentaré llevar conmigo algún recuerdo de él. Intentaré imprimir su amor sobre mí. El espíritu que camina hacia atrás me observa. Una noche más. Y luego creo que eso será todo.

Manuel se enderezó y unió las palmas de sus manos cuando terminé de leer. Todos estábamos melancólicos por la tristeza del escrito. Pero él sonrió como un zorro y se puso de pie.

"Eso explica mucho", dijo.

"¿Qué? ¿Qué explica?"

Lanzó unas monedas sobre la mesa, y tomó la manija de su equipaje.

"*Muy* informativo. Está bien, vamos. Son sólo —qué— las cinco de la tarde. La basílica estará abierta al menos media hora más".

"¿Qué es?"

"Miren si pueden seguirme, mis queridos".

Manuel partió, con su valija volando a sus espaldas. Un denso enjambre de palomas se elevó, como si explotara. Todos nos frotamos los ojos y parpadeamos confusamente antes de tomar nuestros morrales, y luego corrimos tras él, mientras se sumergía en las profundas sombras de la plaza, dirigiéndose directamente a los misterios de la basílica del santo robado.

43

Corrimos hacia una cueva llena de luz color oro rojizo.

Eso fue lo primero que vi de la Basílica de San Marcos, cuando finalmente nos alejamos de la larga fila que aguardaba a la entrada, y avanzamos debajo de los cuatro triunfales caballos de bronce dorado que galopaban sobre el alto portal: adentro, todo era una luminiscencia de oro rojizo que se elevaba hacia el cielo como un fuego bíblico.

Construida en 828, es el lugar donde descansan los huesos de San Marcos desde al menos 1094. El alto interior de la basílica está cubierto de enormes mosaicos de oro color durazno, que representan a Cristo y a sus apóstoles. Los turistas se paseaban bajo este milagroso cielo, y vi que algunas mujeres devotas *elevaban las manos* hacia el brillo del oro, de la misma manera como los cristianos evangélicos rezan con los ojos cerrados y las palmas levantadas. Dentro de esta esfera de color, casi pierdo también la razón intentando esquivar una tormenta de imágenes: la imagen de Caperucita Roja en el estómago rojo y brillante del lobo; del Cielo plateado y marfil de las Revelaciones de San Juan; del Noveno Infierno de los aztecas, donde los mexicanos creían que podrían viajar con sus tesoros mundanos atados a espaldas de sus espíritus si sobrevivían a la travesía, o al menos eso pensaban hasta que ese tesoro fue utilizado más bien para pavimentar esta iglesia europea, como lo observó la propia Sofiá:

A cambio de su protección, entregamos dieciséis cofres adicionales de oro al Dux, que se utilizaron para restaurar la Basílica y la catedral de Torcello a su antigua gloria del siglo XII.

Abandoné abruptamente esa revelación al escuchar el sonido de la voz de mi padre, quien arrastraba su valija (de nuevo, faltaban tres meses para el ataque terrorista a las Torres Gemelas. Avanzaba de prisa a través de la nave dorada, hacia el crucero y el altar, buscando un objeto en particular mientras hablaba a toda velocidad:

"Como ya lo mencioné, San Marcos fue trasladado literalmente a esta iglesia desde Alejandría a finales del siglo XI. Los venecianos respondieron al hecho de tenerlo en su poder con una euforia que se manifestó principalmente en el diseño de interiores, pues comenzaron a decorar de manera excesiva la basílica con tantos símbolos apostólicos como podían adquirir —o *robar*, a menudo esculturas o pinturas paganas que tenían algún tipo de formación cuádruple, en grupos de cuatro que, como lo saben, era el símbolo de los gnósticos para los elementos sagrados y las estaciones, aun cuando aquí todos eran Cristianos. Como ven —allí mismo— está Cristo sobre un bello arco iris sostenido por cuatro ángeles, que no son más que sirenas reconstituidas, y que representan a los cuatro apóstoles, y *afuera* de la iglesia, hay una escultura de pórfido de cuatro Moros bizantinos, los cuales también representan a Mateo, Marcos, Lucas y Juan. Y *todo* esto está diseñado para comunicar a la antigua plebe que *sí, queridos, realmente lo tenemos*, a uno de los cuatro; está aquí mismo, durmiendo profundamente hasta que suene la trompeta —el propio *Santo del Oriente* quien, según Antonio, es capaz de mostrarnos la clave final, siempre y cuando no seamos destrozados en el proceso, si entiendo correctamente su amenaza".

Manuel nos había conducido a través del iconostasio (un mural de piedra compuesto por figuras de santos) y hasta el lugar donde se encontraba el altar, lleno de gente. Después de que Yolanda y mi madre habían intimidado de alguna manera a los turistas que nos rodeaban para que nos cedieran un espacio, señaló una caja enorme de marmol, con esmeraldas incrustadas, que ostentaba una apariencia titánica y estaba colocada bajo del altar de oro macizo.

"Allí estaba el artículo original".

"Es una urna", dijo entusiasmada mi madre. "Un sarcófago".

"Precisamente". Manuel comenzó a mirar a su alrededor, preocupado otra vez.

"Es el relicario de Marcos. Su casa de hueso".

"¿Es aquí donde está la clave?" preguntó Marco con voz ronca.

"¿Tenemos que violar esta tumba?" pregunté.

"Está completamente custodiada", dijo Erik, señalando con un gesto a los guardias de ojos soñolientos dispersos a nuestro alrededor. "El cerrojo es tan grande como mi muslo. Tendremos que forzarlo cuando haya una distracción".

Yolanda inclinó el ala de su Stetson.

"Puedo hacerlo. Que alguien me de un destornillador".

Mi madre asintió.

"Y, Lola, finge que tienes un ataque".

"¿De qué tipo, psicológico o epiléptico?"

"Psicológico".

"Oh, entonces yo soy la persona indicada", dijo Marco. "Estoy tan fuera de mí ahora mismo, que puedo comenzar a echar espuma por la boca sin fingir siquiera".

"No, no, escuchen", dijo Manuel. "La pista no está aquí dentro, ¡al menos espero que no! Se dice que San Marcos fue llevado de regreso en secreto a Egipto en el sesenta y ocho, entre pompas y disculpas —si Antonio ocultó algo en la urna, habría sido descubierto y probablemente retirado en ese momento".

"Entonces, ¿dónde está?" preguntamos todo sorprendidos.

"A eso voy, todavía la estoy buscando; está por acá en alguna parte, no puedo recordar con exactitud... ¡Oh! Está bien, síganme". Manuel regresó por donde había venido, a lo largo de la nave. "Tuve esa idea cuando Lola nos leyó aquel diario, y relacioné la entrada con el acertijo".

Avanzó hacia el recibo de entrada de la basílica, caminando hacia un acceso diminuto que daba sobre una escalera; tenía una barrera que estaba custodiada por un veneciano cuya mirada se extendía mil yardas, y donde tuvimos que pagar para que nos dejaran pasar.

Manuel dijo que quería ver el diario de Sofía después de que recibimos el cambio.

"Creo que Lola tiene razón, y que Antonio sí se inspiró en los escritos de su esposa. Primero, vean cómo describe Sofía a su heraldo del mundo inferior, como 'un oscuro caballo brillante'. Luego —miren acá— menciona 'los cuatro caballos de bronce', y prosigue diciendo que 'alguna vez fueron exhibidos en el Domus Aurea de Nerón... ahora representan a los Cuatro de Cristo para placer de los venecianos'. Domus Aurea, como recuerdan, era el palacio privado de Nerón".

Habíamos subido hasta lo alto de la escalera, que conducía a un segundo piso. Este nivel se extendía hasta un balcón que albergaba los cuatro dramáticos caballos de bronce dorado que habíamos visto desde la plaza y, en su interior, había un pequeño museo que exhibía diversos artefactos y esculturas.

"Lo último que debemos tener en cuenta", continuó Manuel, mientras entraba al museo y comenzaba a recorrerlo, más allá de una mampara ornamentada y de manuscritos musicales encerrados en vitrinas, "es el propio acertijo":

LA CUARTA [CIUDAD] ALBERGA A UN SANTO DEL ORIENTE,
UN DESDICHADO QUE RELINCHA Y CAMBIA DE FORMA.
ALGUNA VEZ FUE LLAMADO LA BESTIA DE NERÓN—
ESCUCHA SU PALABRA Y ENCUENTRA EL HERALDO DE TU MUERTE.

Se detuvo delante de una exhibición de cuatro colosales caballos de bronce dorado, idénticos a los que se encontraban en el balcón exterior. Estaban colocados sobre soportes de ladrillo y de mármol contra la pared más lejana del museo, tenían más de siete pies de altura, y habían sido esculpidos en medio de un galope ondulante, resoplando y con las crines al aire. Una placa cercada decía que eran los *Caballos de San Marcos* originales, transportados desde Bizancio durante la Cuarta Cruzada, mientras que aquellos que se encontraban en la fachada del balcón eran copias modernas de los mismos.

"Entonces, ¿ven lo que quiero decir?" exclamaba Manuel, levantando los brazos hacia las esculturas. "Todo está perfectamente claro".

"No, no comprendemos en *absoluto*".

"Ha, haaa" cacareó mi madre; su cabello volaba como una tormenta eléctrica mientras súbitamente bailaba conmigo. "Lo único en lo que yo pensaba cuando miraba estos enormes sementales es que, durante la Ilustración, la gente juraba que estaban *malditos*. Pero *lo hallaste*, Manuel. Sabía que había una razón por la que continuaba dejando que me sedujeras".

"Hay varias, querida". Sonrió. "En cualquier caso, como lo recuerda Sofía, los caballos fueron alguna vez las *'Bestias de Nerón'*. Pero fueron traídos a Venecia durante las Cruzadas, como símbolos cristianos, y es por ello que Antonio los llama *'desdichados que relinchan y cambian de forma'*. Recuerden cómo las iglesias reciclaron símbolos paganos y enfatizaron el número sagrado, cuatro —estas son las esculturas originales, que representan a Mateo, Marcos, Lucas y Juan. Fueron transportadas al interior hace sólo una década, para ser reemplazadas por copias. Uno de *estos* caballos, representaba a Marcos para la gente del Renacimiento. *Era*, para efectos simbólicos, *el santo del Oriente"*.

En aquel momento, el semblante extático de mi padre comenzó a adoptar una expresión socarrona, mientras miraba aquellos animales de bronce.

"Entonces, la pista que buscan, creo, debe estar aquí. Una vez que se lo lee bajo esta luz, el acertijo es asombrosamente lúcido. La cuarta medalla probablemente está oculta dentro de uno de estos caballos, aun cuando, al parecer, tiene alguna clase de trampa diseñada para acuchillar, disparar, bombardear, desollar o despachar de otra manera desagradable a todos nosotros hacia nuestra muerte".

Con esto, Manuel había terminado. Dejó que absorbiéramos la información. Sus manos, que danzaban ansiosamente, ahora habían descendido para proteger su pecho, que temblaba mientras lanzaba un profundo suspiro.

44

E n medio de una piscina de gente, contemplamos los altos caballos de bronce dorado. Tienen largos cuellos gruesos y diminutas orejas planas, y fueron concebidos con tal detalle que tienen arrugas que sobresalen suavemente alrededor de sus labios abiertos y sus dientes de caballo.

Manuel recobró la suficiente compostura como para bailar detrás de una capa de turistas que nos impedían llegar a los caballos. Señaló una de las bestias de bronce.

"Maravilloso trabajo. Es un milagro que no los hayan fundido para hacer cañones durante las Cruzadas".

"Sí, o durante las guerras napoleónicas". Mi madre sacó una de sus típicas y oscuras guías turísticas de su bolso. "Excepto que, en realidad, Napoleón nunca los habría destruido —era un fanático de los clásicos. Saben, siguiendo el ejemplo de los grandes emperadores romanos, incluso Nerón".

Yolanda inclinó su Stetson hacia atrás para examinar mejor el caballo que se encontraba a la extrema izquierda.

"¿Dónde creen que está? La pista debe estar en el estómago de uno de estos caballos".

Marco golpeó las costillas de metal del animal.

"Entonces, ¿qué dicen? ¿Lo cortamos con una sierra circular?

¿Cuando cierren? Este lugar está por cerrar. Podría entrar a la fuerza…"

"No, aguarda…" comencé a decir.

"*No harán* nada semejante" dijo mi madre.

"Una abominación", agregó Manuel.

"Pero práctica", observó Yolanda.

La muchedumbre que intentaba admirar los caballos nos contempló fijamente.

"Es cierto", dijo mi madre.

"Estamos hablando de hallar el oro de Montezuma, después de todo", dijo Marco.

"Que, al parecer, está esparcido sobre toda esta basílica, de cualquier manera", dijo Yolanda. "¡Traído hasta acá por ladrones y secuestradores! Miren ese color rojizo —y ya lo leyeron en el diario de Sofía".

"Nos ahorraría una cantidad de esfuerzos… ¿qué estoy diciendo? ¡Ustedes dos son terribles!" susurró mi madre.

"Es sólo que —escuchen, aguarden", dije.

"El *acertijo*". Erik levantó las cejas y me miró. "Da instrucciones sobre cómo recuperar la pista".

"*Correcto* —pero también— ¿qué era eso acerca de que los caballos estaban malditos durante la Ilustración?" pregunté.

"Yolanda, ¿cortar reliquias con sierras eléctricas? Tu padre *nunca habló de esta manera*", dijo mi madre.

Mi hermana tocó su collar de jade azul.

"Lo sé, gracias a Dios no está aquí para escucharme".

"No hablemos de él ahora", dije. "Mamá, ¿qué dijiste acerca de que los caballos estaban *malditos*?"

"Oh, sí". Mi madre sostuvo en alto el libro que había sacado de su bolso, *Métodos intrigantes de asesinato en Venecia*, de Dorothy W. Sayer. "Los caballos desarrollaron una mala reputación después de que fuesen transitoriamente robados de nuevo en el siglo XIX. ¿Yo estaba hablando de Napoleón? En 1797, invadió a Venecia, y ordenó que fueran retirados de la basílica e instalados en las Tullerías. Pero cuando los gendarmes transportaban las estatuas al otro lado de la plaza, para llevarlas a su barco, algo terrible sucedió... mira, se los leeré:

"El mito de la malignidad sobrenatural de los caballos se inició cuando Phillipe Boudin, uno de los lugartenientes más insidiosos de Napoleón, escuchó un ruido en el estómago de una de las figuras de bronce, denominada ahora 'Caballo A'. Boudin ordenó a los soldados que transportaban el caballo al otro lado de la Piazza que lo pusieran en el suelo, para inspeccionarlo con mayor detalle, creyendo que el Dux había ocultado un tesoro en su interior. Se asomó por la cabeza inclinada de la criatura, mirando dentro de sus fauces abiertas. Por esta apertura, introdujo un curioso artefacto, que sigue siendo un secreto bien guardado de los siempre taciturnos venecianos. Lo que sabe el historiador, con base en informes contemporáneos, es que Boudin introdujo su diminuta mano en la boca de bronce y, al hacerlo, fue golpeado en la garganta por un diminuto dardo envenenado. Su muerte no fue instantánea, se dice".

Ahora todos los seis mirábamos las bocas de los caballos.

" *'La Cuarta [Ciudad] alberga a un Santo del Oriente / Un desdichado que relincha y cambia de forma / Alguna vez fue llamado la bestia de Nerón— / Escucha su Palabra y encuentra al heraldo de tu Muerte'* " dijimos Erik y yo simultáneamente.

"El animal que habla", dijo Marco.

" *'Escucha su Palabra'*. La medalla estaba dentro de la boca, en sus fauces", dijo mi madre.

"Papá, eres sorprendente".

Manuel me pellizcó suavemente.

"Debemos recordar que estos caballos debieron ser restaurados, radiografiados, desbaratados y armados de nuevo".

"Docenas de veces, al menos", agregó Erik.

"Pero cualquier restaurador *responsable* lo habría dejado exactamente como era originalmente".

"Está bien, pero dejen de gritar", dijo mi madre. "La gente ya nos está mirando como si hubiéramos escapado de un asilo psiquiátrico".

"¿Cuál es el caballo A?" preguntó Yolanda.

Sacudí la cabeza.

"No tengo idea".

"*Podría* haber desaparecido. La pista" dijo Yolanda.

"Podría haber un segundo dardo", dijo Erik.

"O restos de veneno, o incluso algo afilado, que sería peligroso" ofreció Manuel.

Mientras hablábamos, Marco se apartó de nuestro grupo y saltó sobre la pequeña barrera de vidrio que rodeaba a los caballos.

Apoyándose cuidadosamente en las bases de ladrillo y mármol sobre las que reposaban las esculturas, sencillamente introdujo la mano dentro de la boca abierta del tercer caballo, mientras el resto de nosotros lanzaba una exclamación colectiva de pánico.

"Nada", dijo Marco, manteniendo sus ojos fijos en mí mientras sus dedos buscaban dentro de aquella oscura cavidad. Mientras continuábamos nerviosamente pidiéndole que tuviese cuidado, avanzó hasta el último caballo, buscó dentro de sus fauces más cerradas, pero sacudió la cabeza. "Nada".

Detrás de nosotros, la muchedumbre era aun más densa y se había dispuesto en un ruidoso semicírculo.

"¿Qué demonios sucede? ¿Qué están haciendo con esos...? Pensé que no estaba permitido tocar nada aquí".

"Nada", dijo Marco una vez más, antes de deslizarse hacia la primera bestia de la fila, un bello animal oxidado de expresión triste que tenía la boca ferozmente abierta. Insertó sus dedos cautelosamente dentro de sus fauces de bronce. "Algo. ¡*Algo, sí*! Pero no puedo alcanzarlo. Hay una cadena. Parece estar unida a una especie de *resorte* —pero parece vacío. Estoy halando". Rió. "Y, como pueden ver, no estoy muerto".

"Espera, espera". Yolanda saltó la barrera de vidrio y se paró sobre la base de mármol.

Yolanda introdujo sus delgados dedos dentro de las enormes fauces del animal. Los insertó más profundamente dentro del cuello, estremeciéndose.

"Estoy tocando algo", dijo. "Lola, es una cadena. Que baja por el cuello, más allá de una especie de palanca".

"¡Ten cuidado!"

"¡Lo tengo!"

Mientras que aquello que imaginé como un arco en miniatura golpeaba en el vacío dentro del largo cuello de bronce, Yolanda sacó un pedazo de cadena hecha de pesados eslabones de oro rojo. En lo profundo de la criatura, escuchamos un sonido metálico.

Mi hermana halaba y halaba. La muchedumbre que estaba detrás de nosotros hacía más ruido que las palomas que chillaban en la Plaza de San Marcos.

Vi un destello en el hueco negro. Se escuchó un sonido como el de una moneda al caer en un pozo.

Mi hermana extrajo lentamente una medalla de oro rojo de la boca del caballo.

"*Miren, miren*".

Incluso mientras los ruidos de la multitud se elevaban como un coro griego, todos nos agolpamos a su alrededor para leer ávidamente el bello y complejo signo antiguo que colgaba de la larga cadena:

"Lola, las otras letras eran *U*, *P* y *L*", rugió Yolanda. "Y esta es *O*".

"Sí".

"Es *lupo*", suspiraron todos menos yo.

Como si por instinto, Marco dijo:

"Dale vuelta".

Yolanda le dio la vuelta a la moneda, al otro lado tenía grabado (traducido):

*Para hallar mi tesoro amarillo, oprime al desdichado
en Santa Maria Assunta.*

"Es una iglesia", exclamó mi madre. "Santa María Assunta —otra basílica".

"En una isla cerca de acá", dijeron a la vez Marco y mi padre con voz aguda. "Torcello".

"Así se llama".

"Necesitaremos un bote", dijo Erik.

En aquel instante, Yolanda se sobresaltó como un gato al

que recién han rociado. Su cabeza se irguió de un golpe; su expresión cambió por completo debajo del ala negra de su sombrero. Palideció. Parecía que hubiera sido golpeada en el cuello o en la cara, y yo estaba segura, por sus lívidas mejillas, que se había contagiado de algún agente letal de la cadena o de la moneda.

Pero luego me volví y seguí su mirada hacia la muchedumbre.

Una presencia semejante a una sombra entre la horda húmeda. Un sombrero negro idéntico al suyo.

Allí estaba Tomás.

omás de la Rosa estaba detrás de la muchedumbre. Llevaba un abrigo negro y su Stetson. Vi sus ojos negros debajo del sombrero, y la mirada de melancolía profundamente exhausta que fijó sobre su hija mayor. Tomás se había manifestado del éter, luciendo como uno de los ángeles de Wim Wender en *Alas del deseo*.

Sentí algo terrible en ese momento, algo que no comprendía. Quizás hubiera debido mirar si sus pies estaban al revés. Volvió su mirada hacia Marco, quien contemplaba la medalla de oro con una aterradora severidad. Tomás miró de nuevo a Yolanda, y luego a mí. Con un gesto de su mano izquierda, nos hizo una sombría advertencia.

"Yolanda, querida, ¿qué sucede?" preguntó Manuel.

"¿Qué ocurre? ¿Estás enferma?" susurró Erik. "Jesús, ¿estás envenenada?"

"Siéntate", ordenó mi madre. "Busquemos un vaso de agua".

"No, estoy perfectamente", gruñó Yolanda cuando pudo hablar. "Es sólo… la emoción".

Cuando miré hacia atrás, De la Rosa había desaparecido. En un instante. Marco permaneció incómodo a un lado, aferrándose todavía con fuerza a la medalla que colgaba de la cadena. No había visto al espectro vestido de negro.

"Pero creo que es hora de *partir*", dijo Yolanda, levantando de nuevo la barbilla.

Allí donde Tomás había destellado brevemente dentro de la multitud, se materializó un guardia de seguridad de cara bulbosa. Intentaba abrirse camino entre los turistas, probablemente para tener una desagradable conversación con nosotros acerca de nuestros métodos de apreciar el arte.

"Sí, muy, muy, *muy* buena idea", dijo Erik.

"Suficiente turismo", coincidió Marco.

"Andando", dijo mi madre. "Separémonos. No es el momento para que nos deporten".

"Nos encontramos afuera", ordenó mi padre.

Marco soltó la pista encadenada, y todos comenzamos a salir velozmente entre la muchedumbre en direcciones diferentes. Esto es, ellos lo hicieron. Yo seguí a mi hermana.

"*Yolanda, Yolanda*".

"Apresúrate o los italianos nos atraparán y nunca saldremos de acá".

"¿Qué viste?"

"A nadie". Su cara estaba ruborizada y tensa, y parecía que fuese a estallar.

"Escucha, nos ha seguido desde Roma, y quiere llegar a Marco, porque cree que nos hará daño".

Ella sacudió la cabeza, pero no aminoró el paso.

"Eso es fantástico —él dice que *Marco* nos hará daño".

"Debemos hablar de esto…"

"¡¿De *qué*?!"

"¡De Tomás!"

Lanzó una sonrisa amarga, enojada, mientras empujaba peregrinos a un lado.

"Es mala suerte hablar mal de los muertos, Lola, ¿no lo sabes? Sí. Es mala *suerte* insultar a un fantasma porque se marchó y te dejó en la podrida selva sin nada excepto psicóticos criados en la guerra".

"¿Qué vas a hacer?"

Las lágrimas corrían por sus mejillas.

"Bien, ¿sabes que dije que ya había terminado con esas búsquedas de micos? ¡Supongo que resulta que no! Entonces, ¡maldición! ¡Inscríbeme de nuevo para los juegos de la boda, Lola! Porque soy un buuuuen simio, incluso cuando no lo sé. Pero aunque soy *tan* idiota que debería tener una cola, sé que debemos actuar esta pequeña comedia antes de que pueda comenzar a *patearle el trasero*. Y *él* puede decirle a tus padres la verdad en su cara, porque yo no seré el mensajero esta vez. Tampoco tú deberías hacerlo —le dices algo a Juana ahora, con Marco aquí, y este barril de pólvora estallará. Entonces, ¿qué haré? Lo que debo hacer. Y esto es llevarte a ver al *desdichado* en Torcello". Me asió de la mano y comenzó a empujar hacia adelante. "Vamos, rápido".

El firmamento irreal brillaba y ardía sobre mí como otra alucinación, mientras Yolanda me arrastraba más allá de las joyas, las gemas, los turistas, los paganos convertidos, los dioses de la alquimia y los monstruos de la basílica.

Ningún otro padre ectoplásmico apareción en la piazza, donde mis agitados padres, un solemne Erik, y Marco, súbitamente sombrío, se habían reunido bajo el cielo que comenzaba a oscurecer. Me preocupó que Marco, en especial, se pusiera peor si el espectral Tomás se le aparecía como había aparecido ante nosotras. Con la ayuda, cada vez más débil, de mi sentido común, intenté diseñar tácticas para un tratado de paz, una sesión de intervención psiquiátrica con mi hermana, que tenía la boca rígida, planes sustitutos en caso de que se planearan grandes robos, asesinatos recíprocos o arrestos, y otro segundo plan en caso de que horrendas trampas de tortura nos aguardaran en la iglesia de la isla, donde podría hallarse el último tesoro de los poderosos aztecas.

Y, todo el tiempo, la pregunta de oro murmuraba a mi oído: ¿L—P—U—O? ¿Qué deletrean estas pistas: *Lupo*? ¿O alguna otra contraseña? La curiosidad es algo terrible. La promesa de *oprimir al desdichado en Santa María Assunta* parecía impulsarnos a todos corporalmente hacia el extremo de Venecia y hacia la laguna llena de góndolas que había absorbido el color de sangre del cielo.

Hacia las nueve de la noche, estábamos camino a la isla hechizada de Torcello.

46

El bote se deslizaba suavemente a través del agua negra y peltre. Esta nave que nos conduciría a la isla de la Edad Oscura de Torcello no era una de aquellas elegantes góndolas color turquesa que chapoteaban en los muelles: nos encontrábamos en un pulcro bote blanco negociado ágilmente con un marino rico, a través de las artes de filibusteros que poseían tanto Marco como mi hermana.

Yolanda timoneaba su proa a través de las partes más alejadas de la laguna; su rígida silueta de vaquero se desvanecía mientras la oscuridad se vertía en el aire. No sé que horrores o racionalizaciones pasaban velozmente por su mente; no había pronunciado más de seis palabras en toda la travesía.

El resto de nosotros estábamos en la cubierta. Yo me encontraba en la parte de atrás del bote. Los otros se agolpaban hacia la proa, sus figuras ensombrecidas iluminadas por una luna velada de nubes.

Me acerqué a Marco y a Erik, quienes permanecían a pocos pasos uno del otro, y no podían distinguirme claramente en la penumbra.

"Sé lo que está pensando", escuché a Erik decir quedamente.

"¿En el dinero?" preguntó Marco.

"En Lola".

"Sí, también en eso".

"Será mejor que lo olvide. Usted no ha cambiado desde Florencia".

"*Usted* debe desear que no sea verdad".

Erik no respondió.

"La verdad es que ya no sé lo que haré. El oro —bien, ¿siempre es útil, verdad?" prosiguió Marco. "Sin embargo, quizás pueda sencillamente desear al Coronel un alegre descanso y terminar con eso —diablos, no tengo idea. Ve, es posible incluso que usted *me agrade*, Gomara. Es un atado de nervios. En realidad, debo decirle, amigo, no luce muy bien desde… *usted sabe*".

"Lo que hice fue un error", dijo Erik con una voz apenas audible. "Desearía haber —habría podido— no sé si él habría…"

"Tonterías. Domenico *lo habría* matado. Y a ella. No me agradó mucho, pero ciertamente hizo lo correcto. Y, además, encontrará, con el tiempo, que siempre se pueden encontrar *mil* buenas razones para justificar los crímenes, y para sentirse mucho mejor. ¡Yo soy la más maravillosa prueba de esa teoría! Lo que está haciendo, en todo caso, es alimentado una pequeña depresión, un desorden bipolar, alcoholismo, agorafobia. ¡Está perdiendo terreno, amigo! ¿Está pensando hacer algo increíblemente estúpido?"

"El loco será *usted*".

"Sólo le digo, no valdría la pena", suspiró Marco. "Escúcheme: olvídese de todo eso. De Domenico. *Ahora* es cuando viene la emoción. Es maravilloso. Cualquier cosa podría suceder".

"Marco", dije, y ambos miraron rápidamente hacia abajo.

"Me puede dar un infarto —ni siquiera la escuché llegar".

"Quiero preguntarle algo".

"Escucho".

"¿Qué haría si Tomás estuviera vivo?"

"Lola", dijo Erik. "Vamos, *no*. No, no, no. Basta con eso".

"¿Vivo?" pude escuchar el desagrado de Marco ante esta idea. "Pues bien, no lo está".

"Quiero saberlo".

Mientras Marco consideraba mi pregunta, sentí el cálido cuerpo de Erik al lado de del mío. Marco se equivocaba acerca de que Erik perdiera terreno; era tan sólido como la tierra. Me juré a mí misma que, a la mañana siguiente, a primera hora, contrataría un batallón de abogados, nos marcharíamos de allí, nos casaríamos, y haría lo que fuese necesario para que estuviera seguro y se sintiera bien.

"¿Qué haría si De la Rosa estuviera vivo?" dijo finalmente Marco. "Algo asqueroso, probablemente. Lo bueno es que nunca tendremos que saberlo. Esa rosa fue cortada, y no crecerá de nuevo, si entiendes lo que quiero decir. Y esto y *considerando* darme un descanso de la jardinería para ocuparme de... ¿qué era lo que decías? ¡Mi talento para la academia o algo así! Porque todos los que estuvieron involucrados en esa vieja guerra están muertos. ¿Verdad? Incluso *él*. Tú ya debes saberlo, ¿verdad? Que Tomás murió *aquí*, Lola. En alguna parte de esta laguna".

"Leí los papeles que había en su morral".

"Sí —supuse que lo haría. Bien, tenía que descubrirlo. Tomás se llenó los bolsillos de piedras y se ahogó. Un perdedor. Me enteré cuando estaba en Siena. Y me enviaron —la ha visto— la prueba. No pudieron sacar el cadáver del agua, y es por eso que no hay una tumba con su nombre. Pero no está extraviado. No hay ningún misterio. Él..." Marco hizo un gesto hacia la laguna, con el semblante sombrío. "Se ahogó aquí. Lo siento por usted. No lo siento por mí. Así son las cosas".

"¿Quién le envió ese certificado de defunción?"

"El negociante —Soto Relada— el que me consiguió la carta de Antonio".

"Lola querida, ¿qué dijo?" La voz desencarnada de mi madre llegó hasta nosotros en la oscuridad.

"Mamá..."

"Ya estamos aquí", dijo Yolanda súbitamente, en un tono de voz agudo y tenso.

"¿Qué dices?"

"Ya llegamos. A la isla. Miren".

Mi hermana señaló al cielo. Apenas visible a través de la bruma marina, como tiza pulverizada, vimos bancos de sal y colinas bajas. No se veían casas más allá del muelle, únicamente el extremo y el solitario declive de la isla, que parecía desierta, y que se sacudía de la quietud de la laguna. Tierra adentro estaría la antigua iglesia.

Marco se ensimismó de nuevo mientras contemplaba con satisfacción las aguas en las que se había ahogado De la Rosa. Pero aun cuando la lúgubre visión impidió que prosiguiera la conversación, mi mente pensaba cada vez más velozmente.

Pregunta: Dos hombres quieren matarse, ¿cómo impedirlo?

Respuesta: Deles un tercer enemigo.

¿Y quién sería éste? Antonio Beatro Cagliostro de Médici. Más específicamente: su *acertijo.*

Yo tenía que adivinar su respuesta antes de que lo hicieran Tomás y Marco.

Sabía que Manuel tenía razón cuando me advirtió que no debía juzgar apresuradamente la pista que Antonio nos había dejado. Estaba segura que había *algo* que todos habíamos pasado por alto, más allá de la pregunta, aún oscura, acerca de la identidad del *desdichado en Santa María Assunta.* De alguna manera, debíamos usar la palabra deletreada por las cuatro medallas para descubrir el oro en Torcello. Pensábamos que esta palabra ahora era obvia. Pero, ¿se habría esforzado tanto Antonio para entregar un código tan evidente como *lupo*, su famoso nombre? Es como los imbéciles que usan *contraseña* como contraseña. Y Antonio no era ningún imbécil.

Tendría que adivinar la última y probablemente mortal trampa que, *estaba segura*, aún nos aguardaba. Y luego utilizaría mis artes detectivescas contra Tomás y Marco para engañarlos y obligarlos a una solución pacífica.

La pista final estaba encerrada en las cuatro letras que habíamos recuperado:

"*U—O—L—P*", susurré para mis adentros. "*L—U—P—O. O—P—U—L. U—L—P—O. L—O—P—U. 'Nomen atque Omen'*".

Yolanda ató el bote al muelle y buscó una linterna en el bolso lleno de provisiones de Manuel. Desembarcamos en la oscuridad y caminamos por la playa por la que habían desembarcado legionarios romanos y monjes de la Edad Media. Marco tropezaba atrás, mis padres adelante. Yo no podía ver el sendero a causa de la negra niebla mágica y la ferocidad de mis pensamientos.

"Toma mi brazo, cariño", murmuró Erik.

Subimos por un largo sendero, bordeado de flores que perfumaban el aire de rosa o bergamota. Una niebla carbón flotaba delante de nosotros. Finalmente, un domo sagrado apareció entre la maraña y las ramas cubiertas de hiedra de un brezo: la iglesia de Santa María Assunta.

El cofre del tesoro de Antonio en una catedral se erguía ante nosotros; sus arcos de ladrillo estaban ocupados por los vapores de media noche, como ojos blancos, ciegos, que nos contemplaban en la oscuridad.

47

Caminamos hacia la catedral por un sendero de arena, donde pálidas briznas de hierba se enroscaban alrededor de nuestros pies con tal insistencia que pensé en los dedos largos de los muertos. La edificación rematada por un domo que se alzaba ante nosotros estaba toda oscura y en la sombra, con excepción de aquellas ventanas de pálidos ojos. La luna, que ahora aparecía sobre el crucifijo, esparcía su luz azul sobre nosotros; los astrólogos del Renacimiento la conocían como la peligrosa luna de la mitad del verano, a la que los paganos llamaban la Luna de Hidromiel, o la luna de la diosa Ishtar, que debía ser honrada con ofrendas de flores para alejar a los monstruos que invoca.

Yo contemplaba intensamente mis pies, pero la tierra arenosa se extendía debajo de mí, inocente de cualquier hierba embrujada que pudiera alejar al oscuro hombre que seguramente me seguía de cerca.

Mi familia estaba en silencio, plateada por la luna. Avanzaban como si los arrastrase un tractor hacia la iglesia, guiados por la linterna de Yolanda, que no reveló ningún guardia rondando en esta aldea isleña casi vacía. Esta omisión cobró más sentido para nosotros cuando iluminó la entrada de Santa María Assunta formidablemente protegida por barricadas.

"Déjenme ver", dijo Marco.

Se puso en cuclillas delante de las puertas dobles de la iglesia, enormes y llenas de sombras, recorriendo sus grabados con los dedos. Un escudo de armas, y poco más, agraciaba esta entrada.

Yolanda se inclinó a su lado.

"No hay un cerrojo para romperlo", le dijo Marco.

"Esta no es la entrada", murmuró ella en respuesta. "Maldición. No quiero permanecer aquí, donde puede venir cualquier idiota y causarnos problemas".

"Quizás ni siquiera debemos entrar", dije.

Yolanda estuvo de acuerdo.

"Quizás el *desdichado* de Antonio era una persona que vivió en el siglo XVI. ¿Qué decía la pista? *'Para hallar mi tesoro amarillo, opriman el desdichado en Santa María Assunta'*. Quizás es alguien a quien Cosimo debía interrogar —para presionarlo— debía encontrarse afuera, en los bancos de sal, y luchar..."

"No, algo nos aguarda allí dentro", dijo Erik.

Mi madre lo miró.

"¿Cómo lo sabes?"

"Sólo sé cómo piensa *él*, ahora. Cómo pensaba, quiero decir. Quería que el asesinato fuese algo íntimo —un asesinato de este tipo debe serlo. Antonio no habría contratado a un mercenario para que hiciera su propio trabajo. *Estaba* loco. Pero con el tipo de locura que tiene la gente cuando —cuando— comienzan a ver el mundo bajo una luz diferente".

"¿Qué quieres decir?" pregunté.

Marco dijo con cierta complacencia:

"Quiere decir que Antonio *enloqueció* después de enterrar a Sofía. ¿Sabe, cuando descubrió la verdad? ¡Que no hay esperanza! Que los seres humanos no son más que animales en tacones, *y* que todos hemos de morir algún día, *y* que los acontecimientos se salen de control, que nada permanece igual, excepto nuestro propio y miserable ser".

"Ni siquiera eso", dijo Erik.

"Sí, correcto, eso es malo", respondió mi padre. "Pero es por eso que el universo inventó las hijas y mujeres imposibles como Juana, para consolarnos de la ineludible desesperación de vivir".

"Dejemos la metafísica para más tarde", dijo abruptamente mi madre. "Creo que tienes razón, Erik. Apuesto a que hay algo en la iglesia. Sólo tenemos que entrar. ¡Manuel! ¿Recuerdas Beijing?"

"Beijing..."

"¿Cuándo sacamos los tótems olmecas de contrabando?"

"Oh, sí —lo recuerdo— de la Ciudad Prohibida. Oh, chicos, Juana tenía la teoría más *estrambótica* sobre Pangea, y sobre las relaciones genéticas entre los chinos y los precolombinos —y había este *palacio*".

"¿La Ciudad Prohibida?" gruñó Yolanda.

"Él decodificó setenta y dos cerrojos, todos con contraseñas de la dinastía Qing, aprendí aquel día que Manuel es un *tremendo* decodificador de fortalezas", decía mi madre, sobre las voces insistentes de los demás, no la mía, pues estaba concentrada de nuevo, con una intensidad casi catatónica, en la última pieza del acertijo que yo creía que había ocultado Antonio. "No, vamos —basta de hablar, vamos. No, *ustedes* dos no. Lola, tú y Erik permanezcan de guardia".

La luz de la linterna se evaporó en el aire índigo mientras se deslizaron todos hacia la parte de atrás de la iglesia. Erik y yo permanecimos de centinelas contra cualquier enemigo que pudiera venir a atacarnos desde las playas de la laguna negra. Unos pocos momentos más tarde, él y yo nos tomamos silenciosamente de la mano. No queríamos sacar nuestra propia linterna del morral, y juntos observamos el frío aire, iluminado por las estrellas, que giraba en formas extrañas alrededor de la maleza circundante.

Pasó un buen rato. Mi mente continuaba desarrollando un obsesivo trabajo de tejido con los diversos escritos de Antonio, a pesar de los ocasionales y alarmantes estallidos de ruido que podía escuchar en la parte de atrás de la catedral:

En la carta de Marco, Antonio había escrito, *"Cosimo, poseo, en efecto, un vasto tesoro secreto, manchado de sangre, por el que cambié mi alma en Tenochtitlán, y lo he mantenido oculto del mundo durante todos estos años. Te lo lego a ti. Te lego mi temple amarillo con una condición, sin embargo...*

"Estoy hecha del más fuerte temple cuando estoy en tu compañía", había prometido Sofía a su esposo la víspera de escapar de Roma. Y recordé una mezcolanza de fragmentos de texto:

"Amarillo es el color de mi valor... Idiotamente pronunciaste equivocadamente mi Nombre Secreto... Algunos te llaman il Lupo, pero yo te veo como realmente eres. No ensombrezcas mi puerta de nuevo, Versipellis".

"¿Cuál es tu nombre?" Había preguntado Antonio al esclavo, después de matar a su padre en Tombuctú.

Otra oleada de sonidos que venían del interior de la catedral interrumpió mis pensamientos. Llegó el ruido sordo de algo que se quebraba, una violenta supresión de voces.

"Están adentro", dijo Erik.

Cerré los ojos, para más tarde abrirlos de nuevo. Estaba descubriendo el secreto de Antonio. Una idea comenzó a crecer a partir de mi recuerdo de las cartas de Antonio y de los diarios de Sofía. Pero luego percibí otra cosa. En el aire que soplaba cada vez con más fuerza sobre las ramas de ónice de los pinos de la laguna, detecté una densidad en el oxígeno, una frialdad astral. Observé también algún tipo de movimiento, de un brazo, o de

una cabeza de extraña forma, como si uno de los árboles plateados hubiese cobrado vida gracias a un súbito hechizo.

"¿Crees que las sombras son como una prueba de Rorschach?"
preguntó Erik con voz dolida.

Mi cabello comenzaba a agitarse con el viento.

"¿Una prueba de Rorschach?"

"Las cosas que podemos ver en la oscuridad —trucos de la
imaginación, que nos hacen ver monstruos o fantasmas. En la
Edad Media, sabes, la noche y la luna llena eran consideradas el
campo de juegos del demonio. Se decía que si un alma culpable
veía a un hombre oscuro que se le acercaba en las sombras, era el
espíritu de la persona asesinada, o quizás el propio Belcebú que
venía a arrebatarle y llevarle al Infierno. Y esta noche…"

"¡Escúchame! Tú no asesinaste a Domenico. Tuviste que hacerlo, él tenía una pistola —estaba demente".

"Lo único que puedo decir es que, esta noche, eso no parece
ser un cuento de hadas".

"Erik, ¿ves algo allá afuera?"

"*Sí*. ¡Porque estoy enloqueciendo!"

Golpeé la puerta.

"¡Abran, abran!"

"¡Espera!" llegó el gruñido silencioso de Yolanda.

Abrió la puerta en el preciso momento en que la tormenta
arreciaba. Un relámpago de luz hizo que tanto Erik como yo nos
estremeciéramos mientras el viento nos azotaba.

"Erik cree que vio a alguien afuera", susurré a mi hermana,
quien se aferraba a su Stetson para impedir que saliera volando.

"Entren", gruñó. "Dios, qué *clima*".

No respondió a lo que le dije, excepto cerrando la puerta de
un golpe contra el viento helado cada vez más fuerte, que convulsionaba los árboles manchados por la luna. La puerta tenía un

enorme cerrojo de metal bruñido. Ella lo cerró con tanta fuerza que el sonido del metal rebotó por todo el salón, extrañamente iluminado.

Saqué mi linterna del morral. Su haz de luz destelló por la catedral como una espada, y bajo él pude distinguir las figuras de mis padres y de Marco, iluminadas no sólo por la electricidad color ópalo, sino también por una incandescencia dorada.

Una intrincada maravilla del siglo XII brillaba sobre nosotros: era la visión de otro artista de *El juicio final*, compuesta de miles de cuadrados de oro rojizo. Los condenados del mosaico que padecían sobre nosotros lucían pálidamente desnudos y solitarios en sus capullos de llamas, y los ángeles blandían la balanza de la justicia ante la mirada de demonios de piel azul.

Tan intencional, tan *malvado* —supe entonces con certeza que este era el lugar donde Antonio quería conducir a su sobrino. Antonio quería que Cosimo viera *el sitio donde fallarás mi última prueba*.

Estábamos en el umbral de un Infierno de oro rojo.

48

La linterna de Yolanda ardía en las caras de los condenados que se estremecían en su cama de azufre. Estos mosaicos cubren el interior de Santa María Assunta, y representan, con horripilante claridad, las torturas específicas diseñadas por Satanás para los adúlteros, los asesinos, los que no son católicos. En la pared del fondo de la catedral brilla esta versión del juicio. La hilera de abajo, la más cercana a nuestra mirada, hierve de pecadores tan desnudos como fetos, que rebotan al borde de las llamas, mientras encima de ellos flotan Cristo y su ejército, coronados de halos.

"¿Será uno de estos el *desdichado*?" preguntó mi madre por sobre el sonido del viento. Señaló una serie de calaveras, donde las cuencas de los ojos alojaban serpientes verdes.

"¿Cómo entraron aquí?" preguntó Erik a mi padre.

"Oh, fue fácil. Una ventana relativamente abierta. Algunas bodegas en la parte de atrás. Un mínimo de daño".

"¿Una ventana relativamente abierta?"

"El viejo abrió un cerrojo de combinación poniendo su oído sobre él y escuchando los ruidos que hacía cuando hacía girar los números", dijo Marco. "Fue impresionante".

"Tengo muy buen oído", dijo Manuel. "Y, desde luego, tuvimos que cortar una cantidad de alambrado de un sistema de alarma muy sofisticado".

Yolanda aún sostenía la linterna sobre el mosaico, pero la luz comenzó a dispersarse sobre la cara de Cristo.

"¿Está temblando?" preguntó Marco.

"No", dijo. "Sólo tengo frío".

Me quité mi suéter y lo puse sobre los hombros de Yolanda. Entre tanto, Manuel comenzó a abrir la bolsa que había traído desde Venecia.

"Tengo otras provisiones. Otras linternas".

La linterna de Yolanda iluminó una colección de cuerdas de alpinista, botellas de yodo, una brújula, un antídoto para las mordeduras de serpiente, diversas linternas de diferente alcance.

"Quería estar preparado", explicó mi madre. "Hay suficientes linternas para todos".

Marco encendió una de ellas, de manera que su blanco triángulo brilló de manera aterradora debajo de su cara.

"Vamos a buscar el oro", dijo con una voz ronca que no me agradó.

Nadie le respondió. Mi imaginación había tomado un giro fantasmal, mientras imágenes de noticieros de los campesinos guatemaltecos muertos parecían flotar en el aire al lado de los condenados medievales. La guerra civil había cobrado muchas vidas. Y creo que todos recordábamos la venganza que Marco había prometido a nuestra familia mientras avanzábamos lentamente, atemorizados, acompañados únicamente por el ulular del viento.

Sabía que no me quedaba mucho tiempo. Las palabras de Antonio se agolpaban en mi oído interno, mientras mi memoria, cargada de temor, recordaba sus escritos sobre México y Tombuctú: "*En Tenochtitlán, vi a mi Esclavo bañado por un rayo solitario de la*

*Luna, que transformó su contextura de la de un Moro de estómago amarillo a
la de un Dragón Vampiro...*

*"Usted es lo contrario de mí, Señor. Yo soy un pobre alquimista, pero us-
ted —usted es lo contrario de mí. Usted es un animal. Usted es lo que los italianos llaman* il Lupo, *el Lobo...*

"¿Cuál es tu nombre?"

Seis dedos de luz se extendían hacia el vacío negro de la
iglesia, brillando sobre el ala de un ángel, una partícula de texto
en latín. La linterna de mi madre proyectaba luminosidad
sobre una escena al final de la nave, que yo aún no podía distinguir. La linterna de Erik seguía a la suya. La antorcha de Yolanda
se alineaba con la de ellos, y luego la de mi padre, la de Marco,
la mía.

Lo único que podíamos identificar eran imágenes parciales
de hombres —santos, por los nombres escritos en latín a su
lado— y una especie de altar, con un sillón, debajo de este des-
file.

Un relampago blanco iluminó súbita y densamente la iglesia,
revelando toda la escena: nos encontrábamos en el ábside central
de la catedral. Un anfiteatro diminuto en forma de media luna
compuesto por bancas curvas de piedra ocupaba este espacio y,
en el centro, presidía el sillón de un obispo. A los pies del sillón
del obispo había un semicírculo de piedra en el piso y, sobre él,
terminaba la iglesia en una pared cubierta de mosaicos. Esto, el
ábside, estaba lleno de imágenes de la Virgen María, vestida de
azul, sosteniendo al Niño, y bajo ella los doce apóstoles. Había
seis apóstoles a un costado de la pared, seis al otro lado. Directamente debajo de los apóstoles, y sobre el sillón del obispo, había
un cuadrado en mosaico que representaba a un hombre barbado
con un sombrero en punta, que sostenía una Biblia. Su nombre
estaba escrito en letras negras: *Eliodorus.*

Más tarde, habría de descubrir que este era un mosaico de San Heliodoro, amigo de San Jerónimo, quien fue alguna vez obispo de Altino, y santo patrono de Torcello.

Esta identidad en particular no me preocupaba en aquel momento: seis apóstoles a la derecha, seis a la izquierda. Esto hacía de él el número trece.

En la cosmovisión del cristianismo (se dice que Judas era el treceavo invitado a la Última Cena), así como en el cosmos del tarot de Sofía (la carta que había predicho su muerte) el treceavo hombre tiene un rasgo clave: está maldito.

"El desdichado", dije.

Un relámpago que se vio en la ventana envió rayos de luz como corceles blancos sobre la pared. Mientras mi familia lanzaba todo tipo de exclamaciones, le di mi linterna a Erik antes de aproximarme lentamente al ábside y al sillón del obispo. Subí los escalones de la tribuna hasta llegar a esta silla de ladrillo. Quedé prácticamente cara a cara con el semblante tachonado de luz de San Heliodoro.

Opriman al desdichado de Santa María Assunta.

Puse mis manos suavemente sobre el mosaico. El trabajo lucía perfecto, exquisito y relativamente nuevo. No permití que esto me desanimara. Empujé, nerviosa de romper los cuadrados de oro. Luego oprimí con más fuerza.

El cuadrado retrocedió bajo mis manos. Desde atrás de la pared de piedra, escuché un estruendoso ruido de hierro, un click, un ruido metálico. Mientras mi familia y Marco comenzaron a saltar por la catedral, miré hacia abajo, debajo de mis pies.

"Aquí abajo, aquí abajo", exclamé.

Cinco haces de luz volaron hacia abajo y convergieron en un único punto brillante.

En el semicírculo de piedra debajo del sillón del obispo, se había abierto la puerta de una trampa, negra como la muerte.

49

La tormenta rasgaba como garras de dragón el techo de la catedral. El viento gemía y rugía mientras las ventanas destellaban primero blancas, y luego negras como cuervos. Estos cambios de luz le daban vida a los apóstoles dorados en la pared, creando la ilusión de que eran marionetas de madera hechizadas que danzaban locamente. La luz de los relámpagos le daba también a mi padre, quien se movía en silenciosas sacudidas, como en una película, mientras ataba la cuerda de alpinismo al altar, introduciéndola en la oscuridad que nos llevaría hasta la trampa de Antonio.

Los seis permanecimos alrededor de la apertura cuadrada que estaba en el suelo, iluminándola con nuestras linternas. Las linternas destellaban en la oscuridad. Vi un destello de oro y de plata. Escuché un correteo, un ruido.

Como si hubiéramos recibido la señal de un código Morse psíquico, todos nos miramos los unos a los otros por sobre la telaraña de luz. Vi que la luminosidad que se proyectaba hacia arriba había transformado las caras de los miembros de mi familia y la de Marco en las de aquellos monstruos celestiales, con los rostros rayados de oro y negro, y con ojos artificialmente bellos. Pero nadie habló hasta que puse mi linterna en el cinturón y así el extremo de la cuerda que desaparecía en la oscuridad.

"No, aguarda".

"Yo seré quien entre primero".

"Jesús, Lola, no seas estúpida".

"Tenemos que ver *qué hay allá abajo antes de que nadie...*"

Salté hacia adentro.

La caída fue larga, mucho, mucho más larga de lo que pensé. Sentí que la oscuridad se cerraba sobre mi cuerpo mientras bajaba asida de la cuerda. Mantuve la vista fija, no en el suelo invisible a mis pies, sino en el aire de arriba, cruzado por los filamentos plateados de las linternas y tembloroso por los relámpagos. Escuché, también, un chubasco de voces, los persistentes gritos de advertencia provenientes de mi familia.

Llegué abajo. A un suelo suave, lodoso. Encendí la linterna.

Habían excavado una habitación en los cimientos de la iglesia, y la habían amoblado con los últimos retazos de la colección de Antonio de Médici.

La falta de oxigeno había permitido que los restos del famoso tesoro oculto sobrevivieran.

El encaje roto de los tapetes árabes tejidos en índigo y oro se extendía por el suelo, con sus vívidos tintes oscurecidos por el polvo. A mi derecha se encontraba una silla destrozada, alguna vez cubierta de terciopelo, y que conservaba aún los harapos de una tela todavía rica, verde esmeralda, bordada con copos de nieve o flores doradas, quizás incluso un pedazo del abrigo que Antonio alguna vez llevó, *"el abrigo bordado que lleva su doppelgänger, en* La Procesión de los Reyes Magos *de Gozzoli"*, había escrito Sofía en Siena. Me volví y vi, a la izquierda, un sofá lleno de ratas. En los rincones de la habitación, había estatuas de madera derruidas, con caras distendidas, feroces y senos colgantes. Eran ídolos de la fertilidad, semejantes a los que yo había visto de Mali y Botswana. Las paredes estaban cubiertas de caoba hundida, y adornadas con un mordisqueado cartón de Rafael que representaba a la Madonna, y también lo que parecía ser una mujer de piernas oscuras de Botticelli, que echaba la cabeza hacia atrás mientras la acariciaba su amante. Grandes secciones de estos lienzos se habían convertido *materia prima* esponjosa y llena de telarañas, al igual que los cuerpos de los libros. *Los libros.* Los libros más valiosos que Antonio había conseguido llevar consigo al huir de Florencia, de Siena y de Roma. Se trataba de folios destruidos, encuadernados con piel de buey, que alguna vez habrían podido ser la apócrifa *Profecía de Safo* o las *Escrituras de Bestsabé*, pero que ahora estaban cubiertos de hongos, curvados, tan suaves como fetos.

Ningún tesoro en aquel salón mágico había perdurado a la aniquilación del tiempo, con excepción de uno.

Mientras mi familia y Marco se deslizaban uno a uno por la cuerda hacia el abismo, iluminé con mi linterna un extraño artefacto que brillaba en la mitad de la habitación: una enorme caja de hierro. Medía la mitad de mi estatura y se extendía tres pies de ancho. El artesano había grabado cada centímetro con caligrafía islámica, convirtiendo el metal ordinario en un objeto de fantástica belleza.

La cara central del cofre, sin embargo, contenía un extraño panel, compuesto de siete hileras de botones o discos, forjados en cobre, y cada uno inscrito con una letra gótica.

"Un cerrojo de combinación". Erik se me acercó, enfocando su linterna hacia arriba y hacia abajo sobre los diseños.

"Sí", dijo Marco. "Una de las cajas fuertes que explotan. La Dra. Riccardi nos contó a Lola y a mí acerca de ellas. Eran usadas por los Médici, así solían proteger su dinero. Benvenuto Cellini fabricó varias para la familia".

"He escuchado hablar de ellas", exclamó mi madre. "Eran brutalmente peligrosas. La gente que intentaba abrirlas era quemada viva, atravesada por flechas o…"

"Recuerdo la historia de un ladrón florentino que fue decapitado por una ingeniosa prensa hidráulica cuando intentaba saquear el banco de los Médici", dijo mi padre.

Marco prosiguió:

"Riccardi me dijo que Antonio había encargado al menos dos de ellas, cuando vivió en Toscana. Riccardi hizo un estudio de ellas, y a menudo hablaba de ellas. Yo apenas prestaba atención, pero tienen un código. Hay que introducirlo en…"

"Aquí está el alfabeto", dije. "El alfabeto latino".

"Son veintiséis botones", coincidió mi madre. "Aun cuando las letras son muy difíciles de leer".

"Es la escritura gótica", dijo Yolanda.

"Al igual que las medallas", susurró Marco, sacando los dos amuletos del bolsillo de atrás de su pantalón. "Las traje conmigo".

Pero nadie miró los discos que brillaban en su mano. Tanto mi madre como Yolanda dirigieron instantáneamente su mirada a la apertura del techo, que destellaba negra y blanca a causa de los relámpagos. Sobre nosotros se escuchó el eco de pasos. Luego todos escuchamos a un hombre al que no veíamos, que exclamaba improperios en voz baja, mientras admiraba la forma como habíamos detectado la puerta de la trampa.

La cara de mi madre parecía la de un halcón a la sombra.

"¿Quién es?"

"Está aquí", dije con tristeza.

Marco miró hacia arriba y maldijo.

"¿Un guardia de seguridad?"

Erik y mi padre levantaron los ojos, como en cámara lenta.

Bajó.

Inicialmente, era como un enorme pájaro oscuro contra la luminosidad del cielo tormentoso, pero cuando levantamos las linternas, vi que las alas de sus hombros estaban formadas por la manera como se inflaba la carpa de plástico que había atado a su morral.

Tomás de la Rosa bajó por la cuerda con aquellas alas de ébano volando detrás de sus hombros, y su Stetson negro como un halo diabólico alrededor de su cabeza. Voló hacia abajo por aquella cuerda como Apolo, el dios de la luz, el *deus ex machina* que alguna vez descendiera al escenario del trágico *Orestes* para resolver milagrosamente todos los sufrimientos. Pero De la Rosa no era un ángel del orden.

"Ya he tenido suficiente de observarlos saltando de aquí para allá con Marco", gruñó Tomás bajo el ala de su Stetson, mientras conseguía bajar al suelo su enorme cuerpo. El ala se levantó para revelar aquella cara color ladrillo, con nariz afilada, irredimible, de ojos negros.

"¿Cómo puedo permanecer escondido cuando ustedes adulan a un *Moreno*, ¿qué son todos, suicidas? Y tú, ¿qué diablos te enseñé? Este chico es un torturador y un asesino. Tiene *talento* para ello. Destripó a veinte campesinos atados con un cuchillo curvo cuando era tan sólo un soldado raso de diecinueve años".

Un silencio paralizante invadió la habitación. Yolanda conservó la expresión impasible que había adquirido desde que lo vio en la basílica. La cabeza de mi madre se sacudía por el estupor. El pecho de mi padre se hundía, como si instantáneamente hubiera sido robado de su contenido.

Marco se sentó con fuerza, delante del cofre, con la cara vuelta hacia arriba, como si no creyera lo que veía. Las medallas rodaron por el suelo polvoriento.

"¿Me reconoces, Marco?" preguntó Tomás, con una voz que no era la suya, sino con el tono agudo del Sr. Sam Soto Relada.

Marco no respondió.

"Veo que sí. Ah, chico, eres un tipo obediente, ¿verdad? Lo único que tengo que hacer es disfrazarme como un vendedor de autos usados y entregarte un acertijo, y lo próximo que sé es que tus dos guardaespaldas están muertos y tú estas completamente expuesto" dijo ahora con su verdadero tono de voz.

"Sí, es usted muy inteligente", suspiró Marco.

"Entonces, ¿qué crees que haré contigo?"

"Creo que ambos estamos a punto de cumplir con nuestras obligaciones, Tomás", replicó peligrosamente Marco, después de una larga, larga pausa.

Yo miraba alocadamente al suelo, a las medallas tiradas allí. Habían caído en el siguiente orden:

Casi la vi. La respuesta que había estado buscando. La palabra del fantasma temblaba en los espacios entre las dos letras, casi completa. Era una palabra que yo había leído sólo una vez, un nombre que casi había olvidado.

Me volví del nombre medio escrito en el polvo hacia la silla de terciopelo destruida, sobre la que estaba doblada aquel pedazo de tela verde, bordado de oro de manera inimitable. Había visto aquel bordado antes. Lo había visto a *él* llevando aquel abrigo. Había sido alguna vez una tela preciosa usada por un Médici. Vi la cara del siglo XVI con la sorpresa de la reminiscencia.

Esta imagen trajo a mi mente más fragmentos de los textos que yo había estado leyendo, y escuché la voz de Cosimo, la del Esclavo, la de Sofía.

El Idiota es el signo de la Muerte o de los Nuevos Inicios.

Los morenos hechiceros ardieron como hombres de paja... con excepción del hijo del Hechicero... pálido como la ceniza...

Usted es lo contrario de mí, Señor. Usted es mi opuesto. Usted es un lobo.

Me impresionó el truco de su lenguaje....

el abrigo que usa su doppelganger.

¿Cuál es tu nombre?

Opul de Tombuctú.

Comprendí la respuesta.

"Sé cuál es el código", dije en voz alta y clara.

Nadie me miró, excepto Tomás.

"No es *lupo*", dije. "*Lupo* es una trampa. Lo he adivinado. La única manera de abrir el cofre es la palabra que *yo* conozco. Pero no la diré a menos que prometan —¡que no habrá violencia! ¡Ustedes dos, júrenlo!"

Tomás sacudió la cabeza y escupió.

"Esa es la *maldita* obstinación de los De la Rosa, Lola, y eso que he estado en tu compañía sólo unos pocos minutos".

Sentí que mis brazos se movían convulsivamente a mis costados por el temor y el triunfo.

Había hecho mi detección. La Detección es una forma de leer y todos sabemos que leer es una rama del arte, y que el arte es la fuerza que puede salvar el mundo.

Excepto que, durante los minutos siguientes, aprendí la horrenda lección de que el arte no es tan poderoso como yo creía.

Marco me lanzó una mirada, y no supe si estaba llena de amor o de odio.

"Marco".

Se volvió y oprimió un código en el panel del cofre que tenía el alfabeto.

Explotó.

50

E rik se abalanzó sobre mí y me lanzó al suelo. Mis padres cayeron al piso bajo un estallido de humo blanco. Yolanda ágilmente se puso en cuatro patas, como una araña que descendiera de una telaraña, como lo hizo también Tomás. Ambos permanecieron increíblemente calmados e inmóviles en esta posición, en medio de la aurora boreal de pólvora y de relámpagos que giraban.

Yo no comprendí qué había sucedido hasta que vi sangre y un reguero de flechas de plomo manchadas de rojo en el suelo, y advertí que aquella truculencia caía del aire.

"Marco, Marco".

Por debajo del pecho de Erik, levanté horrorizada la mirada. Marco colgaba y sangraba sobre nosotros, pues de alguna manera se había enredado en la cuerda. Sus brazos no habían sido golpeados por las flechas de cobre letalmente afiladas, pero tenía grandes tajos en ambos muslos, y su cadera izquierda estaba empapada de sangre. La fuerza que había revelado en la cripta de Florencia le había permitido izarse hacia el techo. Se arrastró fuera de la apertura, gimiendo y gritando de dolor. Desapareció por la parte superior de la puerta de la trampa.

Escuché que intentaba correr por la catedral.

"Tú... tú" comenzó a gritar mi madre a Tomás. "Te busqué en la *selvo* —casi *muero*— me rompiste el corazón, desgraciado, odioso".

"Todavía estamos nosotros", tronó Manuel. "Juana, todavía estamos tú, yo y Lola. ¡Él no tiene *nada* que ver con nosotros tres! Y ¡te he amado durante treinta años, mujer! *Él* no importa".

Tomás aún continuaba observándome.

"Enséñanos lo que descubriste, Lola".

Erik había rodado hacia un lado y se llevó las manos a la cara. El semblante de Yolanda era tan pálido como la sal.

"Marco".

"Hablaré con ese chico después. Tú enséñanos lo que hay que ver ahora", repitió Tomás.

Sentí que flotaba al incorporarme. No sé qué decían mis padres. No sé quién estaba allí. Pronto hallaría sangre en mis brazos, sangre que no era mía. Me levantaría horrorizada por Marco, que había desaparecido, y lo buscaría. Vería que la sangre se extendía como una calamidad sobre el altar y la nave, y cómo conducía a las posibles huellas de Marco en la playa de Torcello, azotada por la tormenta. Pero ahora, en medio de mi confusión, con mi colosal rareza, mi bellaca curiosidad, me dirigí al otro lado de la habitación hacia el cofre. Oprimí las cuatro letras que deletreaban el nombre desconocido de un excéntrico genio del Renacimiento:

OPUL

La gran puerta de hierro se abrió con un crujido. Dentro del cofre, había dos objetos: un par de cadenas de esclavo, marcadas con el escudo de los Médici, y un pliego de papel.

Tomé las gruesas cadenas de hierro y se las enseñé a mi familia. Tomé la corta carta y la leí.

Cosimo

El que hayas encontrado esto significa que has recordado, al menos, mi nombre real, y conozcas mi vergüenza —que mi valor se haya convertido en algo tan suave y amarillo por vivir como uno de los viciosos Médici todos estos años. Considera esto tu premio, junto con tu tío Antonio de Médici, bellamente sepultado.

El oro ha desaparecido. Lo quemé en mi laboratorio. Sin embargo, mis experimentos de alquimia son un fracaso. Mi esposa ha muerto. He encontrado que no hay cura para la Condición Humana.

No le digas al Sacerdote la forma como morí, ni los otros crímenes de cobardía que he cometido en mi vida, para que pueda ser sepultado en tierra consagrada, al lado de mi Sofía.

Opul de Tombuctú

"Nuestro Antonio era el Esclavo", dije, temblando aun más que Yolanda mientras me aferraba a las cadenas. "Un esclavo llamado Opul —Opul— el alquimista africano, ¿no lo ven —es tan horrible. El nombre. *¿Cuál es tu nombre?* Eso fue lo que Antonio le preguntó al moro en África, después de asesinar a su padre en el laboratorio de alquimia. *Opul de Tombuctú.* Es como un palíndromo: *Lupo* hacia un lado, *Opul* hacia el lado contrario. *Eres mi opuesto. Eres un lobo.* Luego, en México, el esclavo realmente cambió de lugar con Antonio de Médici, cuando hubo un motín a causa del oro. Probablemente se aprovechó de la confusión, robó un barco, hizo prisionero a su amo. La carta *era* una falsificación. El verdadero Antonio era de piel oscura, y fue por ello que pudo posar como Baltasar el Moro, y fue llamado il Lupo Tetro. Y Opul era de piel clara —fue por eso que consiguió suplantarlo durante tanto tiempo, junto con la máscara de oro que cubría la cara de Antonio, y el mito sobre el hombre lobo— lo que *nosotros* creímos que era la Condición. Y al jugar con los prejuicios de los italianos sobre el color..."

"*Versipellis*", susurró Erik. "Cosimo lo llamó *el que cambia de piel* porque cambió su piel negra a piel blanca. No lo vimos en nuestra lectura del diario de Sofía".

"Sí. Pero los aztecas, el oro, los libros de los druidas, todo esto ha desaparecido. El *tesoro amarillo* que prometió a Cosimo era sólo esto —su confesión. El haber pasado por un italiano, haber vivido del oro robado a los aztecas y entregado por comerciantes de esclavos.

El haber sido un cobarde. Al menos hasta su muerte, cuando mató a todos los florentinos con ¿qué? —nafta— porque los culpaba de la muerte de su padre, el alquimista. Y es por eso que el *tesoro* es amarillo. Es su carácter, no el oro. Pobre, pobre hombre. Lo que no malgastó en protección, lo quemó para encontrar el Medicamento Universal —para poder permanecer con Sofía, quien lo *amaba*. Para poder curar la *Condición*". La imagen de la cara de Marco aparecía con escalofriante insistencia en mi mente. "Tenemos que ir a buscarlo. A Marco. Debemos marcharnos. No hay nada aquí para nosotros. Ningún tesoro, excepto el de las dos medallas. El resto ha sido..." No supe cómo decirlo. Más tarde hallé la palabra: *alquímicamente transmutado*.

"¿No hay tesoro?" preguntó Tomás en voz baja y tranquila.

"¿El oro original? No. No hay nada de valor aquí para nosotros".

"No puedo decir que esté de acuerdo con eso", dijo. "Porque, maldición, cometí un grave error al mantenerme tan lejos de ti, Lola". De la Rosa me contempló fijamente con aquel semblante feo y apuesto, como si fuese el más increíble de los superhéroes, dotado de visión de rayos X o de poderes psíquicos. "Pensé que quizás no eras realmente mía, que Juana habría extraído de ti todo lo que ella sabía que era mío. Pero ahora veo que eso no habría sido posible. Porque eres mía. Eres igual a mí. Eres raíz y rama, mi niñita, la loca hija de un indio que voló a los españoles, la nieta de un hombre que partió en busca de Excalibur en las Pampas, al final del maldito mundo. Eres preciosa para mí. Eres una visión. Eres una *visión*. Lola de la Rosa. Eres la visión para estos viejos ojos cansados".

"*Ah*" exclamé.

Y entonces todo fue confusión.

Yolanda levantó lentamente la mano hacia su cabeza y se quitó el Stetson. Lo aplastó entre sus manos.

"¿Qué hiciste?" chilló. "¿Qué hiciste? ¿Qué me has hecho?"

"Hola Yolanda", respondió Tomás, imperturbable. "Mi chica dura, mi primer amor".

Sobre este intercambio, mi madre también gritaba algo, descomunal en su ira y en su profunda obscenidad.

Pero luego Erik dijo:

"Lola, tu *cara*".

Algo me había sucedido en aquel momento, y precisamente en ese segundo. Algo que no esperaba y que era, a su manera, terrible.

Quizás había estado preparándome para aquel momento toda la vida, leyendo esos libros míos. Quizás los antihéroes, amorosamente coleccionados, de El León Rojo habían perturbado mi psiquis. Pero mientras había estado mirando los ojos oscuros y extraños de Tomás y escuchaba decirme que era suya, su niña, la raíz y rama, la nieta de una familia épica perdida y recuperada, había cambiado.

Había *mutado*. Y todos podían verlo. La peor parte fue cuando levanté la mirada y vi la cara de Manuel, y absorbí su expresión.

"Oh", dijo.

Miró hacia abajo. Me había leído el pensamiento.

Yo había caído en un milagroso amor filial, del tamaño de un océano y que me invadía el corazón, por Tomás de la Rosa.

51

Transcurrieron dos días muy difíciles después de mi transmutación.

En la mañana del 11 de junio, Erik y yo estábamos sentados en el suelo de la Basílica de San Marcos. Habíamos sido los primeros en llegar; es posible disfrutar minutos de soledad, incluso hoy en día, en la más grande y más horrible de las iglesias europeas, si se roba tiempo suficiente al sueño. Y eso era precisamente lo que habíamos hecho. Le habíamos robado tiempo al sueño durante dos días enteros, y estábamos medio dementes a causa de nuestros sueños despiertos. Los sucesos ocurridos recientemente, habían continuado haciendo sentir sus temblores sobre nuestras mentes increíblemente abiertas, desde que nos convertimos en los herederos de la antigua maldición de El Lobo.

Después de que había contemplado amorosamente a mi padre biológico, quien nos había lanzado a Yolanda y a mí una especie de flecha letal de Cupido, contrariamente a flechas literalmente envenenadas, todos habíamos salido corriendo de la guarida que se encontraba debajo de Santa María Assunta a las extensiones de Torcello, vacías y azotadas por la tormenta. Seguimos el sendero sangriento que llevaba a la playa devastada, al bote que no estaba, en el que Marco había escapado o en el que se había ahogado, y al océano encendido por la luna. Más abajo, la cuerda de la goleta había sido cortada y el bote lanzado a la deriva, de manera que fuimos obligados a pasar una noche en vela bajo las imágenes de los fuegos del infierno y de la condena eterna.

La mañana siguiente nos encontró transportados de regreso a Venecia por un pescador que conducía su nave con un aire amable, desmintiendo la reputación de frialdad de los venecianos. Cuando arrastramos nuestros agotados cuerpos al interior de un maravilloso hotel, con una camarera vestida a la antigua que nos trajo Bellinis y rodaballo, la mayoría de nosotros se abalanzó sobre este ágape como langostas, antes de contemplar como en un trance los canales color amatista. Dado que Erik aún no quería que mis padres supieran lo que había ocurrido con Domenico y Blasej, Yolanda y yo lo mantuvimos en secreto, intentando explicar a mi familia el resto de lo sucedido. Sin embargo, aquello que habría debido ser un inventario de nuestras pérdidas —amor, fidelidad, confianza, patrimonio latino, los calendarios aztecas de oro y los libros sagrados de los druidas— y de nuestras ganancias —detección histórica, lectura triunfal— se convirtió más bien en una consternada inspección del resucitado Tomás de la Rosa.

Mi padre biológico bebía como una ballena mientras sonreía y nos narraba más fábulas acerca de mi abuelo tolteca, fanático del rey Arturo. Manuel palidecía; mi madre se ruborizaba. Yolanda, despojada de su sombrero, lo acusaba brutalmente con sus lívidos labios, incluso mientras sus manos se arrastraban por encima de la mesa hacia él, de manera que tocaba su cara y sus brazos con un éxtasis no disimulado. Por mi parte, mis temores en relación con Erik comenzaban a aflorar de nuevo a la superficie a partir de lo anodino de mi afecto injustificado por Tomás.

Podía ver también cómo, con cada gesto, cada palabra, De la Rosa continuaba exhalando caos sobre el deprimido Manuel —y sobre mi madre también— como si este *deus ex machina* viniese equipado con su propio incensario satánico de carisma que mecía sobre nosotros.

La única persona que no participaba de este final ambiguo era mi prometido.

Erik estaba agotado. No comió prácticamente nada. Cuando escuchó la historia de Tomás acerca de la espada y Sudamérica, murmuró amargamente que el rey Arturo era un villano y no un héroe, y que Excalibur era el azote de la humanidad, pero el resto del tiempo permaneció en silencio. Incluso durante la parte más álgida de las batallas verbales de mi familia, nos contemplaba con la benigna indiferencia de un amnésico.

Sabía que había llegado el momento de enfrentar nuestros problemas legales y de intentar llevar a mi hombre de regreso a casa y darle seguridad. Pero Erik no deseaba enfrentar aquello de momento.

"Deberíamos regresar a la Basílica de San Marcos, para honrar a los muertos —a los viejos ancestros aztecas", había sugerido Erik la noche anterior. "Antes de ir a la policía y explicarlo todo".

"No, deberíamos buscar un abogado para ti. Y uno para mí también, supongo. Es hora de que enfrentemos los problemas que tenemos. Y ver si hubiera alguna manera de regresar a casa a tiempo para la boda —es dentro de cinco días".

"No, sólo dame un par de días más. Y, además, tenemos que ir a la basílica. El oro con el que la repararon es todo lo que nos queda".

"Erik".

"Por favor, Lola, no discutas".

Entonces, aquella última mañana italiana permanecimos en

vigilia, lado a lado, para contemplar el cielo florescente y robado de San Marcos. Durante largo rato guardamos silencio, aunque tomados de la mano.

Sobre nosotros se elevaba el domo central, que representa la Ascensión. Es una obra de arte renacentista del siglo XII, hecha de mosaicos dorados. Cristo está sentado sobre un arco iris, en una guirnalda de cielo y estrellas, rodeado por un anillo ulterior de cuatro ángeles o sirenas. Árboles de ramas doradas forman un halo inferior en las hojas en llamas, junto con una curvatura de santos eremitas y de una diosa, María, que lo encierran en una órbita sagrada, así como un mágico círculo de palabras en latín que giran deletreando *FILIUS ISTEDI IC CIVES GALLILEI*, como uno de los derviches de Yeats.

Allí estaba yo, sufriendo por el daño que aquellos últimos días habían causado a Erik, pero sentí súbitamente que las cosas aún podrían enmendarse. Mis abrumadores temores respecto a las retrasadas crisis nerviosas de Erik y respecto a ser encarcelados, desaparecieron cuando la luz dorada se filtró sobre mi cara como una bendición tangible. Y no me importó que mi breve consuelo fuese sólo un delirio ocasionado por pensar con el deseo, el estrés, la visión retrospectiva de alucinógenos como polvo de ángeles, y las ilusiones ópticas causadas por un legado, que valdría un trillón de dólares, color ámbar, robado a mis ancestros y al mundo entero.

No me importaba. Contemplé el oro y la historia. Había estado sentada, erguida, y de repente me encontré en el suelo, con los hombros recostados sobre los mosaicos de piedra, mi cara enfocando hacia el domo. Tomé a Erik y lo acerqué a mí. No sé si pudo ver el comienzo de mi éxtasis. Tampoco yo podía ver el suyo. No podía decirle que había comenzado a regresar a mí de nuevo de una forma más profunda y más sorprendente incluso que en la cueva de Sofía. La poción para volar de la hechicera aún obraba su magia en mi sangre, y me envió esta segunda visión, que ha sido la visión de mi vida.

Contemplé los círculos que giraban sobre nosotros. Me hicieron pensar en el halo que envuelve a Cristo en el *Juicio Final* de Miguel Ángel, que crea tal pandemonio en el orden del Cielo y del Infierno. Este pandemonio o Nirvana súbitamente se reflejó dentro de mí. Pensé en todo aquel oro destruido en el relámpago de las esperanzas de Antonio en la alquimia.

Pensé en los aztecas y en los ídolos con colmillos que habían erigido, reemplazados por los dorados altares a la Virgen María. Recordé la imagen de la cara de Erik cuando yo yacía allí ahogándome en la cueva, y las imágenes que había tenido de su infancia, su vida fetal y su muerte. Y comencé a sentir de nuevo aquel tremendo amor. Pensé en el caos de todas las cosas.

En el hombre que descendía balanceándose en una cuerda en la oscuridad bajo la catedral de Torcello. En una madre saliendo de las profundidades de la selva centroamericana con su cabello de plata, como el aura de Ishtar, y acerca de cómo tenía en su corazón una pasión intercambiable por Álvarez y De la Rosa. Pensé en mis dos padres. Pensé en la máxima *Nomen atque omen*, y sobre cómo el esclavo había esperado ser para siempre el opuesto del Lobo, que *Lupo* fuese *Opul* absolutamente invertido, y que deseaba que *il Noioso Lupo Retto* fuese un anagrama completo: *Io Sono il Opul Tetro*, soy el tétrico Opul. Pensé lo peligroso que era el juego de palabras del Idiota sobre el cambio de piel, porque cuando cambió de lugar con Antonio, no sólo había comenzado de nuevo, sino que también había muerto. Pues ¿no había adoptado el tétrico Opul algo de la locura de su captor en aquellos últimos momentos cuando había quemado aquellos hombres en el campo de batalla de Siena con su nafta? ¿Igual de malo era que Marco me hubiera enseñado una cara que había visto también en Erik?

No, no, todas estas personas son ajenas las unas a las otras, y sí existe el mal, pero yo contemplaba todavía los cielos hechos de historia y de oro. Miré con detenimiento aquellos círculos. Se asemejaban menos a los confines limitados del antiguo Cielo y más al halo salvaje de *El juicio final* de Miguel Ángel, que gira fuera de control, hacia nuevas formas. El oro azteca había sido utilizado para crear esta Virgen y este Cristo. Y, algún día, también este lugar caería. Venecia se hundiría sobre las feroces placas tectónicas del fondo del mar, sólo para resurgir de nuevo en forma de un brillante pez chino o de una gota en el Océano Índico. *Giraría y giraría de nuevo.* Tomaría siglos, pero sucedería. Y, en esta visión, tampoco había diferencia alguna entre el dios lobo azteca Xolotl y Jesucristo resucitado, pues estaban hechos de la misma sustancia. Sí, tampoco había ninguna diferencia entre Montezuma y Cortés, que eran hermanos sin saberlo. Y yo estaba hecha de la misma sustancia de Tomás y de Manuel. Y, en realidad, la falsificación no existe, porque podía convertirme en la hija de De la Rosa, o incluso de Soto Relada, mientras seguía siendo la auténtica hija de Álvarez.

Finalmente, estaba enamorada del mundo entero, de todo el ancho mundo que odia. Había un terrible peligro en esta epifanía, una herejía que ponía en peligro nuestras vidas y nuestra historia. Pero es una locura con la cual muchas cosas pueden crearse. Nunca había sido tan feliz en mi vida.

"Erik, Erik", dije.

Cuando lo miré, vi que estaba llorando. Grandes lágrimas se deslizaban de los extremos de sus ojos y rodaban por sus mejillas. Tenía los ojos fuertemente cerrados, y su boca abierta de dolor. Este dolor era por Domenico.

"Erik", dije.

Sacudió la cabeza. Me incliné y lo besé. Lo besé otra vez.

"Erik, ¿recuerdas lo que le dijiste en Florencia a la Dra. Riccardi?"

Sacudió de nuevo la cabeza, sin mirarme.

Comencé a sentir frío.

"Erik, Erik —casémonos. No me importa la boda. Busquemos una iglesia. Ahora. Como decías en Siena. Busquemos un sacerdote".

Aún no respondía. Luego dijo:

"No, no habrá boda. Ya no puedo casarme".

Me aferré a él desesperadamente. Los turistas comenzaban a entrar a la basílica, pero no me importaba.

"Erik, recuerda, dijiste que el amor hace mejor a las personas".

"No es verdad". Volvió sus ardientes ojos hacia mí. "Pero *dejaría* que me cambiara, Lola. Porque te amo, te amo. Antes, dejé que me convirtiera en cualquier cosa, en lo peor. Y lo hizo".

No quiso decir más. Se incorporó; salimos de la basílica sin una mirada más. El oro destelló brevemente detrás de nosotros antes de que nos encontráramos de nuevo en el tumulto de la plaza.

Recuerdo el resto de aquel día con gran claridad. La luz sobre el agua brillaba como limones y perlas, como si Opul-Antonio hubiese lanzado su tesoro a la laguna. Las palomas negras irisadas volaban en círculos sobre nosotros. La cálida y húmeda turba de viajeros se arremolinaba siguiendo las huellas de Casanova y de Tiziano. Le hablé a Erik doce veces más de matrimonio, en vano. Cruzamos el Puente de los Suspiros, observando las sombras que proyectaba el Palacio del Dux, donde el auténtico Antonio de Médici había muerto de hambre en la miseria, con excepción del casco de oro que tan inteligentemente ocultaba su rostro del mundo.

En la noche, las góndolas azules y rojas se deslizaban sobre las aguas. Hombres de camisas a rayas cantaban. Erik y yo tuvimos una corta cena con mi familia muy conflictiva, antes de retirarnos temprano a nuestra habitación del hotel con sábanas lino blancas, para descansar antes de confrontar al día siguiente nuestros dramas legales y domésticos.

En la mañana, desperté dentro de una mancha de sol. El otro lado de la cama estaba vacío, el lado del armario con las cosas de Erik desocupado. No había una nota. Dejó únicamente una pista: una camarera de noche había visto al Signor Gomara salir del hotel a las tres de la mañana, luciendo medio muerto, dijo.

Erik se había marchado.

LIBRO CINCO

EPÍLOGO; O, LA CONDICIÓN HUMANA

52

Cuatro meses más tarde, de regreso en Long Beach, estoy sentada en una silla plegable en El León Rojo, vacío y crepuscular. Las ventanas tienen los postigos cerrados. Ya debía estar casada, pero, en cambio, soy una mujer soltera, vestida con ropa amplia y cómoda diseñada para viajar. Mis libros están en cajas o apilados en las esquinas, esperando a ser empacados. La atmósfera otoñal, intensificada por mis lámparas de Tiffany, ayuda a la penumbra llena de fantasmas.

Afuera, las cosas no lucen mucho mejor. El día de las Torres Gemelas llegó y pasó, y los diarios están manchados con los mismos tonos aterradores y maravillosos, rojos y negros, de los libros de oraciones medievales, o del día de las calaveras en México.

Así, las lecciones del cataclismo que me enseñó el *Versipellis Opul of Tombuctú*, expresadas tan bellamente por Miguel Ángel en *El juicio final*, enfrentan una terrible prueba.

Los milagros son posibles: un hombre puede transformarse de esclavo en amo; con una pincelada de pintura de oro, el mundo de los aztecas puede plegarse como un exquisito cadáver en el mundo italiano, y quizás regresar de nuevo; el Infierno puede convertirse en Cielo. Y yo puedo enamorarme, como Antígona, como Electra, del villano que es Tomás De la Rosa.

Sin embargo, el deseo del caos que tanto me fascinó en la Basílica de San Marcos ha cedido, en mi corazón, a un anhelo de la versión del siglo XII de una eternidad permanente e inmutable.

¡El Lothlorien de Tolkien! En otras palabras, no quiero que muera una persona más, nunca, ni que nada cambie, excepto que todos los muertos salgan tropezando de sus tumbas humeantes para mirar maravillados el cielo, y para reír de su eterna e inextinguible *stasis*.

Y quisiera sólo una única transmutación: Erik no está aquí. Lo transmutaría a través de la alquimia para que estuviese de nuevo en mi cama y entre mis brazos.

Por lo tanto, la habitación es oscura; los libros y las publicaciones efímeras han sido almacenados. Las dos monedas de oro rojo de los aztecas (que saqué de contrabando de Italia, sí, que robé como el más justificable de los bandidos, a pesar de las continuas y rencorosas llamadas telefónicas de la Dra. Riccardi, y mi enjambre de abogados penales internacionales), están guardadas en la caja fuerte de la tienda. Conan Doyle acecha en su pila, sin leer, sin venderse. En la pila siguiente murmuran Verne y King al lado del increíble, pero verdadero *Diario íntimo* de Sofía de Médici. En meses pasados me he preguntado si he aprendido todas las lecciones de estos maestros. Me pregunto, en general, si ha llegado el momento de dejar todas estas cosas fantásticas. El León Rojo aún ruge al frente de la tienda, y permanecerá allí por ahora. Quizás algún día lo baje también.

Me levanto de la silla, camino hacia una de estas pilas de libros, *Drácula*, de Bram Stoker, e *Italia: Tierra del Licántropo*, de Sir Sigurd Nussbaum, están cerrados, como bocas silenciadas.

Tal vez esto sea como debe ser. No he decidido aún, si deberíamos desechar las falsas y absurdas historias de los caballeros errantes, Vulcanos, *nosferatu*, hechiceras italianas, poltergeists, dragones, dioses, hombres lobo melancólicos.

Pero sé que necesitaré estos cuentos para que me ayuden a sobrellevar una última aventura, al menos.

Hace poco he escuchado un rumor acerca de un hombre guatemalteco que fue visto en los pantanos del altiplano escocés una semana atrás. Se dice que tiene barba y que es una persona de pocas palabras. Usa un bastón, y su cara es desolada y pálida; lleva consigo una enorme biblioteca itinerante en un morral, compuesta, en parte, de biografías del radical sudamericano Che Guevara. Otra parte de esta colección consiste en valiosos textos medievales, algunos de los cuales hablan de un druida llamado Merlín, quien enloqueció en el bosque, así como de una espada que cantaba como un ruiseñor cuando la blandían poderosamente en los campos de batalla de los paganos.

"Tengo espías al norte de Edimburgo", me dijo Tomás de la Rosa anoche. "Parece que tu novio ha enloquecido, ha adquirido toda la colección de libros de Sotheby, y luego ha recorrido las bibliotecas británicas y las de Trinity College. Sigue la pista de la espada de Arturo —aquella que, se dice, tuvo en sus manos el Che Guevara en los años cincuenta. Pero creo que Marco y su hermana —una bruja chamánica diabólica, de mala vida, una arpía que habría sido quemada en cualquier otro siglo en el que se pensara mejor— puedan estar siguiéndolo. Los seguiré para asegurarme que no termines asaltada en un bar, y despiertes con una bandera inglesa tatuada en tu trasero".

"Probablemente, *yo* debería ir contigo, querida", interrumpió Manuel, mientras sus orejas se ruborizaban.

"Bien, *yo* iré con ella", dijeron Yolanda y mi madre simultáneamente, permaneciendo tan alejadas de De la Rosa como yo cerca. "Morirá en una alcantarilla sin mí. Lola, querida, no puedes *pensar* siquiera en marcharte sin mi ayuda... Lola, recuerda lo que sucedió en la selva, en la cripta, debajo de Siena, en *Roma* —apenas puedes anudarte los zapatos, por Dios, menos aun navegar por las islas sin una guía apropiada".

"Me marcho sola", dije.

Aquí, en la esquina, a la sombra de mi difunto León, dejo a *Drácula* y me incorporo. Debo escapar de Long Beach, y rápido, antes de que todo mi clan me siga la pista hasta Londres como una versión más afectuosa aunque más voluble de la Furias, y convierta mi misión en un desastre. Salgo de la librería, cierro la puerta con candado, y no miró atrás. Avanzo por la calle cubierta de hollín; llevo pantalones de dril y una chaqueta de cuero, y mi morral está lleno de cosas esenciales: una rara edición de 1712 de *Lancelot du Lac*, una copia manuscrita del siglo XVI del *Mabinogion*, el libro apócrifo y protegido por su cubierta *Diarios de Viviana*, y una borrosa copia de cartas de un amor no correspondido del Che Guevara. Creo que Erik habría elegido estas mismas obras; al estar tan enamorada, aprendí sus inclinaciones como lector.

Aún existe en mí una fe vacilante en estas preciosas ayudas, a pesar de sus terribles deficiencias: fantasía, aventura, el mundo. ¡El mundo! ¡Toda mi vida! Pero incluso si los obsequios de estos libros fracasan, incluso si quedo sola sin ningún idioma y ninguna herramienta diferente a mi amor y mis muchas fallas morales, aun puedo hacer que este mundo incomprensible me diga dónde está. Con mi ojo veloz, registraré sus fronteras itinerantes, las huellas que se desvanecen en su cieno. Con mi oído agudo, descifraré los plásticos dialectos de sus demonios en duelo y detectaré las historias asesinas que cambian con cada narrador. Este planeta tosco, que gira vertiginosamente, divulgará sus significados mudables si oprimo con mis dedos su oculto braille. Algún texto o borrón me mostrará el camino. Encontraré a Erik Gomara y lo traeré de regreso a casa.

Agradecimientos

Agradezco enormemente a mi esposo, Andrew Brown, y también a René Alegría, Melinda Moore, Fred MacMurray, Maggie Mac-Murray, Marta Van Landingham, Edward St. John, Shana Kelly, Virginia Barber y Kirsten Dhillon.

LA HISTORIA

DETRÁS DE

LA HISTORIA

Una conversación con
Yxta Maya Murray

Háblenos de su inspiración para El oro del rey.

A lo largo de mi carrera de escritora, me he inspirado en los relatos sobre la conquista y la pérdida que conforman la historia de México. Como sabemos la mayoría de nosotros, en 1519, Hernán Cortés desembarcó en las playas del llamado Nuevo Mundo, y a través de asombrosos actos de valor y fiereza, procedió a arrebatar el control de Tenochtitlán al emperador Montezuma. Uno de los aspectos más intrigantes de esta historia es el relato de las enormes cantidades de oro que había almacenado Montezuma y que, al parecer, entregó a Cortés para impedir que este "extra terrestre" español, vestido con su armadura, destruyera al pueblo mexicano.

Al comienzo de *El oro del rey*, cito un pasaje de la famosa historia de Bernal Díaz del Castillo, *La conquista de la Nueva España*. En este libro, el autor describe los vanos esfuerzos de Cortés por apoderarse de la mayor parte del oro, esfuerzos que fueron frustrados por los robos de sus propios soldados. He escuchado también un buen número de leyendas cuyos autores sostienen que muchos españoles cargados de oro se ahogaron

en los ríos de Tenochtitlán cuando huían de los guerreros aztecas. En otras palabras, la mayor parte del oro que robó Cortés a
América se perdió.

El oro del rey fue inspirado en un esfuerzo por responder a la
pregunta sobre dónde terminó el oro de los aztecas, y su historia a través de los siglos. En este proceso, descubrí que no estaba escribiendo sobre el oro, sino sobre historia y también
sobre el tema más amplio de la "transformación". Como conse-
cuencia de ello, toda clase de imágenes e información relaciona-
das con la transformación se introdujeron en la trama: procesos
de alquimia, seres que cambian de forma —tales como hechiceras, vampiros y licántropos—, los efectos de distorsión de
palabras que producen las drogas y la revelación espiritual, y
las artes anagramáticas y etimológicas de dar otro sentido a las
palabras.

**¿Se asemeja usted mucho a Lola, la "bibliófila amante de las
palabras" que protagoniza la Serie Red Lion?**
Sí, así es. Poseo un raro y fenomenalmente costoso ejemplar del
Diccionario de Samuel Johnson, primeras ediciones de las novelas de
Virginia Woolf, reproducciones de folletines de literatura barata,
tales como aquellos escritas por H. Rider Haggard, y además,
cuento con un bibliotecario, que también es un científico loco, entre mis mejores amigos. (Edward St. John, mencionado en la dedi-
catoria del libro.) Para inventar el anagrama italiano que aparece en
la novela, pasé trece horas leyendo un diccionario de italiano, lo
cual fue, decididamente, una fiesta de palabras. Me fascinan el diccionario etimológico de Skeat, las obras de Jorge Luis Borges, y
todos los sábados visito la sucursal local de la Biblioteca Pública de
Los Ángeles, donde siempre excedo el tiempo límite.

Los libros me permiten tener aventuras, como a Lola. Después de leer *Las nieblas de Avalon* de Marion Zimmer Bradley, compré un boleto de avión y perseguí al rey Arturo a través de los antiguos castillos de Gran Bretaña. Después de terminar *Las bacantes* de Eurípides, organicé y fui la anfitriona de una auténtica bacanal, sólo para mujeres, que incluía lectura de poesía, beber mucho vino, tambores, cantos y festejos. Recientemente, leí el fabuloso libro de Meg Bogin, *The Women Troubadours*. Entonces, inspirada ahora por esta historia Provenzal, viajaré este invierno por Los Ángeles con un grupo de cinco mujeres poetas; estaremos recitando nuestros propios poemas ante un buen número de amantes de la literatura, siguiendo la tradición de los trovadores itinerantes del siglo XII, descrita por Bogin.

De hecho, quizás sea incluso un poco más loca que Lola.

¿Cuántos viajes e investigación dedicó a la composición del relato? ¿Visitó todos los sitios históricos que recorren los personajes?
Con mi esposo, Andrew Brown, visité cada uno de los sitios descritos en el libro. En Florencia, intenté trepar por el andamio que rodeaba la Basílica de San Lorenzo. ¡Fue así como descubrí que tienen alarmas! En el Duomo de Siena, casi me desmayo sobre el mosaico de la Loba cuando lo vi, y me di cuenta emocionada que sería una puerta oculta perfecta para una trampa. En Roma, Andrew y yo ignoramos los avisos y los cordones de seguridad para arrastrarnos bajo los antiguos baños romanos de Ostia Antica. También sentí vértigo cuando vi la Basílica de San Pedro, porque es, a la vez, colosalmente bella y aterradora. Y cuando estuve delante de *El Juicio Final* de Miguel Ángel, quise ser una maga hechicera como Sofía, para poder volar sobre la muchedumbre que tomaba fotografías ilícitamente y mirar de cerca el espeluznante autorretrato del Maestro. En la Basílica de San Marcos, en Venecia, vi como la gente

elevaba las manos hacia los enormes mosaicos de oro, como si les estuvieran rindiendo culto, un detalle que incluí en el libro. Luego, en Torcello, me precipité a la iglesia de Santa María Assunta, y cantaba deleitada cuando descubrí el mosaico de oro de San Heliodoro, mi "treceavo hombre", acompañado por seis apóstoles a cada lado. También comí muchísima comida italiana.

¿Hubo influencias visuales específicas del cine o del arte que la ayudaron a establecer el suntuoso tono del relato?
Las películas de terror fueron una verdadera inspiración para *El oro del rey*; entre más góticas, mejor. La oscura estética de *Drácula* de Francis Ford Coppola, *Hombre lobo en Londres* de John Landis, y *Nosferatu* de F. W. Murnau, me ayudaron todas a imaginar una Italia aterradora, asediada por monstruos.

El arte italiano del Renacimiento impulsó también mi imaginería. En las escenas más felices, me basé en la levedad de la obra de Boticelli, y las secciones máas terribles de la novela fueron inspiradas por el extravagante arte de piedra, o *pietre dure*, que vi en Florencia, así como por la imaginería de la muerte que hay en todo el Vaticano, en la Basílica de San Pedro, y en las ruinas derruidas y maravillosas de Venecia. Miguel Ángel fue, sin embargo, mi mayor inspiración artística. Fue cuando entré a la Capilla Sixtina y miré *El Juicio Final* cuando comencé a desarrollar mis propias interpretaciones de la obra. Después de estudiar el arte religioso medieval, con sus imágenes estáticas del cielo y del infierno, me sorprendió la fluidez de *El Juicio Final*. Como lo describo en el libro, me impresionó el halo que rodea a Cristo en el fresco, y el enérgico movimiento envolvente que crea en la composición. Realmente parece como si el halo creara una especie de fuerza centrífuga que amenaza con lanzar a los ángeles al infierno, y a los condenados al cielo. Más aun, la calidad extraña y circular del halo me recordó a los calendarios aztecas de oro y a las ruedas de oración tibetanas. La obra de Miguel Ángel argumenta que la línea que divide el cielo del infierno no es estática, sino que está sujeta a un cambio radical.

¿Quiénes fueron los personajes reales de las secuencias históricas del libro, y cuáles provienen de su imaginación?
Cosmio I, Duque de Florencia, es el único personaje real que describo en la novela. Antonio y Sofía de Médici son productos de mi imaginación, aun cuando hay personas reales que ciertamente han sufrido el tipo de cambio de forma por el que pasan ellos; el colonialismo obviamente ha obligado a la gente a hacerse pasar por otros, a ocultarse y a disfrazarse a lo largo de la historia.

¿Juzga usted a sus personajes? ¿Les asigna rótulos de "buenos" o "malos" y les asigna un destino a partir de su caracter?
Abordar los conceptos de "bien" y "mal" resultó ser uno de los principales proyectos de *El oro del rey*. Fui influenciada por dos obras al escribir este libro, ambas se refieren a las maneras como los conceptos de caos y de transformación ponen en duda rótulos planos como "bien" y "mal".

Una de estas obras es *El Aleph*, de Jorge Luis Borges, donde el protagonista tiene una experiencia mística durante la cual presencia la totalidad de la experiencia. Este acontecimiento es trastornador, sartreano y debilitante. El segundo libro que me inspiró fue *Siddhartha*, de Herman Hesse, en el cual el mejor amigo de Siddhartha, Govinda, presencia la totalidad de la experiencia cuando tiene una conversación con este bodhisattva. La experiencia, a diferencia de la del protagonista de *El Aleph*, es enriquecedora, pacífica y trascendente.

Lo que advertí en ambas descripciones, en las cuales los

autores intentan abrazar el "todo", es que categorías binarias como bien y mal ya no existen. Para Borges, esto es un infierno o caos; para Hesse, es Nirvana. Cuando escribía acerca de las transformaciones e inestabilidades de la historia, me encontré inmersa en medio de este debate. Por una parte, Borges tiene razón: los españoles llegaron a América y la destruyeron, pero si miramos este incidente desde una perspectiva de un dios, no sólo fue tal atrocidad inevitable, sino que también resulta insignificante cuando se la compara con el inmenso flujo de la totalidad de la experiencia. Es a la vez buena y mala, virtuosa y malvada; la conquista surge entonces sencillamente como una confirmación más de que todo pasa y se transforma en otra cosa, y de que todos desapareceremos.

Cuando se la mira desde el punto de vista de Siddhartha, o de Hesse, sin embargo, hay algo muy refrescante en la aceptación trascendente de Buda de cataclismos como la conquista. Si nos convertimos en seres semejantes a Buda o a un bodhisattva, comprendemos que los hombres y las mujeres contienen todo el mal y todo el bien dentro de sí mismos, y que todos estamos conectados. Así, yo soy parte de Cortés, y él es parte de mí; ya no puedo reclamarlo como ajeno desde este punto de vista. Y la aceptación (y comprensión) de "lo que es" puede permitirnos alcanzar el Nirvana.

Admito que prefiero la visión de Hesse a la de Borges, pero en cualquiera de los dos casos, me asombra también que la amplia visión que nos han dejado ambos autores no deja mucho espacio para el juicio, ni siquiera para la identidad. Al final, las transformaciones de mis personajes incluyen su perturbador cambio de forma de buenos a malos, y a la inversa; estoy jugando con la idea de que estos rótulos carecen de significado y, a la vez, son necesarios.

¿Cuál es su lugar predilecto para escribir?
Me fascina esta pregunta de *Paris Review*. Escribí este libro en un Compaq nx9030, y mi lugar predilecto para escribirlo era mi habitación. Aun cuando no tengo paredes de corcho (como Proust, otro famoso escritor que escribía en su cama), sí tengo protección para los oídos de la que se usa en las practicas de tiro al blanco, para impedir el daño en los tímpanos. La uso cuando el ruido de la calle me distrae excesivamente.

Además de su carrera como novelista, usted es también profesora de Derecho. ¿Encuentra con frecuencia académicos tan batalladores y llenos de curiosidad por el mundo como esos que hallamos en sus libros?
He conocido personas bastante increíbles en la academia. Tengo un colega de la Facultad de Derecho de la Universidad de Loyola que pasa sus veranos en un área boscosa y remota de Washington, y quien también, en sus ratos de ocio, escribe de nuevo leyes de propiedad intelectual en Washington D.C. y realiza investigaciones sobre el cáncer en San Francisco. Así, es bastante asombroso. Otros de mis colegas pasan los años lectivos defendiendo la legalización de los matrimonios gay y los derechos de los acusados en los juicios penales, y luego usan el receso de primavera para competir en una maratón a favor del SIDA, o sus veranos para viajar en caravanas a través de los Estados Unidos. Los quiero mucho a todos.

¿Puede decirnos algo más acerca del siguiente libro de la serie?
El tercer libro de la Serie Red Lion presentará a Erik siguiendo una pista casi desaparecida mientras busca a Excalibur en Inglaterra, Escocia, Argentina y posiblemente París. Excalibur, en mi relato, habrá tenido una historia reciente muy interesante. Existen

rumores de que el Che Guevara de alguna manera se apoderó de la espada que algún día perteneció a la Dama del Lago (y luego, al rey Arturo), y que la utilizó para luchar en sus más feroces rebeliones hasta que la perdió, de alguna manera, en las selvas sudamericanas. Erik, devastado por los acontecimientos de los asesinatos en Roma, ha abandonado a Lola para expiar sus acciones en esta búsqueda. Espera destruir un arma que ha sido utilizada a lo largo del tiempo, y del mito, para aniquilar a los "bárbaros". Lola, desde luego, intenta encontrar la pista de su amado y, en el proceso, termina buscando también la mítica espada.

Sugerencias para lecturas adicionales

Me fascinaron los siguientes libros que leí para escribir *El oro del rey*:

William Manchester, *World Lit Only by Fire*

Dale Kent, *Cosimo D' Medici and the Florentine Renaissance*

Lucia Tongiorgio Tomasi y Gretchen A. Hirschauer, *Flowering of Florence: Botanical Art for the Medici*

Anna Rita Fantoni, *Treasures from Italy's Great Libraries*

Jacob Burckhardt, *Civilization of the Renaissance in Italy*

Lord Kinross, *Ottoman Centuries: The Rise and Fall of the Turkish Empire*

Montague Summers, *Malleus Maleficarium of Kramer and Sprenger*

Fritz Graf, *Magic in the Ancient World*

Lewis Spence, *Encyclopedia of Occultism*